DER
NACHBAR

WEITERE TITEL VON SAMANTHA HAYES

SAMANTHA HAYES

DER
NACHBAR

Übersetzt von Dorothea Stiller

bookouture

Dieses Buch ist Martyn Eagles gewidmet. Vielen Dank für Ihr großzügiges Gewinner-Gebot bei der »Book Aid for Ukraine«-Spendenauktion

PROLOG

Das Feuer schwelt in der kühlen Herbstluft, der verkohlte Arm ragt aus den Gartenabfällen heraus, als ob die geschwärzten Finger nach etwas greifen wollten. Feine Rauchfäden steigen in den bedeckten Himmel auf, und eine leichte Brise trägt den beißenden Geruch über die Mauer in den angrenzenden Garten. Einzelne Herbstblätter trudeln zu Boden und landen vor den Füßen von Detective Inspector Carla Nelson, die auf das Feuer – oder was davon übrig ist – hinabblickt.

Ein flüchtiger Gedanke an die kommende Guy-Fawkes-Nacht streift sie, und sie fragt sich, ob sie mit Dan und den Kindern wohl wie immer zum Freizeitgelände stapfen wird, wo sie sich mit Hotdogs und kandierten Äpfeln vollstopfen werden, während die Zwillinge mit Feuerwerksglanz in den Augen gebannt in den Nachthimmel schauen. Obwohl sie nun schon dreizehn sind, sind sie noch immer aufgeregt und voller Vorfreude, wenn sie sich für die Feier warm einpacken. Dann stellt sie sich vor, wie Dan das ganze Spektakel verpasst, weil er an seinem Handy klebt und das Display von ihr wegdreht, als ob sie das leise Lächeln auf seinem Gesicht nicht bemerkt hätte, als er *ihr* zurücktextet.

»Was denken Sie?« DI Nelson widmet ihre Aufmerksamkeit wieder der verkohlten Leiche und betrachtet eines der beiden Hautareale, die vom Feuer verschont geblieben sind. »In den Zwanzigern? Anfang dreißig?« Sie geht in die Hocke, um die Leiche näher zu betrachten. Es sieht aus, als trüge der Tote eine Maske. Seine Züge sind zu etwas verschmolzen, das kaum noch als menschlich zu erkennen ist, die Haut ist prall und gespannt.

»Schwer zu sagen.« Detective Constable Flynn Marshall zuckt mit den Schultern. »Könnte auch älter sein. Oder viel jünger.«

Carla verzieht beim Aufstehen das Gesicht, ihr schlechtes Knie knackt. »Sehr hilfreich.« Sie verdreht die Augen. Wobei ihr dieser Tage alle jung erscheinen, selbst eine verkohlte Leiche. Sie betrachtet den rußschwarzen Arm mit zusammengekniffenen Augen. Da ist noch eine Armbanduhr am Handgelenk – vollkommen unmöglich, den Hersteller auszumachen, man kann noch nicht einmal sagen, ob es eine teure oder billige Uhr ist. Am Ringfinger kann sie keinen Ehering sehen, und über dem Brustkorb liegt ein klebriger Film, der wohl einmal seine Kleidung war.

Als sie eintraf, hatte Carla bemerkt, dass der Tote anscheinend halb aus den Überresten des Feuers herausgezogen worden war. Soviel sie bisher in Erfahrung bringen konnten – und das war noch recht dürftig –, hatte ihn offenbar seine Freundin entdeckt. Die Schreie der Frau hatten die Nachbarin alarmiert, die dann aus dem Haus gelaufen war. Zusammen hatten sie versucht, die Leiche aus dem Feuer zu ziehen.

Carla hat die Hände in die Hüfte gestützt und blickt darauf hinab, und als plötzlich der Rauch in ihr Gesicht geweht wird, muss sie husten. Die Leiche ist so verbrannt, dass es die Identifikation durch die Rechtsmedizin schwer bis unmöglich macht. Wobei die Identität des Toten höchstwahrscheinlich bereits geklärt sein dürfte, wenn man den aufgewühlten Zustand der Frau von nebenan bedenkt.

Craig Forbes, wohnhaft unter derselben Anschrift, wurde vor weniger als vierundzwanzig Stunden vermisst gemeldet.

»Armes Schwein«, sagt Flynn und tritt von einem Fuß auf den anderen. Er gähnt. »Die Spurensicherung ist auf dem Weg.«

»Und der psychologische Beistand?« Carla unterdrückt ihr eigenes Gähnen. Es war eine lange Schicht. Von nebenan hört sie einen weiteren Klagelaut und dann eine leise männliche Stimme, die beruhigend auf sie einredet – PC Wentworth. Da er in der Nähe wohnt, war er der Erste am Tatort und hat die Frau mit hineingenommen, bis der speziell ausgebildete psychologische Beistand eintreffen wird. Carla hat zunächst angenommen, dass es sich um die Ehefrau des Toten handelt, aber anscheinend war sie eine Bekannte, Lebensgefährtin, Bettgespielin oder Geliebte. Wer kannte sich da heute noch aus? Wieder springen ihre Gedanken zur bevorstehenden Guy-Fawkes-Nacht-Feier – zu Dan, wie er sich selbstzufrieden lächelnd die Nase am Handydisplay plattdrückt. Sie stellt sich vor, wie sie es ihm aus der Hand schlägt, sodass es in hohem Bogen in das große Feuer fliegt, und sie dann dabei zusieht, wie es Funken sprühend schmilzt. Doch dann wären auch die Beweise vernichtet, die sie braucht.

Beweise ... *O Gott*, denkt sie und zuckt innerlich zusammen. Es geht um deinen Mann, nicht um irgendeinen Fall, den du überprüfst, auseinanderpflückst und analysierst.

»Der psychologische Beistand ist unterwegs«, sagt Flynn und deutet mit dem Kopf hinüber zu dem großen Haus auf der anderen Seite der alten viktorianischen Gartenmauer.

DI Nelson nickt und tritt mit gesenktem Blick von einem Fuß auf den anderen. Gott, sie hasst diese Schuhe, aber nur die bringen einen durch eine Zwölf-Stunden-Schicht oder darüber hinaus. Sie kann sich nicht daran erinnern, wann sie das letzte

Mal ein Paar Schuhe mit Absatz getragen hat. Ein Kleid und hohe Hacken, denkt sie. Vielleicht ist das der Grund für Dans selbstzufriedenes Lächeln.

Von nebenan ist noch einmal ein Schrei aus tiefer Kehle zu hören.

»Kommt einem irgendwie falsch vor, hier nur so rumzustehen.« Flynn geht auf die andere Seite des schwelenden Feuers, um einer weiteren Rauchwolke auszuweichen. »Ich habe das Gefühl, ich müsste Wasser über ihn kippen oder so etwas.« Er holt eine Packung Pfefferminzdrops aus der Tasche, steckt sich einen in den Mund und zerbeißt ihn.

»Dafür ist es zu spät«, sagt Carla und seufzt. Wieder fällt ihr Blick auf den verkohlten Kopf. Haare sind nicht mehr zu erkennen, wenn zuvor überhaupt welche vorhanden waren. Wieder muss sie kurz an Dan denken. »Wie dem auch sei. Ich möchte vermeiden, dass am Tatort irgendetwas verändert wird, bis die anderen hier sind.« Mit dem Fuß deutet sie auf das kleiner werdende Feuer, wobei ihr wieder der hässliche Schuh ins Auge fällt. »Ich erwarte, dass es da drin Beweise gibt.« Sie sieht sich in dem eingefriedeten Garten um und fragt sich, was zum Teufel passiert ist. Das ist eindeutig ein Gemüsegarten mit Überresten von Hochbeeten, Rankgittern für Himbeeren und Spalierobst, das ordentlich an der alten Ziegelmauer aufgebunden wurde – oder besser gesagt, es *war* einmal ein Gemüsegarten.

In einer Ecke entdeckt sie einen Auslauf für Hühner, aber der ist zum Teil kaputt, und die Seite des zugehörigen hölzernen Hühnerhauses ist in einem ähnlich erbärmlichen Zustand. Hier gibt es jetzt keine Hühner mehr, und das Gebilde wirkt, als hätte jemand es mit Gewalt eingerissen. Überhaupt sieht der ganze Garten aus, als hätte erst kürzlich eine Horde Vandalen hier gewütet oder ein ... »Ein Bulldozer«, sagt Carla und betrachtet die Bagger, die beim Tor aufgereiht sind. Ein weiterer steht näher am Feuer neben einem Graben, als ob er mitten während der Arbeit einfach abgestellt worden wäre, seine Schaufel schwebt nicht ganz zwei Meter über dem Boden. Das ganze Gelände wirkt jetzt mehr wie eine Baustelle. Sie nähert sich dem breiten Gatter – dem einzigen Teil des rechteckigen Gartens, der direkt an die Straße grenzt. Die Weißdornbüsche zu beiden Seiten sind offenbar vor Kurzem noch zurückgeschnitten worden, um das Tor frei zu machen – die Ecken sind gerade und sauber gekappt. Etwa zwei Meter der Hecke sind professionell zum Knick verflochten, aber die Arbeit ist noch nicht abgeschlossen. Auf dem schlammigen Boden zeichnen sich Spuren von Raupenfahrzeugen in der aufgewühlten Erde ab. Überall auf dem Gelände wurde gegraben, allenthalben ausgebaggerte Gräben und Hügel aus Erde und Rasen, dazwischen liegen die Reste des Gemüses aus dem Sommer, ausgerissen und zerstört und weggeworfen.

»Ma'am ...«, sagt Flynn, und Carla dreht sich um. Ein Team der Spurensicherung ist gerade eingetroffen.

»Tag, Jungs«, sagt sie und geht zurück zu dem Torbogen in der Steinmauer auf der anderen Seite des Geländes. Dahinter liegt ein von Mauern umgebener kleiner Garten, der zu dem Häuschen gehört, das neben dem benachbarten größeren Grundstück steht. »Und Damen«, ergänzt sie, als sie eine weibliche Stimme hört, die unter der Maske und Kapuze eines weißen Overalls eine Unmutsbekundung von sich gibt. »Warten Sie noch einen Moment, wenn es geht«, sagt sie an das einzige bekannte Gesicht in der Runde gewandt. Sie hat schon oft mit Dave Simmons gearbeitet und weiß, dass er einen enorm guten Job macht. »Ich würde gern ein paar Dinge klären, bevor Sie loslegen.«

Vielleicht könnte ich ihn überraschen, denkt sie und geht zum Hühnerhaus hinüber, wobei sie bei jedem Schritt darauf achtgibt, nicht etwa auf wertvolle Beweise zu treten.

»Flynn?« Mit einer raschen Kopfbewegung bedeutet sie ihm, ihr zu folgen. »Kommen Sie mit.«

Ich könnte mir ein Paar knallrote hochhackige Schuhe kaufen, richtige Sitzschuhe, halterlose Strümpfe und so ein sexy Korsett-Teil wie das, auf das ich mal aus Versehen geklickt habe. Mich schick machen, wenn er ins Bett kommt.

»Worüber lachen Sie?«, fragt Flynn, als er ihren Ausdruck bemerkt.

»Ich lache nicht«, entgegnet Carla gereizt und schreitet mit fest auf den Boden gerichtetem Blick an der Mauer entlang die Grundstücksgrenze ab. Erst als sie ganz herum ist, rutscht sie beinahe aus, allerdings nicht wegen des schlammigen Untergrunds.

»Ach, verdammt!«, presst sie hervor und betrachtet missmutig ihren Fuß. Dann wischt sie ihn im hohen Gras ab. »Da konnte jemand offenbar sein Essen nicht bei sich behalten.« Sie betrachtet das Erbrochene – ein beige-brauner Fleck auf einem flachen Stück Matsch, sodass die hässlichen Schuhe nun vollkommen widerlich aussehen.

Und dann entdeckt sie es: Im Gras nahe der Stelle, wo sie ihren Fuß abgewischt hat, liegt ein Stück Papier, etwa fünf mal zehn Zentimeter, alt und zerknittert beschriftet mit verblasstem schwarzem Marker. »Flynn, das sieht aus wie ein Aufkleber.« Carla deutet auf den Boden.

»Benzin«, lesen sie gleichzeitig und sehen sich beide um, ob sie das entdecken können, worauf das Etikett einmal geklebt hat.

EINS

ZWEI MONATE ZUVOR

Leah hält sich mit einer Hand oben an der Trittleiter fest, in der anderen hat sie den Tapetenablöser. Die Maschine haucht ihren letzten Atem aus, weil der Wassertank schon wieder leer ist, aber das war nicht der Grund, warum sie ihre Arbeit unterbrochen hatte. Nein, sie hatte draußen etwas gehört. Ein ungewohntes Geräusch. Rumpeln.

Ein leichtes Vibrieren ging durch Wände und Boden, was sie bisher noch nicht erlebt hatte. Sie wohnte erst seit einigen Wochen hier und war noch dabei, sich mit dem Ächzen und Knarren und den Macken des altersschwachen Hauses vertraut zu machen sowie sich auf das Kommen und Gehen der verschiedenen Nachbarn einzustellen, sie kennenzulernen, herauszufinden, welches Auto zu welchem Haus gehörte, wer Kinder hatte, wer auswärts und wer im Homeoffice arbeitete.

Dieses Mal rumpelte es noch etwas lauter, was sie dazu veranlasste, rückwärts die Leiter hinunterzusteigen und den flachen, breiten Kopf des Tapetenablösers wieder in seine Basis zu stecken. Sie fegte von ihrem Overall ein paar Fetzen der Raufasertapete, die sie abkratzen musste, was sie nun seit drei Stunden beschäftigt hielt. Es ging nur langsam voran, aber sie war wild entschlossen, das Zimmer heute noch so weit fertig zu machen, dass man anstreichen konnte. Ihre Tochter hatte so viel durchgemacht, und sie hatte ihr ein schönes Schlafzimmer versprochen, also sollte Zoey es auch bekommen.

Draußen auf der Straße brüllte jemand.

Halt ... Stopp!

Dann ein Bremsgeräusch.

Leah ging zum Fenster und zog die staubige alte Gardine beiseite. Sie würde bald in die Tonne wandern, aber fürs Erste sorgte sie noch für ein bisschen Privatsphäre.

»Oh!«, flüsterte sie, als sie den riesigen Umzugswagen unten auf der Straße entdeckte. Der dunkelgrüne Transporter war locker so breit wie ihr Häuschen samt einem Stück des großen Hauses, an das ihres angebaut war – das Haus nebenan, das verkauft worden war, kurz nachdem sie mit den Kindern eingezogen war. Die vorherigen Besitzer, ein Pärchen, waren kurzfristig ins Ausland gezogen. »Schon wieder neue Nachbarn«, flüsterte sie. Inzwischen war sie es gewohnt, Selbstgespräche zu führen, während Zoey und Henry in der Schule waren.

Innerlich musste sie darüber lachen. Niemand konnte sie mehr hören und kritisieren. Niemand schrieb ihr mehr vor, was sie anziehen sollte – um damit anzudeuten, dass sie »selbst schuld sei«, wenn sie in einem Kleid ausgehe, das nicht die Knie bedeckte. Niemand sagte ihr mehr, was sie zu kochen habe und wie. Niemand hielt genau fest, wann sie von der Arbeit kam, oder bombardierte sie mit Hunderten von Nachrichten, wenn sie einmal kurz entschlossen mit den Mädels noch etwas trinken ging. Niemand brachte sie mit emotionaler Erpressung dazu, mit ihm zu schlafen, obwohl sie nicht in Stimmung dafür war, und niemand schrieb ihr mehr vor, wie viel von ihrem schwer verdienten Geld sie für sich und die Kinder ausgeben durfte.

Es gab jetzt einfach niemanden mehr, der sie für das, was

sie tat, kritisierte – und sie schwor sich, dass das auch so bleiben würde. Denn es sollte nie wieder so werden. Sie hatte sich auf ein paar Dates mit einem Typ getroffen, aber der zählte nicht richtig.

Noch nicht, dachte sie, und ihr Lächeln wurde breiter.

Er schien nett zu sein, aber eine Handvoll Treffen, ein paar Textnachrichten und Face-Time-Chats machten noch keine Beziehung aus, und wenn er auch nur den leisesten Hauch eines Versuchs machte, sie zu kontrollieren oder Ansprüche zu stellen, würde sie sofort die Beine in die Hand nehmen. Für Leah waren ihre neu entdeckte Sicherheit und Freiheit einfach zu kostbar, auch wenn sie dafür sowohl emotional als auch finanziell einen hohen Preis bezahlt hatte.

Unten auf dem Gehsteig standen zwei Männer in den dunkelgrünen Uniformen des Umzugsunternehmens und warteten mit in die Hüfte gestützten Händen darauf, dass der Fahrer den Transporter so nah wie möglich an die Bordsteinkante heranmanövrierte. Als der Motorlärm schließlich erstarb, sprangen der Fahrer und ein weiterer Kollege aus dem Führerhaus, und die Männer fingen an, die Plane an der Seite des Fahrzeugs zu lösen. Leah störte sich nicht daran, dass sie direkt vor ihrem Haus geparkt hatten – ihren Siebzigerjahre-Mini hatte sie ohnehin etwas weiter die Straße hinauf abstellen müssen –, und es würde ja nur ein paar Stunden dauern. An der Rampe, die sie aufbauten, konnte sie erkennen, dass sie alles direkt über die Einfahrt zu dem alten Pfarrhaus nebenan ausladen würden. Neugierig suchte sie die Straße nach Zeichen ab, dass die neuen Nachbarn auch schon da waren, doch bisher war niemand zu sehen.

Leah ließ die Gardine wieder zufallen und entfernte sich vom Fenster. Sie wollte nicht so eine neugierige Nachbarin sein. Craig wäre sofort hinausgerannt und hätte verlangt, dass sie den Lieferwagen von ihrem Grundstück entfernen und hätte gemeckert, weil sie ihm das Licht nähmen oder zu laut wären. Man hätte quasi Dampfwölkchen aus seinen Ohren kommen sehen, und sein ganzes Gehabe und die aufgestaute Aggression hätten sofort einen unmöglichen Eindruck bei den neuen Nachbarn hinterlassen.

Leah schauderte, als sie nach unten in die Küche ging, um den Wasserkocher zu füllen, und war wieder einmal froh, endlich frei zu sein.

»*Meine* Küche«, sagte sie lächelnd. Das würde sich nie abnutzen. Es war ihr völlig egal, dass das neue Haus klein und altmodisch war und dringend einer Renovierung bedurft hätte, die sie sich kaum leisten konnte. Es war ihr auch gleich, dass die Fenster dringend neu gestrichen werden mussten oder dass die Hintertür schon bessere Tage gesehen hatte. Es war ihr völlig schnuppe, dass sie den Original-Natursteinboden auf allen vieren scheuern musste oder dass sie nicht gleichzeitig Ofen und Wasserkocher anmachen konnte, weil sonst die Sicherung rausflog. Noch ein Punkt auf der langen To-do-Liste, dachte sie und nahm sich vor, Jimmy anzurufen, den Enkel einer ihrer Kundinnen. Er war ein anständiger Kerl und machte eine Ausbildung auf dem Bau, also konnte er immer ein bisschen Geld nebenbei brauchen.

Nein, wichtig war Leah nur, dass Craig nicht hier war, um alles, was sie tat, zu kritisieren, bis sie kaum noch zu atmen wagte. Es war ihr vorgekommen, als wäre es nicht mehr ihr Leben.

Sie schüttelte den Kopf, um sich von den schlechten Erinnerungen zu befreien. In ihrem neuen Leben war dafür kein Platz. Sie war über das Ende ihrer Ehe hinweg und würde von nun an nur noch nach vorne schauen.

Sie füllte den Wasserkocher und schaltete ihn ein. Craig würde gar nicht in einem so kleinen, heruntergekommenen Haus wie diesem wohnen wollen; er wäre nicht gern der »ärmere Nachbar« im Vergleich mit dem stattlichen Haus nebenan. Und dafür war sie höchst dankbar. Als Makler wäre er ewig scharf auf das alte Pfarrhaus und würde nicht aufhören, darüber zu lamentieren, dass er selbst verdient hätte, darin zu wohnen, und er würde den Nachbarn aus Neid das Leben zur Hölle machen. Nein, er würde lieber sterben, als in einem Haus wie diesem zu wohnen, dachte Leah zufrieden und ließ einen Teebeutel in ihre Tasse fallen.

»Und genau deswegen habe ich es gekauft«, sagte sie sich gut gelaunt, und dieses warme Gefühl in ihrem Innern breitete sich wieder aus – das Gefühl, an das sie sich seit der Scheidung noch immer nicht ganz gewöhnt hatte. In den letzten Monaten hatte sich ihr Leben von Grund auf verändert. »Und nichts«, sagte sie und bückte sich, um ihre getigerte Katze Cecil zu streicheln, »wird mir mein Glück wieder nehmen können.«

Uns und *unser*, verbesserte sie sich in Gedanken, denn ihr war bewusst, dass ihre Kinder auch genug durchgemacht hatten, dass es für ein ganzes Leben oder zumindest für die ganze Kindheit gereicht hätte. Mit ihren vierzehn Jahren zeigte sich Zoey ungerührt und gleichmütig, als ob es ihr egal wäre, ob ihre Eltern getrennt waren oder nicht. Doch Leah wusste, dass das nur Fassade war – ihre »Zu cool für diese Welt«-Einstellung hatte ihr gelegentlich in der Schule Ärger eingebracht. Der siebenjährige Henry hingegen hatte sich zu ihrer Bestürzung seit der Trennung vollkommen in sein Schneckenhaus verkrochen und war ängstlich geworden. Obwohl sie versucht hatte, ihren Kindern die scheußlichen Details und gerichtlichen Auseinandersetzungen zu ersparen, schien ihn die Scheidung mit ihrer gesamten Wucht getroffen zu haben. Es war höchste Zeit, dass ihre Kinder endlich zur Ruhe kamen und wieder optimistisch in die Zukunft blicken konnten. Auch wenn ihr Vater sich weigerte, für sie ein Fixpunkt im Leben zu sein, eines stand fest: Sie würde diese Rolle ausfüllen.

Während sie darauf wartete, dass das Wasser kochte, öffnete Leah die Hintertür, um etwas frische Luft hereinzulassen. Der Herbstbeginn war bisher noch ziemlich warm, doch die vergangene Woche hatte es durchgeregnet, und erst heute Morgen hatte es etwas aufgeklart. Deshalb hatte sie ihre Arbeit im Gemüsegarten vorerst aufgegeben und mit Zoeys Zimmer angefangen. Der versteckte Gemüsegarten war einer der Gründe, warum sie die ehemalige Waschküche gekauft hatte.

»Sind Sie *sicher?*«, hatte sie mehrfach gefragt, als die junge Maklerin ihr das Grundstück vor ein paar Monaten gezeigt hatte. Ein ungläubiger Ausdruck hatte sich auf ihrem Gesicht ausgebreitet, als sie in dem Torbogen der Ziegelmauer gestanden hatte, die den kleinen Hof direkt hinter dem Haus umgab. Als sie ihn gesehen hatte, war ihr der Mund offen stehen geblieben. Ein beherzter Schubser gegen die alte, verzogene Tür, und sie schwang auf, als ob sie den Übergang zu einer neuen Welt in Gestalt der überwucherten Gartenfläche dahinter präsentieren wollte. »Ähm, das alles gehört wirklich noch zum Grundstück? Wirklich?« Sie konnte es gar nicht fassen. Das hatte immenses Potenzial. Die Maklerin, schätzungsweise gerade einmal in den Zwanzigern, hatte genickt und irgendetwas in ihr Handy getippt. »Glaube schon.« Sie hatte es so gesagt, dass Leah sich fragte, ob sie zugehört hatte oder ob sie womöglich Craigs Verleumdungen über sie gehört und ihnen geglaubt hatte. Schon möglich, sie waren schließlich in derselben Branche tätig. Sie schauderte bei dem Gedanken, ihr Ex könnte von ihrer Häusersuche Wind bekommen haben. Sie wollte nicht, dass er irgendetwas über sie erfuhr. Wenn es nach ihr ginge, waren die Kinder das einzige Thema, über das sie überhaupt noch miteinander kommunizieren mussten, und das ließ sich, wenn es sich nicht gerade um einen Notfall handelte, per E-Mail erledigen.

Leah hatte sich in den vergangenen Monaten so viele Häuser angesehen, dass die Maklerbüros im Umkreis den Kontakt mit ihr vermutlich schon für reine Zeitverschwendung hielten. Ihre Hauskaufabenteuer waren im Freundeskreis und bei ihren Eltern schon zum Running Gag geworden, aber das war alles nicht böse gemeint.

Seit sie vor einem Jahr, als die Situation mit Craig unerträglich geworden war, das gemeinsame Haus verlassen hatten, waren sie und die Kinder bei ihren Eltern untergekommen. Jahrelang hatte er sich geweigert, auszuziehen und gedroht, dass sie nicht einen Penny von dem Haus kriegen würde, dass er das alleinige Sorgerecht beantragen werde und dass sie die Kinder nie wiedersehen dürfte, weil sie psychisch labil sei. Damals hatte sie ihm geglaubt.

Ihre Mum und ihr Dad waren ihr Rettungsanker gewesen, doch sie konnte nicht leugnen, dass es allmählich schwierig wurde, zu fünft in der kleinen Doppelhaushälfte mit nur zwei Schlafzimmern zu wohnen, ganz zu schweigen davon, dass sie all ihre Sachen hatten einlagern müssen. Doch als die nervenzehrenden Gerichtstermine und der Streit um die Finanzen sich zugespitzt hatten, und das Haus schließlich per richterlicher Anordnung verkauft und der Erlös aufgeteilt worden war, war es unabdingbar geworden, für sich und die Kinder ein neues Zuhause zu finden.

»Sie sind also vollkommen sicher?« Leah hatte lieber noch einmal nachgefragt, denn schließlich würde sie der jungen Maklerin ein Angebot machen müssen. Dieses Haus machte etwas mit ihr – da war irgendetwas Unerklärliches, das keines der anderen Objekte gehabt hatte, die sie sich angesehen hatte. Es war, als ob seine schiefen Wände und das löchrige Dach sie umarmt, hineingezogen und gesagt hätten, dass dies ihr Zuhause war. Dass der eingefriedete viktorianische Garten zum Grundstück gehörte, hatte dem Ganzen auf jeden Fall noch das Sahnehäubchen aufgesetzt. Sie musste es einfach haben.

»Ich kann Barry im Büro anrufen und noch einmal nachfragen, wenn Sie möchten?«, hatte sie gesagt und auf ihre Schuhe geschaut, deren Absätze im weichen Boden einsanken.

Leah hatte sich weiter in die schlammige Gartenfläche

hinter dem Hinterhofgarten der Waschküche gewagt. Mit ihren praktischen Turnschuhen bereitete der unebene Untergrund ihr keine Probleme. Es sah nicht so aus, als wäre der Garten in den letzten Jahrzehnten genutzt worden, obwohl sie noch ungefähr erkennen konnte, wo einmal die Hochbeete gewesen waren und wo an den Drähten entlang der warmen, nach Süden ausgerichteten Ziegelmauer einmal Spalierobstbäumchen Sonne getankt hatten.

»Ja, richtig, bitte tun Sie das«, hatte Leah aufgeregt über die Schulter gerufen und das brachliegende Potenzial bestaunt. Sie stellte sich Spargelbeete vor, freilaufende Hühner, Rankgitter für Beeren und ein Erdbeerbeet. Die Kinder könnten ihr dabei helfen, und sie würden alles biologisch anbauen. Sofort hatte sich der Traum in ihrer Vorstellung festgesetzt. Als sie den Besichtigungstermin gemacht hatte, war sie davon ausgegangen, dass zu der Waschküche nur der kleine Hinterhofgarten gehörte, den man auf den Bildern gesehen hatte, und als sie jetzt hier stand, konnte sie gar nicht verstehen, warum das Maklerbüro keine Bilder von dem umfriedeten Garten hinzugefügt hatte. Der wäre doch sicher ein Verkaufsargument gewesen. Doch nun war sie erleichtert, dass sie vergessen hatten, damit Werbung zu machen. Sie wollte keine Konkurrenz oder gar überboten werden.

»Ja, Barry sagt, dass er, soweit er weiß, auf jeden Fall zum Haus gehört«, sagte die junge Maklerin, als sie ihren Anruf im Büro offenbar beendet hatte. »Er sagt, wenn Sie sich dafür entscheiden, müssten Sie es noch einmal mit Ihrer Anwältin klären und bestätigen. Anscheinend hat der Zustand des Gartens einige Leute abgeschreckt, also haben wir es in den Verkaufsunterlagen nicht an die große Glocke gehängt. Die Mauer ist denkmalgeschützt und muss höchstwahrscheinlich in der näheren Zukunft restauriert werden. Das ist kostspielig.«

»Ja, ja, das stimmt. Und auch den Garten unter Kontrolle zu bekommen«, meinte Leah und versuchte, ihren Enthusi-

asmus nicht so deutlich zu zeigen. »Ganz von der Arbeit abgesehen, die man noch ins Haus stecken müsste.« Sie hatte den
Kopf geschüttelt und versucht, ihr Pokerface zu bewahren,
während ihr Herz insgeheim Purzelbäume schlug und tausend
Gedanken mit Lichtgeschwindigkeit durch ihren Kopf rasten:
lauter Ideen, wie sie das Häuschen in ein zukünftiges Zuhause
für sich und ihre Kinder verwandeln würde.

Am Ende des Tages hatte sie ein Angebot auf dem Schreibtisch gehabt; vierundzwanzig Stunden später hatte sie das
Angebot angenommen, und das Grundstück war vom Markt.

Mit der Teetasse in der Hand begab sich Leah zunächst ins
Wohnzimmer, um danach wieder hochzugehen und mit dem
Ablösen der Tapete weiterzumachen. Durch den riesigen
Umzugswagen direkt vor dem Haus war es wesentlich dunkler
im Zimmer, als wären draußen Gewitterwolken aufgezogen.
Anders als das große Haus nebenan hatte ihr Teil des ursprünglich verbundenen Gebäudes nur einen kleinen Vorgarten. Die
Magnolie dort nahm dem Raum einen Teil des Lichts, doch seit
sie die Straße entlanggefahren war und die handgroßen cremefarbenen Blüten gesehen hatte, war es ihr unmöglich geworden,
den Baum jemals fällen zu lassen.

Sie lugte aus dem Sprossenfenster und reckte den Hals, um
zu sehen, ob sie einen Blick auf die neuen Nachbarn erhaschen
konnte. Die Umzugsleute schleppten wie riesige Ameisen Kiste
um Kiste über den Zuweg zum Haus und hielten nur gelegentlich inne, um einen Schluck Wasser zu trinken. Von den künf-
tigen Bewohnern war allerdings nichts zu sehen. Sie fragte sich,
ob sie noch Zeit hatte, um schnell ein paar Brownies zu backen,
die sie später als Willkommensgeschenk vorbeibringen könnte.
Ihre vorherigen Nachbarn hatten das bei ihrem Einzug getan,
und sie hatte es rührend gefunden. Es war wirklich schade, dass
sie kaum die Gelegenheit gehabt hatte, Josh und Carrie kennen-

zulernen, bevor sie plötzlich weggezogen waren. Sie wären sicher gute Nachbarn gewesen.

Zurück in Zoeys Zimmer, füllte Leah den Tapetenablöser auf und wartete, bis er sich aufgeheizt hatte. Sie nippte an ihrem Tee und blickte sich mit der Tasse in der einen und der Farbtafel in der anderen Hand im Zimmer um. Zoey hatte sich sofort auf eine Farbe festgelegt, als sie ihr die Muster gezeigt hatte.

»Die da«, hatte sie gesagt und mit dem Finger auf das kleine salbeigrüne Quadrat gedeutet und dann weiter Netflix geschaut.

»Gute Wahl«, hatte Leah gemeint. »Mit weißer Bettwäsche und deinen ganzen Pflanzen sieht das bestimmt klasse aus.«

Beim Gedanken an ihre Tochter musste sie lächeln. Trotz ihrer direkten und unkomplizierten Art wusste Leah, dass die Situation sie mehr belastet hatte, als sie zugeben mochte. Zum Beispiel, dass ihr Vater es nicht immer für nötig hielt, die vereinbarten Besuche einzuhalten.

Draußen ertönte eine Hupe, und Leah ging wieder zum Fenster. Ein teuer aussehender Geländewagen parkte rückwärts, wenn auch ungeschickt, vor dem Umzugswagen ein. Der Fahrer eines anderen Autos fuhr langsamer und schüttelte wütend die Faust, als sich die Tür des grauen Wagens öffnete. Leah sah zu, wie eine blonde Frau ausstieg und sich offenbar nicht an den Beschimpfungen des anderen Fahrers störte, der nun davonbrauste. Tatsächlich konnte sie ein breites Lächeln auf dem Gesicht der Frau sehen, als sie eine Hand in die Hüfte stützte, die übergroße dunkle Sonnenbrille ins Haar schob und zum alten Pfarrhaus hinaufsah.

Leah hatte erwartet, dass sich die andere Tür des Autos öffnen und vielleicht ein Ehemann, Partner oder Kinder aussteigen würden, doch wie es schien, war die Frau allein. »Meine neue Nachbarin«, flüsterte sie und zog sich zurück, um nicht am Fenster gesehen zu werden. Der Rest der Familie würde vermutlich noch kommen, dachte sie und wartete, ob noch ein weiteres Auto vorfahren würde. Doch zumindest in den nächsten Minuten, in denen Leah noch ein paarmal zwischen den Vorhängen hindurchspähte, kam keines. Nur die blonde Frau stand da und gab Anweisungen für die Umzugsleute, die Kisten aus dem Transporter schleppten.

ZWEI

»Hal-lo ...«, sagte Leah und fegte dabei ein paar hartnäckige Raufaserfetzen von ihrem Overall, als sie etwa eine Stunde später durch das Gartentörchen auf die Straße trat. »Und willkommen«, fügte sie gut gelaunt und mit breitem Lächeln hinzu. Die neue Nachbarin schien sie gehört zu haben und wandte sich um.

»Die da muss ins Wohnzimmer«, sagte die Frau zu einem der Helfer, der gerade mit einer Kiste die Rampe herunterkam. »Und bitte seien Sie vorsichtig. Darin ist zerbrechliche Deko.«

»Ich bin Leah«, stellte Leah sich vor und streckte beim Näherkommen die Hand aus. »Ich wohne nebenan und dachte, ich sage schnell einmal Hallo. Bitte entschuldigen Sie den Aufzug, ich bin am Renovieren.«

»Hi ... hallo, Leah«, sagte die Frau und musterte sie von oben bis unten. Ihr Lächeln wirkte wie ein nachträglicher Einfall. »Und danke für die Begrüßung. Sieht aus, als hätten Sie hart gearbeitet.« Das Lächeln verwandelte sich in ein Grinsen.

Scheint ganz okay zu sein, dachte Leah, auch wenn sie für einen Umzugstag etwas overdressed wirkt. Cremefarbene

Pumps aus Lackleder und ein blassgrauer Bleistiftrock, das war nicht gerade praktisch.

»Ich bin Gillian. Freut mich, Sie kennenzulernen.« Wieder lächelte sie, und dieses Mal wirkte es lockerer. »Ich hoffe, der Umzugswagen ist nicht im Weg, er nimmt ja die halbe Straße ein. Zum Glück haben sie beim Einparken nicht das alte Auto da gerammt. Das wirkt, als würde es bald auseinanderfallen.« Sie ließ den Blick die Straße entlang am Heck des Umzugswagens vorbeiwandern.

»Oh, das ist mein Min–«

»Ich hatte gehofft, es noch ins Büro zu schaffen, je nachdem, wie lange das hier mit dem Ausladen dauert«, fuhr Gillian fort und deutete mit der Hand an ihrem Körper entlang, um zu erklären, was Leah sich bereits wegen des Outfits gedacht hatte. »Vielleicht war das ein wenig überambitioniert von mir am Umzugstag.« Sie lachte wieder, und es klang leicht nervös.

»Sieht aus, als hätten Sie eine Menge Zeug da drin«, meinte Leah und überging den Kommentar zu ihrem Auto. Ihr Vater hatte ihr netterweise seinen Mini überlassen, als ihr vorheriger den Geist aufgegeben hatte, und er lief noch immer halbwegs zuverlässig, auch wenn er schon alt, ja fast ein Oldtimer war. Statt darauf einzugehen, spähte Leah durch die breite Seitenöffnung in den Transporter, der mit dicht gepackten Kisten und diversen Möbelstücken unter grauen Schutzdecken beladen war. »Das ist das größte Jenga-Spiel, das ich je gesehen habe. Könnte eine Weile dauern, das alles da rauszuholen.«

»Das können Sie wohl laut sagen«, sagte Gillian und lachte abermals. »Sie haben Tage gebraucht, um die Kisten zu packen. Na ja, man muss auch bedenken, dass das Zeug aus zwei Haushalten stammt, also ...« Sie sprach nicht weiter, als sie sah, wie ein Schrank mit Glastüren die Rampe heruntergetragen wurde. »Oh, bitte seien Sie damit vorsichtig«, rief sie. »Der ist antik. Er gehörte meiner Großmutter. Wenn da etwas drankommt, würde sie sich im Grab umdrehen.« Sie bedeckte kurz ihre Augen.

»Ein Umzug ist echt stressig«, sagte Leah und hatte den Eindruck, sie sollte sie in Ruhe lassen. Sie schien ziemlich genervt zu sein. »Ich bin auch erst kurz hier, ich weiß, wie das ist.«

Gillian wandte sich wieder Leah zu und warf einen Blick auf das Häuschen. »Das ist ... hübsch«, sagte sie und sah wieder zu ihrem eigenen, viel größeren und schickeren Haus hinüber. »Früher einmal gehörte das alles natürlich zu einem einzigen Anwesen.«

»Das stimmt«, erwiderte Leah. »Mein Haus war einmal die Waschküche. Da haben die Dienstboten die Wäsche für die Familie gewaschen, die in Ihrem neuen Zuhause lebte, so wie bei den anderen größeren Häusern hier in der Gegend.« Sie deutete auf die Schiefertafel mit dem Namen neben ihrem klapprigen Gartentörchen. Der Postbote schimpfte jedes Mal leise vor sich hin, wenn er versuchte, es zu öffnen, ohne dass es gleich vollständig aus den Angeln fiel. Noch ein Auftrag für Jimmy, dachte sie.

»Dann bringe ich Ihnen jetzt immer unsere Schmutzwäsche«, sagte Gillian, lachte und setzte die Sonnenbrille wieder auf. »Na ja, ich schätze, ich sollte mich mal wieder um die Jungs hier kümmern, aber es war sehr nett, Sie kennenzulernen, Leah. Mein Lebensgefährte ist im Moment noch auf Geschäftsreise, aber wenn er zurück ist, müssen wir uns mal zusammensetzen. Haben Sie Kinder?« Gillian räusperte sich kurz und wandte den Blick ab.

»Ja, genau. Zwei kleine Racker«, sagte Leah lachend, als ein Umzugshelfer schnaufend an ihnen vorbeikam. »Wobei, so klein sind sie gar nicht mehr. Keine Angst, sie machen keinen Lärm. Sie sind wirklich ganz brav. Und kläffende Hunde haben wir auch nicht«, fügte sie hinzu. Sie wollte gern einen guten Eindruck machen.

Gillian musterte sie nur eine Weile, sodass Leah sich fragte, ob sie zu viel redete. »Prima. Wir laden Sie und Ihre bessere Hälfte dann auf ein Schlückchen ein, wenn wir uns eingerichtet haben. Viel Erfolg beim Renovieren!«, flötete sie, wandte sich dann ab und ging über den Zuweg zum Haus, wo sie den Helfern zurief, wohin sie mit dem Klavier sollten.

Leah fragte sich, ob sie richtigstellen sollte, dass es keine »bessere Hälfte« gab, aber sie entschied sich dagegen. Gillian war nun außer Hörweite, und sie wollte nicht die gesamte Nachbarschaft über ihren Beziehungsstatus informieren. Überhaupt, sie war es gewöhnt, allein zu solchen Verabredungen zu gehen, auch wenn es nicht viele gegeben hatte, seit sie Single war. Direkt nach der Trennung von Craig hatte sie anderes im Kopf gehabt, als sich mit Leuten zu treffen, und sie hatte es genossen, die Abende allein mit ihren Kindern zu verbringen. Und als die Scheidung dann endlich durch war, hatte sie erst recht Zeit gebraucht, um sich davon zu erholen. Ihr kam es vor, als wäre sie ausgesaugt worden, und es wäre nicht viel übrig geblieben.

»Komm, Cecil«, sagte Leah zurück im Haus zu der Katze. »Dann wollen wir mal mit der Tapete weitermachen. Ich würde gern fertig werden, bevor die Kinder aus der Schule kommen.«

———

»Das ist bestimmt deine Schwester«, sagte Leah, als sie später am Nachmittag die Haustür zuschlagen hörte. Sie stand an dem alten Keramikspülbecken und wusch sich die Hände. Seit sie vor einer Stunde zusammen von der Schule nach Hause gegangen waren, hatte Henry sich mit seinen Lernwörtern beschäftigt, während Leah die Reste der Tapete von der Wand gekratzt und sie zum Kleistern und Tapezieren vorbereitet hatte. Es war so verlockend, Jimmy anzurufen und sich zu erkundigen, ob er ein paar Stunden erübrigen konnte, um das Zimmer fertigzustellen, aber im Moment zählte jeder Penny.

»Hi, Schatz!«, rief Leah und hörte eine gemurmelte Antwort aus dem Flur und dann das Geräusch von Schritten, die die Treppe hinaufgaloppierten. »Wie war es beim Schwimmen?«

Schweigen.

»Wann gibt's Essen, Mum? Ich verhungere«, sagte Henry über sein Schreibheft gebeugt.

»Ist gleich fertig, mein herzallerliebster Sohnemann«, erwiderte Leah mit verstellter Stimme, strubbelte ihrem Sohn durch die Haare und zwängte sich am Küchentisch vorbei. »Du musst auch bald wieder zum Friseur, junger Mann. Ich muss dich mal in den Salon mitnehmen.«

»Das ist was für Omas«, murrte Henry und stieß mit den Füßen gegen das Stuhlbein. »Kannst du das nicht einfach hier zu Hause machen?«

Leah lachte. »Traust du dich auch, das zu meinen Kundinnen zu sagen, du Frechdachs?«, fragte sie und nahm die Packung Würstchen aus dem Kühlschrank. Sie war mit Henry auf dem Heimweg beim hiesigen Metzger vorbeigegangen, und Henry hatte seine Lieblingswürstchen ausgesucht. Leah hatte versprochen, Bratwürste im Eierteig zu machen, was ihr allerdings jetzt ein wenig ambitioniert erschien. Sie war erschöpft, aber sie hatte es nun einmal versprochen. Ihre Kinder hatten in der letzten Zeit zu oft erlebt, das Versprechen nicht gehalten wurden. Wenn sie also dazu beitragen konnte, dass ihr Sohn auch nur eine Spur Urvertrauen zurückgewann, indem sie kochte, was er sich gewünscht hatte, war sie jederzeit gern dazu bereit. »Dann schneide ich dir eben zu Hause die Haare«, fügte sie hinzu.

»Na, Pupsi?« Zoe kam in den Raum gestürmt und pikte ihren Bruder in die Seite. Der quiekte und bewarf sie mit seinem Radiergummi. Zoe wich tänzelnd aus. Henry zielte mit dem Bleistift auf sie, und sein finsterer Blick wandelte sich zu einem breiten Grinsen.

»Schluss, ihr beiden!«, mahnte Leah. »Deine Schwester wird bitte nicht erstochen, Henry.«

Henry steckte sich die Finger in die Ohren, wandte sich wieder seinem Heft zu und formte lautlos die Buchstaben.

»Wie war dein Tag?«, fragte Leah ihre Tochter. »Wie lief das Schwimmtraining?«

»Okay«, erwiderte Zoe und sah nur kurz von ihrem Handy auf, um den Inhalt des Schranks zu inspizieren, in der Hoffnung, dort Kekse vorzufinden. »Ich habe Dad wegen der Feier am Schuljahresende eine Nachricht geschrieben, aber er hat nicht geantwortet.« Ihr Tonfall war emotionslos, und ihr Blick wirkte müde.

Leah streichelte aufmunternd ihre Schulter. Sie spürte die ausgeprägte Schwimmermuskulatur und wusste, wie viel es ihrer Tochter bedeuten würde, wenn ihr Vater zum Wettkampf käme, um sie anzufeuern.

Zweimal, dachte Leah und schüttelte den Kopf.

Nicht öfter hatte Craig sich bequemt, zu den Wettkämpfen zu kommen, seit Zoey vor einigen Jahren mit dem Schwimmtraining angefangen hatte. Beide Male hatte sie gewonnen. Eigentlich hatte sie *immer* gewonnen. Sie war enorm talentiert und träumte davon, eines Tages in das olympische Team aufgenommen zu werden. Ob das eine realistische Vorstellung war oder nicht, die Unterstützung ihrer Eltern war wichtig für sie.

Damals hatte Leah einfach nicht nachvollziehen können, warum ihr Mann so wenig Interesse für Zoeys Leistungen gezeigt hatte, besonders bei etwas, das ihr so am Herzen lag. Doch im Nachhinein musste sie erkennen, dass Craig einfach andere Dinge – oder vielmehr andere *Frauen* – im Kopf gehabt hatte. Zu wissen, dass Leah abends für mehrere Stunden im Schwimmbad beschäftigt war, um ihre Tochter anzufeuern, hatte es ihm leichter gemacht.

»Bestimmt hat Dad nur viel Arbeit, mein Schatz«, beschwichtigte Leah sie, zog eine Rolle Schokoladenkekse hinter ein paar Dosen Tomaten hervor und drückte sie Zoey in die Hand. »Er wird sich schon noch melden. Vielleicht rufst du ihn nachher einfach mal an?«

Zoey zuckte mit den Achseln, öffnete die Rolle und stieß mit dem Ellenbogen Henry beiseite, der aufgesprungen war und versuchte, sie ihr aus der Hand zu reißen.

»Jetzt warte doch mal, Pupsi«, sagte sie und drehte sich weg, um sich ein paar Kekse herauszunehmen. Dann wandte sie sich um und gab ihm die restlichen. »Ich wette, er meldet sich nicht. Samstag ist er ja auch nicht gekommen«, sagte sie leise zu ihrer Mutter.

Leahs Herz krampfte sich zusammen. Wie immer hatte sie die Kinder am Wochenende nach Zoeys Schwimmtraining deutlich vor der verabredeten Zeit um elf Uhr zu ihren Eltern gebracht. Auf diese Weise hatten Leah und Henry Gelegenheit gehabt, durch die Stadt zu bummeln, während sie darauf warteten, dass Zoeys Training endete. Für gewöhnlich vertrieben sie sich die Zeit in der Stadt mit Shopping, und Leah hatte für ihren Sohn eine passende Jeans und ein paar T-Shirts in einem Secondhand-Laden erstanden sowie eine Jeansjacke, bei der sie sicher war, dass sie Zoey gefallen würde.

Dann hatten sie Zoey – mit nassen Haaren und rosigen Wangen – vom Training abgeholt und waren zum Haus ihrer Eltern am Stadtrand gefahren. Früh genug, dass sie noch Zeit hatten, gemeinsam eine Kleinigkeit zu essen und zu trinken, bevor Leah die Kinder bei den Großeltern ließ, wo Craig sie abholen wollte. So hatten sie es gehandhabt, seit das Besuchsrecht gerichtlich geregelt worden war, und ihrer Mutter schien es nichts auszumachen. Im Gegenteil, es war sogar Ritas Idee gewesen. Sie hatte gesagt, dass sie keine Angst vor Craig und seinen etwaigen Launen hatte, und Leah war froh und dankbar, dass sie so nicht jede zweite Woche und einen Abend in der

Woche ihrem Ex begegnen musste. Auch wenn sie sich manchmal fragte, wie es ihrer Mutter gelang, Ronald, Leahs Vater, davon abzuhalten, Craig gleich an der Tür zu erwürgen. Leah hatte zwar vor ihren Eltern das wahre Ausmaß der Misere verborgen, doch ihr Vater hatte ein ziemlich gutes Gespür für diese Dinge und war noch immer mächtig wütend auf seinen Ex-Schwiegersohn – vielleicht ein bisschen zu wütend, fand Leah manchmal, wenn sie bedachte, was sie ihm alles nicht erzählt hatte.

Es überraschte sie wenig, als zwei Stunden später der Anruf kam. Craig hatte es fertiggebracht, nur an einem der letzten drei Wochenenden, an denen er die Kinder hatte, auch tatsächlich aufzutauchen, und seit sie in die alte Waschküche gezogen waren, hatte er sie nicht einmal wochentags für die verabredete Übernachtung abgeholt. Leah sorgte dennoch immer dafür, dass sie rechtzeitig bei ihren Großeltern waren, schließlich war die Zeit nicht verschwendet, wenn sie sie dafür mit Oma und Opa verbrachten.

»Ich bin sicher, es gibt einen guten Grund, warum er nicht gekommen ist«, beruhigte Leah ihre Tochter und dachte dabei, dass sie ihrem Ex eine E-Mail schreiben musste. Vor Gericht hatte er ein Mordstheater darum gemacht, regelmäßigen Umgang zugesprochen zu bekommen, und jetzt war es ihm schnurzegal. Sie wollte nicht, dass die Kinder darunter zu leiden hatten, dass sie für ihn offenbar keine Priorität besaßen. Außerdem konnte sie Zoey und Henry schlecht erklären, dass es vermutlich daran lag, dass er so verrückt nach seiner Neuen war. Gleich nach der Trennung hatte Leah erfahren, dass sie anscheinend keine Zeit verloren hatten, die Sache öffentlich zu machen.

Wobei »die Neue« wohl der falsche Begriff ist, dachte Leah. Wer weiß, wie lange diese Affäre auf der Arbeit schon gelaufen war – dabei hatte sie über die Jahre den Überblick über all die Seitensprünge ihres Ex-Mannes verloren und sich darauf zurückgezogen, nicht alles im Detail wissen zu müssen. Diese Einstellung hatte es ihr ein wenig erleichtert, und seltsamerweise war sie dieser unbekannten Frau beinahe dankbar, dass sie diesem Witz von einer Ehe letztlich ein Ende bereitet hatte. So konnte man nicht leben.

»Vielleicht«, sagte Zoey, aber es klang resigniert. Leah wusste, wie sehr es sie verletzte, sich so vernachlässigt zu fühlen.

»Ich habe eben die neue Nachbarin kennengelernt«, sagte Leah in der Hoffnung, ein Themenwechsel könnte die Atmosphäre entspannen.

Zoey sah nur kurz auf und nickte, dann setzte sie sich an den Tisch zu ihrem Bruder und nahm sein Heft. »Ich frage dich ab, Krümel«, sagte sie und biss von ihrem Keks ab.

»Sie schien ganz nett zu sein«, fügte Leah hinzu.

Zoey sah noch einmal auf und lächelte, bevor sie sich wieder Henrys Schulheft widmete. »Okay, Pupsi. Erstes Wort ... Buchstabiere ›Verrat‹.«

DREI

»Einige meinen ja, es bringt Glück«, sagte Gabe mit einem schiefen Lächeln und nahm ihre Getränke von der Bar mit. Leah ging voraus zu dem freien Tisch am Fenster und blickte über die Schulter. »Was bringt Glück?« Sie zog die Hocker zurück, und Gabe stellte die Getränke auf den Bierdeckeln ab, dann ging er wieder zur Bar, um die zwei Päckchen Chips zu holen, die er bestellt hatte. Sie war froh, dass er angerufen und gefragt hatte, ob sie Zeit hätte, spontan etwas trinken zu gehen.

»Das siebte Date«, erwiderte er grinsend und setzte sich. »Sieben ist eine Glückszahl.«

Leah zog die Jacke aus, sah ihn ungläubig an und versuchte nicht zu lachen. Sie fragte sich, wann genau er wohl angefangen hatte, mitzuzählen, wie oft sie sich getroffen hatten.

»Haben Sie nie Bingo gespielt, Miss Ward?«, fragte er, öffnete die Tüte mit den Bacon-Chips und legte sie in die Tischmitte.

»Lass mich mal nachdenken.« Leah rieb sich das Kinn und zog eine Grimasse. »Nö.«

Das siebte Date, dachte sie und nippte an ihrem Gin Tonic.

»Richtige Dates meinst du?«, fragte sie und knabberte an ihrem Chip.

Gabe nickte.

»Tja, wenn man sich amüsiert, vergeht die Zeit wie im Fluge.« Sie spürte einen Stich. Craig hatte nämlich die Dreistigkeit besessen, unter anderem genau diese Redewendung zu benutzen, als sie das wahre Ausmaß seiner Untreue entdeckt und herausgefunden hatte, wie lange das in ihrer Ehe schon so ging.

»Also, Kaffee bei Rabble in der Stadt, im Golden Lion etwas trinken, das Abendessen bei Pho Shizz, ein Spaziergang am Kanal und anschließend einen Tee, Picknick im Schlossgarten, mit der *Blue Moon* zum Pub tuckern, bis sich die Schraube in den Algen verheddert, und dann das hier.«

Gabriel machte eine vage Geste, um den Pub zu umschreiben, und Leah zählte an den Fingern ab.

»Ja, ich schätze, das sind wirklich sieben Dates.« Sie zwinkerte.

»Exakt genauso viele Wochen, seit deine Scheidung durch ist, falls es das besser macht.« Er wischte sich den Bierschaum von der Oberlippe. »Keine Eile.«

»Hast du das Boot eigentlich wieder hingekriegt?«, fragte sie.

Sie konnte nicht leugnen, dass die Tatsache, dass Gabe auf einem Boot wohnte und etwas von einem alternativen Freigeist hatte, recht anziehend auf sie wirkte. Aber sie machte sich auch nichts vor – jemanden zu daten, der in jeder Hinsicht das komplette Gegenteil von Craig war, war schon per se reizvoll.

Die einzige Gemeinsamkeit zwischen Gabe und ihrem Ex war, dass sie beide gut aussahen. Allerdings auf vollkommen unterschiedliche Weise. Craig hatte mit seinen markanten Gesichtszügen, dem akkurat geschnittenen blonden Haar, seinem haarlosen, im Fitnessstudio gestählten Körper eher etwas von einem griechischen Gott, jedenfalls, wenn man ihn nicht näher kannte, und er ließ auch keine Gelegenheit aus, sich entsprechend in Szene zu setzen. Seine Untreue hatte Leah allerdings gegen seine unbestreitbare äußerliche Attraktivität immun werden lassen.

Im Gegensatz dazu war Gabriel auf eine subtilere Art anziehend – er hatte einfach das gewisse Etwas, eine faszinierende, geheimnisvolle Ausstrahlung, als hätte seine Seele ein besonderes Aroma. Er trug sein welliges braunes Haar, das ihm bis zur Schulter reichte, oft zum Pferdeschwanz gebunden, und es roch immer gut. Er zog keine Designermode oder Maßgeschneidertes an wie Craig, hatte aber einen originellen und auf lässige Weise stylishen Look, bei dem alles irgendwie zusammenpasste, obwohl seine Garderobe zum Großteil aus Secondhand-Läden stammte oder aus Teilen, die er angeblich schon seit Ewigkeiten besaß. Meistens sah man ihn in Levi's, einem karierten Hemd, robusten braunen Boots und einer Jacke im Army-Stil. Im Zusammenspiel mit seinem kastanienbraunen Bart, den breiten Schultern und seinem Job als Landschaftsgärtner und Baumchirurg hatte er eine gewisse Holzfäller-Ästhetik. Leah fühlte sich unbestreitbar zu ihm hingezogen, aber es ging über diese Dinge hinaus. Da lag etwas in seinem Blick, als wäre er stets auf der Suche nach irgendetwas, und die Faszination schien auf Gegenseitigkeit zu beruhen.

»Ja, ich habe es wieder zum Laufen bekommen«, erwiderte Gabe in Bezug auf das Boot. »Da verheddern sich öfter mal Algen in der Schraube. Ich stehe ständig bis zur Taille im Kanal, um irgendwelches Zeug abzumachen. Das gehört zum Leben auf dem Wasser dazu.«

»Sieben Jahre hattest du gesagt?« Leah meinte, sich zu erinnern, dass er erwähnt hatte, dass er schon so lange auf der *Blue Moon* wohnte, einem siebzehn Meter langen Kanalboot.

»Schon wieder die Glückszahl.« Allerdings nicht unbedingt für mich, dachte Leah. Das war nämlich auch die Anzahl von Affären, die Craig während ihrer Ehe gehabt hatte. Zumindest die, von denen sie wusste. Sie wischte den störenden Gedanken an ihren Ex beiseite.

»Ganz zu schweigen davon, dass ich das mittlere von sieben Geschwistern bin.«

Leah hatte gerade einen Schluck trinken wollen und sah ihn überrascht über den Glasrand hinweg an. Er hatte hin und wieder Geschwister erwähnt, aber sie hatte nicht gewusst, dass es so viele waren.

»Schockiert?«

»Ich stelle mir nur gerade vor, wie es Weihnachten bei euch zugeht.«

»Lass es mich so ausdrücken: Wir feiern nicht bei mir, sonst würde das Boot sinken«, sagte er. »Aber es ist schön. Mir gefällt es. Ich habe vierzehn Nichten und Neffen.«

»Zweimal sieben«, stellte Leah fest und versuchte zu verdrängen, wie lang ihre Ehe gedauert hatte – vierzehn Jahre.

»Hast du denn die neuen Nachbarn schon kennengelernt?«, fragte Gabe. Er schob ihr das Chipspäckchen zu.

»Ich bin ihnen ein paarmal begegnet, allerdings immer nur der Frau, Gillian. Sie scheint mir ganz nett zu sein.«

»Nett ist gut«, meinte Gabe. »Als Eigenschaft für Nachbarn jedenfalls besser als ausgeflippt, verrückt oder exzentrisch.«

»Ist das der Grund, warum du auf einem Boot wohnst?«, fragte Leah und stupste mit dem Fuß gegen sein Schienbein. »Damit du keine nervigen Nachbarn hast, über die du dich beschweren kannst?«

»Auch«, erwiderte er. »Aber es geht mehr darum, dass ich den Nachbarn nicht auf den Wecker fallen will.«

»Ach richtig, die Musik«, sagte sie und erinnerte sich daran, wie sie nach der Panne auf dem Weg zum Pub festgemacht und den Grill auf dem Achterdeck in Gang gebracht hatten. Über die Außenlautsprecher hatten sie Debussy gehört, und die Geigenklänge waren in der wunderschönen, offenen Landschaft um sie herum keineswegs störend gewesen, sondern hatten sie nur noch schöner gemacht, als hätte die Natur ihren eigenen Soundtrack. Andere Leute hätten diese Meinung möglicherweise nicht geteilt – besonders, als er einen Gang hochgeschaltet und Iron Maiden aufgelegt hatte.

»Jedenfalls hat Gillian mich für morgen früh auf einen Kaffee eingeladen, da habe ich Gelegenheit, sie genauer unter die Lupe zu nehmen. Ich weiß nicht, was genau sie beruflich macht, aber sie geht jeden Morgen schick gekleidet aus dem Haus.«

»Schon so etwas wie einen Partner kennengelernt?« Gabes Dubliner Akzent erschien ihr plötzlich ausgeprägter. »Oder Kinder?«

»Nein zu beiden Fragen«, sagte Leah und blickte aus dem Fenster des Pubs. Eine Gruppe junger Typen hing auf dem Parkplatz herum und rauchte. Jimmy war darunter. Als er Leah bemerkte, winkte er kurz und grinste. »Weiß nicht, ob sie der Typ für Kinder ist«, sagte sie und wandte sich wieder Gabe zu. Aufgrund ihrer pauschalen Mutmaßungen bekam sie gleich ein schlechtes Gewissen. »Vielleicht sind sie auch auf dem Internat. Anscheinend haben sie jedenfalls Geld.« Es sollte sich nicht verbittert anhören, aber egal, wie viel Mühe sie sich gab, ihre Gedanken kehrten immer wieder zu ihrem Ex zurück. Ihrem reichen Ex, dem es dennoch irgendwie gelungen war, das Gericht zu überzeugen, dass er nichts hatte.«

»Das kann ich mir gut vorstellen«, sagte Gabe, lachte und schlüpfte aus seiner Jacke. Seine dunkelbraunen Augen glitzerten, als er sich über den Bart strich. »Und wahrscheinlich haben sie Diener und einen Butler. Und einen Chauffeur natürlich auch.«

»Vergiss nicht den Gärtner«, witzelte Leah in Anspielung auf Gabes Job.

»Das Haus ist doch bestimmt eine Million wert, oder nicht? Könnte schon hinkommen, dass sie ihre Kinder aufs Internat schicken.«

»Eins Komma zwei Millionen, um genau zu sein«, sagte Leah. »Nicht, dass ich so etwas online nachschlagen würde oder so.« Sie lachte.

»Also, um ehrlich zu sein«, sagte Gabe, »würde ich lieber in deinem Haus wohnen als in ihrem. Deins hat Charme. Das nebenan ist ... na ja, es ist ziemlich pompös. Nicht sehr gemütlich.«

»Und woher willst du wissen, wie es bei mir ist?« Sie zog eine Grimasse. »Du warst schließlich noch nicht drinnen.« Leah erinnerte sich an den Abend, als er sie zu Fuß vom thailändischen Restaurant nach Hause begleitet hatte. *Möchtest du noch auf einen Kaffee hereinkommen?* Die Frage hatte ihr schon auf der Zunge gelegen, als sie am Gartentor standen, aber Zoey und Henry schliefen oben (wobei Zoey vermutlich noch nicht schlief, weil es noch nicht einmal zehn Uhr war), also hatte sie sich dagegen entschieden. Der Kuss, den er ihr an der Tür gegeben hatte, musste vorerst reichen, so wie beim ersten Mal.

»Nur so eine Ahnung, weil ich es von außen gesehen habe. Keine Sorge, ich ... habe dich nicht ausspioniert.« Er nahm einen Schluck von seinem Bier, und dieses Mal war er es, der aus dem Fenster hinaussah. »Mir gefällt übrigens die Farbe in deinem Schlafzimmer«, fügte er grinsend hinzu.

Leah boxte ihn lachend in die Rippen, und der zierliche Barhocker kippelte. »Wenn du mir hinterherspionierst, weißt du ja auch, warum ich immer Farbe unter den Fingernägeln habe«, sagte sie. »Ich muss alle Zimmer renovieren und ...«

Leah brach ab und sah zur Bar hinüber. Ein Pärchen war gerade hereingekommen: eine große blonde Frau und ein kleinerer Mann mit Glatze. Sie sah genauer hin und drehte sich wieder zu Gabe. »Wenn man vom Teufel spricht«, flüsterte sie. »Meine neuen Nachbarn sind hier. Gillians Lebensgefährte ist anscheinend von seiner Geschäftsreise zurück.«

Gabe wandte sich langsam um und versuchte, es unauffällig

erscheinen zu lassen. »Ein eigenartiges Paar, finde ich«, sagte er leise und beugte sich näher zu Leah.

Sie beobachtete die beiden eine Weile – auch wenn es jetzt schwerer war, sie zu sehen, weil die Typen vom Parkplatz nun auch hereingekommen waren und sich um die Bar drängten.

»Hi, Mrs F«, rief Jimmy und zog die Jeans hoch. Er grinste, wobei seine strahlenden Augen unter dem fransigen Pony hervorblitzten. Alle in diesem kleinen Ort kannten Jimmy und seine Familie – sie waren sehr beliebt, und seine Großmutter Margaret leitete die örtliche Frauengruppe.

»Ich hab Arbeit für dich, Jimmy«, formte Leah mit den Lippen und machte dazu eine Telefongeste. Der Junge nickte und verließ mit seinen Freunden die Bar, sodass Leah nun Gillian wieder sehen konnte. Sie zog gerade die Jacke aus, und darunter kam ein knielanges Wickelkleid zum Vorschein. Ihre Beine waren lang, schlank und gebräunt, und ihr welliges blondes Haar fiel ihr locker um die Schultern und bewegte sich, als sie über etwas lachte, das ihr Begleiter gesagt hatte. Er hatte ihr eine Hand leicht auf den Rücken gelegt, eine Geste, die besitzergreifend wirkte, und seine Glatze war schweißglänzend. Wie Leah feststellte, war er ein gutes Stück kleiner als Gillian und trat nervös von einem Fuß auf den anderen, als ob ihm bewusst wäre, dass er nicht ganz in ihrer Liga spielte. Als er sich umdrehte, konnte Leah erkennen, dass er auch ein gutes Stück älter war.

»Du hast recht, sie passen irgendwie gar nicht zusammen«, sagte Leah und fragte sich, ob Leute dasselbe über sie und Craig gedacht hatten.

VIER

»Hereinspaziert ...« Gillian stand in der weit geöffneten Haustür. »Willkommen in meiner bescheidenen Hütte!«

Auf der Türschwelle zögerte Leah einen Augenblick und fragte sich, ob diese Bemerkung ironisch sein sollte. Vermutlich nicht. »Vielen Dank für die Einladung«, sagte sie. »Es war auch schön, Sie gestern kurz im Pub zu sehen«, fügte sie hinzu, als sie in den Flur trat. »Es ist nett dort.« Auf dem Tisch im Eingangsbereich stand eine Vase mit frischen Lilien, und die schwarz-weißen Bodenfliesen im Schachbrettmuster waren teilweise mit einem wertvoll wirkenden chinesischen Teppich bedeckt. Bei Carrie und Josh war dort nichts gewesen als die Fliesen in all ihrer Pracht.

»Ich habe Kuchen für uns«, sagte Gillian mit einem Lächeln und führte sie in die Küche. Natürlich kannte Leah den Weg bereits – sie war ein paarmal hier gewesen, als die alten Nachbarn noch darin gewohnt hatten, mal zum Kaffee mit Carrie oder zum Grillen, auf ein Glas Wein oder zum Sonntagsbrunch. Sie hatten gern Gäste gehabt. Vielleicht würden ja Gillian und ihr Lebensgefährte auch zu Freunden werden, dachte sie hoffnungsvoll.

»Da kann ich doch nicht Nein sagen«, erwiderte Leah und sah sich um. Mit Gillians Einrichtung erschien ihr die Küche so verändert. Es waren immer noch dieselben Schränke – hohe cremefarbene Hängeschränke und handgefertigte Unterschränke in einem Grau, das an Gewitterwolken erinnerte. Die Arbeitsflächen waren aus dicken Marmorplatten. Der alte Steinfußboden war auch noch immer derselbe, aber Gillians verchromter Glastisch wirkte moderner als Carries rustikaler Landhaustisch. Er passte überhaupt nicht zum Raum. Wie Leah feststellte, hatte Gillian einen extrem unpraktischen weißen Teppich daruntergelegt, vielleicht um die Unebenheiten im Boden zu überdecken.

»Darauf sieht man jeden Fingerabdruck«, kommentierte Gillian, als sie Leahs Blick bemerkte. »Vorher hatte ich ein modernes Penthouse-Apartment in der City. Abgesehen von ein paar Erbstücken passt die Einrichtung hier eigentlich nicht so richtig rein.« Sie zuckte mit den Schultern. »Tja, aber Rex hat sich nun mal so etwas Älteres gewünscht. Mal was anderes zur Abwechslung.«

»Rex?«, fragte Leah. »Ihr Lebensgefährte?«

Gillian lachte und nickte. »Alle nennen ihn so. Er ist noch immer geschäftlich unterwegs.«

»Aha ...«, machte Leah und fragte sich, wer dann wohl gestern der Mann im Pub gewesen war. Doch sie wollte nicht neugierig sein. »Also, ich finde, es sieht doch schon ganz wohnlich aus.« Sie zog einen Stuhl zurück, um sich zu setzen, und wollte die Hände gerade auf der Tischplatte ablegen, überlegte es sich dann aber wohlweislich anders und legte die Hände verschränkt in den Schoß. »Allerdings schließe ich mich Rex darin an. Ich liebe alte Häuser.«

»Kaffee?« Gillian drückte ein paar Knöpfe an einer riesigen Maschine, die auch gut in ein hippes Café gepasst hätte. »Ich kann Ihnen einen Latte machen, einen Cappuccino, einen Flat

White, Espresso, einen Macchiato, Sojamilch, entrahmt oder vollfett, koffeinfrei oder mit Wumms oder ...«

»Ein einfacher schwarzer Kaffee reicht«, meinte Leah ein wenig überfordert. »Ohne Zucker.« Sie sah zu, wie die Maschine mahlte, fauchte und schäumte und schließlich Leahs schlichten Kaffee und einen Cappuccino für Gillian ausspuckte.

»Ich kann nicht fassen, wie organisiert Sie nach ein paar Tagen hier schon sind«, kommentierte Leah, während Gillian einige Schränke öffnete, um Teller herauszuholen und Gabeln aus einer Schublade. »Bei mir herrscht noch totales Chaos.«

Alles war ausgepackt und ordentlich weggeräumt – Bilder und Vorhänge waren bereits aufgehängt, Nippes und Zimmerpflanzen zierten die breiten Fensterbänke. Die geräumige begehbare Speisekammer schien gut gefüllt, und in der Anrichte war ultramodernes Geschirr zu sehen. Es wirkte, als lebten sie und Rex hier schon seit ein paar Jahren.

»Ich habe mir einen Auspackservice und einen Inneneinrichter geleistet«, erklärte Gillian, trug die Kaffeetassen hinüber und nahm gegenüber von Leah Platz.

»Ganz ehrlich, da mein Partner in der letzten Zeit ständig unterwegs ist, hätte ich nie die Zeit gefunden, vor allem, weil im Büro im Moment die Hölle los ist. Ich arbeite für Rexie, müssen Sie wissen.« Sie nahm ein langes Messer und schnitt damit in den Kastenkuchen. »Möchten Sie ein Stück? Es ist Kaffee und Walnuss.«

Leah bedeutete ihr, dass sie gern eins nähme, und meinte: »Ich kann auch nicht fassen, dass sie mitten im Umzug sogar zum Backen kommen. Ich habe noch immer nicht die geringste Ahnung, wo meine Backformen stecken. Er sieht köstlich aus.«

»Oh, der ist nicht selbst gemacht. Ich habe ihn von dieser Konditorei in der Stadt. Die neben diesem etwas trostlos aussehenden kleinen Friseursalon, Sie wissen schon. Ich habe ihn mir liefern lassen, zusammen mit einem hausgemachten Brot.«

Ihr seidiges Haar fiel ihr locker über die Schultern und bewegte sich mit ihrem Lachen.

»Oh ja ... Die kenne ich«, sagte Leah und spürte, wie sich etwas in ihr sträubte.

»Was machen Sie denn so beruflich, Leah? Also mal abgesehen vom Renovieren.« Gillian sah auf, das Messer noch immer in ihrer Faust. »Ich habe nämlich abends das Kratzen an den Wänden gehört.«

»Oje, das tut mir leid«, entschuldigte sich Leah. »Ich hatte ja keine Ahnung, dass man es nebenan hören kann. Ich dachte, die Wände wären so dick, weil es ja so ein altes Gebäude ist.« Sie spürte, wie ihre Wangen warm wurden. »Aber wenn es Sie beruhigt, ich bin mit dem Tapetenentfernen fürs Erste fertig.«

»Lassen Sie mich raten«, fuhr Gillian vor, als hätte Leah gerade überhaupt nichts gesagt. »Ich würde sagen, etwas Praktisches ... Sind Sie Gärtnerin?«

Leah fühlte sich plötzlich verunsichert, als Gillian ihre Hände betrachtete. Wie ordentlich sie auch schrubbte, es blieb immer ein hartnäckiger Schmutzrand oder irgendein Farbrest unter den Fingernägeln.

»Ich habe vom Fenster oben gesehen, dass Sie auf dem Stück Acker drüben herumgebuddelt haben.«

»Oh, das ist kein Acker, es ist eigentlich mein ...«

»Vielleicht arbeiten Sie ja auch gar nicht? Möglicherweise haben Sie es finanziell nicht nötig?« Sie ließ ein trockenes Räuspern hören.

Leah zwang sich, nicht übereilt zu antworten. »Ich bin eigentlich Friseurin. Ich habe einen eigenen Salon in der Stadt.« Sie atmete durch. »Den neben der Konditorei.«

Einen Moment herrschte Stille.

Gillian nahm einen Bissen von ihrem Kuchen, kaute bedächtig und spülte ihn mit einem großen Schluck Kaffee hinunter. Als sie schließlich wieder das Wort ergriff, wies Leah sie nicht auf den Milchschaumbart über ihrer Lippe hin.

»Herrje, Sie müssen mich für schrecklich unhöflich halten.«
Sie bedeckte in einer übertriebenen Geste ihr Gesicht. »Als ich
trostlos sagte, meinte ich … na ja, ich wollte nur sagen, dass die
Fassade etwas Farbe brauchen könnte, mehr nicht. Ich habe
eigentlich nur Gutes darüber gehört. Es freut mich für Sie.«

Leah zögerte mit ihrer Reaktion – sie hatte Übung darin,
jahrelang Craigs passiv-aggressiven Monologen zu lauschen, in
denen er ihr jede noch so kleine Unzulänglichkeit unter die
Nase gerieben hatte. Es verschaffte ihrem Gehirn Luft, seine
Bemerkungen zu relativieren, wenn sie nur einen kurzen
Moment wartete, um nachzudenken. Sie hatte einige Zeit
gebraucht, um das herauszufinden, aber Craig ärgerte es am
meisten, wenn er ihr keine Regung entlocken konnte.

»Oh, Sie haben vollkommen recht«, erwiderte Leah. »Die
Fassade ist ein wenig schäbig. Ich lasse sie nächstes Frühjahr
streichen. Im Augenblick ist das Geld ein wenig knapp, aber
unseren Damen macht es offenbar nichts aus.«

»Damen?«, fragte Gillian und schien erleichtert, mit dem
unbeabsichtigten Affront davongekommen zu sein.

»Meine Kundinnen. Es sind überwiegend Rentnerinnen.«

»Ach so«, sagte Gillian. »Ein Nischenmarkt, sehr clever.«

Leah war versucht, Gillian zu fragen, ob sie einen Termin
machen wollte, sah aber keinen Grund, kindisch zu reagieren
oder sich mit der Nachbarin zu überwerfen. Im Gegenteil.
Trotz des schlechten Geschmacks, was Küchentische anging,
und des üblen Fauxpas, war sie ihr nicht unsympathisch. Ihre
fordernde, direkte Art war irgendwie erfrischend.

»Arbeiten Sie schon lange als Friseurin?«

»Ich habe direkt nach der Schule angefangen«, sagte Leah
und mümmelte ihren Kuchen. »Seit ich mit zehn zum ersten
Mal mit der Schere über meine Barbie hergefallen bin, wusste
ich, dass ich nichts anderes machen möchte.«

Sie hatte in der Vergangenheit immer als Angestellte gearbeitet, doch als vor ein paar Jahren der Salon in der Stadt zum

Verkauf angeboten wurde, war ihr Vater so großzügig gewesen, ihr Geld zu leihen, damit sie ihn kaufen konnte. Sie hätte es sich sonst nie leisten können, und Craig war nicht daran interessiert, ihre Karriere zu fördern. Seit sie Zoey und Henry hatten, war vollkommen klar, dass sie zu Hause bleiben sollte – nicht nur der Kinder wegen.

»Als ich ihn gekauft habe, hatte ich große Renovierungspläne. Ich wollte einen supertrendigen Laden daraus machen mit integriertem Nagelstudio und Kosmetikbehandlungen. Ich habe die Kundinnen geerbt, und als ich sie erst einmal kennengelernt hatte, habe ich es nicht übers Herz gebracht, etwas zu verändern. Die Busverbindung in die Innenstadt ist nicht berauschend, und einige meiner Damen sind nicht mehr so gut zu Fuß. Außerdem können sich die meisten von ihnen einen teuren Salon in der City nicht leisten, und für viele ist es die einzige Gelegenheit, unter Leute zu kommen. Also sieht *Waves* noch immer haargenau so aus wie damals, als ich den Salon gekauft habe.«

»Das klingt wundervoll«, meinte Gill. »Es sollte nicht immer nur um Profit und Erweiterung gehen.«

»Ganz genau«, stimmte Leah zu und bemerkte, dass Gillian kurz unangenehm berührt wirkte. »Und es läuft ganz okay. Ich kann pünktlich die Rechnungen und die Angestellten bezahlen. Ich decke gerade so die Kosten, aber ich kann voll Überzeugung sagen, dass ich mich immer auf die Arbeit freue, und das ist es, was zählt. Bevor ich Waves übernommen habe, war ich in einem sehr beliebten Salon in der City angestellt, aber das Pendeln fiel mir schwer wegen der Kinder. Mein Mann war ...« Sie ließ den Satz in der Luft hängen, weil sie sich nicht korrigieren und »Ex« sagen mochte. Sie wollte nicht erklären müssen, dass sie geschieden war. Jedenfalls noch nicht.

»Na ja, er hat lange gearbeitet, und die Kinderbetreuung gestaltete sich damals etwas schwierig. Waves kam da gerade

richtig. Ich kann mir sogar ein oder zwei Tage die Woche frei-
nehmen – so wie heute.«

»Das mit den langen Arbeitszeiten kenne ich.« Gillian sah
Leah an. »Mein Lebensgefährte ist ständig im Büro oder
arbeitet zu Hause an seinem Laptop. Wir haben keine Kinder,
Rexie hat allerdings welche aus einer vorherigen Ehe.« Vielleicht bildete sie es sich ein, aber Leah glaubte, einen sehn-
suchtsvollen Ausdruck in Gillians Blick zu lesen, als sie die
Hand auf ihren flachen Bauch sinken ließ und den Kopf
abwandte.

Als sie den Kaffee ausgetrunken hatten, bestand Gillian
darauf, Leah das Haus zu zeigen.

»Ich habe mich sofort verliebt, als ich das Haus zum ersten
Mal betreten habe. Rex hat mich überrascht, denn er hatte es
bereits gekauft. Er betonte immer wieder, dass er es einfach
haben musste.«

Leah fragte sich, was wohl passiert wäre, wenn Gillian das
Grundstück nicht gefallen hätte.

»Es tut mir leid, dass ich gestern im Pub nicht kurz rübergekommen bin«, sagte Leah und folgte Gillian, als diese in den
großen Salon vorging. »Nachdem wir uns auf dem Klo begegnet
sind, bin ich gleich zur Hintertür raus und zum Parkplatz. Gabe
hat draußen gewartet.«

»Ach ... halb so wild. Ich war mit einem Freun... Einem
Kun... Also, es war ein geschäftlicher Termin«, fügte sie
schließlich hinzu und öffnete die hölzernen Läden des großen
Bogenfensters. Licht durchflutete den Raum. Dann zog sie
den Vorhang vor der Glastür zurück, die auf die Terrasse
hinter dem Haus hinausführte. Carries und Joshs bequeme
Samtsofas waren verschwunden und einer recht unbequem
wirkenden Tapisserie-Sitzgruppe gewichen. Leah beschloss,
nicht weiter nachzubohren, wer der Mann im Pub gewesen
war.

»Wir sitzen hier eigentlich nie«, bemerkte Gillian. »Na ja,

eigentlich haben wir noch nirgends zusammen gesessen, weil Rexie ja weg ist.« Sie lachte.

»Aber das soll unser offizielles Empfangszimmer sein, wenn wir mal einen Umtrunk veranstalten oder Gäste haben.«

Alter Schwede, dachte Leah, als sie daran dachte, dass sich direkt hinter dieser Wand mit dem reich verzierten marmornen Kamin, den eindrucksvollen Ölgemälden und dem Klavier ihr gemütliches kleines Wohnzimmer befand. *Das könnte man hier locker viermal unterbringen*, dachte sie. In ihr Wohnzimmer hatte sie mit Mühe ihr durchgesessenes altes Sofa, ein paar Sitzkissen und einen Sitzsack für die Kinder und ihre Freunde hineingequetscht. Ihr abgeschliffener Holzboden mit den weichen Schaffell-Teppichen war mit Gills flauschigem, fast weißem Teppich kaum zu vergleichen. Sie konnte sich auch nicht vorstellen, ein Zimmer nur für offizielle Besuche zu haben – jedenfalls nicht mehr. Das Haus, in dem sie und ihre Familie mit Craig gewohnt hatten, hatte über alle Annehmlichkeiten verfügt, schließlich wollte ein Immobilienmakler auch selbst ein anständiges Zuhause – doch ihr schicker, freistehender Neubau, der in einer ruhigen Sackgasse in einem gehobenen Wohnviertel gelegen war, ließ sich keineswegs mit dem Haus vergleichen, das Gillian und Rex bewohnten.

»Und hier werden wir unsere Filmabende veranstalten. Rexie ist ein großer Filmfan«, sagte Gillian und führte Leah in den nächsten Raum.

»Das haben Sie aber hübsch eingerichtet«, sagte Leah. Sie kämpfte gegen den Kloß in ihrem Hals an und schluckte das Gefühl hinunter, das sich noch immer anfühlte wie … Trauer. Sosehr sie Craig für das hasste, was er ihnen angetan hatte, markierte die Scheidung noch immer das Ende ihrer Ehe, und das war mit einem tiefen Verlustgefühl verknüpft. Das Gefühl war noch immer da. Craig hatte sich auch für Filme begeistert. Er kannte sich extrem gut damit aus, und sie hatten freitags, wenn die Kinder im Bett waren, oft ganze Abende zusammengekuschelt auf der Couch verbracht und Filme geschaut, alles Mögliche, aktuelle Blockbuster ebenso wie klassische französische Arthouse-Filme. Freitags war er fast immer zu Hause gewesen – wie sich anschließend herausstellte, waren das die Abende, die er neben den vielen anderen für sie reserviert hatte. Eine Alibiveranstaltung, um den Anschein des treusorgenden Familienvaters zu wahren, für den ihn alle hielten. Außerdem hatte Craig auch immer mit genau einer solchen wuchtigen Leder-Eckgarnitur geliebäugelt, wie sie hier im Fernsehzimmer von Gillian und Rex stand.

»Im Winter, wenn der Ofen an ist, wird es sicher sehr gemütlich«, fuhr Gillian fort und schüttelte eines der Zierkissen auf. »Kommen Sie, wir gehen nach oben. Vielleicht können Sie mir einen Tipp wegen der Vorhänge geben.«

Leah folgte Gillian die geschwungene Treppe hinauf und überlegte, ob sie vielleicht die Schuhe hätte ausziehen sollen. Sie wollte keine Spuren auf dem makellosen Teppich hinterlassen. Bei Gillian hatte sie eigenartigerweise wesentlich mehr Skrupel als bei Carrie und Josh. Die beiden hatten zwar viel Wert auf die Inneneinrichtung gelegt, ihr Zuhause aber stets als einen Ort betrachtet, in dem Alltagsleben stattfand.

»Das ist unser Schlafzimmer«, sagte Gillian und betrat das größte der fünf Zimmer im Obergeschoss. »Aber diesen Vorhangstoff finde ich einfach scheußlich. Ich habe Angst vor Vögeln und möchte sie nicht dort haben, wo ich schlafe.«

»Das ist ja ein William-Morris-Design!« Leah ging zum Fenster und ließ den Stoff bewundernd durch die Finger gleiten. »Die sind wunderschön. Sicher, dass Sie sich nicht mit der Zeit daran gewöhnen? Neue würden bestimmt ein Vermögen kosten.« Leah spähte durch die Schlitze des Rollos vor dem Bogenfenster. Man sah den ordentlichen Vorgarten – akkurat gestutzte Buchsbaumhecken, Lavendelbüsche und Zierlorbeer –, der einen deutlichen Kontrast zu ihrem eigenen winzigen Gärtchen bildete, das hauptsächlich aus Matsch und zerbrochenen Gehwegplatten bestand.

»Das Design ist mir egal, es gefällt mir nicht, wie diese Vögel mich mit ihren Knopfaugen anstarren. Es ist mir unheimlich. Sie können sie gerne haben, wenn Sie möchten.«

»Danke«, sagte sie und lachte. »Der Stoff würde bei mir vermutlich für alle Fenster reichen.« Sie bemerkte das Vibrieren ihres Handys in der Jeanstasche und legte unwillkürlich die Hand darauf. Vermutlich eine Textnachricht. Sie wollte nicht unhöflich erscheinen, also sah sie nicht nach, sondern folgte Gillian ins angrenzende Badezimmer, wo sie ihr von dem Wasseraufbereiter erzählte, den sie anschaffen wollte, weil es besser für die Haare war. Leah ließ den Blick durch den makellosen weiß gefliesten Raum schweifen. Die teuren goldfarbenen Armaturen glänzten, das Glas der Duschkabine war so sauber, dass es unsichtbar wirkte, und die Handtücher sahen flauschig, weich und nagelneu aus.

Wie die Gutsituierten so lebten, dachte Leah und wünschte, sie könnte sich so etwas auch leisten. Auf den Regalen über den beiden Marmorwaschbecken befanden sich diverse Kosmetikprodukte und Glasfläschchen, die höheren hinten, die kleineren vorne. Viele der Marken waren Leah unbekannt, aber sie sahen mit ihren pastellfarbenen Verpackungen und dem getönten Glas allesamt teuer aus. Dann entdeckte sie ein paar Dinge, die sie zurückzucken ließen.

Verflixt, dachte sie und ging zurück ins Schlafzimmer, während sie eine Träne aus dem Augenwinkel blinzelte. Warum war ihr das aufgefallen? Doch in den vergangenen Monaten hatte sie bereits öfter festgestellt, dass die Trigger überall lauern konnten. Die typische goldfarbene Verpackung von Paco Rabanne stand sicherlich bei vielen, doch es war Craigs bevorzugtes Aftershave. Vorletztes Jahr hatte sie sogar ein Geschenkset für ihn gekauft und es liebevoll verpackt unter den Baum gelegt, nicht ahnend, dass wenige Monate später das

Leben, das sie und ihre Kinder bis dahin gekannt hatten, plötzlich in sich zusammenbrechen würde. Sie schloss die Badezimmertür und versuchte, sich wieder zu fangen. Es half doch nichts, auf einmal sentimental zu werden. Jetzt war eben alles anders.

In diesem Augenblick brummte Gillians Handy auf dem Nachttisch, und sie griff danach. »Bitte entschuldigen Sie mich kurz«, sagte sie knapp. »Hallo, Schatz! Wie geht es dir? Und wo steckst du überhaupt gerade?« Sie kicherte schüchtern und zwirbelte eine Haarsträhne um ihren linken Zeigefinger. Während sie telefonierte, holte Leah ihr eigenes Handy heraus und las die Nachricht, die gerade angekommen war.

Henry hat gekotzt. Was gibt's zu essen? Ich sterbe! Z x

Leah wusste, dass Zoey als große Schwester in der Lage war, auf Henry aufzupassen, während sie nebenan auf einen Kaffee vorbeischaute oder wenn sie abends für ein paar Stunden mit Gabe ausging, doch sie wusste ebenso gut, dass sie nicht sauber machen oder aufräumen und erst recht nicht ihrem Bruder hinterherputzen würde. Es wurde also Zeit zu gehen.

»Oh, das ist toll!«, sagte Gillian gerade und wandte sich mit erwartungsvollem Gesichtsausdruck zu Leah um. »Ja, ja, das mache ich, mein Schatz. Bis ganz bald! Ich liebe dich – nein, ich liebe dich mehr ... hahaha!« Ihre Stimme wurde immer höher, bis sie schließlich auflegte. »Wenn man vom Teufel spricht«, sagte Gillian und legte das Handy zurück auf den Nachttisch. »Sie werden den Mann, der für all das hier verantwortlich ist, schon bald kennenlernen.« Sie machte eine vage Geste mit der Hand, die den gesamten Raum einschloss. »Rexie kommt bald nach Hause, ganze zwei Tage früher als gedacht. Sie und Ihr Mann müssen zum Cocktailtrinken kommen. Ich mache ein paar Canapés, wir können auf der Terrasse sitzen und ...«

Leah schluckte, als sie ein paar Herrenslipper entdeckte, die ordentlich neben den Einbauschränken standen, während Gillian begeistert weiter Pläne schmiedete. Und auf dem Nachttisch auf der anderen Bettseite sah sie ein Buch – *Wie Sie sich durchsetzen* – offenbar etwas, das Rex gerade las.

»Natürlich, das ... äh, wäre nett, vielen Dank!« Bisher war es ihr gelungen, nicht über ihren Ex und die schrecklichen fünfzehn Monate zwischen Trennung und Scheidung zu sprechen. Doch jetzt hatte sie keine Zeit zu erklären, warum es keine bessere Hälfte gab und dass sie jetzt mit den Kindern und der Katze allein war. »Ich sollte besser gehen. Henry geht es gar nicht gut«, sagte sie und hielt ihr das Handy hin. »Typisch Kinder, oder?« Sie verdrehte die Augen.

»Geben Sie mir einfach Ihre Nummer«, sagte Gillian. »Ich texte Ihnen dann wegen der Cocktails.«

Leah wartete, während sie ihre Nummer ins Handy speicherte, und entdeckte einige kleine, silbern gerahmte Fotos, die gegenüber dem Bett auf dem Kaminsims standen.

»Bitte sehr«, sagte Gill und reichte Leah das Handy zurück. Im Gegenzug speicherte Leah ihre Nummer in Gillians Handy ein, und als sie sich zum Gehen wandte, fiel ihr auf, dass es sich bei der blonden Frau, die ihr von den Fotos entgegenstrahlte, um Gillian handelte. Das Gesicht des Mannes konnte sie nicht richtig erkennen, weil es im Schatten lag und er sich von der Kamera abwandte, doch irgendetwas setzte sich in ihrem Hinterkopf fest, als sie die Treppe hinunterging und sich verabschiedete, um sich nebenan um ihren Sohn zu kümmern.

FÜNF

»Hi, Mum«, sagte Leah, als sie später am Tag in den Salon eilte. »Wie geht's?« Sie beugte sich herab, um ihr einen Kuss auf die Wange zu geben. Rita Ward war Anfang sechzig, groß, drahtig und hatte lange silberglänzende Haare. Sie schenkte ihrer Tochter ein herzliches Lächeln und schlang ihr einen ihrer dünnen Arme um den Hals, wobei der weite Ärmel ihres Kimonos verrutschte und ihr Tattoo freilegte, das Sonne und Mond darstellte. Wie immer lag Pixie, der kleine weiße Terrier auf ihrem Schoß. Es ließ sich nicht leugnen, dass Rita trotz ihres gewöhnungsbedürftigen Stils noch immer sehr gepflegt und attraktiv aussah.

»Vielen Dank, dass du für mich extra deinen freien Tag opferst, Liebes«, sagte sie, hob eine dicke Strähne ihres widerspenstigen Haars an und verzog ihre knallrot geschminkten Lippen zu einem Schmollmund.

Selbst für Leah war es eine Herausforderung, die lange Lockenpracht ihrer Mutter zu stylen.

»Ich kann gar nicht sagen, wie dankbar ich dir bin. Dein Dad hat mich mit irgend so einem offiziellen ›Beisammensein‹ überfallen, für das ich gerne gut aussehen möchte. Irgendein

Veteranentreffen von der Armee, das er vollkommen vergessen hat zu erwähnen.« Sie verdrehte die Augen und schüttelte den Kopf.

Für Leah war ihre eigene Existenz noch immer ein großes Wunder, das Produkt der unwahrscheinlichen Liebesbeziehung eines Armeeoffiziers und eines Relikts aus der Hippie-Ära, das sich noch immer in den Siebzigerjahren wähnte. Dass sie ein Einzelkind geblieben war, überraschte daher wenig.

»Na, das wird bestimmt richtig toll«, sagte Leah mit einem Zwinkern, denn sie wusste, dass ihre Mum nur ihrem Vater zuliebe hinging. Obwohl sie nicht unterschiedlicher hätten sein können, waren sie nach wie vor unzertrennlich und noch verliebt wie damals, als sie sich bei einer Tanzveranstaltung im Dorf kennengelernt hatten.

»Egal, es ist überhaupt kein Problem«, fuhr Leah fort. Eigentlich war sie froh gewesen, als ihre Mutter angerufen hatte. Die Kinder hatten ohnehin miese Laune, und Henry fühlte sich noch immer nicht so recht, weil er zu viel Eis gefuttert hatte. Außerdem war Zoey schlecht drauf, weil sie noch immer nichts von ihrem Vater gehört hatte. Sie hoffte, dass ein oder zwei Stunden bei ihrem Opa vielleicht helfen konnten, ihre Laune zu bessern. »Ich lege mir nur schnell mein Zeug zurecht«, verkündete Leah und huschte zu ihrem Frisierwagen.

Ein wenig später saß Rita mit zurückgelegtem Kopf vor dem Waschbecken, während Leah sanft das Shampoo in ihr Haar massierte. Sie gab Laute der Zufriedenheit von sich, was Pixie veranlasste, leise zu fiepen und das Kinn auf Ritas Beine zu legen. Den Tag über war im Salon offenbar viel Betrieb gewesen, aber jetzt wurde es allmählich ruhig. Sally und Charlotte, ihre beiden Angestellten, und Tom, die Aushilfe, die samstags kam, gönnten sich hinten ein wohlverdientes Tässchen Tee kurz vor Ladenschluss, um dann ins Wochenende zu starten.

»Wie kommst du mit der Renovierung voran, Schatz?«, fragte Rita mit noch immer geschlossenen Augen. »Ich wünschte, du würdest jemanden dafür engagieren. Kann Margarets Enkel nicht aushelfen? Er ist ziemlich geschickt.«

»Mühsam ernährt sich das Eichhörnchen«, erwiderte Leah. »Allerdings kann ich mir im Augenblick ja noch nicht einmal Jimmy wirklich leisten, obwohl der nicht viel nimmt. Aber weißt du was? Ich war heute auf einen Kaffee bei meiner neuen Nachbarin. Die, von der ich dir schon erzählt habe, erinnerst du dich? Sie ist ... na ja, irgendwie ist sie ganz nett.«

Sie dachte an diesen Vormittag zurück, als sie überstürzt nach Hause musste, weil Henry sich übergeben hatte.

»Ach, mein armer kleiner Schatz, du bist ja ganz blass«, hatte sie gesagt, sich neben das Sofa gekniet und ihm die Hand auf die Stirn gelegt.

»Igitt, Mum! Jetzt hast du dich voll reingekniet.« Zoey hatte im Flur gestanden, sich die Nase zugehalten und Würgegeräusche von sich gegeben. Tatsächlich spürte Leah etwas Feuchtes durch ihr Hosenbein, doch ihre Sorge um Henry war wichtiger. Er sah elend aus. »Was hast du denn zuletzt gegessen?«

»Sie ist schuld«, jammerte Henry, hielt sich den Bauch und zeigte wütend mit dem Finger auf Zoey.

»Gar nicht!«, konterte Zoey. »Ich habe doch gesagt, du sollst es nicht ganz aufessen, du Blödmann!«

Während die Kinder stritten, spürte Leah, dass ihr Handy vibrierte.

Wie sieht es morgen aus? Lust auf einen Sundowner auf der Blue Moon? G x

Sie musste lächeln.

»Hier ist der Beweis, Mum«, sagte Zoey und griff hinter das Sofa, um eine leere Eiscreme-Packung hervorzuholen. Henry hielt sich bei dem Anblick die Hand vor den Mund.

»Ach, Krümel«, sagte Leah und nahm ihn in den Arm, wobei sie sich zusammenreißen musste, nicht zu lachen. »Das habe ich doch erst gestern gekauft. Hast du es ganz aufgegessen?«

Henry nickte und ließ den Kopf hängen. »Sie hat gesagt, ich trau mich nicht«, jammerte er wieder, als Leah in die Küche ging, um das Putzzeug zu holen. Aber sie hatte erst ihr Telefon aus der Tasche gezogen und die Nachricht noch einmal gelesen.

Gabe ist wirklich nett, hatte sie gedacht. *Rücksichtsvoll, ruhig und ... einfach anders.* Sie hatte es gleich bei ihrem ersten Treffen gespürt. Sie wollte ihm gerade antworten, dass sie gern mit ihm auf dem Boot etwas trinken würde, als eine weitere Nachricht auf dem Display aufleuchtete.

Cocktails morgen um sechs bei uns? Ich kann es nicht erwarten, Ihren Mann kennenzulernen. Gilly xx

»Was ist denn mit diesem Baum-Typ, mit dem du ausgegangen bist?«, fragte Rita in diesem Augenblick, während Leah ihr Haar in ein weiches Handtuch wickelte, sie zum Frisiertisch zurückführte und vor den großen Spiegel setzte. »Dave, richtig?«

»Gabe«, verbesserte sie, sah ihre Mum über den Spiegel an und musste das Lächeln unterdrücken. »Er hat mich eingeladen, morgen auf seinem Kanalboot etwas zu trinken.«

»Ist das nicht gefährlich, Schatz? Ich meine, so gut kennst du ihn doch noch nicht. Er könnte dich über Bord werfen oder sich an dir vergehen.«

»Keine Angst, Mum«, beruhigte Leah sie, gab etwas Glättungsbalsam auf die Handflächen und massierte ihn in ihr Haar. »Gabe ist in Ordnung.« *Wahrscheinlich sogar weit mehr als in Ordnung*, dachte sie, verkniff sich den Kommentar allerdings.

Auch wenn ihre Mutter sich Sorgen machte, wusste sie, dass sie es gern gesehen hätte, wenn sie einen neuen festen

Partner gefunden hätte, auch wenn es vermutlich in ihren Augen das Beste gewesen wäre, wenn sie sich wieder mit Craig ausgesöhnt hätte. Wahrscheinlich verglich sie alles mit ihrer eigenen Beziehung. Ihr Vater hätte schon einen Mord begehen müssen, und selbst in dem Fall war Leah sich nicht sicher, ob ihre Mutter ihn je verlassen hätte.

»Ich mache mir doch nur Sorgen um dich, Schatz. Du hast so viel aufgegeben und geopfert, indem du Craig verlassen hast. Da ist es wichtig, dass er wirklich der Richtige ist.« Rita sah ihre Tochter im Spiegel an, und ein gequälter Ausdruck lag auf ihrem Gesicht.

Leah schloss kurz die Augen. Sie nahm sich vor, den Köder nicht zu schlucken. »Gabe und ich sind … vorerst nur gute Freunde, Mum. Ich möchte mich so schnell nicht wieder binden. Wir gehen ab und zu einmal etwas trinken. Das ist alles.« Sie hatte sich angewöhnt, sehr vorsichtig bei dem zu sein, was sie ihrer Mutter erzählte, und versuchte zu verbergen, dass ihr Herz jedes Mal Purzelbäume schlug, wenn sie eine Nachricht von Gabe erhielt oder sie zufällig an ihn denken musste.

»Klingt romantisch, auf einem Boot zu wohnen«, griff Rita den Gesprächsfaden wieder auf. »Allerdings nicht gerade ein Anzeichen dafür, dass er mit beiden Beinen im Leben steht. Stuf sie einfach wieder durch, Schatz. Die Gesamtlänge soll so bleiben.«

Leah nickte und überging die Bemerkung über Gabe, während sie die Haare ihrer Mutter auskämmte. Selbst im nassen Zustand kringelten sie sich zu störrischen silbernen Löckchen, die sich hartnäckig weigerten, sich legen zu lassen. *Genau wie Mum*, dachte Leah. *Stur und willensstark.*

»Ich sage doch bloß, dass du dich nicht unter Wert verkaufen solltest, okay? Ein bisschen Geheimnis und Mysterium sollte man sich bewahren, um für einen Mann auf Dauer reizvoll zu sein. Das ist meines Erachtens auch der Fehler, den du bei Craig gemacht hast.«

»Mum!«, rief Leah und sah im Spiegel, wie sich ihre Augen weiteten. »Vielleicht merkst du irgendwann, dass es Craig war, der in unserer Ehe die Fehler gemacht hat. Und das hat er ganz allein getan, ohne dass ich dazu beigetragen hätte.« Ihre Mutter kannte nicht einmal ansatzweise das gesamte Ausmaß dessen, was sie mit ihrem Ex durchgemacht hatte, ihre Worte waren dennoch sehr verletzend.

»Das weiß ich doch, Schatz, aber das meine ich doch gar nicht.« Rita rückte mit klimpernden Armreifen Pixie auf dem Schoß zurecht, sodass der kleine Hund kurz schauderte und knurrte. »Männer sind nun einmal seltsame Geschöpfe, und sie mögen es oft nicht, wenn eine starke Frau …«

»Mum, es reicht!«, schalt Leah und hob eine Hand wie ein Stoppzeichen, wobei sie ihr leicht mit der Schere auf die Schulter tippte. »Wir sind nicht in den Fünfzigern. Du und Dad, ihr habt eure eigene kuriose Beziehung und …«

»Was weißt du denn über die Zukunftspläne von diesem neuen Kerl, Schatz?«, fragte ihre Mutter und wischte sich einen Wassertropfen aus dem Nacken. »Ich meine, schließlich ist er nur Gärtner.« Ritas Spiegelbild verzog das Gesicht, und Leah wurde bewusst, wie ähnlich sie einander sahen. In diesem Augenblick wünschte sie sich, das wäre nicht der Fall.

»Jetzt hör aber auf, Mum!« Leah seufzte resigniert. »Gabe ist Baumchirurg und Garten- und Landschaftsbauer. Und selbst wenn er ›nur ein Gärtner‹ wäre, hätte ich überhaupt nichts dagegen.« Sie konzentrierte sich darauf, das Haar ihrer Mutter durchzustufen, und löste einige weitere Strähnen, um weiterzuarbeiten. Den Haarclip hielt sie zwischen den Lippen, so konnte sie wenigstens nichts sagen, was sie später bereuen würde.

»Bäume brauchen Chirurgen?«, fragte Rita und zog die gezupften und nachgezogenen Augenbrauen hoch.

Schließlich tat Leah, was sie schon immer getan hatte,

schon als Kind: Sie blendete die Monologe ihrer Mutter einfach aus.

»Gib bloß acht, dass du ... und wenn er je ... war früher nicht so ... sei vorsichtig, dass er nicht ...« So ging es die ganze Zeit weiter.

Leah war sich nicht sicher, was Rita dazu veranlasste, sie bei diversen Themen im Brustton der Überzeugung zu belehren. Ob aus Furcht oder wegen irgendwelcher tief sitzenden Überzeugungen, es mutete ein wenig seltsam an, denn eigentlich kannte sie sich mit nichts besonders gut aus. Irgendwann war Leah zu der Überzeugung gelangt, dass es eine tief verwurzelte Unsicherheit sein musste und sie sich auf diese Weise eben einfach ... *nützlich* fühlen wollte.

Seit sie ihren Vater geheiratet hatte, verbrachte Rita ihre Zeit damit, Töpfer- oder Malkurse zu belegen, Yoga zu trainieren oder an Meditations-Workshops teilzunehmen. Sie sang im Chor oder meldete sich bei Wandergruppen an. Ihr neuester Spleen war Kampfsport, und sie hatte im vergangenen Jahr begonnen, zweimal die Woche im Dojo mit – wie sie es ausdrückte – »ihrem Sensai« zu trainieren.

So lange Leah zurückdenken konnte, hatte ihre Mutter nie einen Job gehabt – von ein paar ehrenamtlichen Tätigkeiten einmal abgesehen, und sie hatte auch nie den Ehrgeiz entwickelt, sich eine Karriere aufzubauen. Sie war vollauf zufrieden damit, Ronald, ihrem Mann, kreuz und quer durchs Land zu folgen, wenn er einmal wieder versetzt wurde. Eingehüllt in einen Hauch Sandelholz wehte sie einfach hinter ihm her.

Mit einem Armeeangehörigen verheiratet zu sein, war zugegebenermaßen nicht immer leicht, und hatte es ihr nahezu unmöglich gemacht, eigene Pläne zu verfolgen, besonders mit einem Kind. Doch seit ihr Vater im Ruhestand war und sie sich in ihrer kleinen Doppelhaushälfte in Alvington niedergelassen hatten, passte ihre Mutter irgendwie nicht ganz ins Bild ... als wäre ihre Seele nicht für ein biederes Vorstadtleben gemacht, war sie stets auf der Suche und rastlos. Der Lebensstil einer vagabundierenden Soldatenbraut hatte insofern besser zu ihr gepasst.

Leah griff nach dem Föhn, schaltete ihn ein und richtete ihn auf die Haare ihrer Mutter. Im Spiegel sah sie, wie sich Ritas Lippen bewegten und die Falte zwischen ihren Augen tiefer wurde. Wenigstens konnte sie jetzt nicht mehr verstehen, was sie sagte. Leah nickte einfach, lächelte hier und da, während sie Ritas Haare föhnte, und nahm sich vor, ihre Mum lieber nicht zu fragen, ob sie Gabe morgen Abend mitnehmen sollte, wenn sie zu Gillian ging.

»Das Glück ist mit den Mutigen, Liebes«, hörte sie ihre Mutter sagen, als sie schließlich den Föhn ausschaltete. Während Rita sich zufrieden im Spiegel betrachtete, Pixie fragte, wie ihm Frauchens neue Frisur gefiel und ihn knuddelte, lief Leah ein Schauer über den Rücken. Das war auch so einer von Craigs Sprüchen. Allerdings gehörte es auch zu den wenigen hilfreichen Dingen, die ihre Mutter in letzter Zeit von sich gegeben hatte.

SECHS

Leah öffnete die Tür mit vorgelegter Sicherheitskette und spähte durch den schmalen Spalt, auch wenn sie genau wusste, wer geklingelt hatte. Alte Gewohnheiten waren schwer abzulegen. Seit der Scheidung war sie vorsichtig, wen sie ins Haus ließ. »Hey«, sagte sie liebevoll. »Dauert bloß ein Sekündchen.« Bevor Gabe auch nur irgendetwas sagen konnte, hatte sie die Tür bereits wieder geschlossen.

»Okay«, sagte sie, als sie die Tür vollständig öffnete, die Handtasche über die Schulter schlang und sich bereit machte, das Haus zu verlassen. »Dick und Doof da drinnen haben strikte Anweisungen, sich die nächsten paar Stunden möglichst nicht zu rühren und einen großen Bogen um die Gefriertruhe zu machen. Bevor du fragst, du willst es gar nicht wissen«, fügte sie hinzu mit erhobener Hand hinzu, als sie Gabes fragenden Blick bemerkte. »Henry hatte gestern eine unerfreuliche Begegnung mit einer Packung Schokoladeneis. Ich habe behauptet, dass ich durch die Wand genau hören kann, was er anstellt, und dass er sich lieber benehmen soll.«

Gabe lachte und gab Leah einen Kuss – einen langen auf

die Lippen. »Ich freue mich, dich wiederzusehen«, sagte er. »Du siehst fantastisch aus.«

Leah blieb auf der obersten Stufe stehen und sah zu ihm auf. Sie bemerkte seinen wohlwollenden Blick, diesen warmen, herzlichen Ausdruck, der sie von Anfang an für ihn eingenommen hatte. »Du siehst auch ziemlich schnieke aus«, erwiderte sie und musterte sein figurbetontes marineblaues Hemd, das seine kräftigen Schultern perfekt ausfüllten. »Und noch einmal vielen Dank, dass du mitkommst.« Sie gestikulierte in Richtung des Nachbarhauses. »Ich hoffe, es macht dir nicht so viel aus, mich zu begleiten. Um ehrlich zu sein, hätte ich es vorgezogen, mit dir auf dem Boot etwas zu trinken und den Sonnenuntergang zu betrachten, aber ich dachte, ich sollte mich mit den neuen Nachbarn gut halten. Gillian schien so viel Wert darauf zu legen, dass ich jemanden mitbringe ... und da war es naheliegend, dich zu fragen.«

Dass Gillian dachte, sie käme mit ihrem Mann, verschwieg sie lieber. Sie würde einfach später an einer passenden Stelle im Gespräch fallen lassen, dass sie geschieden war. Sie wollte nicht, dass es zu verkrampft wurde.

»Date Nummer acht – und wir machen es offiziell, indem ich dich explizit als dein Freund begleite.« Gabe strich sein langes Haar aus dem Gesicht, und unter seinem ordentlich gestutzten Bart war ein charmantes Lächeln zu sehen.

»Freund?«, fragte Leah und stolperte beinahe, als sie die Stufen hinabging. Sie hielt sich an seinem Arm fest und sah zu ihm auf. Innerlich führte sie gerade ein kleines Freudentänzchen auf. Es fühlte sich plötzlich nicht mehr an wie ihr eigenes Leben, sondern als wäre sie jemand ganz anders. Die Kinder waren glücklich und zufrieden in ihrem gemütlichen neuen Zuhause, sie hatte einen rücksichtsvollen, großzügigen und warmherzigen Mann an ihrer Seite, die schreckliche gerichtliche Auseinandersetzung und die unerfreuliche Scheidung rückten täglich in weitere Ferne – war es wirklich möglich, dass jemand wie sie so etwas erlebte?

»Na ja, Partner? Lebensgefährte? Freund und Freundin hört sich tatsächlich ein bisschen nach Teenagern an.« Gabe lachte und öffnete das windschiefe Törchen in Leahs Vorgarten, um sie vorgehen zu lassen.

»Oh nein ... so habe ich das gar nicht gemeint. Ich meinte ... du möchtest, dass wir ... na ja, dass wir ... ein Paar sind?« Leah blieb auf der Straße zwischen den beiden Häusern stehen und versuchte, die warnenden Worte ihrer Mutter aus ihren Gedanken zu verbannen. Auch wenn es bisher nicht Teil ihres neuen Lebensplans gewesen war, hätte sie jetzt am liebsten getanzt, hätte sich im Kreis herumgedreht oder Luftsprünge gemacht. *Das Glück ist mit den Mutigen ...*

Gabe wartete einen Augenblick und strich sich mit einem amüsierten Ausdruck über den Bart. Er wandte den Blick nach links, dann nach rechts, dann sah er Leah wieder an. »Also, spontan wüsste ich niemand anders, mit dem ich ...«

»Leah ...«, ertönte eine Stimme aus dem Vorgarten nebenan. »Hallo!«

Leah wandte sich um und sah Gillian in der Tür stehen und über den Zaun und die Büsche, die ihren viel größeren Vorgarten von der Straße trennten, erwartungsvoll die Straße stadteinwärts entlangspähen. »Kommen Sie doch herein«, sagte sie und winkte sie mit der Hand heran. »Ich habe Rex vor einer halben Stunde losgeschickt, um noch ein paar Maraschino-Kirschen zu besorgen, und er ist noch nicht zurück.« Sie stieß einen frustrierten Laut aus.

»Da müssten Sie schon Glück haben, in Alvington welche zu bekommen«, bemerkte Leah und lachte. Unwillkürlich hatte sie Gabes Hand genommen – oder er ihre –, und er drückte sie kurz, als sie die Einfahrt zum Nachbarhaus hinaufliefen.

»Das ist Gabe«, stellte Leah ihn vor, als sie im Eingangsbereich standen. Den ganzen Tag war es für September erstaunlich warm und sonnig gewesen, aber sobald sie das alte viktorianische Gebäude betraten, wurde es merklich kühler.

»Ah, der geheimnisvolle Ehemann! Es freut mich sehr, Sie kennenzulernen, Gabe«, sagte Gillian und reichte ihm die Hand.

»O nein, wir sind nicht ...«

»Kommen Sie doch durch auf die Terrasse«, unterbrach sie Leah. »Ich habe draußen alles vorbereitet. Es ist solch ein herrlicher Abend, nicht wahr? Es wäre doch ein Jammer, die letzten warmen Tage nicht auszukosten.«

In ihrem bunten Maxirock mit leuchtend pink lackierten Zehennägeln in weißen Riemchensandalen flatterte sie durch das Wohnzimmer. Gabe knuffte Leah in die Seite und zwinkerte, als sie den riesigen Raum mit den protzigen Möbeln und dicken Teppichen durchquerten. »Gerade erst ein Paar und zwei Minuten später bereits verheiratet«, flüsterte er, während sie Gillian folgten.

»Also, eigentlich ist alles bereit – das heißt, bis auf die Maraschino-Kirschen für unseren Whisky Sour«, verkündete Gillian und deutete auf den Tisch, auf dem langstielige Gläser, Tumbler und ein halbes Dutzend Flaschen sowie ein paar Cocktailshaker aufgebaut waren. Außerdem gab es einen Sektkühler, in dem eine Flasche steckte.

»Ich bin beeindruckt, Gillian«, meinte Leah, als sie die frischen Blumen in einer Vase am anderen Ende des Tisches entdeckte. Blütenblätter zierten die weiße Tischdecke zwischen den verschiedenen Tellern mit Häppchen, die sie darauf arrangiert hatte. »Sie haben sich so viel Mühe gemacht.«

»Unsinn, das war doch keine Arbeit. Es ist ja nur ein kleiner nachbarschaftlicher Umtrunk, um Sie beide ein bisschen besser kennenzulernen.« Sie lächelte und nahm die Flasche aus dem Kühler. »Etwas ein bisschen Spritziges, während wir auf Rexie warten?« Wieder ließ sie den Blick zur offenen Terrassentür wandern. »Vielleicht hat er noch auf ein kleines Bierchen im Pub vorbeigeschaut und die Zeit vergessen. Ist nicht irgendein Fußballspiel?«

Leah bemerkte das nervöse Zucken in Gillians linkem unterem Augenlid und wie sie kurz das Gesicht verzog und ihre Schläfe berührte. Es erinnerte sie daran, wie sie zahlreiche Abende vergeblich auf Craig gewartet hatte. Oft war er erst am nächsten Tag hereinspaziert und hatte sich geweigert, ihr zu erklären, wo er gewesen war.

»Kricket, glaube ich«, erwiderte Gabe. »England gegen Australien.«

»Wahrscheinlich musste er auch mehrere Läden abklappern«, mutmaßte Leah. Sie wollte nicht, dass Gillian sich schämte. »Maraschinos gelten hier als etwas unglaublich Exotisches. Wenn die Geschäfte überhaupt noch geöffnet sind.«

Gillian entfernte die Silberfolie und drehte den Draht der Agraffe auf. Als es ihr nicht gelingen wollte, den Korken aus der Flasche zu ziehen, übernahm Gabe und drehte ihn mit Gefühl heraus. Mit einem sanften Plopp glitt er aus dem Flaschenhals, und Gill schenkte drei Gläser ein.

»Auf unsere neue Nachbarschaft«, sagte sie und erhob das Glas. Leah und Gabe taten es ihr gleich und nahmen beide ein paar der hübschen kleinen Canapés, die Gillian ihnen anbot.

»Sie haben wirklich einen schönen Garten«, sagte Gabe, als ihnen langsam die unverfänglichen Gesprächsthemen ausgingen. Er lehnte an der steinernen Balustrade zwischen der großen Terrasse und dem Rasen. »Rexie« war noch immer nicht zurück, und Gillian wurde zusehends nervöser. Sie schrieb ihm mehrfach und versuchte, ihn anzurufen, aber es kam keine Reaktion.

»Wir haben große Pläne«, hörte Leah Gillian noch sagen, nachdem sie sich entschuldigt hatte, um zur Toilette zu gehen.

»Direkt neben der Eingangstür im Flur«, rief Gillian ihr hinterher, aber sie kannte den Weg ja bereits von ihren früheren Besuchen.

Im Flur blieb Leah kurz stehen und betrachtete einige Schwarz-Weiß-Fotografien an der Wand am unteren Treppenabsatz. Alle zeigten eine wesentlich jüngere Gillian, die in einem professionellen Fotostudio posierte. Sie saß rittlings auf einem Stuhl, hatte die Arme auf die Lehne gestützt und machte für die Kamera einen Schmollmund. Auf ein paar weiteren Bildern saß sie barfuß im Schneidersitz auf dem Boden, und ihr weiter, kurzer Pullover ließ ein Stück ihres flachen Bauchs über der Jeans hervorblitzen. Auf dem letzten Bild lehnte sie an einer weißen Wand, hatte den Kopf in den Nacken gelegt und ein Knie gebeugt, während sie sehnsuchtsvoll und offenbar tief in Gedanken versunken zur Decke blickte.

Leah betrat die Toilette. Sie hätte sich nicht vorstellen können, so viele Selbstporträts im Flur aufzuhängen, wo sie jeder sehen konnte, allerdings hatte sie auch noch nie Gelegenheit für ein professionelles Fotoshooting gehabt. Über die Jahre hatten sich eine Reihe Schulfotos der Kinder angesammelt, die noch irgendwo in einer der Kisten steckten. Sie hingen nicht an der Wand und waren nicht einmal gerahmt.

Es machte sie traurig, dass Craig die Fotos nicht einmal erwähnt hatte, als er mit Zähnen und Klauen nicht nur um die gemeinsamen Finanzen, sondern auch um Möbel und andere Besitztümer gekämpft hatte. Sie wusste genau, dass er die Sachen, die ihm zugesprochen worden waren, umgehend verkauft und nichts davon behalten hatte. Er hatte sie nur gewollt, damit sie sie nicht bekam. Das hatte er mit Freude zugegeben – natürlich nur unter vier Augen. Doch mit keinem Wort hatte er die Schulfotos erwähnt oder die vielen Familienschnappschüsse, die Leah über die Jahre gemacht und liebevoll in Alben geklebt hatte. An den gemeinsamen Erinnerungen war ihm nicht das Geringste gelegen – vermutlich, weil er sie nicht verkaufen konnte.

Leah war dabei, sich die Hände abzutrocknen, als sie hörte, wie sich die Eingangstür öffnete und ein Schlüsselbund auf den Tisch im Flur geworfen wurde. Anscheinend war Rex von seiner Einkaufstour zurück, vermutete sie. Leah überprüfte kurz ihre Frisur im Spiegel, öffnete die Toilettentür und trat hinaus in den Flur, um endlich ihren neuen Nachbarn kennen-zulernen.

Ein Mann in Jeans und einem weißen Hemd stand mit dem Rücken zu ihr über den Flurtisch gebeugt und blätterte durch einen Stapel Post.

»Hi!«, sagte Leah und bemerkte nicht gleich, wie sich ihr Herzschlag beschleunigt und ihre Handflächen feucht geworden waren. »Ich bin Leah, Ihre neue Nachbarin.«

Erst jetzt drehte er sich wie in Zeitlupe um, und sie sah nun, warum sie zitterte und ihre Wangen glühten.

»Craig?«, krächzte sie kaum hörbar und musste sich am Türrahmen abstützen.

SIEBEN

Craig starrte Leah an, und sein nur allzu vertrauter bohrender Blick ließ sie erschaudern.

»Was machst *du* denn hier?«, fragte sie und versuchte, das Zittern zu unterdrücken. Ihr Gesicht wechselte von einem erschrockenen Ausdruck zum anderen.

»Dasselbe wollte ich dich gerade fragen«, entgegnete Craig, straffte die Schultern und reckte den kantigen Kiefer vor. »Was zum Teufel hast du in meinem Haus zu suchen?«

Der herrische Tonfall und die tiefe Stimme ließen Leah zusammenfahren. Sie kam sich vor, als wäre sie plötzlich wieder im Gerichtssaal gelandet. Als würde sie abermals unter dem durchdringenden Blick des Richters von Craigs Anwalt in die Zange genommen, und ihre Knie fühlten sich an, als würden sie jeden Augenblick nachgeben. Sie wollte etwas sagen, aber sie brachte nichts heraus. Stattdessen fiel ihr Blick auf die polierte Tischplatte mit den Lilien, dem Poststapel, dem Schlüsselbund – und einem kleinen Glas Maraschino-Kirschen.

Ihre Kinnlade klappte herunter.

»Du bist *Rex*?« Sie zitterte unter dem durchdringenden

Blick seiner blassgrauen Augen, der eine Kaskade von schlimmen Erinnerungen in ihr auslöste.

»Wenn du hier bist, um mich zu belästigen, vergiss es, Leah. Ich habe das alles hinter mir gelassen, und das solltest du auch tun. Ich schlage vor, du verschwindest und lässt mich und meine Lebensgefährtin in Ruhe. Wir haben heute Abend Besuch, und sie hat sich viel Mühe gemacht. Ich werde nicht zulassen, dass du ihr alles verdirbst. Wenn du mir irgendetwas mitzuteilen hast, dann wende dich an meinen Anwalt.«

Jeder seiner knappen Sätze traf sie wie ein Geschoss. Leah zuckte sichtbar zusammen und war nicht in der Lage, das leicht hysterische Lachen zu unterdrücken, das sich ihr entrang. Sie wich einen Schritt zurück, als Craig sich ihr näherte.

»*Ich* bin der Besuch«, stieß sie hervor. Sie blickte hektisch im Flur umher, während sie versuchte, die Situation zu begreifen und irgendeine vernünftige Erklärung für seine Anwesenheit zu finden, doch ihr wollte nur eine einzige plausible einfallen. »Du bist Gillians ... *Lebensgefährte? Du wohnst* hier?« Sie musste sich an der Wand anlehnen, um nicht das Gleichgewicht zu verlieren. Sie konnte nicht fassen, dass Craig ihr neuer Nachbar war. Binnen Sekunden stand ihr neues glückliches Leben und all das, wofür sie in den vergangenen Jahren so gekämpft hatte, kurz davor, wie ein Kartenhaus in sich zusammenzustürzen.

Leah wandte sich von ihm ab. Sie ertrug es nicht länger, ihn anzusehen. *Keine Angst, das ist alles nicht wahr, das ist nicht real ...* schrie es in ihrem Kopf, als sie durch das Haus zur Terrasse zurückging. Sie lachte sogar leise, was ein wenig hysterisch klang. Wenn sie sich einfach weiterbewegte, sich draußen wieder zu Gabe und Gillian gesellte und einen Schluck zur Beruhigung trank, wäre bestimmt alles wieder okay. Wenn sie sich jetzt noch einmal umdrehte, würde sie hinter sich nicht Craig mit einem Glas Kirschen in der Hand sehen, sondern Gillians reizenden Mann. Sie würden einander vorgestellt, und dann würde sie sich entschuldigen, dass sie sich vorhin im Hausflur so seltsam verhalten hatte. Sie würde es auf eine Sozialphobie oder so etwas schieben. Und dann wäre alles okay.

»Probieren Sie mal eins von diesen hier«, sagte Gillian gerade, als Leah neben Gabe stehen blieb und seinen Arm nahm. Gillian hielt ihm einen Teller hin, auf dem sich kleine Hähnchenspieße in einer glänzenden Marinade befanden. »Die habe ich selbst gemacht. Und hier ist etwas zu trinken«, fügte sie hinzu und reichte ihm einen Cocktail. »Nanu, bitte sagen Sie nicht, dass es in diesem Haus spukt! Sie sehen ja aus, als hätten Sie ein Gespenst gesehen.«

»Wir haben gerade über den Garten gesprochen«, erklärte Gabe und legte seine Hand auf Leahs. »Ich werde ein Angebot machen, um die großen Ahornbäume zurückzuschneiden. Die am Ende der ...« Er brach ab und sah sie an. »Alles gut?«, fragte er leise. »Du bist ganz blass.«

Leah krallte sich an Gabes Ärmel fest und starrte mit leerem Blick in den Garten. Sie wusste nicht, was sie tun sollte. Wie war das noch? Kampf, Flucht oder Starre? Gekämpft hatte sie schon genug, und sie war nicht in der körperlichen Verfassung, zu fliehen. Also blieb ihr eigentlich nur die Starre. Allem Anschein nach gelang ihr die ganz gut.

»Ach, da bist du ja, Rexie«, hörte sie Gillian hinter sich sagen.

Als sie ihr den Blick zuwandte, sah sie, wie sie gerade einen Arm um Craig legte, als er auf die Terrasse hinaustrat. Die beiden Paare standen sich, getrennt nur durch den mit Canapés und Cocktails beladenen Tisch, genau gegenüber.

»Du bist mein Held, dass du tatsächlich die Kirschen aufgetrieben hast«, flötete Gillian und war sich offenbar überhaupt nicht der bösen Blicke bewusst, die zwischen ihrem Lebensgefährten und Leah hin- und herflogen. Sie nahm ihm das Glas aus der Hand und öffnete es. »Wer hätte denn gern noch einen Cocktail mit ...?« Sie brach ab und sah zunächst Craig an, dann

Leah, und schließlich schien sie doch zu bemerken, dass hier etwas nicht stimmte. Craigs Miene versprühte pure Verachtung. Das Zucken eines Muskels in seinem unteren Augenlid war ein Warnsignal, und Leah hatte gelernt, es nicht zu missachten.

»Habt ihr euch schon miteinander bekannt gemacht?«, fragte Gill und lachte kurz. Ihr fröhliches Naturell veranlasste sie offenbar, die spürbare Anspannung zu überspielen. »Schatz, das sind Leah und ihr Mann Gabe. Er ist ein Baumchi...«

»Leah und ich haben uns bereits kennengelernt«, knurrte Craig. Seine Miene verfinsterte sich noch mehr, als er Gabe einen bösen Blick zuwarf.

Ja, und das ist schon achtzehn lange Jahre her, dachte Leah erschöpft und hätte ihn am liebsten geschlagen. Wie konnte er es wagen, sich so wieder in ihr Leben zu drängen, wenn sie doch gerade geglaubt hatte, endlich frei zu sein?

Würde er Gillian wohl erklären, dass sie verheiratet gewesen waren und dass sie zwei gemeinsame Kinder hatten, die sich gerade im Haus nebenan befanden?

»Und das ist Leahs Mann, sagst du?«, sagte Craig und sah Gabe mit einer hochgezogenen Augenbraue finster an. »Ich hatte ja keine Ahnung ...« Den flüchtigen Ausdruck auf seinem Gesicht hätte man sowohl als Amüsement als auch als Verärgerung deuten können, dann richtete er einen seiner warnenden Blicke auf Leah. So hatte er sie auch immer in Gesellschaft angesehen, wenn er ihr signalisieren wollte, dass sie eine Grenze überschritten hatte.

»Wir sind nicht ver...«, krächzte Leah in einem Versuch, alles zu erklären, doch sie sprach nicht weiter. Es hatte keinen Sinn, vernünftig mit ihm zu reden. Sie wollte nur hier raus, nach Hause gehen, die Tür hinter sich schließen und nie wieder herauskommen.

»Hallo«, sagte Gabe, nickte und reichte ihm die Hand. Leah fragte sich, ob er die angespannte Stimmung bemerkt hatte –

sein Gesichtsausdruck schien jedenfalls zu verraten, dass auch er sich nicht wohlfühlte. »Sie haben ein wunderschönes Zuhause«, fuhr Gabe dennoch fort und ließ die Hand sinken, die Craig ignoriert hatte. »Ich habe mich eben mit Gillian über die Bergahornbäume unterhalten und dass ich Ihnen gern ein Angebot machen kann, um die Äste zu trimmen, die in Leahs Garten hinüberragen. Meine Preise sind recht ... annehmbar« Gabe räusperte sich trocken.

»Nicht nötig«, wehrte Craig ab. »An den Bäumen muss nichts gemacht werden.«

»Gabe ...«, flüsterte Leah ihm zu. »Ich ... ich glaube, ich bekomme gerade Migräne. Vielleicht wäre es besser, wenn wir gehen.« Um die Dringlichkeit zu unterstreichen, fasste sie sich an die Schläfe. »Ich ... ich muss mich hinlegen.« *In ein abgedunkeltes Zimmer, und das am besten bis an mein Lebensende.* Sie hörte Craig spöttisch schnauben.

»Ja, ja natürlich«, sagte Gabe. Er hatte den Blick noch immer fest auf Craig gerichtet und schlang einen Arm um Leah. Sie dankte ihm insgeheim. Später würde sie ihm alles irgendwie erklären, aber jetzt musste sie erst einmal nur hier raus.

»Es tut mir so leid, Gillian«, brachte Leah hervor und wandte sich zum Gehen. Sie hatte die Hand an die Stirn gelegt und schirmte so ihr Blickfeld vor Craig ab. Es war schließlich nicht ihre Schuld. »Ich habe schon lange keine Migräne mehr gehabt, aber ... irgendetwas hat sie wohl getriggert.«

Craig schnaubte abermals verächtlich.

»Oje, Sie Ärmste«, sagte Gillian und klang aufrichtig enttäuscht. Sie warf ihr Haar zurück und wandte sich mit einem erwartungsvollen Blick an Craig, als hoffte sie auf irgendein magisches Heilmittel von ihm. »Ich habe Paracetamol da, vielleicht hilft Ihnen das?« Es war ein letzter Versuch, den Abend zu retten. Begleitet von einem kleinen Seufzer warf sie einen Blick auf den mit Essen und Getränken beladenen Tisch.

»Danke, das ist sehr nett, aber ich muss mich einfach hinlegen. Es tut mir schrecklich leid, Sie haben sich schließlich so eine Mühe gemacht.«

»Unsinn«, wehrte Gillian ab und schien sich damit abzufinden, dass ihre Gäste gehen wollten. »Gehen Sie sich ausruhen. Wir können das ein anderes Mal wiederholen, nicht wahr, Rexie? Schließlich werden wir noch eine ganze Weile Nachbarn sein.« Und als Gillian sie nun anstrahlte und sich an Craigs Arm festhielt, hatte Leah das Gefühl, sich tatsächlich gleich übergeben zu müssen.

ACHT

»Das tut mir alles schrecklich leid«, sagte Leah, als sie wieder nebenan waren. Sie ließ sich aufs Sofa fallen und stieß einen Seufzer aus, der sich anfühlte, als hätte sie mit ihm gleich ihr ganzes Leben ausgehaucht. Ihr war eiskalt, obwohl es für Anfang September angenehm warm war.

»Ich mache mir Sorgen um dich.« Gabe hatte die Hände in die Hüfte gestemmt und blickte auf sie herab. »Was kann ich für dich tun? Ich weiß, die Kinder sind oben, ich kann dich also auch einfach in Ruhe lassen, wenn dir das lieber ist.« Er schaute kurz zur Wohnzimmertür hinüber.

Leah hatte es so eilig gehabt, nach Hause zu kommen, dass sie vollkommen vergessen hatte, dass Gabe bisher noch nie hier im Haus gewesen war, geschweige denn ihre Kinder kennengelernt hatte, die, den Geräuschen nach zu urteilen, in Henrys Zimmer Playstation spielten. Sie hatten sich gerade einmal bequemt, kurz herunterzurufen, als sie ins Haus gekommen waren, und Leah hatte Gabes Arm erst losgelassen, als sie wirklich wieder sicher und bei geschlossener Tür in ihrem eigenen Wohnzimmer war.

»Die sind oben noch eine Weile beschäftigt«, erwiderte

Leah, stützte sich vorgebeugt auf den Knien ab und ließ den Kopf in die Hände sinken. »Wenn sie fragen, werde ich erst einmal sagen, dass du ein Freund bist. Ist schon okay.«

Gabe ließ sich mit besorgter Miene neben Leah nieder. Eine Weile fixierte er sie. »Irgendetwas sagt mir, dass das mit der Migräne nicht der wahre Grund war, wieso du wie ein geölter Blitz davongelaufen bist.« Er legte ihr die Hand aufs Bein und streichelte sie sanft. »Möchtest du darüber reden?«

Leah sah zu ihm auf. »War das so offensichtlich?« Sie ließ sich mit dem Rücken gegen das Polster sinken.

»Na ja, schon. Gillian tat mir ehrlich gesagt etwas leid.«

Leah nickte. »Mir auch. Sie hat sich solche Mühe gemacht.« Sie ließ den Kopf in den Nacken sinken, presste die Hände aufs Gesicht und stöhnte laut. »O Goooott!«

»Leah, ich kann dir bei deiner ›Migräne‹ nicht helfen, wenn du mir nicht sagst, was los ist.« Gabes Blick sollte wohl beruhigend wirken, doch gleichzeitig stand ihm die Sorge ins Gesicht geschrieben. »Ist irgendetwas passiert?« Er schien einen Augenblick nachzudenken. »War es Rex? Hat er irgendetwas gesagt, als er reinkam?«

Leah setzte sich wieder aufrecht hin. Sie musste es loswerden. »Also, erst einmal ist sein Name nicht Rex. Er heißt Craig. Craig Forbes. Keine Ahnung, wie er auf Rex kommt. Wahrscheinlich ein Spitzname, den Gillian ihm gegeben hat.«

»O...kaay«, sagte Gabe gedehnt und hörte aufmerksam zu.

»Craig ist mein ... er ist ... Na ja, er ist ...« Hilflose Tränen wallten in ihren Augen auf, und sie hoffte, dass sie nicht loslaufen würden. Sie wollte vor Gabe nicht weinen.

»Leah ...?«

Sie legte ihre Hand auf die von Gabe. Es fühlte sich an, als versuchte sie, ihn festzuhalten. Denn wenn sie mit der Wahrheit herausrückte, würde er bestimmt davonlaufen. Sie verengte die Augen.

»Craig ist mein Ex-Mann.«

So, jetzt war es heraus. Sie hatte es gesagt. Jetzt gab es kein Zurück.

Eine Weile herrschte Schweigen, dann hörte sie einen Seufzer. Nicht besonders laut, aber dennoch.

Sie öffnete die Augen.

»O Gott«, sagte er. »Also, damit hätte ich nun wirklich nicht gerechnet.« Gabe schüttelte den Kopf, runzelte die Stirn und dachte einen Moment nach. Ein trauriger Ausdruck lag in seinen Augen, als ob sich gerade sämtliche Pläne, die er für ihre mögliche Zukunft gemacht hatte, in Luft aufgelöst hätten. »Was für ein Schreck!« Er beugte sich vor und drückte sie. »Warum hast du drüben nichts gesagt? Warum hat Craig nichts gesagt?«

»Du kennst Craig nicht«, sagte Leah und rief sich ins Bewusstsein, dass Gabe ja nichts über ihre Vergangenheit wusste. Es war so typisch für Craig, dass er nichts zu dieser Situation gesagt hatte – er übte seine Macht über sie gern im Stillen aus.

»Also, nur dass ich es richtig verstehe«, sagte Gabe. »Bis heute Abend war dir nicht klar, dass Craig dein neuer Nachbar ist? Und Gillian wusste auch nichts davon?«

Leah konnte es in Gabes Kopf förmlich rattern hören, während er zu erfassen versuchte, was das für sie beide bedeutete – die möglichen Folgen abzuschätzen versuchte, die es haben könnte, wenn ihr Ex direkt nebenan wohnte. Oder vielleicht überlegte er zumindest, was sich verändern würde, wenn er nun alles über die unerfreulichen Hintergründe ihrer Ehe, ihrer Trennung und Scheidung erfahren würde. Sie bezweifelte, dass Gabe ein eifersüchtiger oder besitzergreifender Typ war, aber herauszufinden, dass die neue Freundin direkt neben ihrem toxischen Ex-Mann wohnte, hätte selbst einen Heiligen auf eine harte Probe gestellt. Sie konnte ja noch nicht einmal selbst sagen, wie es sich auswirken würde und wie es überhaupt dazu gekommen war. Etwas in ihrem Inneren schrie, sie solle das Haus gleich morgen früh zum Verkauf inserieren. Es machte ihr Angst, in unmittelbarer Nähe zu Craig leben zu müssen.

»Ich hatte nicht die geringste Ahnung«, erklärte Leah und vergrub abermals das Gesicht in den Händen. Ihre Gedanken rasten, und sie versuchte herauszufinden, was jetzt zu tun war. Wie sollte sie es auch nur eine Minute hier aushalten, wenn sie wusste, dass er sich gleich hinter dieser Wand, nur ein paar Meter entfernt, aufhielt. Sie schauderte. Ihr sicherer Ort fühlte sich plötzlich schutzlos an.

»In diesem Zustand werde ich es zu keinem angemessenen Preis los ...«, murmelte sie, und ihre Gedanken schlugen wilde Haken. Sie ließ den Kopf wieder gegen das Polster sinken. »Ich muss die Renovierung möglichst schnell abschließen ... und dann wäre da ja noch der Garten.«

Als ihr Blick wieder auf ihre Hände fiel, bemerkte sie, dass sie zitterten, genau wie ihre Stimme, als sie jetzt wieder sprach. »Das wird ewig dauern.« Frustriert schluchzte sie auf.

»Whoa, whoa, ... Moment mal«, sagte Gabe. »Du brauchst etwas, um deine Nerven zu beruhigen.« Sie merkte, wie er den Raum verließ und einige Minuten später mit einem Glas zurückkehrte, das etwas daumenbreit mit einer Flüssigkeit gefüllt war, die aussah wie Whisky.

»Hier, trink das«, sagte er, setzte sich wieder neben sie und streichelte ihr Haar. »Du stehst noch unter Schock.«

Leah starrte das Glas an, dann Gabe. Sie konnte nicht leugnen, dass auch er schockiert aussah – mehr, als sie gedacht hatte. Für ihre Beziehung war das kein gutes Omen. »Danke«, sagte sie. »Ich wusste nicht einmal, dass ich Whisky im Haus habe.«

»Deine Tochter hat ihn gefunden. Sie war gerade in der Küche und hat ihn aus einer Umzugskiste im Hauswirtschaftsraum herausgewühlt.«

»Zoey?«, fragte sie und brachte ein Lachen zuwege. Sie wusste nicht, was schlimmer war: dass ihre Tochter offenbar wusste, wo sie eine Flasche Alkohol finden konnte oder dass Gabe ihr nun zufällig begegnet war.

»Ich habe gesagt, ich bin ein Freund von dir, dass ich dich nach Hause gebracht habe und es dir nicht gut geht. Sie scheint übrigens echt nett zu sein. So mehr der sanfte, einfühlsame Typ.«

Leah musste zunächst lachen – bisher war es ihres Wissens noch niemandem eingefallen, ihren temperamentvollen Hitzkopf von einer Tochter so zu beschreiben. Doch wenn sie ganz ehrlich war, musste sie ihm recht geben. Zoey war wirklich sanft und einfühlsam. Sie nahm sich die Dinge weit mehr zu Herzen, als es nach außen den Anschein hatte. *So wie ich*, dachte sie und hätte wieder verzweifeln mögen.

»Sie ist ein tolles Mädchen«, sagte Leah. Die Kinder waren schließlich das einzig Gute, das Craig und sie je gemeinsam auf die Reihe gebracht hatten.

»Also, hör zu. Ich würde dir raten, für heute erst einmal abzuschalten. Das war ein totaler Schock, und der Abend ist nicht gerade nach Plan verlaufen. Warte mal ab, wie es dir morgen damit geht.«

Leah stöhnte. »Ich wünschte, ich hätte dich auf dem Boot besucht, wie du vorgeschlagen hast. Dann wäre das alles nicht passiert.«

»Doch, schon, allerdings nicht heute Abend. Und zu mir kannst du doch immer noch ein anderes Mal ...« Er brach ab und machte ein gequältes Gesicht. »Hör zu, versuch einfach, dich abzulenken. Ich meine, vielleicht wird es nicht so schlimm, wie du denkst? Du hast zum Beispiel immer einen Babysitter zur Hand. Und für die Kinder ist es unkompliziert, ihren Dad zu sehen.«

Leah wusste, dass er nur helfen wollte, aber sie stöhnte erneut.

»Du kennst Craig nicht. Er hat die Kinder in der letzten Zeit ständig versetzt. Er hat Zoey noch nicht einmal geantwortet, ob er zu ihrem Schwimmwettbewerb kommt. Er zahlt nie pünktlich Unterhalt und dann auch noch weniger, als er müsste. Die Scheidung war von vorne bis hinten eine Horrorshow, weil er jeden vernünftigen Vorschlag für eine finanzielle Einigung und Sorgerechtsregelung abgeschmettert hat, den meine Anwältin ihm vorgelegt hat. Und er hat all unsere Gerichtstermine hinausgeschoben, weil ... Leah hielt inne und atmete durch. »... weil er mit seiner Neuen im Urlaub war, ist das zu fassen? Dreimal. Er hat dem Richter alle möglichen dreisten Lügen aufgetischt. Ich sage dir, der Mann wäre erst zufrieden gewesen, wenn er mich in der Gosse gesehen hätte. Und jetzt wohnt er nebenan ...« Sie stieß erneut einen Klagelaut aus. Sie hatte Gabe bisher nichts von alledem erzählt. Warum auch? Es lag alles hinter ihr, und dort wollte sie es auch lassen. Das Leben hier im Waschhaus sollte einen Neuanfang bilden, doch plötzlich fühlte es sich ganz und gar nicht mehr danach an.

Eine Weile starrte Gabe schweigend aus dem Fenster. Er räusperte sich.

»Es tut mir echt leid, all das zu hören, Leah«, sagte er und wandte sich ihr wieder zu. Er strich ihr über die Wange. »Ich hatte ja keine Ahnung.«

Aus irgendeinem Grund wirkte er beinahe, als hätte er ein schlechtes Gewissen, fand Leah. Als ob er all das irgendwie hätte verhindern können.

»Nein, mir tut es leid. Ich sollte nicht diesen ganzen Müll bei dir abladen.«

Wenn du ihn in die Flucht schlägst, ist das ein Punkt für Craig ... meldete sich eine warnende Stimme in ihrem Inneren.

»Hör mal, ich sollte jetzt gehen«, sagte Gabe und wandte sich ab. »Damit du Zeit hast, das alles zu verarbeiten. Versuch, noch etwas zu essen, und geh früh ins Bett.« Er erhob sich und zog seinen Schlüssel aus der Jeanstasche. »Ich schaue morgen rein und schaue nach dir.«

»Okay, sicher«, erwiderte Leah und sah zu ihm auf. War es schon zu spät? Hatte ihr Ausbruch ihn schon vergrault? Ein Teil von ihr hätte sich ihm gern an den Hals geworfen und gebettelt, er möchte nicht gehen, sondern die Nacht hier verbringen, sie einfach nur halten. Natürlich war das wegen der Kinder nicht möglich. Und zu wissen, dass Craig in der Nähe war, machte es nicht gerade besser.

Sie schauderte und spürte eine erneute Welle von Übelkeit aufsteigen. Solange er nebenan war, würde sie sich in ihrem eigenen Zuhause nicht mehr vollkommen entspannen können.

»Tut mir so leid, dass ich dir den Abend versaut habe«, sagte sie und wischte sich mit dem Finger unter dem Auge entlang. Sie streckte die Hand nach oben und drückte Gabes Finger. Schließlich zog er die Hand zurück und ging.

NEUN

Leah schreckte hoch. Da, ein Geräusch! Wenn sie überhaupt schlafen konnte, war ihr Schlaf nicht besonders fest, und das geringste Geräusch reichte, um sie zu wecken. Auch das war ein Relikt aus ihrer Ehe mit Craig. Wenn er fand, dass sie ihm in irgendeiner Weise unrecht getan hatte und es ihm nicht reichte, sie mit Schweigen zu strafen, hatte er sich angewöhnt, sie nachts zu wecken, wenn sie gerade weggedöst war, indem er sie anstieß, laute Geräusche machte oder im Schlafzimmer auf und ab ging. Er hatte überhaupt kein Problem damit, das die ganze Nacht hindurch zu tun, und wirkte trotzdem am nächsten Tag ausgeruht und fröhlich, während Leah kaum aus den Augen gucken konnte, wenn sie sich um die Kinder kümmerte.

Es war stockfinster im Schlafzimmer, und sie hielt den Atem an. Sie war sich bewusst, dass ihr Schädel dröhnte. Nachdem Gabe gegangen war und sie mit den Kindern noch etwas ferngesehen hatte – wobei sie versucht hatte, nicht allzu aufgewühlt zu erscheinen –, hatte sie sich auf die Suche nach der Whiskyflasche gemacht und sich noch einige Gläser gegönnt. Sie trank selten allein, aber unter den gegebenen

Umständen brauchte sie etwas, um die Situation erträglicher zu machen.

Da! Da war es wieder. Ein Knall. Sie tastete auf dem Nachttisch nach ihrem Handy und drückte den Homebutton, um Licht zu machen. Ein Uhr vierunddreißig morgens. Sie hatte erst eineinhalb Stunden geschlafen. Na ja, zumindest hatte sie eineinhalb Stunden im Bett gelegen. Der Whisky hatte auch nicht geholfen, schnell einzuschlafen.

Bumm, bumm, bumm …

Sie setzte sich auf und versuchte, die Geräuschquelle auszumachen. Kam es von unten? War jemand an der Hintertür? Sie erinnerte sich, dass sie alle Schlösser überprüft und nachgesehen hatte, ob auch alle Fenster geschlossen waren. Da sie mit den Kindern allein lebte, war sie immer besonders auf ihre Sicherheit bedacht, erst recht nach dem Schock am heutigen Abend. Wer weiß, wozu Craig in der Lage war, seit er wusste, dass sie Nachbarn waren.

Nachbarn … Sie unterdrückte ein Schluchzen.

Plötzlich wurde das Pochen immer lauter, Leah sprang auf und aus dem Bett. Sie riss ihren Bademantel vom Haken hinter der Tür und zog ihn über. Dann schlich sie zur Wand, die an Gillians Schlafzimmer angrenzte. Gillians und Craigs Schlafzimmer. Sie hatte überhaupt keine Zweifel, dass die Geräusche von dort kamen.

»Lieber Gott, bitte lass es nicht das sein, was ich denke«, flüsterte sie und legte horchend ein Ohr an die Wand.

Einen Augenblick war alles still, doch dann hörte sie unmissverständlich lautes Stöhnen und weitere laute Geräusche, die klangen, als ob etwas Schweres gegen die Wand stieße. Vermutlich ein Möbelstück. Das Kopfende des Bettes.

Leah entfernte sich, und Übelkeit stieg in ihr auf, als von nebenan weitere Geräusche zu hören waren – das Stöhnen eines Mannes. Sie hielt sich die Ohren zu und ging zur Schlafzimmertür. Sie wusste, dass sie bei dieser Geräuschkulisse nicht wieder einschlafen würde. Sie schaute bei den Kindern hinein, die beide fest schliefen, ging in die Küche und nahm den Milchkarton aus dem Kühlschrank. Sie goss etwas Milch in eine Tasse und stellte sie in die Mikrowelle.

Sie stand an die Arbeitsplatte gelehnt, wartete, dass sie warm wurde und starrte aus dem Küchenfenster in ihren kleinen Garten. Sie stellte sich vor, wie sie am Wochenende mit einer Tasse Kaffee dort draußen in der Herbstsonne saß und auf dem Handy Nachrichtenseiten durchblätterte, wie sie es gerne tat. Oder wie sie die Kräuter, den Jasmin und die anderen Pflanzen in den Töpfen goss, die sie in den vergangenen Jahren gesammelt hatte. Sie stellte sich vor, wie Gabe im Sommer zum Grillen vorbeikam, vielleicht die Kinder kennenlernte oder ihre Eltern, ihre Freunde. Dann malte sie sich aus, wie sie beide dort am Ende des Abends allein mit einem Glas Wein saßen und sich im Mondlicht küssten.

Nichts davon erschien ihr jetzt noch möglich – nicht, seit sie wusste, dass Craig nebenan jeden ihrer Schritte aus einem Fenster im Obergeschoss beobachten konnte. Er würde auf sie herabsehen.

»Schon okay, alles okay«, versuchte sie sich zu beruhigen, als die Mikrowelle piepte. Sie warf einen Beutel Chai in die Tasse, gab etwas Honig hinein und rührte um. Dann setzte sie sich an den Küchentisch und schlürfte das Gebräu in der Hoffnung, es würde sie schläfrig machen. Allerdings hätte es dafür jetzt wohl eher eine halbe Schachtel Diazepam gebraucht.

»Bitte sag mir, dass ich morgen aufwache und feststelle, dass das alles nur ein Albtraum war.«

Sie lachte bitter auf und umfasste die Tasse mit beiden Händen. Ihr Ex wohnte nebenan. Ein Gedanke traf sie unvermittelt: Hatte er gewusst, dass sie hier eingezogen war, bevor er das alte Pfarrhaus gekauft hatte? Hatte er es absichtlich getan? Sie hatte nicht bemerkt, dass Gillian oder er das Grundstück angeschaut hätten, bevor Josh und Carrie ausgezogen waren, aber es war auch alles so schnell gegangen, und sie hatte noch nicht einmal ein »Zu verkaufen«-Schild gesehen. Gehörte es zu Craigs Plan, nebenan einzuziehen, um ihr weiterhin das Leben zur Hölle zu machen und sie auch nach der Scheidung noch zu kontrollieren? Sie musste nicht lange nachdenken, um sich die Frage zu beantworten.

»Natürlich hat er das geplant. Es muss Absicht gewesen sein«, sagte sie und zwang sich, ruhig zu bleiben und ihren Tee zu schlürfen. Er war unglaublich wütend gewesen, dass der Richter am Ende eine faire Entscheidung getroffen und Leah eine Abfindung zugesprochen hatte, die es ihr erlaubte, den Kindern und sich ein Dach über dem Kopf zu finanzieren, und ihn darüber hinaus zu regelmäßigen Unterhaltszahlungen verpflichtet hatte.

Sich in ihr neues Leben einzumischen und sich in sichtbarer Nähe niederzulassen – das war der ultimative Racheplan, die perfekte Folter. Es war Craigs Art, zu zeigen, dass er noch immer die Macht hatte, sie zu kontrollieren.

Ab jetzt würde sie all ihre Energie und Entschlossenheit brauchen, um das durchzustehen. Wenn sie nur wüsste, was das für sie bedeutete.

——————

»Meine Güte, Sie sehen ja fürchterlich aus, Liebes.« So begrüßte ihre erste Kundin Leah am nächsten Tag um Punkt neun Uhr im Salon. Es war nicht der einzige Kommentar dieser Art. »Wild gefeiert?« oder »Schlecht geschlafen, meine Liebe?« – so ging es weiter, und ihre letzte Kundin hatte gefragt: »Wann waren Sie denn zuletzt im Urlaub, Leah?«

Nachdem Leah durch die ersten Termine geschlafwandelt war, machte sie zehn Minuten Pause. Seit ihrer Entdeckung wegen Craig war es die erste Gelegenheit, mit ihrer besten Freundin Jodi zu telefonieren. In den vergangenen Jahren hatte sie sich oft ihrer Freundin anvertraut und ihr erzählt, wie Craig sie behandelte. Doch auch Jodi kannte nur einen Teil der Wahrheit. Niemand wusste um das gesamte Ausmaß. Leah hatte sich zu sehr geschämt, alles zu erzählen. Doch wenn irgendjemand wusste, was zu tun war, dann Jodi.

»Das errätst du nie«, sagte Leah, als Jodi sich meldete.

»Was, bist du schwanger?«, gab Jodi zurück. Im Hintergrund quiekte ihr kleiner Sohn.

»Viel schlimmer«, sagte Leah tonlos.

»Ist der Salon pleite? Bist du krank? Hat Gabe es beendet? Oder dir einen Antrag gemacht? Hast du im Lotto gewonnen? Bist du von Aliens entführt worden?«

»Schön wär's«, meinte Leah. »Und nein. Nichts davon.« Sie saß in dem winzigen Pausenraum bei Waves und trank einen starken schwarzen Kaffee.

»Verrätst du es mir heute noch?«

Eine Weile blieb es still, bis Leah sich so weit gesammelt hatte, dass sie es aussprechen konnte. Vielleicht hatte sie es alles halluziniert, doch sie wusste genau, dass das nicht der Fall war. Heute Morgen hatte ein leeres Glas in der Spüle gestanden, das nach Whisky roch, und die halb leere Flasche befand sich im Vorratsschrank.

Der Beweis für ihren Kummer.

»Craig ist mein neuer Nachbar. Er ist nebenan eingezogen.«

Geteiltes Leid ist halbes Leid, hieß es ja immer, aber für Leah fühlte es sich gerade an, als wäre das Problem nun doppelt so groß, weil es nun zwei Köpfe beschäftigte.

»Wie bitte? Kannst du das noch mal wiederholen?«, erwiderte Jodi. »Charlie hat gerade die Kiste mit den Bausteinen ausgekippt, als du geredet hast.«

»Ich sagte, Craig ist mein neuer Nachbar. Seine neue Freundin ist Gillian, die Frau, von der ich dir erzählt habe. Er, sein Zeug und seine fiesen Machenschaften ... all das ist jetzt direkt nebenan, als ob ich ihm nie entkommen wäre.« Leah versagte beinahe die Stimme. »Ich atme dieselbe Luft wie er, verflucht noch mal! Ich meine, warum ... warum musste das passieren?«

»Ach du Schande!« Jodi war normalerweise nie um Worte verlegen. »Wusste er, dass du da wohnst? War es Absicht?«

»Wir reden hier von Craig. Natürlich war es Absicht. Ich sehe bloß nicht, woher er wusste, wohin ich gezogen bin. Für die gerichtlichen Dinge habe die Anschrift meiner Eltern verwendet, und die Kinder holt er auch dort ab. Nicht, dass er sich oft herablassen würde, auch wirklich aufzutauchen. Meine neue Adresse habe ich ihm nie mitgeteilt.«

»Na, dann weißt du es doch jetzt«, meinte Jodi.

»Weiß ich was?«

»Die Kinder. Er hat sie vermutlich irgendwie ausgehorcht. Selbst wenn sie ihm die Adresse nicht verraten haben, konnte er es vielleicht aus dem schließen, was sie erzählt haben. Ein paar hinterlistige Fragen, und schon wusste er Bescheid.«

»Meinst du?«, fragte Leah und dachte darüber nach. »Ich habe ihnen beiden vorsichtig erklärt, dass es privat ist, wo wir jetzt wohnen, und dass sie es lieber nicht ihrem Dad sagen sollen. Aber ich schätze, ich habe mir etwas vorgemacht und ihnen zu viel zugemutet.«

»Ja«, erwiderte Jodi. »Es war ein bisschen naiv von dir, zu denken, er würde es nicht herausfinden. Außerdem ist er Makler, Leah. Er kennt wahrscheinlich jedes Grundstück, das in den vergangenen zehn Jahren in einem Radius von achtzig Kilometern auf den Markt geworfen wurde. Und vergiss nicht, er kennt dich in- und auswendig. Selbst wenn die Kinder in den letzten Monaten nur ein paar Details erwähnt haben, hat er es sich bestimmt gemerkt und konnte schließlich eins und eins zusammenzählen. Oder vielleicht hat er einen Privatschnüffler engagiert und dich beschatten lassen. So etwas wäre ihm zuzutrauen.«

»Aber wieso?«, fragte Leah, obwohl sie die Antwort im Grunde kannte. »Warum sollte er so scharf darauf sein, neben mir zu wohnen, schließlich bin ich es doch auch nicht. Und warum hat er den Kindern nichts davon erzählt? Sie scheinen bisher nichts zu wissen.«

»Vielleicht hat er es deswegen gemacht«, schlug Jodi vor. »Damit es leichter wird, sie zu sehen?«

»So wird er es jedenfalls darstellen«, sagte Leah und wusste, dass die Wahrheit viel unheimlicher war. »Ich weiß, dass er sie liebt, aber er hat sich in der letzten Zeit immer weniger um sie gekümmert. Es bricht mir das Herz. Nein. Es muss entweder ein totaler Zufall sein, oder er hat es getan, um mir zuzusetzen. Und ich möchte wetten, es ist Letzteres.«

ZEHN

In der Mittagspause verließ Leah den Salon, um sich ein Sandwich zu kaufen und ihren Kopf frei zu kriegen. Eigentlich hatte sie gar keinen Appetit, aber es war noch eine halbe Stunde bis zum nächsten Termin, und sie musste etwas in den Magen bekommen. Sie fühlte sich leicht schwindelig. Aus einer Laune heraus ging sie etwas weiter stadteinwärts, an der Straße mit den modernen Büro- und Geschäftsgebäuden entlang, die ihr durch die Scheidung so vertraut waren.

Sie schauderte, als sie an diversen Maklerbüros vorbeikam, die sie an Craig und seine Geschäftsräume in Birmingham erinnerten – die nächste Stadt, wo er verschiedene Affären mit Angestellten gehabt hatte. Doch dann blieb sie plötzlich stehen, als ihr ein ehemals leer stehendes Büro ins Auge fiel. Sie drückte sich die Hand auf den Mund, als sie das vertraute schwarz-gelbe Logo auf den ausgestellten Grundstücken im Schaufenster entdeckte, die ihr nur allzu bekannte Einrichtung im Innern hinter dem Fenster.

Er war doch wohl nicht ...

Ihr Blick huschte über die Details Dutzender Angebote und

Fotos, über denen sich ihr eigenes erstauntes Gesicht spiegelte. Als ob sie eine Bestätigung für das gebraucht hätte, das sie eben gelesen hatte, wanderte ihr Blick zu dem Schild über dem Fenster.

Forbes & Co. – von unserer Familie für Ihre Familie

»Das ist doch wohl ein schlechter Scherz«, flüsterte sie hinter der Hand und spähte abermals durch das Fenster in das Büro. Drei Schreibtische standen über Eck zusammen, und an zwei davon saßen attraktive blonde Frauen in den Zwanzigern, beide in der typischen Uniform, auf die Craig so viel Wert legte. »Er hat eine neue Filiale eröffnet ... in *meiner* Stadt!« Sie griff sich an den Hals, und ein Gefühl von Panik durchströmte sie.

Sie hatte gedacht, zufälligen Begegnungen mit ihm aus dem Weg gehen zu können, indem sie in Alvington blieb, wo ihre Eltern wohnten, doch da hatte sie sich offenbar getäuscht. Er war nicht nur in das Haus nebenan eingezogen, er hatte auch nur wenige Straßen von ihrem Friseursalon entfernt eine neue Dependance eröffnet.

Leah drehte sich um und ging weiter die Straße hinunter. Sie hatte nun ein neues Ziel im Sinn. Bis zum nächsten Termin hatte sie noch genug Zeit. Nichts von alldem war ein Zufall, dachte sie, als sie die knarzenden Stufen hinaufstieg, die von der Straße zum Büro ihrer Anwältin führten.

»Hallo«, begrüßte sie die Rezeptionistin, die in dem kleinen Wartebereich hinter einem Schreibtisch saß, der wie ein alter Schultisch wirkte. »Ist Liz Morgan zu sprechen? Nur ganz kurz. Die Angelegenheit ist ... na ja, sie ist ziemlich dringend.« Leah trat von einem Fuß auf den anderen.

»Oh, hi, Mrs Forbes«, sagte die junge Frau, die sich offenbar an sie erinnerte. »Ich sehe eben in ihrem Terminkalender nach. Eine Sekunde.«

Ich bin jetzt *Miss Ward*, wollte Leah schreien, entschied sich aber dagegen. Stattdessen atmete sie ein paarmal tief durch, um sich zu beruhigen.

»Sie haben Glück«, sagte die Rezeptionistin, griff zum Telefonhörer und drückte ein paar Tasten. »Sie hat ein paar Minuten, bevor sie losmuss – oh, hi, entschuldigen Sie die Störung, Liz, aber Mrs Forbes ist hier an der Rezeption und würde Sie gern kurz sprechen.«

Einen Augenblick später ging Leah den düsteren Korridor entlang zu dem Büro am anderen Ende des Gebäudes, das ihr nur allzu vertraut war. Übelkeit wallte in ihrem Magen auf, als sie daran zurückdachte, wie sie vor den gerichtlichen Anhörungen einen kleinen Koffer denselben Flur entlang geschleppt hatte. Darin hatten Papiere und weitere Beweismaterialien gesteckt, die bald Teil der umfangreichen Gerichtsakten werden sollten. Eine Sammlung von Unterlagen, die beweisen konnten, dass so ziemlich alles, was ihr Ex-Mann in den Formularen angegeben hatte, gelogen war. Sobald ihm der offizielle Scheidungsantrag zugegangen war, hatte er die teuerste Anwaltskanzlei in den Midlands beauftragt, ihn zu vertreten. Liz hatte zu einer abgespeckten Liste unvernünftigen Verhaltens geraten, anstatt Untreue anzugeben, um ihn nicht zu provozieren. In der Folge hatte er trotzdem alles blockiert und jeden Schritt des Prozesses schwerer gemacht, bis Leah erschöpft und pleite gewesen war.

»Leah, hallo«, grüßte Liz, umrundete den Schreibtisch und reichte ihr die Hand. Sie stolperte über einen Aktenstapel, von dem Leah glaubte, dass er bereits bei ihrem letzten Besuch dort gelegen hatte. »Wie geht es Ihnen?« Sie zog einen Stuhl für Leah zurück und bedeutete ihr, sich zu setzen.

»Bis gestern ging es mir gut«, entgegnete Leah ausdruckslos und ließ sich auf den Sitz fallen. Liz lehnte sich gegen die Kante des Schreibtisches, auf dem umringt von einem Wall aus Akten und Unterlagen ein alter Monitor stand. Eine halb leere

Kaffeetasse befand sich neben den Unterlagen. Liz' Büro war winzig, und den meisten Platz nahmen die graumetallenen Aktenschränke ein, die zweifelsohne eine Reihe Akten mit ähnlichen Geschichten gescheiterter Ehen oder Sorgerechts-Auseinandersetzungen beherbergten.

Abgesehen von einer Rechtsanwaltsgehilfin, die Leah tatsächlich noch nie kennengelernt hatte, und ihrer Rezeptionistin war die Kanzlei ein Ein-Frau-Betrieb, und Liz kümmerte sich hauptsächlich um Eigentumsübertragungen und Familienrecht. Trotz der relativ schäbigen Umgebung war sie eine elegante und gepflegte Erscheinung mit feinen, aber bestimmten Zügen. Dichte rote Haare umrahmten ihr Gesicht, und ihre Figur ließ vermuten, dass sie sechsmal die Woche im Fitnessstudio trainierte, als ob sie die Unzulänglichkeiten ihres Büros durch körperliche Perfektion ausgleichen müsste. Doch Leah war all das egal gewesen, als sie sie engagiert hatte. Sie nahm das niedrigste Honorar in der Umgebung, und mehr konnte sich Leah nicht leisten.

»Schießen Sie los«, sagte Liz mit besorgter Miene und neugierigem Blick und schob die große schwarz gerahmte Brille in die Haare. »Was ist passiert?«

»Craig hat das Haus nebenan gekauft. Er ist jetzt mein Nachbar. Mein Ex wohnt allen Ernstes jetzt wenige Meter von mir entfernt, und uns trennt nur eine Ziegelwand. Sie könnte genauso gut aus Papier sein.« Leah konnte den kleinen Schluchzer nicht unterdrücken, der wie ein Schluckauf klang, und ihre Stimme drohte zu versagen.

Liz verzog das Gesicht, hob die Augenbrauen und stieß einen ungläubigen Seufzer aus. Sie rutschte von der Schreibtischkante, ließ sich auf ihrem Drehstuhl nieder und stützte sich mit den Unterarmen auf die Tischplatte.

»Diese Komplikation habe ich wirklich nicht kommen sehen.« Sie nahm den Stift von ihrem Schreibtisch und drehte ihn nervös zwischen den Fingern. »Bitte sagen Sie, dass das nicht Ihr Ernst ist«, meinte sie trocken und strich sich eine feuerrote Haarsträhne hinter das Ohr.

Leah nickte kurz. Sie schaute kurz zur Seite und wandte sich ihr dann wieder zu. »Doch. Leider ist das mein voller Ernst.«

»Was sich dieser Kerl rausnimmt!«, sagte Liz mit einem besorgten Ausdruck. Seit sie Leah vertrat, hatte sie die volle Dosis Craig mitbekommen und kannte ihn anscheinend inzwischen gut. »Es tut mir so leid, das zu hören. Nach allem, was Sie durchgemacht haben, haben Sie Ruhe verdient. Dieser Mann ist einfach vollkommen skrupellos.«

»Kann er das denn einfach tun? Ist das erlaubt? Es muss doch ein Gesetz gegen so etwas geben. Das ist doch Stalking oder Nötigung oder Verletzung der Privatsphäre oder so etwas.« Leah bemerkte, dass ihre Stimme sich immer höher und höher schraubte und sie Liz förmlich anflehte, sich etwas einfallen zu lassen, das Craig zwingen würde, wieder wegzuziehen.

»Das Gericht hat keine besonderen Anordnungen getroffen, oder?« Liz bewegte ihre Maus, klickte und fluchte, während sie darauf wartete, dass der Computer in die Gänge kam. Als sie die Dokumente endlich geöffnet hatte, überflog sie die Seiten, um sich noch einmal mit den wichtigsten Fakten des Falles vertraut zu machen. Sie wussten beide, dass es eine rhetorische Frage war; Leah hatte zwar entschieden, dass sie bei der Übergabe der Kinder keinen Kontakt mit Craig wollte, aber es gab keine gerichtliche Anordnung – keine einstweilige Verfügung oder so etwas –, die besagte, dass Craig Abstand zu Leah zu wahren hatte oder sie nicht kontaktieren durfte. Liz hielt einen Moment inne, runzelte die Stirn und zog die Augenbrauen hoch, doch dann sah sie wieder auf. Abermals hatte sie diesen besorgten Ausdruck. »Nein, anscheinend gab es so etwas nicht«, sagte sie schließlich und beantwortete damit ihre eigene

Frage. »Und er wusste nicht, dass Sie dort wohnten, bevor er eingezogen ist?« Sie klopfte mit dem Stift gegen die Unterlippe.

»Ich habe keine Ahnung«, erwiderte Leah und erklärte, wie sie zunächst Gillian kennengelernt hatte und sie ganz nett gefunden hatte und wie sie zum Kaffeetrinken und gestern schließlich zum Cocktailabend eingeladen worden war, wo schließlich die Bombe geplatzt war. »Gibt es denn nichts, was Sie tun können, damit er wieder verschwindet?«

Liz seufzte und lehnte sich im Stuhl zurück. Sie legte die Hände aneinander und stützte das Kinn auf die Fingerspitzen.

»Könnten Sie nicht vielleicht versuchen, die Sache positiv zu sehen? Für die Kinder ist es doch zum Beispiel erst einmal gut. Und wenn ein Makler in Ihrer Straße selbst ein Haus erwirbt, heißt das doch, dass es eine anständige Gegend ist und eine gute Investition.«

Leah schnaubte verächtlich. »Ihr Optimismus in allen Ehren«, sagte sie, »aber in meinen Augen sind die Grundstückswerte in der Gegend gerade gewaltig gesunken. Dennoch werde ich das Haus so schnell es geht verkaufen. Ich kann unmöglich neben ihm wohnen.«

»Sie sollten nichts überstürzen, Leah. Sie dürfen vor allem die strafbewehrte Hypothekenverpflichtung nicht vergessen und die zusätzlichen Kosten, die ein Umzug nach sich ziehen würde. Können Sie sich das wirklich leisten?«

»Die Hypothek kann ich übertragen und ganz woanders etwas kaufen. Ich ziehe an die Küste oder in die schottische Wildnis. Vielleicht gehe ich ins europäische Ausland, ich könnte doch in Südfrankreich einen Salon eröffnen.«

Liz sog die Lippen ein und verzog sie zu so etwas wie einem bedauernden Lächeln, wobei sie den Kopf schief legte. »Wie gesagt, glaube ich nicht, dass übereilte Entscheidungen Ihnen jetzt weiterhelfen. Außerdem brauchen Sie Craigs Zustimmung, wenn Sie mit den Kindern weiter wegziehen.«

»Was?«, stieß Leah hervor und fragte sich langsam, auf wessen Seite Liz eigentlich war. »Sie machen wohl Witze.«

»Sie haben geteiltes Sorgerecht, und solange Craig das Recht hat, die Kinder an festen Wochenenden und in der Woche zu sehen, wird er, wie ich ihn kenne, garantiert zu verhindern versuchen, dass sie allzu weit wegziehen. Er kann beim Gericht eine ›Verbotsverfügung‹ erwirken.«

»Das kann er doch nicht tun. Es ist ihm doch schon zu viel, sie ab und zu abzuholen. Er wird wohl kaum zum Vater des Jahres gekürt werden.« Leah ballte die Fäuste.

»Nein, es ist nicht gesagt, dass er tatsächlich etwas unternehmen würde, aber lassen Sie uns realistisch sein, Leah – und ich spreche da aus Erfahrung: Wir haben es mit Craig zu tun.« Liz sah sie über den Rand ihrer Brille hinweg an. »Er hat Rechte und Möglichkeiten, gerichtlich einzugreifen. Stellen Sie sich doch einmal vor, es wäre umgekehrt.«

Doch das konnte Leah nicht. Ihr war klar, dass Craig die Kinder nie ganz zu sich nehmen würde, selbst wenn er wüsste, dass es sie umbringen würde. Sich tagtäglich um sie zu kümmern, würde zu große Einschnitte in seinen Lebensstil nach sich ziehen – er würde sie zur Schule fahren, Lunchboxen packen, waschen, bei den Hausaufgaben helfen und Übernachtungsbesuche organisieren müssen, sie zu diversen Freizeitaktivitäten kutschieren und wieder abholen. Außerdem müsste er allein Zeit mit ihnen verbringen. Nein, Craig hatte sich für die zweitbeste Möglichkeit entschieden, ihr das Leben zu versauen: Er war nebenan eingezogen.

»Leah?«, hörte sie Liz sagen. Dann fühlte sie eine warme Hand auf ihrer, als ihre Anwältin ihr eine Box mit Taschentüchern reichte.

»Oh, danke«, sagte Leah und zupfte eines heraus mit dem sie sich die Wangen betupfte.

»Hören Sie, ich würde Ihnen raten, sich ruhig zu verhalten und erst einmal gar nichts zu unternehmen. Das Glück ist mit den Mutigen, wie man so schön sagt. Warten Sie ab, wie sich die Sache entwickelt. Wenn es ein Trost für Sie ist, mein Lebensgefährte und ich wohnen schon fast zehn Jahre in unserem Haus und haben bis auf ein flüchtiges Hallo kaum ein Wort mit unseren Nachbarn gewechselt. Sie müssen sich doch gar nicht um ihn kümmern. Machen Sie einfach weiter wie bisher und tun Sie so, als wäre er gar nicht da. Warten Sie drei Monate oder so, und überlegen Sie sich die Sache mit dem Umzug dann noch einmal, okay?«

Leah starrte sie an. Drei Monate. Es hätten genauso gut drei Jahrzehnte sein können. Dennoch wusste sie, dass Liz recht hatte. Wenn sie rechtlich nichts unternehmen konnte, um Craig zum Umzug zu zwingen, warum sollte sie sich dann aus ihrem Traumhaus vertreiben lassen? Für die Nächte würde sie sich Ohrstöpsel besorgen und hinten im Garten an der Ziegelmauer einige hohe Pflanzen als Sichtschutz setzen. Vielleicht sogar ein Rankgitter oder so etwas. Es konnte doch nicht so schwer sein, ihn zu ignorieren, oder? Sie hatte schließlich Jahre damit verbracht, gute Miene zu seinem bösen Spiel zu machen, bevor sie endlich die Kraft und den Mut gefunden hatte, ihn zu verlassen. Sie hatte Übung.

»Hier, ich gebe Ihnen den Kontakt für eine Therapeutin, die in diesem Bereich sehr erfahren ist. Ich habe sie meinen Klienten schon öfter empfohlen. Vielleicht hilft ihnen das weiter. Sie haben eine Menge durchgemacht.«

Leah sah zu, wie Liz eine Telefonnummer auf ein Post-it kritzelte, die sie vom Computerbildschirm ablas. Doch es war nicht die Tatsache, dass Liz glaubte, sie habe eine Therapie nötig, die sie störte – nein, es war etwas anderes, das sie verunsicherte. Es war wie das flackernde Licht einer Kerze im Luftzug.

»Okay, danke für den Rat«, erwiderte Leah, nahm den Zettel und stand auf. Sie wusste, dass es nicht viel mehr zu sagen gab. Eines stand für sie allerdings fest: Ganz gleich, was für einen Kampf Craig im Sinn hatte, er würde ihn nicht gewinnen. Erst als sie sich nun noch einmal umwandte, fiel ihr Blick wieder auf den Kugelschreiber, den Liz in der Hand hielt. Der Anblick des schwarz-gelben Firmenlogos hätte beinahe dafür gesorgt, dass sie beim Hinausgehen über den Aktenstapel auf dem Boden gestolpert wäre.

ELF

»Mummy, Mummy, schau mal, was Daddy mir geschenkt hat!«
Henry kam auf Socken in den Flur geschlittert und hielt ihr
einen Karton hin. »Das ist Lego. Das ist so toll!«

Leah legte ihre Tasche und ihren Schlüssel auf dem kleinen
Tisch im Flur ab und schüttelte den nassen Regenschirm vor
der Haustür aus. Sie spannte ihn auf und stellte ihn auf die
Fußmatte, und als sie aus der Jacke schlüpfte, wurde sie sich
bewusst, dass ihr der Mund offen stand.

»Oh ...«, hörte sie sich selbst sagen. Es nervte sie ungemein,
dass »Daddy« das Erste war, was sie zu hören bekam, wenn sie
durch die Tür trat.

»Hallo, Schatz«, sagte ihre Mutter, die in der Tür zum
Wohnzimmer erschien. »Lief es heute gut im Salon?« Ritas
gelbe Gummihandschuhe passten irgendwie zu dem knöchel-
langen bunten Kleid, das in der Taille von einem knallroten
Gürtel zusammengehalten wurde.

»Hi, Mum«, sagte Leah und warf einen Blick auf den
Karton, den ihr Sohn ihr begeistert unter die Nase hielt. »Das
ist toll, Schatz«, brachte sie hervor und verstrubbelte ihm die
Haare. »Aber hast du das Set nicht schon?« Als ob Craig

wüsste, welches Spielzeug seine Kinder besaßen, dachte sie. Er konnte sich ja gerade einmal halbwegs merken, auf welche Schulen sie gingen.

»Das ist das neue mit dem Raumschiff. Das wollte ich schon *immer* haben. Das andere ist uralt, und da fehlen Teile. Ich baue es jetzt zusammen.«

»Wir essen gleich«, hörte sich Leah sagen. »Warum machst du das nicht am Wochenende?«

»Nein!«, protestierte Henry. »Ich will es jetzt machen.« Er zog einen Flunsch, rannte mit dem Legokarton die Treppe hinauf und ließ Leah mit ihrer Mutter zurück.

»Kann ich dich kurz sprechen?« Die ältere Frau winkte Leah ins Wohnzimmer. Ihre Mutter hatte eine Vase mit Blumen auf den Tisch gestellt, die Kissen aufgeschüttelt und die allgemeine Unordnung beseitigt, die sich dort über das Wochenende angesammelt hatte. Aus der Küche duftete es anheimelnd nach ihrem Hühnereintopf.

Mit einem schnappenden Geräusch zog ihre Mum die Gummihandschuhe von den Fingern und stemmte die Hände in die Hüfte. »Wann hattest du vor, es mir zu erzählen?«

»Was zu erzählen?« Leah war nicht sicher, ob das, was sie im Gesicht ihrer Mutter las, Sorge oder Erleichterung war.

»Na wegen ihm. Nebenan.«

Leah stieß einen Seufzer aus. »Dann ist es also doch wahr«, sagte sie und ließ sich in einen Sessel fallen. »Ich dachte, es wäre nur ein böser Traum.«

»Ach, Schatz«, sagte ihre Mutter und setzte sich zu ihr.

»Bitte nicht«, wehrte Leah ab und hob die Hand, um die feste Umarmung zu verhindern, von der sie wusste, dass sie folgen würde. »Ich brauche kein Mitleid. Ich brauche nur einen Weg, ihn loszuwerden.«

»Vielleicht eine neue Terrasse?«, fragte ihre Mutter mit einem schiefen Lächeln, das ihre geraden weißen Zähne entblößte, die ein Vermögen gekostet hatten, wie Leah wusste.

»Bring mich nicht in Versuchung.«

»Scherz, LOL!«, flötete ihre Mutter.

»Sag nicht *LOL*, Mum.«

»Das ist Zozos Schuld.« Leahs Mutter drückte ihr Bein. »So reden die Kids doch heute. Ich könnte auch sagen: *Chill mal.*«

»Was ist meine Schuld?«, fragte Zoe, die gerade die schmale Treppe hinuntergedonnert war und ins Wohnzimmer gelaufen kam. »Was gibt's zu essen? Ich sterbe vor Hunger.«

»Geh und nimm dir einen Snack, Süße«, sagte Leah, um zu vermeiden, dass ihre Tochter etwas von dem Gespräch mitbekam. »Hast du ihn getroffen?«, fuhr sie fort, als Zoey außer Hörweite war.

»Was meinst du mit ›getroffen‹?« Ihre Mum klang defensiv. Sie schnappte sich ein Sofakissen und nahm es in den Arm.

»Na ja, ich meine, ob er irgendwo ums Haus herumgeschnüffelt hat, in meinem Garten oder … na ja, wie auch immer.« Leah schauderte. »Herrgott, ich kann nicht fassen, dass ich so etwas überhaupt fragen muss.«

Als sie nach Hause gekommen war, hatte sie das Auto an der Straße abgestellt und war mit gesenktem Kopf die Einfahrt hochgelaufen, wobei sie sich größte Mühe gegeben hatte, nicht nach nebenan zu sehen. Sie war sich nicht sicher, wie viele Autos in der Einfahrt beim alten Pfarrhaus gestanden hatten, aber sie hatte den Eindruck, dass sie aus dem Augenwinkel mindestens eins gesehen hatte. Sie wollte so nicht leben – dauernd einen Bogen um das Grundstück nebenan machen, sich verstecken und so tun, als gäbe es die Nachbarn nicht. Sie wollte Nachbarn, bei denen sie winken und lächeln, vielleicht auf ein Schwätzchen am Zaun stehen bleiben, Weihnachten ein paar Mince Pies vorbeibringen oder sie im Sommer zum Grillen einladen würde.

»*Verflucht noch eins!*«, jammerte sie und schlug auf die Armlehne des Sofas. »Warum passiert mir so etwas?«

Eins zu null für Craig. Nein, tausend zu null für ihn.

»Versuch doch, es positiv zu sehen, Schatz«, sagte Rita. »Für die Kinder ist es toll, oder nicht?«

»Warum sagen das alle dauernd?«, keifte Leah. »Die Person, die ich über alles auf der Welt hasse, wohnt nur ein paar Meter von mir entfernt. Ich habe sogar gestern Nacht gehört, wie er Sex hatte. Es war abartig.«

»Wirklich?« Rita machte große Augen und ließ langsam das Kissen sinken, bis es schließlich auf den Boden fiel. »Also, das ist grauenhaft«, gab sie zu, stand auf und ging langsam in den Flur, um ihre Jacke zu holen.

———

»Würdest du das für mich zur Mülltonne bringen, Süße?«, fragte Leah Zoey, als sie den Hühnereintopf ihrer Mum verspeist hatten. Genau so etwas hatte sie gebraucht, und Leah war dankbar dafür und auch dafür, dass ihre Mum die Kinder von der Schule abgeholt hatte. Rita war vor dem Essen in einer grüblerischen Stimmung aufgebrochen. Ihr leiser Abschied passte dazu, dass Craig nun tatsächlich nebenan wohnte, während sie sich langsam der Konsequenzen bewusst wurde. Ohne die Hilfe ihrer Eltern wäre ihr die Flucht aus einer unglücklichen Ehe nicht gelungen, auch wenn ihre Mutter sich bemüht hatte, sie davon zu überzeugen, noch einen Rettungs- versuch zu unternehmen. Dennoch war sie sich bewusst, dass ihre Eltern nur wollten, dass sie und die Kinder gut versorgt und glücklich waren.

»Bäh, das stinkt«, maulte Zoey, als ihre Mum die Hühner- knochen in die überquellende Mülltüte stopfte.

»Deswegen bringst du sie ja auch raus. Das große schwarze Ding im Hof nennt sich Mülltonne, falls du das noch nicht wusstest.« Leah pikte ihre Tochter liebevoll in die Seite und gab ihr den verknoteten Beutel.

»Haha, superlustig«, konterte Zoey und schlüpfte hinaus, während Leah sich an den Abwasch machte.

»Das ist so cool«, sagte Henry und widmete sich wieder seinem Lego-Modell, das er auf dem Tisch ausgebreitet hatte, sobald sein Teller geleert war.

Leah sah zu ihm hinüber. »Hat ... hat dein Vater es bei der Schule für dich abgegeben?« Sie hatte sich noch nicht getraut zu fragen, und es wäre nicht das erste Mal gewesen, dass er beim Schulsekretariat Geschenke für seine Kinder abgegeben hatte, um sich für versäumte Besuche zu entschuldigen.

»Nein, er ist hier vorbeigekommen«, entgegnete Henry und leckte sich die Lippen, während er ein schwieriges Teil des Raumschiffs zusammensteckte.

»Hier?« Für einen Augenblick schloss Leah die Augen. Sie wollte nicht so aggressiv klingen. »Ist er ins Haus gekommen?«

»Nur in den Flur«, entgegnete Henry. »Nana hat ihn reingelassen.«

»Verstehe«, sagte Leah und stützte sich am Spülbecken ab. Ihre Mutter hatte es nicht erwähnt, um sie nicht zu verletzen. Henry zuliebe musste sie sich zusammennehmen, obwohl ihr nach Schreien, Toben und Wüten zumute war und sie am liebsten nach nebenan gestürmt wäre, um ein ernstes Wörtchen mit ihrem Ex zu sprechen.

Die Hintertür wurde geöffnet. »Ich finde die Mülltonne nicht«, sagte Zoey und hielt noch immer die Mülltüte in der Hand.

Leah seufzte. »Ich bin sicher, dass ich sie gestern von der Straße wieder in den Hof gestellt habe«, sagte sie und trat hinaus in den kleinen Hinterhof. Sie blickte hinüber zu dem abgetrennten Bereich in der Nähe des angebauten kleinen Ziegelschuppens, in dem sie ihre Gartenwerkzeuge aufbewahrte. Zoey hatte recht. Da war keine Mülltonne. Verwirrt ging sie wieder hinein, durchquerte das Haus und schaute aus dem vorderen Fenster, ob sie vielleicht doch vergessen hatte, sie von der Straße hereinzuholen.

»Eigenartig«, sagte sie, als sie auch dort keine Tonne entdecken konnte. Sie schlüpfte in ihre Schuhe und wagte sich nach draußen, um sich dort auf die Suche zu begeben. Ein Wagnis – so fühlte es sich auch tatsächlich an. Als ob ihr Ex sie von nebenan beobachtete und sich darüber amüsierte, wie sie verwirrt dastand und sich umsah.

Auf der Straße waren überhaupt keine Mülltonnen zu sehen.

»Das ist mir wirklich ein Rätsel«, murmelte Leah und ging wieder hinein, um den Abwasch zu beenden.

»Warum hast du mir nicht erzählt, dass Daddy jetzt nebenan wohnt, Mummy«, platzte Henry plötzlich heraus. »Werden wir wieder alle zusammenwohnen so wie früher? Benutzt er deswegen unsere Mülltonne mit?«

Leah erstarrte. Mechanisch schob sie das Spülmaschinentab in die vorgesehene Halterung.

»Wie meinst du das, die Mülltonne mitbenutzen?« Sie wandte sich um und betrachtete ihren Sohn, der in seinen Legobausatz vertieft war. »Und nein, wir werden nicht wieder zusammenwohnen, mein Schatz. Ich ... ich wusste nicht, dass Daddy nebenan einzieht.«

»Als er mir das Lego gebracht hat, habe ich gesehen, dass er unsere Mülltonne mit rüber in den Garten genommen hat. Sie war auf dem Gehweg.«

»Ach so ... okay. Danke, Schatz«, sagte Leah und versuchte, ein neutrales Gesicht zu machen. Sie ging wieder hinaus, zog einen Gartenstuhl zur Mauer hinüber, die den Hof von dem großen Nachbargarten trennte. Vorsichtig stieg sie hinauf und spähte über die Schlusssteine aus Schiefer. Dahinter erstreckte sich Gillians Rasenfläche – Gillians und Craigs Rasenfläche – und die Terrasse, wo der abgebrochene Cocktailabend stattgefunden hatte. Zum Glück war niemand zu sehen, aber Leah konnte durch die Schlitze der Läden Licht in der Küche erkennen. Es dämmerte bereits, aber das Licht reichte, um die Mülltonnen hinter der Mauer zu sehen. Direkt nach ihrem Einzug, als es noch wärmer gewesen war, hatte sie hin und wieder eine Brise von den Tonnen nebenan aufgeschnappt, hatte sich allerdings nicht darüber beschwert, weil sie sich mit den vorherigen Nachbarn so gut verstanden hatte. Zu wissen, dass es jetzt der Müll ihres Ex-Mannes war, der hier vor sich hin müffelte, macht es deutlich schlimmer.

»Dieser Arsch«, flüsterte sie, als sie den vertrauten weißen Farbfleck auf dem Deckel ihrer Tonne entdeckte. Obwohl sie nicht mit der Hausnummer markiert war, wusste sie dank des Farbkleckses immer, welche der Mülltonnen ihre war.

Leah sprang von dem Stuhl und stapfte zurück ins Haus.

»Pass kurz auf Henry auf«, rief sie Zoey oben zu und ging zur Vordertür hinaus auf die Straße und dann die Einfahrt zum alten Pfarrhaus hinauf. Sie klingelte ein paarmal und hörte den altmodischen Glockenton durch den großen Hausflur hallen. Nichts, also hämmerte sie mit der Faust gegen die Tür und klingelte noch ein paarmal. Schließlich hörte sie Schritte, und die Tür wurde geöffnet.

»Hallo, Leah«, sagte Craig tonlos und blickte auf sie herab. Er hielt ein Rotweinglas in der Hand und trug karierte Pantoffeln. So etwas hatte er bei ihr nie getragen. Sie hatte ihn nie entspannt gesehen. Sein Gesicht war ausdruckslos bis auf den Hauch eines spöttischen Lächelns.

Leah verschränkte die Hände hinter dem Rücken, um den Impuls, ihn zu schlagen, unter Kontrolle zu halten. »Du hast meine Mülltonne. Ich möchte sie zurückholen«, sagte sie so höflich, wie sie konnte.

Craig machte ein verwirrtes Gesicht. »Nein, wir haben deine Tonne nicht, Leah.«

»Doch, habt ihr. Ich habe sie gesehen. Stell sie bitte raus auf die Straße.«

»Hörst du schlecht? Ich sagte, wir haben sie nicht.«

»Craig, du hast meine Mülltonne mitgenommen, und ich möchte sie zurück.« Leah biss die Zähne aufeinander.

»Irgendwo hier auf der Straße muss noch eine stehen. Nimm doch die.«

»Da ist keine. Meine Tonne hat Farbe auf dem Deckel. Ich habe sie in deinem Garten gesehen.«

»Kein Grund, gleich laut zu werden, Leah. Komm mal wieder runter, ja?«

»Ich bin nicht laut ge...«

»Alles in Ordnung?«, hörte sie jemanden sagen, und sie erkannte Gillians Gesicht hinter Craigs Schulter. Sie legte ihm die Arme um die Mitte, sodass er aussah wie eine Person mit zwei Köpfen.

»Ich glaube, Sie haben aus Versehen meine Mülltonne mitgenommen, Gillian«, sagte Leah und wünschte, sie hätte an Craigs Stelle die Tür geöffnet. »Ich wollte sie nur zurückholen.«

»Oh nein, Rexie hat eben nur unsere Tonne hereingeholt, nicht wahr, Schatz?« Gillian schmiegte sich an ihn.

Leah starrte die beiden an, wie sie von der obersten Stufe auf sie herabblickten: Craig mit seinem Weinglas und den albernen Pantoffeln, Gillian, die in ihrem cremeweißen Satinbademantel um ihn herumscharwenzelte. Sie fühlte Schwindel aufsteigen, ihr Puls beschleunigte sich, und es schnürte ihr die Kehle zu. Ihr Blick verschwamm, als Erinnerungen vor ihren Augen auftauchten – Nachrichten von anderen Frauen, Craigs Wutausbrüche und sein zornesrotes Gesicht, die zahllosen Stunden, die Leah vergeblich auf ihn gewartet hatte, die ständigen Lügen und wie er es so hindrehte, dass sie verrückt erschien, dass sie sich alles nur einbildete ... Dann der scharfe Schmerz, als er ihr mit der Hand auf die Wange schlug.

Leah atmete tief ein und wurde wieder in die Gegenwart katapultiert. »Gib mir einfach meine Mülltonne zurück, Craig, ja? Bitte.«

Craig und Gillian starrten sie nur einen Moment kopf-schüttelnd an – Gillian mit einem mitleidigen Ausdruck im Gesicht. Sie sah aus, als ob sie etwas sagen wollte, doch Craig schloss die Tür, und Leah konnte ihn dahinter lachen hören.

Sie konnte nicht anders. Als ob etwas in ihr geplatzt wäre und sich die aufgestaute Wut nun Bahn bräche. Sie warf sich mit ihrem vollen Gewicht gegen die Tür, hämmerte dagegen und brüllte Obszönitäten.

»Wie kannst du es wagen, du treuloses, verlogenes Stück Dreck! Du bist nichts als ein Dieb und ein ... und ein ...« Ihre Kehle brannte, als sie schrie und ihr Gesicht gegen die Tür presste. »Lieber brenne ich in der Hölle, als dich mit dieser Tour davonkommen zu lassen!«

»Leah?«

Sie konnte die Stimme durch ihre erstickten Schluchzer hören, doch zunächst war ihr nicht bewusst, wem sie gehörte. Sie trommelte noch ein paarmal mit den Fäusten gegen die Tür und drückte fest und ausdauernd den Klingelknopf. Tränen strömten ihr über die Wangen, ihre Haare fielen ihr wirr ums Gesicht.

»Leah, ist alles okay?«

Wieder diese Stimme. *Verdammt!*

Langsam drehte sie sich um. »Gabe«, sagte sie. Er stand auf dem Weg zu ihrem Haus auf der anderen Seite des niedrigen Zauns, der die beiden Vorgärten trennte, und sah besorgt und misstrauisch aus.

»Ich ... ja, alles gut, danke. Nur ein Missverständnis.« Ihr heiseres Lachen machte es nur schlimmer.

Gabe runzelte die Stirn, als Leah in ihren eigenen Garten zurückkam und sich das Gesicht abwischte, so gut es ging. »Du wirkst sehr ... aufgebracht und wütend«, stellte er fest und wich einen Schritt zurück, als sie näher kam, um ihn zu küssen.

»Oh nein, ehrlich«, behauptete sie und versuchte, fröhlich zu klingen. »Es ist schön, dich zu sehen. Komm doch rein«, sagte sie und öffnete die Haustür. Ihre Hand zitterte, und sie brauchte ein paar Anläufe, um aufzuschließen.

»Nein, nein, ich bleibe nicht.« Gabe blieb auf der Einfahrt stehen. »Ich wollte nur mein Palituch holen. Du weißt schon, das schwarz-weiß karierte Tuch, das ich oft trage? Ich glaube, ich habe es hier vergessen.«

»Oh, okay«, sagte Leah und war etwas enttäuscht, dass er nicht hereinkommen wollte. Doch nach dieser Szene konnte sie es ihm kaum verdenken. »Ich sehe drinnen mal nach.«

Gabe nickte und wartete draußen, während Leah überall nach dem karierten Tuch mit den Fransen suchte, das er oft lose um den Hals geschlungen trug. Er hatte es schon seit Jahren, hatte er gesagt. Es war das einzige Souvenir, das er von seiner Backpacking-Tour durch Ägypten mitgebracht hatte. Es stand ihm gut. Doch sie konnte es nirgends finden – auch nicht in Zoeys oder Henrys Zimmer oder im Wäschekorb im Badezimmer. »Nein, tut mir leid, es ist nicht hier«, sagte sie atemlos, als sie wieder aus dem Haus kam. »Ich sehe mal in meinem Auto nach«, fügte sie hinzu und ging auf die Straße.

»Aber ich war noch nie in deinem Auto«, wandte Gabe ein und folgte ihr. »Schon gut, lass gut sein. Du hast offensichtlich gerade andere Dinge im Kopf.«

Leah steckte noch halb in der Beifahrertür des Minis und stieß sich den Kopf an, als sie sich zu Gabe herumdrehte.

Mit offenem Mund sah sie zu, wie er sich zum Gehen wandte und nur kurz winkte, anstatt richtig Auf Wiedersehen zu sagen.

ZWÖLF

Leah schrak hoch. Keuchend und schwitzend setzte sie sich auf und griff nach dem Wasserglas neben dem Bett. Mit verschwommenem Blick tippte sie auf das Handy. Sechs Uhr dreiundzwanzig. Bald würde auch ihr Wecker klingeln. Sie hatte vom Zahnarzt geträumt ... das schmerzhafte Sirren eines Bohrers so tief in ihrem Mund, als wollte er ins Gehirn vordringen.

Aber Moment mal ... da war es wieder – der Bohrer kreischte und hämmerte in ihrem Kopf. Noch immer nicht ganz wach, drückte sie sich das Kissen aufs Ohr und stöhnte. Was war da los? Den schrecklichen Krach konnte sie nicht nur hören, sie konnte ihn in ihren Knochen spüren. Sie warf das Kissen fort, setzte sich wieder auf, sodass ihr übergroßes T-Shirt ihr über die Schulter rutschte, und wartete darauf, dass der Lärm wieder anfing.

»Mummy, ich kann nicht schlafen.« Henry stand plötzlich in der Tür und presste sich die Hände auf die Ohren.

»Ich auch ni...«

Da. Unüberhörbar. Der immer wieder kurz aussetzende Krach kam durch die Wand nebenan, und es war, als wackelte das ganze Haus. Jemand – zweifelsohne *Craig* – benutzte eine Bohrmaschine. Es klang, als müsste er jeden Moment durch die Wand hindurch sein. Sie sprang aus dem Bett und schlüpfte in die Schuhe. Dann nahm sie Henrys Hand.

»Komm, wir frühstücken«, sagte sie und widerstand mit aller Macht dem Drang, mit dem schwersten Gegenstand, den sie zu fassen bekam, gegen die Wand zu hämmern. Doch Craig tat es garantiert in der Absicht, sie zu provozieren, und sie würde sich nicht provozieren lassen. Er mochte wohl zu einer unchristlichen Zeit am Samstag heimwerken, aber das konnte er ja nicht ewig tun. Das Beste war, ihn zu ignorieren. Zumindest bis sie einen Plan hatte, wie sie ihn loswerden konnte.

———

Schließlich war das Frühstück fertig, und Zoey, die auch geweckt worden war und deren ausdrucksloses Gesicht ihre kollektive Stimmung widerspiegelte, saß mit hängenden Schultern am Küchentisch. Leah trank Kaffee, fixierte ihr Handy und überlegte, ob sie Gabe eine Nachricht schicken sollte. Für gewöhnlich schrieb er ihr jeden Tag, doch seit er vor ein paar Tagen Zeuge ihres Ausbruchs vor Craigs Haustür geworden war, hatte sie nichts mehr von ihm gehört. Sie hatte das Gefühl, ihm eine Erklärung schuldig zu sein.

»Ist es okay, wenn wir heute Abend bei Dad essen?«, fragte Zoey, während sie ihr Müsli löffelte und mit der freien Hand durch ihr Handy scrollte. Es klang ein wenig zögerlich. »Er hat gerade getextet und uns eingeladen, aber wir müssen nicht hingehen, wenn du es nicht möchtest.«

»Cool!«, rief Henry und fummelte an seinem halb fertigen Legobausatz herum. »Dann kann er mir dabei helfen. Ich komme nicht weiter.«

Leah starrte ihre Kinder einen Augenblick an. In ihrer jugendlichen Unschuld kannten sie das ganze Ausmaß des

Schreckens hinter der Scheidung ihrer Eltern nicht, auch wenn Zoey mit ihren vierzehn Jahren schon einiges mitbekommen hatte. Sie wollte sie schützen, so gut es ging. Von der Mülltonnen-Affäre und der frühmorgendlichen Bohrmaschinenattacke abgesehen konnten Liz und ihre Mum doch recht haben. Vielleicht war es gar nicht so schlecht, dass Craig nebenan wohnte. Die Kinder könnten ihn immer sehen, wenn ihnen danach war, und mussten nicht erst vergeblich bei ihren Großeltern auf ihn warten, und dennoch würden sie sich hier wohlfühlen mit ihren eigenen Zimmern und vertrauten Routinen. Ihr gefiel der Gedanke zwar überhaupt nicht, dass ihr Ex nebenan wohnte, doch wenn es für Zoey und Henry gut war, würde sie sich eben zusammenreißen müssen.

»Aber natürlich«, erwiderte sie lächelnd. Wenn die Kinder später ein paar Stunden weg waren, bedeutete das außerdem, dass sie Gabe zum Essen einladen und sich für ihr Benehmen neulich entschuldigen konnte. Sie würde etwas Schönes für ihn kochen und die Dinge zwischen ihnen wieder auf die Reihe bringen. Bevor sie noch zu viel darüber nachgrübelte und ihre Meinung änderte, tippte sie schnell eine Nachricht an ihn ins Handy und lud ihn ein.

»Dann lernt ihr auch Gillian kennen, Dads neue ...« Leah stockte. Sie hatte keine Ahnung, ob Craig den Kindern überhaupt erzählt hatte, dass es da eine neue Partnerin an seiner Seite gab. »Dads neue Bekannte«, beendete sie den Satz. Um ehrlich zu sein, drehte sich ihr bei dem Gedanken, dass eine andere Frau für ihre Kinder kochte und sich um sie kümmerte, der Magen um. Andererseits hatte Craig nie gewusst, was seine Kinder gerade brauchten, also war es vielleicht gar nicht so schlecht, dass sie da war. Und Gillian war zwar ein bisschen überdreht, schien aber insgesamt in Ordnung zu sein. Sie musste sich wieder bewusst machen, dass nichts von alldem Gillians Schuld war. Sie war nur zur falschen Zeit am falschen

Ort gewesen und auf Craigs Annäherungsversuche hereingefallen. Bald würde Craig sicherlich auch sie betrügen.

»Wir haben sie schon kennengelernt, Mum«, sagte Zoey und sah mit schuldbewusster Miene auf. Sie warf Henry einen Blick zu und errötete. »Ist das schlimm?«

»Sie mag Delfine«, sagte Henry, ohne aufzusehen, und konzentrierte sich darauf, einen Legostein zu befestigen.

»Ihr habt sie schon kennengelernt?«

»Nur ... nur einmal. Das ist schon eine Weile her«, sagte Zoey leise. »Sie hat mir etwas geschenkt.« Sie hob ihr Handgelenk und zeigte ein paar billige Armbänder. Leah hatte sie bereits bemerkt, aber angenommen, dass Zoey sie bei einer Shoppingtour mit ihren Freundinnen in der Stadt gekauft hatte.

»Sie hat Henry Schokolade geschenkt. Ich glaube, sie wollte, dass wir sie mögen. Es tut mir leid, ich hätte es dir erzählen sollen.«

»Das ... das ist doch schön, mein Schatz«, erwiderte Leah und starrte sie beide eine Weile an. Sie rang sich ein Lächeln ab und stand auf, um die Teller abzuräumen. Sie wollte nicht, dass ihre Kinder sich wie Verräter fühlten, weil sie die neue Lebensgefährtin ihres Vaters kennengelernt hatten, auch wenn sie wusste, dass sie sich sehr zusammennehmen musste, um ihre wahren Gefühle zu verbergen. Doch sie hatte keine andere Wahl. Für die Kinder würde sie sich zusammenreißen.

———

Es war schon früher Nachmittag, Zoey war beim Schwimmverein, und Henry brüllte oben in seinem Zimmer die Playstation an. Zum Teil sprach er dabei online mit seinen Freunden, zum Teil verfluchte er die Konsole, weil sie schon so alt war und ab und zu herumzickte. Leah betrachtete ihr Bett. Sie musste es von der Wand abrücken, die an Craigs und

Gillians Schlafzimmer angrenzte und es an die gegenüberlie-
gende Wand stellen. Vielleicht würde sie dann nicht mehr allzu
viel hören.

In Wahrheit war es unwahrscheinlich, aber sie würde sich
besser fühlen und hätte wenigstens physisch mehr Abstand von
ihnen. Ihr gefiel der Gedanke nicht, dass ihr Ex wenige Meter
von ihr entfernt zusammengekuschelt mit Gillian im Bett lag
und sie ihren Sexgeräuschen lauschen musste. Schließlich war
sie es früher einmal gewesen, die sich in postkoitaler Glückse-
ligkeit an Craigs Brust geschmiegt hatte.

Leah schauderte, packte das Bettgestell und zog mit aller
Macht. Ein scharfer Schmerz durchzuckte ihren unteren
Rücken. Das schwere Bett hatte sich keine zwanzig Zentimeter
bewegt. Wieder und wieder wandte Leah ihre gesamte Kraft
auf, um es Stück für Stück von der Wand abzurücken und hörte
nur kurz damit auf, als sie vernahm, dass ihr Handy eine Nachricht empfangen hatte. Sie war nicht von Gabe.

Kommen die Kinder später rüber? Mum xx

Leah lächelte und verdrehte die Augen. Ihre Mutter unter-
zeichnete ihre Nachrichten immer mit Namen »damit du
weißt, von wem sie ist«, wie sie erklärt hatte.

Sie gehen zu Craig zum Essen xx

Sie blätterte durch die Nachrichten zwischen ihr und Gabe
und stellte fest, dass er die von eben noch nicht gelesen hatte.
Außerdem sah sie, dass er vor zehn Minuten online gewesen
war.

Leah warf das Handy aufs Bett und wollte das Bild gerade
rücken, das zuvor über dem Kopfteil des Bettes gehangen hatte.
Wahrscheinlich war es von der ganzen Bohrerei und den
Vibrationen schief geworden. Doch dann entschied sie, dass es

wohl das Beste wäre, es umzuhängen, schließlich stand das Bett jetzt auf der anderen Seite. Also nahm sie das Bild von der Wand.

Und dann bemerkte sie den Schaden dahinter – ein Loch im Putz von etwas mehr als einem Zentimeter Durchmesser, das die blassblaue Farbschicht durchbrochen hatte, die sie erst vor wenigen Wochen aufgetragen hatte.

»Ach du liebes bisschen!«, rief sie und lehnte das Bild gegen die Fußleiste. »Er ist *tatsächlich* durchgebrochen.«

Leah starrte auf das Loch, ging näher heran und blinzelte mit einem Auge hindurch. Es war nur klein, und sie konnte außer Staub und Ziegelfragmenten nicht viel sehen, doch sie wusste, dass sie nur eine Stricknadel oder ein Essstäbchen hätte nehmen müssen, um direkt in Craigs und Gillians Schlaf-zimmer durchzubrechen. Was zum *Geier* hatte er vor? Das war wohl kaum eine geeignete Methode, um Regale aufzuhängen. Es war ein dreistes und absichtliches Eindringen in ihre Privatsphäre.

Als sie nach dem Handy griff, machte sich Übelkeit in ihrem Innern breit. Zu einer weiteren Auseinandersetzung an der Haustür sah sie sich nicht imstande.

Was hast du vor? Du hast meine Wand durchbohrt. Sieh zu, dass du das wieder in Ordnung bringst, oder ich werde recht-liche Schritte einleiten.

Sie war drauf und dran, die Nachricht abzuschicken, doch dann nahm sie Abstand davon und löschte den Teil mit den rechtlichen Schritten. Die Erfahrung hatte sie gelehrt, dass Craig nichts lieber hatte als eine teure gerichtliche Auseinan-dersetzung, selbst wenn er keine Aussicht auf Erfolg hatte – was auch immer das in diesem Falle überhaupt bedeutete. Nein, er würde es genießen, ihr Schwierigkeiten zu bereiten, von den Kosten einmal ganz abgesehen. Selbst Liz' vergleichsweise bescheidenes Honorar konnte sie sich im Augenblick nicht leisten.

Ihre Hände zitterten, als sie den Dreck aufkehrte, der auf die Fußleiste und den Teppich gefallen war. Dann rollte sie hastig ein Stück Pappe zusammen, das sie in das Loch stopfte, um Craig davon abzuhalten, sie zu beobachten. Hatte er vorgehabt, eine Kamera dort anzubringen? Vermutlich hatte er nicht damit gerechnet, auf ihrer Seite auf ein Bild zu stoßen, und wenn er sie bespitzeln wollte, würde er es wohl auf andere Weise erneut versuchen. Wieso allerdings war er nicht diskreter vorgegangen?

Er will dich zu einer Reaktion nötigen, ermahnte sie sich und versuchte, ihren Puls unter Kontrolle zu bekommen. *Er möchte dich aus der Fassung bringen, indem er dich glauben lässt, dass er das vorhat.*

Als sie in der Küche auf den Wasserkocher wartete, überprüfte Leah noch einmal ihr Handy. Zwei blaue Haken bei WhatsApp verrieten ihr, dass Craig ihre Nachricht gelesen, jedoch noch nicht reagiert hatte. Vielleicht ist er gerade im Baumarkt und kauft Spachtelmasse, dachte sie. Nein, eher hatte er das Werkzeug niedergelegt und umgarnte im Golfclub irgendeinen Immobilieninvestor, um irgendein halbseidenes Geschäft einzufädeln, oder gönnte sich mit Gillian irgendwo ein teures Mittagessen. Sie war so froh, dass sie diesen Lebensstil hinter sich gelassen hatte.

Sie goss kochendes Wasser in die Tasse und scrollte abermals durch den Chatverlauf zwischen Gabe und ihr. Er hatte ihre Einladung für später noch immer nicht gelesen, doch er war gerade online. Sosehr sie versuchte, optimistisch zu bleiben, wusste sie doch, dass dies kein gutes Zeichen war. Er hatte sonst immer gleich geantwortet. Sie ließ sich mit ihrem Kaffee am Küchentisch nieder und starrte auf das Display. Gabes Status wechselte von online zu offline, doch ihre Nachricht hatte nach wie vor nur zwei graue Haken.

Sollte sie ihm noch eine Nachricht schicken, wenn er gerade online war? Die konnte er dann doch kaum ignorieren. Sie sperrte ihr Handy und schob es über den Tisch. Nein, natürlich nicht. Es war offensichtlich, dass sie ihn mit ihrem Verhalten neulich vergrault hatte.

»Hallo, Daddy!«, hörte sie plötzlich Henry aus dem Wohnzimmer rufen. Eine Gänsehaut überlief sie, als sie durch den Flur schlich und dort hinüberspähte, wo Henry gerade spielte. Sie sah ihn winken und vor dem Fenster auf und ab hüpfen. »Guck mal! Daddy ist da draußen«, sagte er, als er sich umwandte und Leah bemerkte. »Kann ich rausgehen und ihm helfen?«

Vorsichtig näherte sich Leah dem Fenster und sah wenige Meter entfernt Craigs Rückansicht. Er stand in gebückter Haltung in seinem Vorgarten und hob ein Loch aus. Kurz darauf erhob er sich, streckte sich und grinste, als er Henry hinter der Scheibe entdeckte. Er ließ den Blick zu Leah hinüberwandern, die sich hastig wieder in den Schatten zurückzog. Doch das spöttische Grinsen in seinem Gesicht verriet ihr, dass er sie gesehen hatte. So wie sie auch das schwarz-weiß karierte Tuch mit Fransen bemerkt hatte, das er um den Hals trug.

DREIZEHN

Eilig schlüpfte Leah in ihre Schuhe und verließ das Haus. Sie ging die Einfahrt hinunter zur Straße, wobei sie sich zusehends mehr belagert fühlte. Craig buddelte noch immer im Vorgarten. Dabei trug er Kopfhörer, also würde er sie nicht kommen hören. Trotz der Angst und des Adrenalins, das durch ihren Körper rauschte, musste sie das Überraschungsmoment nutzen.

Doch auf der Straße blieb sie kurz stehen und sah mit weit aufgerissenen Augen zu dem Haus auf der anderen Straßenseite hinüber, wo ein Mann gerade ein »Zu verkaufen«-Schild im Vorgarten aufstellte. Daran war an sich nichts Ungewöhnliches, zumal die vorherigen Besitzer erwähnt hatten, dass sie über einen Umzug nachdachten. Nein, was Leah zurückweichen ließ, war die Tatsache, dass ihr das Gesicht ihres Ex-Mannes von dem gelb-schwarzen Plakat hinter der vorderen Grenzmauer entgegengrinste.

CRAIG FORBES – Immobilienkönig

Rex – Lateinisch für König, dachte sie bei sich und ballte die Fäuste. Dann setzte sie ihren Weg in den benachbarten

Vorgarten fort. *Daher hat Gillian also den Spitznamen.* Craig schien sie nicht zu bemerken und war offenbar gerade dabei, ein Pflanzloch für den Rosenstrauch auszuheben, der in einem Topf neben ihm stand.

»Schlimm genug, dass du nebenan wohnst, aber jetzt muss ich deine Visage auch noch vom Fenster aus sehen«, sagte sie, als sie kurz vor ihm stehen blieb. Sie unterdrückte das Zittern und versuchte, mutig zu wirken, das genaue Gegenteil von ihrem wahren emotionalen Zustand.

Entweder hatte Craig sie nicht gehört, oder er ignorierte sie bewusst.

»Craig«, rief Leah mit lauter Stimme.

Noch immer keine Reaktion.

Sie ging zu ihm und stupste ihn am Arm an.

Langsam wandte er sich um und musterte sie bedächtig von oben bis unten. Dann erst nahm er die kabellosen Kopfhörer aus den Ohren und steckte sie in die Tasche.

»Leah«, sagte er gedehnt. Wieder tastete er sie mit seinem Blick ab, blieb auf Brusthöhe hängen und rümpfte die Nase. »Was verschafft mir die Ehre?« Er lachte und stützte sich auf den Spaten.

»Wo soll ich anfangen?«, fragte sie und warf noch einen Blick auf das Haus gegenüber. »Kannst du mir erklären, warum du heute Morgen ein Loch in meine Wand gebohrt hast?« Sie schlang die Arme um den Oberkörper und wich einen Schritt zurück. Sie traute ihm zu, dass er sie schlagen könnte.

»Ach das«, sagte er und lachte wieder. »Bin ich etwa wirklich ganz durchgekommen? Der Bohrer war anscheinend ein bisschen zu lang. Abgesehen davon ist es *unsere* Wand, vergiss das nicht. Sie gehört uns beiden.«

Leah schluckte mühsam – sie konnte sich eben noch zurückhalten, alles hinauszuschreien. »Gedenkst du, es wieder in Ordnung zu bringen? Ich habe neulich erst renoviert, und du hast die Wand ruiniert. Oder brauchst du das Loch zum Spannen?«

»Ach, Leah, anscheinend bist du immer noch total wütend, nicht wahr? Ich hoffe bloß, so führst du dich nicht auch vor meinen Kindern auf.«

Nur mit einem tiefen Atemzug konnte sie einen Ausbruch verhindern. »Woher hast du das Tuch?«

Aus der Nähe betrachtet gab es keinen Zweifel mehr, dass es Gabes war. Sie konnte sogar die zusammengeflochtenen Troddeln sehen. Gabe hatte bei ihrem ersten Date daran herumgenestelt. Und sie war sich sicher, dass es nach seinem Aftershave riechen würde, wenn sie die Nase hineinsteckte. Es roch nicht wie die teuren Marken, mit denen Craig sich einnebelte. Nein, Gabes bevorzugter Duft war subtiler und erdiger. Er passte zu ihm. Craig mit seinem Tuch zu sehen, gefiel ihr nicht, und sie hätte es ihm am liebsten vom Hals gerissen oder – besser noch – ihn damit erwürgt.

Craig strich über den Stoff. »Es war ein Geschenk. Passt zu meinem neuen Hipster-Look, findest du nicht?«

»Was redest du da für einen Mist?«, schnaubte Leah. »Gockel-Look trifft es wohl eher«, murmelte sie. »Von wem hast du es?«

»Von Gillian. Sie hat so einen guten Geschmack.«

»Tja, es gehört eigentlich meinem Bekannten. Er muss es bei euch liegen gelassen haben, als wir ...« Das Letzte, woran sie erinnert werden wollte, war der Augenblick, in dem ihr gesamtes Leben auf den Kopf gestellt worden war. »Ich wollte es für ihn holen«, fuhr Leah fort, als Craig sie nur schweigend anstarrte. Sie streckte die Hand aus.

»Leah ...« Er trat von einem Fuß auf den anderen und machte ein gequältes Gesicht. »Bist du sicher, dass alles in Ordnung ist? Ich meine, du kommst hier rübergestürmt und behauptest, dass ich dich bespitzele und deinem Bekannten das Tuch geklaut hätte.« Er legte besondere Betonung auf das Wort

»Bekannter«. »Oder sollte ich sagen *Freund* oder sogar *Ehemann*? Wer hätte das gedacht?« Er grinste spöttisch.

»Er ist nicht ...«

»Denn wenn er dein Freund ist, Leah, wäre ich nicht besonders erfreut. Du hättest ihn bei Gericht in den Unterlagen erwähnen müssen. Du weißt, dass die Entscheidung des Richters darauf basiert, dass deine Angaben der Wahrheit entsprechen. Hat deine Anwältin dir das nicht erklärt? Liz Morgan ist zwar heiß, hat aber nicht gerade den besten Ruf, musst du wissen.«

»Was redest du da?« Leah fühlte die Hitze in ihre Wangen steigen. Es wurmte sie, dass Craig so gut über ihre Angelegenheiten Bescheid wusste.

»Wäre doch schlimm, wenn du dem Richter verheimlicht hättest, dass du einen Freund hast, auch wenn du ihn gerade erst kennengelernt hast. Du solltest deine Lebensumstände und Pläne richtigstellen, dann können wir das Ganze vor Gericht klären. Es könnte durchaus die Entscheidung des Richters beeinflusst haben, und ...«

»Verdammt noch mal, gib mir einfach das Tuch, Craig.« Leah konnte die Tränen nicht zurückhalten, die ihr in die Augen schossen. Verflüssigte Hilflosigkeit und Wut. »Ich weiß, es gehört Gabe.«

»Du fantasierst schon wieder.« Er starrte sie an und verzog das Gesicht.

»Wenn du nicht hier bist, um mit mir etwas wegen der Kinder zu klären, rate ich dir, mein Grundstück zu verlassen. Sonst sehe ich mich gezwungen, die Polizei zu rufen.«

Leah starrte ihn sprachlos an.

»Dann werde ich dich wegen Diebstahls, Verletzung der Privatsphäre und mutwilliger Zerstörung fremden Eigentums anzeigen«, konterte sie schließlich. »Ich lasse mich von dir nicht mehr schikanieren, Craig.« Sie versuchte, all die verdrängten Gefühle zu unterdrücken: Furcht, Hilflosigkeit und die ständigen Zweifel, dass sie vielleicht etwas falsch verstanden und sich alles nur eingebildet hatte.

»Die Wand werde ich reparieren. Aber ruf ruhig die Polizei. Dann kann ich gleich eine einstweilige Verfügung erwirken und dokumentieren lassen, wie du mich und meine Familie belästigst.«

»Familie?«, fragte Leah und sah ihn ungläubig an. »Die hast du schon vor langer Zeit gesprengt.« Sie fixierte ihn noch eine Weile, dann wandte sie sich ab, stolperte bei ihrer übereilten Flucht über einen losen Pflasterstein und sah Gillian mit erschrockenem Gesicht in der Tür stehen, bevor sie Hals über Kopf davonstürzte.

VIERZEHN

»Bist du sicher, dass es nicht einfach nur ein ähnliches Tuch ist?«, fragte Jodi und öffnete die Weinflasche. Als deutlich wurde, dass Gabe nicht auf Leahs Einladung reagieren würde, hatte sie stattdessen ihrer besten Freundin getextet und gefragt, ob sie Zeit habe. In der kurzen Zeit, seit Jodi hier war, hatte Leah den ganzen Katalog ihrer Wut über Craig heruntergerasselt. »Hier, runter damit! Und dann setzen wir uns rüber.«

Sie trugen ihre Weingläser und die Nachos mit Käse und Chili, die Leah eben aus dem Ofen geholt hatte, mit ins Wohnzimmer. Sie nahmen nebeneinander auf dem durchgesessenen Sofa Platz, und Leah griff unter ein Kissen und zog etwas Hartes hervor.

»Na prima. Henry sucht das bestimmt schon«, sagte sie und betrachtete das Teil von Henrys neuem Lego-Bausatz. Er hatte den Karton mit nach nebenan zu seinem Vater genommen. Sie sollten so gegen halb zehn wieder zurück sein.

»Und um deine Frage zu beantworten: Ich bin absolut sicher, dass es Gabes Tuch war. Er muss es dort vergessen haben, als Gillian uns vergangenes Wochenende zu diesem Umtrunk eingeladen hat. Craig geht wahrscheinlich irgendwie einer ab, weil er es behalten hat.« Sie schauderte bei dem Gedanken, obwohl sie irgendetwas störte, als sie an den Abend zurückdachte. Gabe hatte bei ihr geklopft, und er hatte ihr Outfit kommentiert, bevor sie zu Gillian aufgebrochen waren. Daran erinnerte sie sich. Und sie hatte ihm ebenfalls ein Kompliment gemacht, weil ihm das marineblaue Hemd so gut stand. »Allerdings erinnere ich mich nicht daran, dass er das Tuch an dem Abend getragen hat«, flüsterte Leah und knabberte an einem Tortillachip. Sie runzelte die Stirn.

»Und das bedeutet ...?«, fragte Jodi und griff sich ein paar Chips, die von geschmolzenen Käsefäden zusammengehalten wurden.

»Er hatte ein Hemd an«, fuhr Leah fort. »Es stand ihm richtig gut. Aber ... also, er hatte definitiv kein Tuch um den Hals.«

»Und das bedeutet ...?«, fragte Jodi abermals.

Leah starrte sie an. »Das bedeutet, er kann es nicht nebenan vergessen haben. Wie ist Craig also daran gekommen?«

»Das bedeutet, es kann nicht Gabes Tuch sein«, widersprach Jodi, beugte sich vor und tätschelte Leahs Bein. »Wie lange kennen wir uns jetzt schon? Fast zehn Jahre? Man kann ja wohl sagen, wir haben einiges zusammen durchgemacht. Scheidungen, Geburten, Todesfälle, Freude und Tränen. Das ganze Paket eben. Ich habe gesehen, wie du seinetwegen durch die Hölle und zurück gekrochen bist.« Sie sah kurz zu der Wand hinüber, die an das Nachbarhaus angrenzte. »Aber ... und nimm es mir bitte nicht übel ... Ich möchte nicht, dass du vollkommen ...«

Leah starrte sie wütend an, zog die Augenbrauen hoch und wartete auf den befürchteten Tiefschlag.

»Na ja, dass du wieder so vollkommen irrational wirst. Lass doch deinen blöden Ex einfach in der Brühe seiner eigenen Gemeinheiten schmoren und überlasse den Rest dem Karma.«

Leah stieß durch gespitzte Lippen die Luft aus. »Irrational?

Jetzt versuch nicht, mir einzureden, dass ich verrückt oder gestört bin, sonst zweifle ich wirklich noch an meinem Verstand.«

»Wie erklärst du es dir dann? Ich bin sicher, Gabe ist nicht der Einzige, der ein schwarz-weißes Tuch besitzt. Und ich kann nicht glauben, dass du deinen kinderfreien Abend damit verschwendest, über deinen Ex zu reden.«

»Entschuldige«, sagte Leah und kam sich plötzlich albern vor. »Du hast recht. Es ist wahrscheinlich nur Zufall.« Sie dachte einen Moment nach. »Außer natürlich ...«

Sie bemerkte den Ausdruck auf Jodis Gesicht. »Schon gut, ich höre schon auf.«

»Ich mache uns mal etwas Musik an«, sagte Jodi, öffnete Spotify auf ihrem Handy und verband sich mit Leahs Alexa. »Das wird dich ablenken.«

Leah nickte und ging zum Fenster, um die Vorhänge zu schließen. Es war noch nicht dunkel, aber sie wollte sich von der Welt abschotten. Genau in dem Augenblick sah sie auf der Straße ein Auto vorfahren und erkannte zwei vertraute Gesichter. Die beiden Passagiere stiegen lachend und plaudernd aus.

»Oh, cool. Abby und Steve sind hier«, sagte sie und reckte sich auf die Zehenspitzen, um besser sehen zu können. Ihr erster Gedanke war, dass sie gar nicht genug Wein im Haus hatte und noch kurz zum Laden musste, um Nachschub zu besorgen. Sie bildete sich viel darauf ein, eine großzügige Gastgeberin zu sein. Ihr zweiter Gedanke war, wie schön es war, sie wiederzusehen, und dass ihr Spontanbesuch eine wirklich nette Überraschung war. Seit die Scheidung durch war und sie hier wohnte, hatte Leah Abby mehrmals getextet, um ihr die neue Adresse mitzuteilen, und sie eingeladen, aber sie hatte nicht geantwortet. Sie hatte angenommen, dass sie, wie viele andere ihrer gemeinsamen Freunde, nur viel um die Ohren hatte.

»Was ist?«, fragte Jodi und stellte sich neben Leah.

»Wir bekommen Gesellschaft«, sagte Leah und ging zur Tür. »Abby und Steve sind da.«

»Ähm, Leah«, sagte Jodi und deutete aus dem Fenster, »ich glaube nicht, dass wir Gesellschaft bekommen.«

Die beiden sahen zu, wie das Pärchen – Abby hatte sich geschminkt und herausgeputzt, und Steve war auch schick gekleidet – die Einfahrt zum Nachbarhaus hinaufging. Abby hatte sich bei Steve untergehakt und trug einen Blumenstrauß.

Steve hatte eine Flasche Sekt in der Hand. Wenig später verschwanden die beiden im Haus.

»Oh!«, brachte Leah hervor und schloss hastig die Vorhänge. Sie griff nach der Weinflasche auf dem Couchtisch und goss mehr in ihr Glas, dann füllte sie auch Jodi nach. »Das habe ich anscheinend falsch verstanden«, sagte sie und ließ sich auf die Couch fallen.

»Mach dir keine Gedanken deswegen«, sagte Jodi, und ihr Gesichtsausdruck hatte etwas Mitleidiges. »Vergiss sie.« Sie erhob ihr Glas.

»Auf *wahre* Freunde«, erwiderte Leah und stieß mit ihr an. Doch sie konnte es nicht lassen. »Was für eine Dreistigkeit von ihm! Was bezweckt er damit?« Sie schüttelte langsam den Kopf und wusste, dass es darauf keine Antwort gab. »Ich kenne Abby schon ewig, schon seit der Friseurausbildung. Wir haben zusammen in verschiedenen Salons gearbeitet, Schichten füreinander übernommen und ...«

»Hör auf«, sagte Jodi sanft und legte den Finger an die Lippen. »Weißt du noch, was ich eben gesagt habe?«

Leah nickte und blickte finster drein. Sie schenkte sich mehr Wein ein.

»Jedes Mal, wenn du solche Gedanken hast, stirbt ein kleines Stück von dir und gibt ihm Kraft. Also hör bitte auf, ja?«

Leah lachte und stopfte sich eine Handvoll Nachos in den Mund. Doch sie hielt inne, runzelte die Stirn und lauschte.

»Alexa, Pause«, sagte sie. »Hast du das gehört? Das klang wie eine Autotür.«

Jodi schüttelte den Kopf, aber Leah war bereits wieder aufgesprungen und zum Fenster gegangen, wo sie vorsichtig durch die Vorhänge spähte.

»Na toll! Das ist ja super. Fran und Allie sind jetzt auch nebenan. Veranstaltet er etwa eine Party mit all meinen Freunden oder was?« Sie näherte sich der Wand, die an das Wohnzimmer nebenan grenzte, und presste ihr Ohr dagegen.

Sie konnte Geräusche hören, aber nichts verstehen, also trank sie den letzten Schluck Wein aus ihrem Tumbler-Glas, hielt das gegen die Wand und legte das Ohr daran. »Klingt nach einer ziemlich lahmen Veranstaltung, wenn du mich fragst. Und so viel dazu, dass er Zeit mit den Kindern verbringen möchte. Henry wollte, dass sein Dad ihm mit dem Lego-Bausatz hilft und ...«

»Hör auf, Leah, du machst dich doch ganz krank.«

»Oder ganz betrunken«, entgegnete Leah, schenkte sich nach, stürzte den Wein hinunter und füllte das Glas erneut. Als sie ein weiteres Auto hörte, konnte sie nicht anders und musste noch einmal aus dem Fenster sehen. Abermals stiegen einige ihrer Freunde aus einem Taxi. Und kurz darauf manövrierten Michelle und Tony ihr Auto in eine enge Parklücke gegenüber, direkt neben dem »Zu verkaufen«-Schild mit Craigs grinsendem Gesicht darauf.

»Ich bin vollkommen Zen. Die Ruhe selbst«, sagte Leah und setzte sich wieder. Sie bewegte die Hände mit den Handflächen nach unten, doch es wirkte wenig überzeugend. Es ließ sie nicht kalt. Während sie sich unterhielten, drehte Jodi die Anlage lauter, sodass James Blunt die Musik und das Gelächter von nebenan übertönte, und Leah wurde zunehmend wütender. Craig und Gillian gaben eine Party. All ihre Freunde waren dort – Freunde, die sie seit Jahren kannte. Und ihre Kinder waren ebenfalls dabei.

»Was zur Hölle war das?«, fragte Leah und sprang auf, als nebenan ein lautes Krachen zu hören war. Plötzlich wurde die Musik lauter.

»Beruhige dich, wahrscheinlich sind sie betrunken und machen irgendeinen Unsinn«, beschwichtigte Jodi sie und verdrehte die Augen. »Ignorier es. Du weißt doch, wie Craig drauf ist, wenn er ein paar Gläser intus hat.«

»Aber meine Kinder sind da drüben. Wie kann ich das ignorieren?« Schweißperlen traten ihr aus den Poren. »Ich bezweifle, dass Craig sich um sie kümmert.«

»Zoey ist doch nicht blöd. Sobald es Ärger gibt, wird sie Henry sofort wieder mit rübernehmen.«

Jodi hatte recht. Zoey war ein vernünftiges Mädchen und würde schon aufpassen.

»Ich bringe Henry das rüber«, verkündete Leah unvermittelt und nahm das Lego-Teil. Sie konnte sich nicht entspannen. »Das klingt, als ob da drüben irgendeine wilde Orgie stattfindet. Von den vorherigen Nachbarn habe ich hier nie auch nur einen Mucks gehört.«

»Jetzt sei nicht albern, Leah«, sagte Jodi und legte ihr die Hand auf den Arm. »Du machst dich bloß lächerlich. Außerdem hören sie bei dem Lärm die Klingel wahrscheinlich ohnehin nicht. Die Kinder sind bestimmt bald zurück.«

Leah sah auf die Uhr und zögerte. Viertel vor neun. Sie trank den Rest Wein und erhob sich. Im Flur drehte sie sich noch einmal zu Jodi um. »Ich bin sofort zurück«, sagte sie, schlüpfte an der Tür in ihre Flip-Flops und stolperte nach draußen, absolut unfähig, sich zurückzuhalten.

FÜNFZEHN

Leah stöhnte, drehte sich auf die Seite und kniff die Augen zusammen. »Au, mein Kopf«, murmelte sie und zog die Decke über die Schultern hoch. Ihr Schädel pochte im Takt ihres Herzschlags, und ein scharfer Schmerz fuhr ihr hinter die Stirn, als Licht zwischen den Vorhängen hindurchfiel. Sosehr sie sich auch wünschte, wieder einzuschlafen, ratterten ihre Gedanken bereits wieder, droschen auf sie ein mit wirren Ausschnitten von ... von ...

»Neeein!«, stöhnte sie und richtete sich auf. Sie sog Luft in die Lunge und umfing ihr Gesicht mit den Händen, als Bruchstücke von Erinnerungen in ihr Hirn eindrangen.

»Bitte, lieber Gott, mach, dass das nicht wahr ist.« Sie kniff die Augen zusammen. Zum einen, weil sie einen mächtigen Kater hatte, und zum anderen wegen der Ereignisse des vergangenen Abends beziehungsweise der Teile, die sie gerade wieder zusammenzusetzen versuchte.

Von unten hörte sie ein Geräusch. Jodi ... Richtig ... Jodi war hiergeblieben, weil ihr Lebensgefährte zu Hause war und auf Charlie aufpasste. Und sie hatten getrunken. Eine Menge getrunken – na ja, Leah jedenfalls.

Und die Kinder ... Mein Gott, ihre Gesichter!

Sie ließ den Kopf in die Hände sinken, und die Erinnerungen kamen langsam zurück. Ihr war speiübel, als sie die Beine aus dem Bett schwang. Es war eine tief sitzende Übelkeit, und ihr ganzer Körper schmerzte. Dann fiel ihr Blick auf ihre Füße – schwarz und schlammig, die Zehennägel offenbar mit Erde verkrustet. Mit finsterer Miene stand sie auf und ging zum Spiegel. Ihre Wangen waren mit schwarzer Mascara verschmiert, und ihre Haut war fleckig und rot. Eine Gesichtshälfte war schlammverschmiert, und ihre Handflächen waren genau wie ihre Füße schmutzig und voller Grasflecken.

Sie wusste, dass der gestrige Abend kein gutes Ende genommen hatte, gleichzeitig hatte sie überhaupt keinen Schimmer, wie sie in diesen Zustand gekommen war, und schon gar nicht, wie sie es ins Bett geschafft hatte. Dann rannte sie ins Badezimmer und gelangte gerade noch rechtzeitig hin, bevor sich der Rest des Alkohols und die Nachos von letztem Abend verabschiedeten.

―――――

»Okay, ich hätte gern die zensierte Version«, sagte Leah, als sie einige Zeit später barfuß in die Küche tappte. Sie hielt sich ein Taschentuch vor den Mund und fühlte sich, als hätten ihre Eingeweide sich umgedreht.

»Oje«, sagte Jodi, die mit einem Pfannenwender in der Hand neben dem Herd stand. »Es ist ja schlimmer, als ich dachte.«

Leah setzte sich an den Küchentisch, und von dem Geruch des gebratenen Specks, der ihr vom Grill entgegenwehte, wurde ihr gleich wieder übel. Jodi briet Eier und hatte den Wasserkocher eingeschaltet. »Und die Kinder ...?«, fragte Leah nervös, um sich eine Bestätigung ihrer Befürchtung zu holen.

»Die sind nebenan. Sie sind vorbeigekommen. Erinnerst du dich nicht mehr?«

Leah nickte und hielt sich stöhnend den Kopf. »Ja«, sagte sie. »Vage.«

»Kein Wunder«, hörte sie Jodi sagen und konnte ihr nicht widersprechen.

»Haben es alle gesehen?«

Jodi drehte sich um und nickte bedeutungsschwer. »Ich fürchte, ja.«

Leah stöhnte abermals, ließ den Kopf wieder sinken und verkrampfte die schlammverkrusteten Zehen. »Ich hätte wirklich nicht gedacht, dass ich so viel getrunken habe, als ich rübergegangen bin. Es war dieser verfluchte lose Stein auf ihrer Einfahrt. Ich sollte sie verklagen!« Sie berührte ihre Wange und zuckte zusammen.

»Betrunken Flip-Flops zu tragen ist auch nicht besonders hilfreich. Ich habe etwas Eis auf dein Gesicht gelegt. Die Schwellung ist schon etwas zurückgegangen«, erklärte Jodi und besah sich die Verletzung näher.

Leah nickte abermals. Sie schämte sich zu sehr, um ihr in die Augen zu sehen. Wie sollte sie überhaupt je wieder irgendwem in die Augen schauen? »Es war ... Es war einfach so ...« Sie konnte es nicht in Worte fassen, aber ihre Kinder neben Craig in der Tür stehen zu sehen, wie er ihnen die Hände auf die Schultern gelegt hatte – das hatte etwas in ihr ausgelöst. Sie hatten ausgesehen wie die glückliche Familie, die sie einmal gehabt hatte. »Und als Gillian dann durch die Tür kam, da ...« Leah kniff die Augen zusammen.

»Da bist du vollkommen durchgedreht?«, beendete Jodi den Satz für sie.

»Sie bleiben heute bei uns«, jammerte Leah und imitierte Craig. »Das hat er gesagt. Nein, das hat er verkündet. Kannst du glauben, wie dreist dieser verfluchte Kerl ist?«

»Die Kinder wollten dableiben, Leah. Sie ... sie schienen

sich auf der Party amüsiert zu haben. Zoey hat dich gefragt, ob es okay wäre, erinnerst du dich nicht?«

Die Reihenfolge der Ereignisse war etwas verschwommen, als ob es die Erlebnisse einer Fremden und Leah nur eine zufällige Zeugin gewesen wäre, die ein paar Ausschnitte der Szene mitbekommen hatte, die sie gemacht hatte.

»Bist du reingegangen?«, fragte Leah.

»Nur kurz, nachdem du gestürzt warst. Ich habe ihnen erklärt, dass du wegen diverser Dinge ziemlich unter Stress stehst und dass du Henry das fehlende Lego-Teil bringen wolltest. Ich habe es übrigens auf dem Rasen gefunden und es ihm gegeben.«

»Du meinst, du hast es da gefunden, wo ich mit dem Gesicht voran in den Schlamm gefallen bin, während alle zugeschaut haben und ich mir vor Craig die Augen aus dem Kopf geheult habe?« Leah klang verbittert – doch die Verbitterung richtete sich gegen sie selbst. In ihrem Kopf war alles durcheinander wie ein Haufen loser Puzzleteile. Noch schlimmer war, dass sie nun alle für eine schreckliche Mutter hielten, obwohl sie wusste, dass sie das genaue Gegenteil war.

»Hier, iss das, und du wirst dich gleich viel besser fühlen«, sagte Jodi und reichte ihr einen Teller mit Toast, Speck und Spiegeleiern. »Die Kinder sind bald zu Hause, dann kannst du in Ruhe mit ihnen reden. Bald habt ihr das alles vergessen, glaub mir.«

Leah starrte auf ihr Essen. Sie war Jodi dankbar, auch wenn ihr davon erst recht übel wurde.

»Und hat er geantwortet? Ich meine Gabe«, fragte Jodi und setzte sich ihr gegenüber.

»Was?« Leah erstarrte, die Kaffeetasse auf halbem Weg an ihre Lippen.

»Ich habe versucht, dich aufzuhalten, ehrlich, aber ... na ja, du hast die Nachrichten trotzdem geschickt.«

Obwohl ihr alles wehtat, rannte Leah nach oben, um ihr

Handy zu holen. Erst als sie wieder saß, öffnete sie WhatsApp und traute sich kaum, zu lesen, was sie geschrieben hatte.

»Scheiße!«, stieß sie hervor und ließ das Handy auf den Tisch fallen. »Damit hätte sich das wohl auch erledigt.«

Jetzt war ihr erst richtig schlecht, und sie musste aufstehen und sich ein Glas Wasser holen. Schätzungsweise würde sie mindestens fünf Liter brauchen, um ihren Wasserhaushalt wieder ins Lot zu bringen.

Als sie an der Spüle stand, zog sie instinktiv das Rollo hoch und schnappte nach Luft, als sie in den Innenhof hinausblickte.

»Was zum Geier?« Leah stand draußen, hatte den Bademantel fest um sich gewickelt, die Arme um den Oberkörper geschlungen und starrte auf einen riesigen Haufen Grünab-fälle. Brombeerranken, abgesägte Äste, Strauchschnitt und eine Tonne Efeu waren überall auf dem Kopfsteinpflaster verteilt, und dazwischen verstreut etwas, das nach ganz normalen Gartenabfällen aussah. »Craig Forbes, ich ... ich bringe dich um!«, rief sie und trat nah an die Mauer heran.

»Sch! Beruhige dich doch, Leah«, sagte Jodi und versuchte, sie zurück ins Haus zu bugsieren. Doch sie entzog sich ihr.

»Das landet alles postwendend wieder drüben!«, schimpfte sie und krempelte die Ärmel ihres Bademantels hoch. Sie war ohnehin schmutzig, und es war ihr egal, ob sie noch dreckiger wurde. Dieses Zeug konnte nur von dort stammen. Da sie das Eckgrundstück hatte, grenzte nur Craigs und Gillians Garten an ihren, abgesehen von ihrem eigenen Gartenstück hinter dem Innenhof.

»Ich glaube, es gibt da irgendeine gesetzliche Regelung, die besagt, dass Nachbarn deine überhängenden Pflanzen und Bäume beschneiden dürfen, aber dass sie dir den Grünschnitt anbieten müssen«, sagte Jodi und nahm Leah einen großen Ast aus der Hand, bevor sie ihn über die Mauer schleudern konnte.

»Anbieten, ja«, presste sie zwischen den Zähnen hervor. »Das nenne ich nicht anbieten, oder? Ich nenne es abladen.«

»Leah, warte«, sagte Jodi und versuchte, ihr die Ranken wegzunehmen. Doch die Dornen bohrten sich in Leahs Arme, und sie zog sie winselnd zurück.

»Was ist denn das für ein Krach?«, hörten sie plötzlich jemanden knurren. Etwas später erschien Craigs Gesicht über der Mauerkrone. »Ich möchte in Ruhe meinen Garten genießen, wenn du nichts dagegen hast, und ...« Er brach ab, musterte Leah von oben bis unten und rümpfte die Nase. »Meine Güte, du siehst ja grauenhaft aus. Was machst du da überhaupt?«

»Ich gebe dir deinen Müll zurück.« Leah hob die Brombeerranken und versuchte, sie über die Ziegelmauer zu wuchten, doch die Dornen verfingen sich in ihrem Bademantel, sodass die Ranken zurückschlugen und ihr das Gesicht und den Hals zerkratzten, während sie sich damit abmühte.

»Das ist vollkommen legal«, erklärte Craig gelassen. »Das hing alles in unseren Garten hinüber. Es wurde Zeit, dass es endlich zurückgeschnitten wird. Übrigens, die Kinder bleiben noch eine Weile hier.«

»Aber Henry hat später einen Kindergeburtstag«, sagte Leah und zupfte sich ein Blatt aus den Haaren. »Er muss sich noch umziehen und das Geschenk verpacken, bevor ich ihn hinbringe.«

»Nicht nötig.« Craig schüttelte den Kopf. »Er hat jetzt ein paar Anziehsachen hier, und Gillian ist gerade mit ihm losgegangen, ein Geschenk kaufen.«

Leah starrte in sein selbstzufriedenes Gesicht. »Aber ich habe schon ein Ge...«

»Leah, dieses Wochenende habe ich die Kinder, wenn du dich erinnerst.« *Wann hast du dich je daran gehalten?*, hätte sie am liebsten zurückgefeuert, schaffte es jedoch, sich auf die Zunge zu beißen. Stattdessen lächelte sie knapp und sah erleichtert, wie er wieder von dem hinuntersprang, worauf auch immer er gerade gestanden hatte.

»Ich schwöre, nach allem, was er mir angetan hat, bringe ich ihn um«, sagte Leah, als er außer Hörweite war. Sie trat gegen den Müllhaufen und ahnte, dass sie ein Feuer im Gemüsegarten würde aufschichten müssen, um das alles loszuwerden. Sie drehte sich um und wollte wieder hineingehen. Sie brauchte dringend etwas Paracetamol, doch sie erstarrte, als sie die Stimme ihrer Tochter hörte.

»Mum?«, rief Zoey, und ihr Kopf erschien über der Mauerkrone. Eine tiefe Falte hatte sich zwischen ihren Augenbrauen gebildet, und ihr Mund stand offen, während sie sich mit den Händen an den obersten Steinen festkrallte.

»Oh ... hi, Liebes«, sagte sie und warf Jodi einen kurzen Blick zu. Sie brauchte nicht zu fragen, ob sie den Kommentar gehört hatte. Sie konnte es auf ihrem Gesicht ablesen. »Kommst du dann später rüber, um mit mir deinen Kleiderschrank durchzusortieren?« Sie hoffte, ihre Tochter würde lieber nach Hause kommen, nachdem sie nun eine Nacht drüben verbracht hatte.

»Ich sollte vielleicht besser hierbleiben«, sagte Zoey, kaute an einem Fingernagel und schaute zur Seite. »Dad möchte es so, weil es sein Wochenende ist. Ist es okay, wenn ich heute Nachmittag mit Gilly shoppen gehe, wenn Henry bei seinem Kindergeburtstag ist?«

»Shoppen ...?«, wiederholte Leah und versuchte, sich zu erinnern, wann sie das letzte Mal mit Zoey im Einkaufszentrum gewesen war oder überhaupt Zeit mit ihr allein verbracht und sie verwöhnt hatte.

»Dad sagt, wir bestellen später Pizza und schauen einen Film«, fügte Zoey mit gequältem Gesichtsausdruck hinzu. »Er sagt, es ist besser, wenn wir heute Nacht wieder hier schlafen. Aber keine Angst, Mum. Ich passe auf Henry auf.«

»Morgen ist Schule«, entgegnete Leah und hatte das Gefühl, dass sich dies zu einem Dilemma auswuchs. Es gefiel ihr nicht, dass ihre Tochter zwischen den Stühlen saß und zur Waffe in ihrem Krieg wurde. »Wann willst du lernen und Hausaufgaben machen?«

Zoey wandte einen Moment den Blick ab, und der düstere Ausdruck in ihrem jungen Gesicht trat noch deutlicher zutage. »Gilly hat gesagt, sie kauft mir eine Schuluniform, die ich dann hierlassen kann. Und ... wenn du mir meine Schultasche rübergibst, kann ich meine Hausaufgaben jetzt machen. Ich habe nicht viel auf.«

Leah betrachtete schweigend das Gesicht ihrer Tochter. Sie sah besorgt aus, als ob es ihr überhaupt nicht gefiele, all das zu sagen, ihr Vater ihr aber keine Wahl ließ. Die gerichtliche Regelung besagte, dass er sie montags zur Schule bringen durfte.

»Wenn du das möchtest, Schatz«, erwiderte Leah. Sie wollte es für Zoey nicht noch schwerer machen. Außerdem ließ das Dröhnen in ihrem Schädel keine direkte Konfrontation zu. Wie Craig betont hatte, war es theoretisch sein Wochenende.

»Danke, Mum«, sagte Zoey und schenkte Jodi ein Lächeln, während ihre Mutter hineinging, um die Tasche zu holen. Als sie zurückkam, nahm sie sie entgegen und wollte gerade wieder hinter der Mauer verschwinden, zögerte aber kurz und fragte schließlich: »Du willst Dad doch nicht wirklich umbringen, oder?«

SECHZEHN

Am nächsten Morgen konnte Leah sich nicht zurückhalten. Um die Zeit, zu der die Kinder normalerweise zur Schule aufbrachen, schaute sie aus dem vorderen Fenster. Sie brachte Henry immer zur Grundschule und setzte Zoey unterwegs an der Bushaltestelle ab. Allerdings nicht heute.

Sie hatte letzte Nacht kaum geschlafen. Stattdessen hatte sie wach gelegen, das mit Pappe ausgestopfte Loch in der Wand gegenüber angestarrt und nach Geräuschen von nebenan gelauscht. Abends hatte sie ein paarmal gehört, wie Türen geöffnet oder geschlossen wurden – Henry hatte ein Händchen dafür, sie unabsichtlich zuzuknallen –, und davor war sie sich sicher, zwei gedämpfte weibliche Stimmen hinter der Wand zu Craigs und Gillians Schlafzimmer gehört zu haben. Sie war aufgestanden und hatte leise die zusammengerollte Pappe aus dem Loch gezogen, um hindurchzusehen. Doch sie konnte nur vage einen Lichtpunkt am anderen Ende erkennen, der halb von Ziegelstaub verdeckt wurde. Allerdings gab es keinen Zweifel, dass es Zoeys Stimme war, unterbrochen von Gesprächsfetzen einer älteren weiblichen Stimme: Gillian. Sie konnte nicht genau verstehen, worüber sie sprachen – irgendetwas mit

Klamotten und Jungs, dachte sie. Gespräche, die Mütter und Töchter miteinander führen sollten.

»Herzallerliebst«, flüsterte sie und spürte deutlich einen Stich in der Brust. Sie versuchte, sich zu erinnern, wann sie das letzte Mal mit Zoey lästernd und kichernd auf dem Bett gesessen hatte, um sich vielleicht die Haare und die Nägel zu machen. Doch sie konnte sich an keine Gelegenheit erinnern.

Schließlich hatte sie die Pappe wieder in das Loch gestopft und war ins Bett zurückgekrochen. Ihr Schädel brummte noch immer, obwohl die Höchstdosis Paracetamol geholfen hatte, die schlimmsten Katerfolgen abzumildern. Sie würde nie wieder Alkohol trinken. Als sie endlich eingeschlafen war, hatte Gabe noch immer nicht auf ihre betrunkenen Textnachrichten vom Samstag geantwortet.

Was war nur in sie gefahren, ihn zu beschuldigen, dass er mit ihrem Ex unter einer Decke steckte? Der Alkohol hatte ihr Urteilsvermögen lahmgelegt, und es schien eine logische Erklärung dafür, wie Craig an Gabes Tuch gekommen war. Jetzt nicht mehr. Sie schämte sich furchtbar, als sie an die Nachrichten dachte, die kaum Sinn ergaben.

Ich weis Bescheid

Verräter mit mein Ex

du bist Tuch

VErmiss dich liebe dich xxc

Sie konnte vielleicht einfach so tun, als hätte sie ihm aus Versehen getextet und dass die Nachricht für jemand anders bestimmt gewesen war, oder es vielleicht sogar auf Henry schieben und sagen, dass er ihr Handy gemopst und sich einen Scherz erlaubt hatte. Doch laut Zeitstempel hatte sie die Nachricht um ein Uhr achtzehn nachts geschickt, das war also höchst unwahrscheinlich. Und selbst wenn sie für jemand anders bestimmt gewesen wäre, machte es das Ganze nicht besser. Nein, sie musste sich den Konsequenzen stellen, was vermutlich bedeutete, dass Gabe sie nie wiedersehen wollte. Und sie konnte es ihm noch nicht einmal übel nehmen.

In dem Augenblick, als Zoey und Henry aus dem Haus ihres Vaters nebenan kamen, beide offenbar in nagelneuen Schuluniformen, ertönte plötzlich der Nachrichtenton auf Leahs Handy. Sie war von dem Anblick allerdings zu abgelenkt, um einen Blick auf das Display zu werfen und sah zu, wie ihre Kinder die Einfahrt hinunterkamen, über die Schulter zurückblickten und winkten.

»Tschüs, Dad«, konnte sie von Zoeys Lippen ablesen, und einen Augenblick später kam Gillian im schicken Bürodress aus dem Haus. Von Craig keine Spur.

Einem plötzlichen Impuls folgend lief sie in die Küche, schnappte sich ein paar Keksriegel aus der Dose und rannte hinaus auf die Straße. Als sie die Zufahrt des Nachbargrundstücks erreicht hatte, setzte Gillian ihren grauen Audi gerade zurück und hätte sie beinahe überfahren.

Leah klopfte auf das Heck, um anzudeuten, dass sie da war und ging zur Fahrerseite. »Hi, hi ...«, sagte sie atemlos, als Gillian die Scheibe herunterließ.

Die andere Frau starrte sie an. Ihre riesige Sonnenbrille hatte sie in die Haare geschoben und blickte zunächst finster, dann mitleidig drein.

»Die wollte ich den Kindern nur schnell für die Pause geben. Sie nehmen immer eine Kleinigkeit mit.«

»Hi, Mum!«, hörte sie Henrys Stimme vom Rücksitz. Zoey saß vorne auf dem gemütlichen Ledersitz – ganz anders als in Leahs uraltem Mini.

»Hallo, Schatz! Wie war deine Geburtstagsparty gestern?«, fragte Leah. Sie streckte den Arm durchs Fenster, um ihm den

Riegel zu geben, doch Gillian hob den Arm und versperrte ihr den Weg.

»Ich habe ihnen beiden Snacks eingepackt«, sagte sie mit einem knappen Lächeln. »Gesunde Snacks.«

Leah hoffte, Henry würde trotzdem die Hand ausstrecken, um seinen Lieblingsriegel zu nehmen, aber das tat er nicht.

»Es war super«, sagte er. »Die Tütchen, die wir mitbekommen haben, waren der Hammer!«

»Ja, Mum. Wir haben genug zu essen, aber trotzdem danke«, sagte Zoey und schenkte ihr ein Lächeln. »Wir sollten jetzt aber losfahren«, sagte sie nach einem Blick auf die Zeitanzeige auf dem Handydisplay.

Leah starrte ihre Tochter an und erwiderte das Lächeln. Sie verspürte den überwältigenden Drang, ihre Kinder in den Arm zu nehmen, und war kurz davor, die hintere Tür aufzureißen, um Henry wenigstens einen kleinen Kuss zu geben, als Gillian sich wieder daranmachte zurückzusetzen und Leah rücklings aus dem Weg springen musste.

»Tschüs«, rief sie noch und winkte krampfhaft. »Hab euch lieb!« Doch Gillian hatte das Fenster schon wieder hochgefahren. Leah sah Zoey durch die Frontscheibe die Lippen bewegen und ein paar Handbewegungen machen, doch sie hatte keine Ahnung, was sie ihr sagen wollte. Sie würde ihr in der Mittagspause eine Nachricht schreiben, um es herauszufinden.

———

Erst als ihre dritte Kundin dieses Tages gerade gezahlt hatte, fiel Leah ein, dass sie die Nachricht von vorhin noch immer nicht gelesen hatte. Sie ging in den kleinen Pausenraum im hinteren Bereich des Salons, nahm ihre Tasche und stellte fest, dass sie auch ein paar verpasste Anrufe ihrer Mutter hatte. Ihr Herz hämmerte, als sie sah, dass die vorherige Nachricht von Gabe war. Sie kniff die Augen zusammen, als sie sie öffnete, und traute sich kaum, sie zu lesen.

Wir müssen reden.

»Oh Gott«, stieß sie hervor und war sich nicht sicher, ob Reden überhaupt helfen würde, den Schaden wiedergutzumachen, den sie angerichtet hatte. Dann rief sie ihre Mutter an, die gleich nach dem ersten Klingeln antwortete.

»Wo warst du, Schatz?«, fragte sie. »Ich habe versucht, dich zu erreichen.«

»Entschuldige, Mum. Ich hatte heute Morgen durchgehend Kunden. Du hättest hier im Salon anrufen müssen. Ist alles okay?«

»Es ist wegen deinem Dad«, sagte sie in einem Tonfall, der Leah ahnen ließ, dass sie auf etwas Unangenehmes hinauswollte. »Er ist im Krankenhaus.«

»Im Krankenhaus?«, wiederholte Leah nervös. »Was ist passiert? Geht es ihm gut?«

»Beruhige dich, Schatz. Alles okay, aber sie checken ihn durch. Ich bin noch bei ihm, bin nur gerade kurz rausgegangen.«

»Mum, was genau ist passiert?« Ihre Mutter hatte die Gewohnheit, Krisen herunterzuspielen und um den heißen Brei herumzureden.

»Er hatte Schmerzen, Liebes, mehr nicht. Schließlich ist er kein junger Hüpfer mehr. Wir haben ja alle unsere Malaisen. Er kommt schon wieder in Ordnung.«

»Schmerzen, Mum? Wo denn?«

»Ach, nur in der Brust. Vielleicht Verstopfung. Ich habe ihm ein pflanzliches Mittel gegeben, das ich selbst gemacht habe, das wird helfen.«

Es ist wohl eher die Ursache, dachte Leah, sagte aber lieber nichts. Ihre Mum hatte einen ganzen Schrank voller sogenannter Tonika, die sie meistens selbst herstellte. Als sie klein war, hatte Leah immer als Versuchskaninchen für ihre selbst gebrauten Tinkturen und Tränke herhalten müssen. Zum Arzt waren sie nur gegangen, wenn es absolut notwendig erschien.

»Ich komme gleich her«, sagte Leah und überlegte, ob Charlotte vielleicht die nächsten Kundinnen übernehmen konnte. Sie hatte nur ein paar Termine zum Waschen und Legen, nichts allzu Kompliziertes.

Nachdem Leah die nächsten paar Minuten damit verbracht hatte, mit ihrer Mutter zu diskutieren, ob es wirklich nötig war, dass sie vorbeikam, und Leah darauf bestanden hatte, überließ sie ihren Angestellten die übrigen Termine und machte sich auf den Weg ins örtliche Krankenhaus. Bevor sie losfuhr, tippte sie noch eine Antwort an Gabe.

Okay, lass uns reden. Es tut mir leid.

»Dad ... ach, Dad«, sagte Leah und setzte sich an das Bett ihres Vaters. Er befand sich noch immer im Schockraum der Notaufnahme, trug ein gelb-weißes OP-Hemd und einen Zugang am linken Handrücken. Seine Haut wirkte aschfahl, und er sah überhaupt nicht gut aus, nicht der kraftstrotzende, lebhafte Mann, der er in ihren Gedanken immer war. Ihn so daliegen zu sehen, machte ihr bewusst, dass ihre Wahrnehmung schon eine Weile nicht mehr ganz mit der Realität übereinstimmte. Zum ersten Mal fand sie, dass er alt aussah.

»Hallo, Schatz«, sagte er in seinem fröhlichen Ton, auch wenn es gedämpft klang. Seine Stimme erinnerte sie an Schauspieler in alten Schwarz-Weiß-Filmen.

Sein grauer Haarschopf, der normalerweise ordentlich frisiert war, stand ihm strubbelig vom Kopf ab, und in seinem Mundwinkel klebte eingetrockneter Speichel.

Leah beugte sich hinab und küsste seine Wange. Seine Haut fühlte sich kühl und wächsern an. »Brauchst du noch eine

Decke, Dad?«, fragte sie und sah sich um. Er schüttelte den Kopf.

»Was ist passiert? Hast du einen Krankenwagen gerufen, Mum?« Sie sah zu Rita hinüber, die immer wieder aus dem mit Vorhängen abgetrennten Bereich hinauslief, um jede Pflegekraft und jegliches medizinische Personal anzusprechen, das sie zu fassen bekam. *Er hat Durst ... Wann ist das CT ... Sind die Blutwerte schon da?*

»Nein, wir sind selbst hergefahren«, erwiderte sie und vermied es, Leah anzusehen.

»Gefahren?« Leah wandte sich ihrem Vater zu. »Was ist passiert, Dad? Wo wart ihr, als es dir so schlecht ging?«

»Ach, viel Rummel um nichts«, wehrte ihr Vater ab und wedelte mit der Hand durch die Luft. Leah nahm sie und drückte sie leicht. Sie hatte so viele Fragen, aber sie ahnte, dass es nicht so leicht werden würde, Antworten darauf zu erhalten. »Es geht mir gut«, fuhr er fort. »Ich möchte nach Hause.«

Leah wollte gerade fragen, was die Schmerzen verursacht hatte, als eine Ärztin in die Kabine trat. Sie trug eine blaue Uniform und war schätzungsweise Anfang dreißig. Ihr dunkles Haar trug sie mit einer Spange hochgesteckt.

»Wie fühlen Sie sich jetzt, Mr Ward?«, fragte sie und lächelte freundlich. Sie betrachtete den Monitor hinter dem Bett und las die Werte ab.

»Ich habe bis jetzt überlebt und fünfunddreißig Jahre in der Armee gedient, da habe ich gewiss noch etwas Zeit«, erwiderte er und wich der Frage aus.

»Er sieht ziemlich blass aus und ganz anders als sonst«, warf Leah ein. »Wissen Sie, was passiert ist?«

»Sind Sie eine Angehörige?«, fragte die Ärztin.

Leah nickte. »Seine Tochter.«

»Ich bin Doktor Khatri«, stellte sie sich mit einem Lächeln vor. »Ihr Vater kam mit Schmerzen in der Brust und Kribbeln im linken Arm und den Fingern. Wir haben einige Blutwerte genommen und ein paar EKGs geschrieben. Wir haben ihn zum Thorax-Röntgen geschickt und warten jetzt noch auf einen Ultraschall des Herzens. Sobald wir alle Ergebnisse haben, können wir genauer sagen, was los ist.«

»Glauben Sie, er hatte einen ...« Leah wollte es nicht aussprechen. »Einen Herzinfarkt?«

Die Ärztin setzte eine mitfühlende Miene auf und zog die Augenbrauen hoch. »Möglich, aber lassen Sie uns nicht die Pferde scheu machen, bevor wir alle Ergebnisse haben. In der Zwischenzeit sind Sie hier in guten Händen und werden von uns und vom Pflegepersonal engmaschig überwacht, Mr Ward.« Sie hielt inne und beobachtete, wie er das Gesicht verzog, sich den linken Arm hielt und darüberrieb.

»Unnötiges Getue, wenn du mich fragst«, schimpfte er, als die Ärztin gegangen war. »Wenn der blöde Idiot mich nicht so provoziert hätte, wäre ich nie ...«

»Jetzt reicht es«, sagte Rita schnell und machte sich daran, ihn zu betüddeln und ihm einen Schluck Wasser zu geben. »Rede jetzt nicht, ruh dich einfach aus«, fügte sie hinzu, sodass Leah mit noch mehr Fragen zurückblieb.

———

»Also, jetzt aber«, sagte Leah, als sie einen Kaffee geholt und sich in der Cafeteria an einen kleinen Tisch am Fenster gesetzt hatten. Ihr Dad war gerade zu seinem Herzultraschall abgeholt worden. »Was geht hier vor? Raus damit. Was genau ist passiert?«

Rita rührte bedächtig Zucker in ihren Kaffee, dann rückte sie den farbenfrohen Ethno-Schal zurecht, mit dem sie ihr Haar zurückgebunden hatte, der ihre störrische Lockenmähne jedoch nur ansatzweise bändigen konnte. Leah kam es vor, als wären erst zehn Minuten vergangen, seit sie ihr einen Schnitt verpasst hatte.

»Daddy ging es plötzlich nicht so gut, das ist alles. Du weißt doch, wie er ist.«

»Nein, aber ich weiß, wie *du* bist.« Ihre Mutter hatte sich über Monate geweigert, die Realität zu akzeptieren, dass sie sich von Craig getrennt hatte. Auch als Leah und die Kinder gezwungen gewesen waren, bei ihnen einzuziehen, hatte ihre Mutter so getan, als wäre es nur ein ganz normaler Besuch und sie würden hinterher fröhlich zu Craig zurückkehren. Sie war gut darin, die Realität zu verdrängen.

»Wart ihr zu Hause? Unterwegs? Dad hat erwähnt, dass noch jemand dabei war, als es passiert ist.«

Rita nahm einen Schluck Kaffee, doch Leah bemerkte, dass ihre Hand zitterte – was sie gewöhnlich nicht tat. »Wir waren unterwegs in der Stadt, um ein paar Besorgungen zu machen, das ist alles.« Sie lächelte, als ob keine weitere Erklärung nötig wäre.

»Dad hat von einem ›blöden Idioten‹ gesprochen, der ›ihn provoziert‹ habe.« Leah malte mit den Fingern Anführungszeichen in die Luft. »Was meinte er damit?«

»Ach, du weißt doch, wie dein Vater ist«, erwiderte Rita. »Man kann ihn keinen Augenblick allein lassen, ohne dass er sich mit irgendwem in die Haare bekommt. Das liegt an seinem Trauma, Liebes. Er hat in Irland schlimme Dinge gesehen, unter denen er noch immer leidet.«

Der Teil stimmte. Ihr Vater war zwar zutiefst misstrauisch und übermäßig wachsam und für gewöhnlich ein sanfter Riese, doch seine Laune konnte von einer Sekunde auf die andere komplett umschlagen und ihn vollständig verändern.

»Mit wem ist er aneinandergeraten?«, fragte Leah und beugte sich über den Tisch. Sie versuchte, den Blick ihrer Mutter zu halten, doch die blickte nervös im Café umher.

Rita schüttelte den Kopf und zupfte ein paar lange, gelockte Haarsträhnen aus dem Tuch. »Mit niemandem«, erwiderte sie viel zu schnell.

»In einem Laden? Auf der Straße oder wo?«

»Vor einem neuen Geschäft in der Stadt. Es war nichts Wichtiges.«

»Mum ...« Leah gab ihrer Stimme einen warnenden Unterton.

»Okay.« Rita seufzte, umklammerte ihre Kaffeetasse mit beiden Händen und starrte auf den Tisch. »Dad ist einfach die Straße runtergegangen. Er wollte zur Drogerie. Plötzlich ist jemand im Schaufenster aufgetaucht, als ob er sich auf ihn stürzen würde. Das hat Dad getriggert, er hatte das Gefühl, er wird von einem Feind angegriffen.«

Das klang plausibel. So etwas hatte sie schon miterlebt. »Er muss sich wirklich erschreckt haben.«

»Ich fürchte, er hat reagiert, indem er ... na ja, er hat mit seinem Gehstock das Schaufenster eingeschlagen. Es war reine Notwehr.«

Leah schnappte nach Luft. »O Gott, armer Dad!«

Rita nickte. Doch die Art, wie sie den Atem anhielt verriet Leah, dass es noch mehr gab.

»Also, was ist passiert? War der Ladenbesitzer wütend?«

Rita nickte wieder.

»Was hat er gesagt? Was war das für ein Laden?« Sie könnte vorbeigehen und sich entschuldigen, beim Aufräumen helfen und den Schaden bezahlen. Vielleicht könnte sie ihnen einen Gratishaarschnitt anbieten.

»Na ja, es war nicht wirklich ein Laden«, sagte Rita und sah auf. »Es war ... es war eher ein Maklerbüro.«

Eine Gänsehaut überlief Leahs Körper. Ihr Mund wurde trocken, als ihr klar wurde, was das bedeutete. »Makler?«

Rita nickte abermals. »Sei nicht böse, Schatz.«

»Es war Craig, nicht wahr?«, fragte Leah und drückte die Hand auf den Mund.

Rita nahm einen großen Schluck Kaffee, bevor sie es wagte, ihre Tochter anzusehen. »Wie es scheint, hat er eine neue

Niederlassung hier in der Stadt. Ziemlich schick sogar. Mir gefällt die Farbpalette. Es ...«

»Mum! Vergiss die verdammte Farbpalette. Was ist passiert? Wenn Craig schuld ist, dass Dad einen Herzinfarkt hatte, werde ich ...«

Auf dem Tisch ertönte das Nachrichtensignal ihres Handys, und als sie auf das Display schaute, sah sie eine Nachricht von Gabe.

Kannst du heute Abend um sieben aufs Boot kommen?

SIEBZEHN

Leah war froh, dass es noch hell war, als sie die steile Uferböschung neben der Brücke hinunterstieg, die auf den Treidelpfad hinabführte. Den Wagen hatte sie ein Stück weiter die Straße runter in einer Parkbucht abgestellt. Weniger, weil es hier irgendjemanden gegeben hätte, vor dem sie Angst haben musste (auch wenn der Gedanke, allein in so einer abgelegenen Gegend zu sein, sie nervös machte), sondern vielmehr, weil es den ganzen Nachmittag geregnet hatte und der Weg hinunter zum Kanal matschig und glatt war. Außerdem war der Treidel-pfad an diesem Kanalabschnitt besonders schmal. Ein falscher Schritt, und man landete in der grünlich grauen Brühe.

»Ist ja ganz romantisch, aber ich bin mir nicht sicher, ob ich wirklich auf einem Boot leben wollte«, murmelte sie, während sie sich auf dem Pfad Richtung Westen hielt, wie Gabe beschrieben hatte. Da sprach allerdings nur ihre Nervosität, denn als sie ihn kennengelernt hatte, hatte sie es sehr reizvoll gefunden, dass er auf einem Kanalboot wohnte. Jetzt allerdings trug es zu ihrer Sorge bei, ihm gegenübertreten zu müssen. Sie kam sich so dumm vor und schämte sich. Am gegenüberlie-genden Ufer flatterten ein paar Moorhühner aus dem Schilf auf und gesellten sich zu ihren Artgenossen auf dem Wasser. Leah lächelte kurz und fragte sich, ob es eine Familie war. Gleichzeitig stimmte es sie traurig, dass sie nicht bei ihrer eigenen Familie war. Nein, die Kinder waren noch immer nebenan bei ihrem Vater und blieben wieder über Nacht dort.

Als sie endlich aus dem Salon nach Hause gekommen und ihr Vater – zum Glück ohne Herzinfarkt, Schlaganfall oder sonst irgendeine besorgniserregende Diagnose – aus dem Krankenhaus entlassen worden war, hatte Leah Jodi angerufen, um zu fragen, ob sie ein paar Stunden auf die Kinder aufpassen konnte, wenn sie Gabe besuchte. Doch Jodi hatte keine Zeit, und direkt nach dem Anruf hatte es an der Tür geklopft. Craig hatte mit Zoey und Henry davorgestanden. Leah hatte ihre Kinder angelächelt und Craig angesehen, der die Arme vor der Brust verschränkt hatte, als wäre er wütend auf sie, weil er sie in ihrem eigenen Zuhause antraf. Sie wappnete sich und wäre beinahe zurückgewichen.

»Hi, ihr beiden«, sagte sie so fröhlich, wie sie konnte. »Kommt rein.«

Sie hatte damit gerechnet, dass Craig wieder gehen würde, und sich gefragt, warum er es überhaupt für nötig gehalten hatte, sie auf dem kurzen Weg von nebenan zu begleiten.

»Du hättest doch deinen Schlüssel benutzen können, Zoey.«

»Sie möchten nur ein paar Sachen holen«, hatte Craig gesagt, und Leah war zusammengefahren. Bevor sie überhaupt begriffen hatte, was vor sich ging, waren die Kinder an ihr vorbei ins Haus geschlüpft. Zoey hatte ihr im Vorbeigehen einen traurigen Blick zugeworfen. Kurz darauf hörte sie ihre Schritte die Treppe hinaufpoltern.

»Wie meinst du das?«, hatte sie gefragt und war ein Stück hinausgegangen und hatte die Tür hinter sich angelehnt.

»Sie möchten heute wieder bei uns übernachten. Sie brauchen für morgen ihr Sportzeug.«

»Aber es ist nicht ...«

»Hör auf zu streiten, Leah. Es ist ihre Entscheidung.« Craig wandte sich halb zum Gehen und seufzte, wie er es so gerne tat. Dieses Seufzen, das Leah sagen sollte, dass es Folgen hätte, wenn sie eine Szene machte. Nach der Scheidung hatte es seine Wirksamkeit ein wenig verloren, doch es ließ sie noch immer erschaudern und sorgte dafür, dass sie ihr Verhalten hinterfragte und ihn nicht zu reizen versuchte. Selten war es es wert gewesen, die Konsequenzen zu tragen.

»Na ja, wenn sie es wirklich wollen ...« Sie sprach nicht weiter, schüttelte den Kopf und fragte sich, wie sehr er sie deswegen bedrängt hatte. »Also gut, aber ich möchte, dass sie morgen nach der Schule wieder hier sind«, hatte sie schließlich gesagt und gedacht, dass es heute sogar ganz hilfreich wäre, wenn sie bei ihm bleiben. Wenn sie die Sache mit Gabe wieder ins Lot bringen konnte, würde er sie vielleicht bitten, über Nacht auf dem Boot zu bleiben, ein romantischer Versöhnungsabend. Wein, Musik, Kerzen ...

Craig hatte über sie hinweg in den Flur geschaut und darauf gewartet, dass Zoey und Henry mit ihrem Zeug zurückkehrten.

»Bei mir und Gilly sind sie anscheinend ohnehin besser aufgehoben«, sagte er mit einem überheblichen Lächeln und sah an der Fassade hinauf. »Du musst das Haus in Ordnung bringen, Leah. Bereits von außen ist es eine Beleidigung fürs Auge, und innen sieht es ehrlich gesagt noch schlimmer aus. Das wirft auch ein schlechtes Licht auf mein Grundstück.« Er schüttelte den Kopf. »Du hast wirklich überhaupt keine Ahnung von gar nichts, was?«

»Ich tue, was ich kann ...« Doch Leah hatte nicht weitergesprochen, als sie die Kinder die Treppe herunterkommen hörte. Sein Kommentar hatte sie verletzt, und sie hatte sich abgewendet, als er mit selbstgefälligem Lächeln und den Kindern im Schlepptau die Einfahrt hinunterging und die beiden ihr über die Schulter noch ein paar Abschiedsworte zuwarfen.

»Ahoi, Skipper!«, sagte Leah, als sie zehn Minuten später endlich bei der *Blue Moon* angekommen war. Sie versuchte krampfhaft, fröhlich zu klingen. Die grauen Wolken über ihr hatten am Horizont einen Pfirsichton angenommen, und die Hecken und die alte Brücke hatten goldene Sprenkel. Leah war sich nicht sicher, ob es gerade aufklarte oder eine neue Regenfront im Anzug war. Als sie vom Bug zum Heck des Kanalboots ging und die hübschen Töpfe mit Geranien und Kapuzinerkresse auf dem Dach betrachtete, hoffte sie, dass Ersteres der Fall war.

Auf dem Achterdeck war Gabe nicht zu sehen, obwohl sie glaubte, in der Kajüte darunter Licht bemerkt zu haben. Es wirkte gemütlich, hatte sie gedacht, als sie sich dem Heck des Bootes näherte.

Sie hoffte bloß, dass sie zwischen ihnen alles wieder einrenken konnte. Der Gedanke, dass ihre neue Beziehung wegen Craig scheitern könnte, gefiel ihr überhaupt nicht.

»Hey«, sagte Leah, als sie ihn plötzlich entdeckte. Er saß halb in der Kajüte, halb davor auf der obersten Stufe und hielt in der einen Hand einen Pinsel, in der anderen eine Palette. Er führte noch einige Pinselstriche auf der Innenseite der Kajütentür aus und sah auf.

»Komm an Bord«, sagte er, und sein Tonfall verriet nichts über seine Stimmung. Als sie das letzte Mal hier gewesen war, hatte er ihre Hand genommen, als sie über den Spalt zwischen Boot und Ufer gestiegen war. Dieses Mal stand er nicht einmal auf. Leah schluckte, beugte sich vor und hielt sich an der Dachreling fest, dann betrat sie das Deck. Neben dem Ruder befand sich ein faltbarer Campingstuhl, und aus dem Getränkehalter in der Armlehne schaute eine Flasche Bier heraus. Gabe widmete sich wieder seinem Kunstwerk.

»Das ... das sieht toll aus«, sagte Leah, stützte sich ab und ging neben ihm in die Hocke. »Hast du das alles selbst gemalt?«

Gabe nickte. »Rosen und Schlösser – das hat Tradition auf den Kanälen«, erwiderte er und sah sie an. »Als ich sie gerade erst gekauft hatte, war der Anstrich ganz verblasst, und die Farbe blätterte ab, also habe ich alles neu bemalt. Ich frische sie nur ein bisschen auf, wo sie etwas zu viel Sonne abbekommen hat.«

»Das ist klasse geworden«, sagte Leah und fragte sich, ob sie ihm einen Kuss geben sollte. Als er seine Beschäftigung nicht unterbrach, entschied sie sich dagegen. Er schien sich nicht besonders zu freuen, sie zu sehen. Sie zog sich zurück, setzte sich in den Campingstuhl und starrte eine Weile auf ihre Füße, dann beobachtete sie Gabe, wie er eine gemalte Rose wieder zum Leben erweckte.

»Hör zu, ich kann überhaupt nicht sagen, wie sehr ich mich schäme, dass ich dir diese Nachrichten geschickt habe«, sagte sie schließlich. »Ich war betrunken und hätte es nicht tun sollen. Das Schlimme ist, dass ich mich nicht einmal daran erinnern kann, sie geschickt zu haben. Du kannst dir nicht vorstellen, wie belastend es ist, dass Craig nebenan wohnt. Deswegen habe ich etwas zu viel getrunken. Meine Freundin war bei mir, und wir wollten uns einen netten Abend machen, aber ...« Sie wandte den Blick ab und entdeckte eine weitere Moorhuhnfamilie, die am gegenüberliegenden Ufer entlangpaddelte.

»... aber dann hat sich alles in den reinsten Albtraum verwandelt. Nach Jahren der ... der Folter durch meinen Ex, in denen er mich hat glauben lassen, dass ich verrückt bin und ein schlechter Mensch, in denen ich nur den Kindern zuliebe durchgehalten habe, dachte ich, ich wäre nach der hässlichen Scheidung endlich frei. Wie naiv ich war, oder?«

Sie hielt inne, um ein paar Haarsträhnen hinter die Ohren

zu streichen, und hoffte, Gabe würde etwas sagen, aber das tat er nicht.

»Und jetzt hat er ... er ...« Leah versuchte ruhig zu atmen, doch es brach stattdessen wie ein Schluckauf hervor. »Er hat ein Loch direkt durch meine Schlafzimmerwand gebohrt, einen Haufen Müll in meinem Garten abgeladen, meine Mülltonne und dein Tuch geklaut, und jetzt scheint er es darauf anzulegen, mir die Kinder wegzu...«

Gabe drehte sich plötzlich herum. Leah war sich nicht sicher, ob der Ausdruck, den sie in seinem Gesicht las, Ärger oder Mitleid bedeutete. Ganz gleich, was es war, es sorgte dafür, dass ihr Herz wummerte, und erinnerte sie zu sehr an Craig.

»Leah, hör auf«, sagte er und seufzte. »Ich will wirklich nicht über die Nachrichten nachdenken, die du mir geschrieben hast oder mir die Gründe dafür anhören, wenn dir ohnehin alles gleich ist.« Er starrte sie an, als erwartete er eine Antwort, aber Leah wusste nicht, was sie sagen sollte. Alles, was sie hatte loswerden wollen – all die Entschuldigungen und Erklärungen, die Verantwortung, die sie für ihr unberechenbares und ungewohntes Verhalten hatte übernehmen wollen –, hatte sich verflüchtigt. »Es tut mir leid ...«

»Und mir tut es leid, dass du so viel um die Ohren hast. Es klingt hart. Allerdings ist der Grund, warum ich auf einem Boot lebe ...« Gabe hielt inne, stand auf und holte sich die Flasche Bier aus dem Getränkehalter. Er nahm einen Schluck. »Hör zu, ich habe auch meine Gründe, warum ich aus allem rauswollte, warum ich diesen reduzierten, einfachen Lebensstil und einen Job gewählt habe, für den ich brenne. Bloß plötzlich habe ich das Gefühl, es könnte wieder ... kompliziert werden.«

Leah seufzte. Er versuchte, ihre Beziehung zu beenden.

»Es tut mir leid«, flüsterte sie. »Ich wollte es für dich nicht kompliziert machen, aber ich kann nachvollziehen, dass es für dich so aussehen muss.«

Gabe blickte ans andere Ufer, während das Boot sanft von der Bugwelle eines anderen Kanalbootes geschaukelt wurde, das gerade vorbeituckerte. Er hob die Hand, um die Leute an Bord zu grüßen – ein Pärchen um die sechzig mit einem kleinen Terrier, der auf dem Dach stand und kläffte, als sie vorbeifuhren. Als sie fort waren, wandte er sich zu Leah um und ging neben ihr in die Hocke.

»Es geht nicht darum, wie es aussieht, Leah, sondern darum, wie es sich anfühlt.« Er legte die Hand auf ihr Bein und ließ sie erschauern. Sie war sich nicht sicher, ob es eine zärtliche Geste sein sollte oder eine Geste, die damit endete, dass er sie an der Hand nahm und von Bord führte. Oder schlimmer noch, ob seine Hände sich um ihren Hals legen würden. »Es gibt da Dinge, die verstehst du nicht.«

Leah starrte seine Hand an und bemerkte die rauen Stellen auf der Haut, die von der körperlichen Arbeit herrührten, und dass ein paar seiner Fingerknöchel etwas rau und aufgeschürft waren. Sie waren das genaue Gegenteil von Craigs weichen, manikürten Händen, Händen, die sich nicht zu schade waren, zuzuschlagen.

»Du fühlst dich schlecht wegen mir, und das hast du nicht verdient.«

Gabe öffnete den Mund, als wollte er etwas sagen, schloss ihn aber wieder. Er streichelte wohlwollend Leahs Knie, dann strich er sanft ihr Haar aus dem Gesicht, das der Wind wieder zerzaust hatte. Eine Brise kam auf.

»Vielleicht solltest du dir etwas Zeit nehmen, um über all das hinwegzukommen. Vielleicht bist du noch nicht so weit, dass du wieder eine neue ...« Er wandte das Gesicht ab und verengte die Augen, als ob er sich zu wappnen versuchte. »... für eine neue Beziehung bereit wärst.«

»Du hast recht«, sagte Leah und spürte, wie sich ihr Körper anspannte. Plötzlich wollte sie seine Berührung nicht mehr und auch keine freundlichen Gesten. Sie wollte weder seine sanften und verständnisvollen Worte noch sein Mitleid. Und sie wollte ganz bestimmt nicht mehr auf seinem Boot bleiben.

Am liebsten wäre sie jetzt zur Arbeit gegangen und hätte mit ihren Damen geredet, mit ihren Angestellten gescherzt, und wenn sie nach Hause zu ihren Kindern käme, würde Craig nicht mehr nebenan wohnen und die ganze Sache würde sich als schrecklicher Albtraum entpuppen.

»Ich hatte nicht geplant, dich kennenzulernen«, sagte Gabe. »Wie sich alles entwickelt hat ... das hat mich kalt erwischt, so viel steht fest.« Etwas Sehnsuchtsvolles lag in seinem Blick.

Leah erinnerte sich daran, als sie ihn zum ersten Mal gesehen hatte und ganz fasziniert gewesen war, wie er hoch oben im Baum gestanden und mit einer Kettensäge hantiert hatte.

»Sehen Sie mal, keine Hände!«, hatte er geantwortet, als sie ihm zugerufen hatte, er solle im Garten ihrer Eltern vorsichtig sein. Sie war kurz nach Hause gegangen, um Mittag zu essen, und er war dabei, für ihre Eltern ein paar Bäume zu fällen.

Sie hatten noch ein paar Worte gewechselt, und dann war Gabe wieder an die Arbeit gegangen und Leah den Nachmittag über zurück in den Salon. Als sie später mit den Kindern zurückgekommen war, war er vorne auf der Einfahrt damit beschäftigt gewesen, seinen Lieferwagen zu beladen.

»Wir müssen aufhören, uns heimlich zu treffen«, hatte er mit einem Grinsen gesagt und Helm und Warnschutzjacke ausgezogen. Sie hatte bemerkt, dass sein Name auf dem Rücken aufgedruckt war. »Und übrigens, ich habe überlebt.«

Leah hatte das Gefühl genossen, als sie ihn angesehen hatte. Ihre Blicke hatten sich getroffen, und es war, als wäre etwas neu entfacht worden. Die flackernde Flamme eines aufregenden Gefühls, das sie zuerst bei jener Party verspürt hatte, zu der Abby sie vor einigen Jahren mitgeschleppt hatte.

Sie hatte die Kinder ins Haus geschickt und ihnen gesagt, sie würde gleich nachkommen.

»Das freut mich«, hatte sie gesagt. »Und besser Sie machen es als ich. Ich habe Höhenangst. Und außerdem würde ich es bestimmt fertigbringen und den Ast durchsägen, an dem ich gesichert bin.«

Gabe hatte gelacht. »Ich bin gern da oben«, gestand er. »Auf unsichere Weise fühle ich mich dort sicher. Ich kann alles Mögliche sehen.«

»Und niemand legt sich mit Ihnen an, während Sie mit dem Ding rumfuchteln«, sagte sie mit einem Blick auf seine leuchtend gelbe Kettensäge, die er gerade einpackte.

»Vollkommen richtig«, erwiderte er, und sein Lachen löste bei Leah wieder etwas aus. »Wenn es hier mal einen Mord gibt, stehe ich bestimmt ganz oben auf der Verdächtigenliste.«

Sie hatten noch ein wenig weitergeplaudert, und Gabe hatte gefragt, wie es sei, hier in der Straße zu wohnen. Leah hatte erklärt, dass sie sich nur vorübergehend bei ihren Eltern einquartiert hatte, dass sie dabei war, ihr Traumhaus zu kaufen, und dort bald einziehen würde. Gabe hatte gefragt, wo es sei.

»Es gibt da dieses Stück Land nach hinten raus«, hatte sie ihm erzählt. »Das ist total überwuchert und müsste freigeschnitten werden. Ich möchte einen Gemüsegarten daraus machen. Vielleicht halte ich mir ein paar Hühner oder Bienen. Das ganze Bilderbuchklischee.« Sie hatten beide gelacht.

»Na ja, wenn sie Hilfe beim Roden brauchen, lassen sie es mich wissen«, hatte Gabe gesagt. »Ich gebe Ihnen meine Karte.« Er hatte in seinem Handschuhfach herumgesucht, war aus dem Van gestiegen und hatte sich am Bart gekratzt.

»Anscheinend habe ich keine mehr. Lassen Sie mich meine Nummer in Ihr Handy speichern.«

Es war nicht das erste Mal, dass Leah seine starken Hände aufgefallen waren. Sie waren mit grünem Pflanzensaft und Öl beschmiert, und sie sah zu, wie er mit den Fingern rasch seine Kontaktdaten in ihr Handy tippte. Schließlich, noch bevor sie irgendetwas sagen konnte, hatte er sich selbst eine Nachricht von ihrer Nummer geschickt.

»Jetzt habe ich auch Ihre. Damit ich Sie anrufen kann und fragen, ob wir zusammen etwas trinken gehen«, hatte er gesagt und gezwinkert. Danach konnte Leah sich nicht mehr an viel erinnern, doch sie wusste noch, dass sie dagestanden und zugesehen hatte, wie er sein restliches Zeug in den Van gepackt hatte. Sie hatte ihm sogar kurz gewinkt, als er weggefahren war. Dann hatte sie sich umgedreht und war ins Haus ihrer Eltern gegangen, um den Kindern Abendessen zu machen. Irgendwie war da am Ende dieses sehr langen und dunklen Tunnels, der ihr Leben jahrelang gewesen war, plötzlich ein kleiner Lichtschimmer gewesen.

»Ich schätze, ich gehe dann wohl besser mal«, sagte Leah nun und wagte kaum, Gabe in die Augen zu sehen. Stattdessen betrachtete sie das zarte Bild auf der Kajütentür und wünschte, sie würde in dem Märchenschloss auf dem Bild wohnen – einem Ort, an dem Träume einfach wahr wurden. Einem Ort, an dem es Craig nicht gab.

Später konnte sie sich nicht erinnern, ob sie Gabe umarmt hatte, als sie gegangen war, was er zu ihr gesagt und was sie eventuell geantwortet hatte. Sie wusste nur noch, dass sie vom Boot gesprungen und davongegangen, nein, davongerannt war. So schnell wie möglich fort von der *Blue Moon* und zurück in Richtung Auto am schlammigen Ufer entlang.

Und es hatte nicht am schwindenden Licht gelegen, dass sie aufs Gesicht fiel, als sie die rutschige Uferböschung hinauflief, sondern vielmehr an den Tränen, die ihr über die Wangen liefen und ihre Sicht verschwimmen ließen.

ACHTZEHN

Noch bevor sie die Tür geöffnet hatte, wusste Leah, dass etwas nicht stimmte. Sie war aufgewühlt und durcheinander von dem, was sich eben ereignet hatte, doch noch etwas anderes trug zu dem vielschichtigen Gefühl des Unbehagens bei, als sie das Haus betrat. Ein sechster Sinn meldete sich und ließ ihre Haut kribbeln.

Sie ließ Tasche und Schlüssel auf den Tisch im Flur fallen und wollte eben die Jacke abstreifen, die von ihrem Sturz schlammbeschmutzt war. Dann keuchte sie auf. Ein Arm steckte noch immer im Ärmel.

»Was ... was machst du in meinem Haus?«, stammelte sie und ärgerte sich, dass sie ihn nicht hinauskomplimentierte. Durch die Wohnzimmertür sah sie Craig auf ihrem Sofa sitzen. Er hatte sich zurückgelehnt und den Arm über die Rückenlehne gelegt. Er hatte einen Fuß auf dem Polster, und sein Schuh schabte über den Stoff. Gelangweilt blätterte er durch eine Frauenzeitschrift und sah auf, als er Leahs Stimme hörte.

»Liest du diesen Müll etwa immer noch?« Er schleuderte die Zeitschrift auf den Boden. »Gott, du siehst ja wieder unmöglich aus. Was hast du dieses Mal angestellt? Warst du beim Schlammcatchen?« Er lachte gehässig.

»Was machst du hier? Und wie bist du hereingekommen?«

»Meine Kinder wohnen hier, Leah. Sie haben mich hereingebeten.«

Leah schüttelte langsam den Kopf. Sie zitterte am ganzen Leib. Sie versuchte ein paarmal etwas zu sagen, brachte aber nichts heraus.

»Reg dich ab«, fuhr Craig fort. »Sie holen nur noch ein paar Sachen für den Rest der Woche. Ich habe versprochen, dass ich beim Tragen helfe.«

»Rest der Woche?«, flüsterte Leah und konnte kaum fassen, was sie da hörte. »Nein, Craig. Morgen sind sie wieder bei mir, erinnerst du dich? Du hattest gestern eine zusätzliche Nacht, also laut der gerichtlichen Regelung hast du deinen einen wöchentlichen Besuch gehabt und solltest sie erst nächsten Mittwoch wiedersehen.«

»Du bist noch immer so verbissen und wütend, was?« Er stand auf, näherte sich Leah und starrte auf sie herab. Obwohl er nur ein paar Zentimeter größer war als sie, fühlte es sich an, als überragte er sie um zwei Köpfe. »Tatsache ist, dass die Kinder lieber bei mir und Gilly sind, also sollten sie einfach ganz bei mir wohnen.«

»Du kannst dich nicht einfach über die gerichtliche Anordnung hinwegsetzen«, sagte Leah. »Und darüber, was du meinem Vater angetan hast, reden wir hier gar nicht erst. Er ist im Krankenhaus gelandet, weil du dich auf ihn gestürzt hast und …«

Craig lachte laut auf, und Leah zuckte zurück. »Der dämliche alte Knacker hat mir mit seinem Gehstock die Schaufensterscheibe kaputtgemacht. Da kann man ja wohl kaum sagen, *ich* hätte *ihm* etwas angetan. Ich habe Glas klirren hören und bin hingelaufen.«

Leah dachte an die Schilderung ihrer Mutter zurück.

Hatte sie es missverstanden, oder hatte ihr Dad die Ereignisse durcheinandergebracht? Weit wahrscheinlicher war, dass ihr Vater die neue Dependance von Craig in ihrem Ort entdeckt und sich über diese Dreistigkeit fürchterlich aufgeregt hatte. Er war wütend auf ihn, weil er seine Tochter so schlecht behandelt hatte. Wenn der Anblick der neuen Zweigstelle ihren Dad getriggert hatte, war ihm zuzutrauen, dass er überreagiert hatte.

»So ist es aber nicht gewesen«, entgegnete Leah, obwohl sie aus Erfahrung wusste, dass es keinen Sinn hatte, mit Craig zu diskutieren. Er war es gewohnt, sie herumzuschubsen, und ihr Dad war nicht hier, um sich zu verteidigen.

Leah war bereit, ihre Verteidigung zu verstärken und ihn aus dem Haus zu werfen, doch in diesem Augenblick kamen Zoey und Henry die Treppe heruntergetrampelt und erschienen im Wohnzimmer, beide mit gepackten Taschen. Sie ging zu ihren Kindern, nahm sie beide in den Arm und sog ihren Alltagsduft ein.

»Na, meine Süßen«, sagte sie und schloss die Augen. Ihre kindliche Unschuld ließ sie durchhalten.

»Dad hat drüben die neue PlayStation«, quengelte Henry und wand sich aus der Umarmung. »Und er hat mir einen Gaming-Sessel besorgt. Der ist mega!«

»Super«, hörte sich Leah sagen, aber es verletzte sie tief. So etwas würde sie ihrem Sohn nie bieten können, und sie wusste, dass Craig es nur getan hatte, um ihr eins auszuwischen und Henry nach nebenan zu locken.

»Wie war es in der Schule, Zo?«, fragte sie ihre Tochter, die mit gesenktem Kopf und auf den Boden gehefteten Blick dastand. Sie wand sich sichtlich. »Oh ... deine Ohren«, fuhr Leah fort und strich Zoeys Haar zurück. »Wann hast du die machen lassen?« Sie versuchte, sich ihr Missfallen nicht anmerken zu lassen, aber sie hatten eine Abmachung, dass sie erst mit sechzehn zusätzliche Ohrlöcher stechen lassen durfte.

Bis dahin mussten ihr die beiden in den Ohrläppchen genügen. Jetzt hatte sie zwei weitere Stecker oben im Knorpel.

»Am Wochenende«, sagte Zoey, ohne aufzusehen. »Gilly ist mit mir hingegangen. Sorry, Mum! Ich kann sie wieder zuwachsen lassen, wenn es dir nicht gefällt.«

Leah warf einen wütenden Blick auf Craig, der grinsend dastand und entschuldigend die Hände hob.

»Damit habe ich nichts zu tun«, sagte er und sah Zoey liebevoll an. »Mädelskram. Ich mische mich doch nicht in ihre Shoppingtouren und Verwöhnprogramme ein.«

Erst jetzt bemerkte Leah die teuren Turnschuhe, die ihre Tochter trug, sowie den Nagellack und die Ringe, die sie noch nie an ihr gesehen hatte.

»Warst du am Wochenende beim zusätzlichen Schwimmtraining? Es ist nicht mehr lange bis zur Landesmeisterschaft.«

Zoey zuckte die Achseln und machte ein gequältes Gesicht. »Gilly hat gesagt, ich muss nicht hin. Ich war noch so müde von der Party. Wir ... wir sind echt lange aufgeblieben.« Mit schweren Lidern warf sie ihrem Vater einen Blick zu und schlang ihre Tasche über die Schulter.

Leah rang sich ein Lächeln ab und hoffte, dass niemand ihren Auftritt im Vorgarten an jenem Abend erwähnen würde.

»Okay, ihr beiden«, sagte Craig. »Abmarschbereit?«

Zoey zögerte zunächst, als sie bemerkte, dass Leah noch immer ihren Arm festhielt. »Bist du einverstanden, wenn wir noch etwas bei Dad und Gilly bleiben, Mum? Gilly möchte mir heute Abend helfen, mexikanisch zu kochen. Sie hat die Zutaten alle extra liefern lassen.« Sie stieß einen kleinen Seufzer aus, beugte sich zu Leah und flüsterte ihr ins Ohr. »Ich passe für dich auf Henry auf. Er freut sich so über die neue PlayStation.«

Henry hampelte ungeduldig von einem Bein aufs andere und wäre beinahe unter dem Gewicht der Tasche zusammengebrochen. Craig nahm sie ihm ab, stöhnte, machte eine Show daraus, wie schwer sie angeblich war, und brachte Henry damit zum Lachen.

»Klar«, sagte Leah und zwang sich, Craig nicht böse anzu-starren. »Geht ... geht in Ordnung, Schatz.«

Leah sah zu, wie Craig die Kinder aus dem Haus bugsierte. Es fühlte sich an, als würde sie Zeugin einer Entführung, aber wenn sie keine Szene machen wollte, die sie später bereuen würde, war sie dagegen absolut machtlos. Doch gleich am nächsten Morgen würde sie auf jeden Fall ihre Anwältin anrufen.

———

Später am selben Abend saß Leah allein im Wohnzimmer, hatte die Vorhänge zugezogen und die Beine untergeschlagen. Sie hielt ein Kissen an die Brust gepresst und nippte an einem Glas Wein. Eigentlich hatte sie sich vorgenommen, nichts zu trinken, nicht nach dem Debakel neulich, als sie betrunken Gabe getextet hatte – doch sie brauchte etwas, um die Nerven zu beruhigen und die Gefühle zu dämpfen. Und sie würde ihm nicht wieder texten. Wahrscheinlich hatte er sie längst blockiert. Sie traute sich nicht, es auszuprobieren.

»Craig, Craig, *Craig*«, presste sie hervor und grub die Finger der einen Hand in die weiche Füllung des Kissens. Sie stellte sich vor, es wäre das Gesicht ihres Ex – dass sie ihm die Augen auskratzte oder ihm das schmierige Grinsen für immer von den Wangen riss. »Und wie kann Gillian es wagen, meiner Tochter ohne meine Zustimmung die Ohren piercen zu lassen?«

Es regte sie maßlos auf, dass sie nicht in diese Entscheidung einbezogen worden war und diese Frau derart ihre Autorität untergrub. Zweifellos war sie zunächst nur eine von Craigs wahllosen Affären gewesen. Sie arbeitete für Craigs Makler-büro, also konnte man davon ausgehen.

»Zusammen kochen«, murmelte sie verbittert. »Verwöhn-

programm«, fügte sie spöttisch hinzu. Als sie sich noch etwas
Wein aus der Küche holte, ging sie auf Socken zur Hintertür
hinaus und näherte sich der Mauer zwischen den Grundstücken. Sie konnte nichts hören, also zog sie einen Gartenstuhl
heran, kletterte hinauf und lugte über die Mauerkrone. In der
Küche auf der Rückseite des Hauses brannte Licht, und sie
konnte Gestalten hinter den Fenstern erkennen. Sie sah ein
paar Minuten zu, wie die Personen in der Küche herumliefen.
Die Rollos waren nicht ganz zugezogen. Da war Zoey in einem
weichen Fleece-Bademantel, den sie noch nie gesehen hatte.
Lächelnd stand sie an der großen Kücheninsel und schnitt
irgendetwas. Ein paarmal kam Gillian vorbei, ebenfalls im
Bademantel, allerdings war ihrer offenbar aus cremeweißem
Satin. Die beiden plauderten anscheinend miteinander, und an
der Art, wie Zoey gelegentlich mit dem Kopf nickte, konnte sie
erkennen, dass Musik lief.

Leah verkrampfte sich, klammerte sich mit den Händen an
der Mauerkrone fest und hielt den Atem an. Craig kam mit
einem Glas Rotwein in die Küche. Er war nicht im Bademantel,
sondern trug Jeans und ein T-Shirt mit Markenlogo, das sie ihm
einmal geschenkt hatte. Als sie noch zusammen waren, hatte er
es nicht ein einziges Mal angehabt. Sie sah zu, wie er Gillian
grob von hinten packte und die Arme um sie schlang. Sie
reagierte, indem sie den Kopf in den Nacken warf und lachte,
als Craig sie auf den Mund küsste und die Lippen über ihren
Hals abwärtswandern ließ. Zoey stand nur etwa einen Meter
entfernt, konzentrierte sich aber auf ihre Arbeit.

»Herrgott noch mal«, murmelte Leah, denn sie wusste, wie
unangenehm das Zoey sein musste.

Dann verschwand Craig für einen Moment wieder aus dem
Blickfeld, und etwas später fingen Zoey und Gillian an, wie
wild herumzutanzen. Beide wedelten mit den Armen in der
Luft herum und schwangen synchron die Hüften. Leah blieb
der Mund offen stehen. Es schien eine gut einstudierte Routine

zu sein. Craig hatte offenbar die Musik aufgedreht, denn sie konnte den Rhythmus nun auch durchs Fenster hören.

»Herzallerliebst«, flüsterte Leah und versuchte, sich zu erinnern, wann sie und Zoey das letzte Mal eine Tanzparty in der Küche veranstaltet hatten, aber ihr wollte nichts einfallen. Natürlich freute es sie, dass ihre Tochter sich amüsierte, aber es tat schrecklich weh, dass sie davon ausgeschlossen war.

Natürlich hatten sie und die Kinder in all den Jahren auch viel Spaß gehabt, vor allem, wenn Craig lange arbeitete oder auf Geschäftsreisen war (obwohl sie wusste, dass er nicht wirklich viel gearbeitet hatte). Und sie konnte nicht leugnen, dass sie einige gute Erinnerungen an sie als Familie hatte: Urlaube, Ausflüge, Feiern. Doch seit der Scheidung, seit sie das Leben zurückgelassen hatte, das sie sich für sich und die Kinder erträumt hatte, fragte sie sich, ob sie vielleicht ... na ja, ob sie vielleicht die Fähigkeit verloren hatte, Spaß zu haben.

Sie wusste, dass sich etwas ändern musste – und zwar schnell. Bevor ihr die Kinder vollständig entglitten. Als sie zusah, wie Zoey nebenan mit einer Frau in der Küche herumsprang, die nicht ihre Mutter war, schloss sie einen Pakt mit sich selbst. Sie wollte Craig für immer loswerden. Sie wusste nur noch nicht, wie sie das anstellen sollte.

NEUNZEHN

»Du hast ja keine Ahnung, wie nötig ich das hatte«, sagte Leah, als sie im Schneidersitz auf dem Boden in Jodis Wohnzimmer saß. In dem modernen freistehenden Haus, das Jodi und ihr Partner Nick vor einigen Jahren über Craigs Maklerbüro gekauft hatten, gab es genug Platz für sie alle sechs. Leah zog den Pulli aus. Darunter trug sie ein T-Shirt, und es zeugte davon, wie warm es in einem neuen Haus sein konnte. Jetzt war es bereits Oktober, und es war kalt geworden. Trotz ihrer Bemühungen hatte Leah in den vergangenen Wochen öfter an Gabe denken müssen. Sie hatte sich gefragt, wie es ihm ging und ob er auf seinem Boot in diesem ungewöhnlich kalten Oktober nicht fror. Jedes Mal, wenn der Nachrichtenton ihres Handys ertönte, griff sie danach und hoffte, dass die Nachricht von ihm war und er vielleicht ein Treffen vorschlug, um noch einmal über alles zu sprechen oder ihnen noch eine Chance zu geben.

Aber sie waren nie von ihm.

Sie hatte nichts von ihm gehört, seit sie ihn auf dem Boot zurückgelassen hatte.

»Okay, Mädels«, sagte Jodi und ließ sich auf einem der

Kissen nieder, die um den großen Couchtisch herum auf dem Boden verteilt lagen. »Mögen die Spiele beginnen!«

Sie zog die Frischhaltefolie von den Snacks, die sie alle mitgebracht hatten und bot sie in der Runde an, während Abby die Karten mischte und austeilte. Früher hatten sie sich einmal im Monat bei einer von ihnen getroffen, aber in der letzten Zeit waren ihre Mädelsabende seltener geworden. Leah hatte die anderen schon seit einer gefühlten Ewigkeit nicht mehr gesehen, außer natürlich vor ein paar Wochen, als sie zu Craigs – wie sie nun wusste – Einweihungsparty gekommen waren. Seitdem hatte sie versucht, es zu verdrängen.

Allerdings musste sie zugeben, dass sie zunächst gezögert hatte, als Jodi sie heute Abend zu dem Treffen eingeladen hatte. Sie wollte nicht, dass alles zu Craig weitergetragen wurde, wenn er noch immer mit den anderen in Kontakt stand. Es konnte jedoch auch in umgekehrter Richtung funktionieren, hatte sie gedacht, und vielleicht konnte sie etwas darüber in Erfahrung bringen, warum er nebenan eingezogen war.

»Wir haben dich bei unseren Treffen so vermisst, Leah«, sagte Abby und nahm sich eine Olive. »Und ich kann nicht fassen, dass noch keine von uns dein neues Haus gesehen hat.« Sie warf einen Blick in die Runde, und Leah hätte schwören können, dass sie dabei leicht die Brauen hochgezogen hatte, aber sicher war sie sich nicht.

Sie fragte sich, was Abby meinte, wenn sie sagte, sie hätten sie *vermisst*. Sie war schon eine ganze Weile nicht mehr zu ihren Treffen eingeladen worden.

»Ich weiß. Wahnsinn, wie die Zeit vergeht. Ich hatte viel im Garten und mit der Renovierung zu tun. Der Sommer war so schnell vorbei. Die Kinder hatten ständig irgendwelche Termine und wollten bei Laune gehalten und umherkutschiert werden und dann der Schulanfang. Aber jetzt ist es etwas ruhiger.«

Natürlich entsprach nicht alles davon der Wahrheit, aber

Leah brachte es nicht über sich, zuzugeben, dass Zoey und Henry zunehmend mehr Zeit bei ihrem Vater und Gillian verbracht hatten und sie gefühlt immer weniger darüber im Bilde war, was in ihrem Leben vorging. Sie sah sie natürlich noch, wenn sie ab und zu mal für eine Nacht bei ihr waren, aber die meiste Freizeit schienen sie inzwischen bei ihrem Vater zu verbringen. Sie hatten nach und nach auch den Großteil ihrer Sachen und des Spielzeugs nach nebenan mitgenommen. Leah hatte versucht, sich einzureden, dass es war, was die Kinder wollten, dass sie gern Zeit bei ihrem Vater verbrachten und den Lebensstil genossen, den er ihnen bieten konnte, aber sie war sich auch bewusst, dass Zoey sich verändert hatte. Sie schien nicht mehr das fröhliche und lebhafte Mädchen zu sein, das sie einmal gewesen war. Es fiel ihr besonders schwer zu sehen, wenn ihre Kinder Freunde aus der Schule mitbrachten. Henry und seine Freunde sprangen dann auf dem Trampolin herum, das Craig angeschafft hatte, oder spielten in dem eigens angefertigten Baumhaus. Es musste ein Vermögen gekostet haben.

»Und welch ein Zufall, dass ...« Michelle unterbrach sich, als hätte sie es sich anders überlegt.

Leah ahnte, was kommen würde, nahm ihre Karten auf und stöhnte, um die Aufmerksamkeit davon abzulenken. »O Mann, mit dem Blatt kann ich ja nur verlieren.« Sie verdrehte die Augen und nahm ein paar Chips.

»Also, ein echter Zufall, dass ... dass du direkt neben Craig und Gilly eingezogen bist«, fuhr Michelle fort und ließ den Blick mit erwartungsvoller Miene durch die Runde schweifen.

Leah hustete laut und konnte gerade noch verhindern, dass sie überall Chipskrümel verteilte, indem sie rechtzeitig die Hand vor den Mund nahm. »Bitte, was?«, krächzte sie. »Das stimmt doch gar nicht.«

»Du bluffst!«, rief Allie und wurde sofort rot. »Also, ich meinte wegen der Karten«, fügte sie rasch hinzu.

»Für die Kinder ist es wahrscheinlich ganz praktisch«, fuhr Michelle in mitleidigem Ton fort. »Also, falls Tony und ich uns mal trennen – was hoffentlich nie passiert –, bin ich mir ziemlich sicher, dass ich sein neues Leben nicht jeden Tag unter die Nase gerieben bekommen möchte. Ich würde möglichst weit wegwollen.«

»So war es auch nicht, Michelle«, erklärte Leah. Sie legte die Karten ab und nahm einen großen Schluck von dem Cocktail, den Jodi gemixt hatte. Sie hatte keine Ahnung, was darin war, aber es war ihr egal. »Nicht ich bin neben Craig eingezogen, er ist bei mir nebenan eingezogen. Ich hatte keine Ahnung davon.« Leah hatte das Gefühl, dass sie alle anstarrten. »Was denn?«, sagte sie und blickte in die Runde, als niemand etwas sagte.

»Manchmal fällt es schwer, loszulassen, das verstehen wir doch«, sagte Abby und berührte Leahs Arm. »Aber glaubst du, es ist gut für dich, wenn du ihn ständig beobachtest und alles, was er tut, überwachst? Und das sage ich, weil ich dich mag und mir Sorgen mache, Leah.«

»Ihn beobachten? Ha!« Leah konnte es nicht zurückhalten und stützte sich auf ihre Hände. Sie wusste nicht, ob sie aufstehen und gehen sollte oder bleiben und sich verteidigen. »Ich kann dir versichern, dass es genau umgekehrt ist. Craig hat sogar ein Loch durch meine Schlafzimmerwand gebohrt. Es würde mich nicht überraschen, wenn er vorhatte, da eine dieser kleinen Kameras anzubringen, wenn ich es nicht zufällig entdeckt und zugestopft hätte. Wenn hier jemand spioniert, dann er.« Leahs Stimme zitterte. Dies waren angeblich ihre Freunde. Niemand anders als sie hatte sie mit Craig bekannt gemacht. Sie hatte Abby, Michelle und Allie durch Henrys Grundschule kennengelernt, und anschließend hatten sie sich in den vergangenen drei Jahren auch gemeinsam mit den jeweiligen Partnern getroffen.

»Wir verstehen dich, ehrlich«, sagte Fran, Allies Partnerin.

Sie war die Zurückhaltendste in der Gruppe und arbeitete für ein anderes Maklerbüro im Ort. Es war kein Geheimnis, dass sie sich, seit sie sich kannten, versucht hatte, mit Craig gut zu halten, weil sie hoffte, er würde sie einstellen. Plötzlich sah sie ihre sogenannten Freundinnen in einem ganz anderen Licht.

»Wir wissen doch, wie schwer es für dich gewesen sein muss, zuzusehen, wie er bei der Arbeit jemand anders kennengelernt hat, aber in dieser Branche geht es nun einmal sehr familiär zu, und ich fürchte, so etwas passiert öfter, als du denkst.«

Leah konnte den Blick nicht übersehen, den Fran Allie zuwarf, und wie sie ihre Hände ineinander verschränkten. Fran war alleinerziehend, und ihr Sohn war einer von Henrys besten Freunden. Und dann hatte sie Allie kennengelernt – Fran hatte ihr ein Mietobjekt gezeigt, und sie hatten sich von Anfang an bestens verstanden. Allerdings waren hier keine weiteren Partner involviert gewesen. Niemand war fremdgegangen. Leah fragte sich, ob irgendeine von ihnen schon lange vor ihr von Craigs und Gillians Affäre bei der Arbeit gewusst und dieses schmutzige Geheimnis für sich behalten hatte.

»Okay«, sagte Leah und fügte sich in ihre Rolle als Sündenbock. Aus Erfahrung wusste sie, dass es sinnlos war, sich zu verteidigen, wenn Craig zuerst in die Offensive gegangen war. Er hatte ein Händchen dafür, Leute einzuwickeln und von den absurdesten Dingen zu überzeugen, besonders wenn es darum ging, Häuser zu verkaufen. Ihre gemeinsamen Freunde zu manipulieren und auf seine Seite zu ziehen, war ein Kinderspiel für ihn.

»Lass uns weiter Karten spielen, ja?«, sagte sie, um nicht mehr über ihren Ex sprechen zu müssen. Schlimm genug, dass er nebenan wohnte, er musste nicht auch noch in ihr Sozialleben eindringen. Diese Freundinnen waren ihr immer wichtig gewesen.

»Leah, er hat uns das Video gezeigt«, sagte Abby mit

gequältem Gesichtsausdruck. »Hand aufs Herz, und das ist wirklich liebevoll gemeint, aber ist mit deiner geistigen Gesundheit wirklich alles in Ordnung, seit ... na ja, seit der Scheidung eben?« Das Wort »Scheidung« formte sie nur lautlos mit den Lippen.

Leah nahm noch einen großen Schluck von ihrem Cocktail und war sich bewusst, dass alle sie anstarrten.

»Und versteh das bitte nicht falsch, denn wir haben dich alle gern und machen uns Sorgen um dich, aber er hat auch erwähnt, dass du trinkst, dass du Probleme damit hast.«

»Was für ein Video?« Leah stellte demonstrativ ihr Glas ab.

»Von den Überwachungskameras bei ihm und Gilly«, fuhr Abby fort.

»Darüber sollte Leah sich jetzt wirklich keine Gedanken machen«, mischte Jodi sich sichtlich unangenehm berührt ein. »Sie hatte in der letzten Zeit genug zu bewältigen.«

»Nein, nein. Schon in Ordnung, Jodi. Ich will wissen, wovon Abby redet.«

Abby verzog das Gesicht und wandte kurz den Blick ab. »Ich meine, ich verstehe natürlich, warum du es getan hast. Wenn man mir so etwas vorwerfen würde, wäre ich auch nicht begeistert. Aber ich weiß nicht ...«

»Abby, jetzt erklär mir bitte einfach, wovon du redest. Ich habe überhaupt keine Ahnung!«

»Wir wissen alle, dass du eine gute Mutter bist, nicht wahr, Mädels?« Abbie ließ den Blick durch die Runde schweifen. Die anderen nickten zustimmend.

»Lassen wir das Thema«, sagte Jodi und reichte einen Teller mit Snacks herum. »Hier, nimm einen davon, Abby.«

»Ich möchte ja nur nicht, dass sie es von irgendjemand anders erfährt, das ist alles«, sagte Abby und veränderte ihre Position auf dem Sitzkissen. Sie legte die langen Finger um ihr Weinglas, und Leah bemerkte ihre frisch manikürten babyrosa Nägel. Sie ballte die Fäuste, damit man ihre Nägel nicht sah.

»Was soll ich hören?«, beharrte Leah.

»Und wir wissen doch alle, wie schwer es heutzutage ist, Kinder großzuziehen mit all den Ansprüchen und ...«

»Was, Abby?«

»Ich bin sicher, Craig meinte nicht, dass du sie böswillig vernachlässigst, Leah. Es ist nur ... na ja, ihm ist das Wohl der Kinder enorm wichtig. Er ist so ein liebevoller Vater. Das kannst du nicht abstreiten.«

Liebevoller Vater hallte es durch Leahs Kopf, bis ihr Gehirn entschlüsselt hatte, was Abby gerade gesagt hatte.

»Ich vernachlässige sie?« Leahs Stimme war kaum ein Flüstern. Sie konnte nicht fassen, was sie da hörte. Ganz gewiss wussten ihre Freundinnen – insbesondere ihre Grundschul-mütter-Freundinnen doch wohl, dass das gelogen war. Sie hätte jederzeit für Zoey und Henry ihr Leben gegeben.

Sie schüttelte den Kopf und stieß einen verzweifelten Seufzer aus. Das war also Craigs neueste Masche – sie als eine schlechte Mutter darzustellen.

»Abby ...«, sagte Jodi warnend und warf ihr einen Blick zu. Sie nahm den Krug und füllte, in der Hoffnung, es könnte die Spannung etwas auflockern, alle Gläser wieder auf. Alle Gläser außer Leahs.

»Die Scheidung hat Spuren hinterlassen, Leah. Das verstehen wir doch«, fuhr Abby fort. »Es war also unvermeid-lich, dass die Kinder eine Weile zurückstehen müssen. Craig möchte nur sichergehen, dass sie Stabilität haben. Noch eine Trennung in ihrem Leben wäre nicht gut für sie.«

»Noch eine Trennung? Wovon redest du?« Leah zupfte an ihrem T-Shirt-Kragen. Sie schwitzte plötzlich.

»Und zum letzten Mal, welches Video?«

Abby hielt inne, legte den Kopf schief und nahm ihr Handy aus der Handtasche. Sie öffnete Instagram, und bevor Leah wusste, wie ihr geschah, hielt sie ihr das Handy unter die Nase, auf dem ein Clip lief, bei dem sie zunächst überhaupt nichts erkennen konnte.

Das Bild war dunkel und unscharf und von einem erhöhten Punkt aus gefilmt. Obwohl die Person, die auf dem Bild zu sehen war, sich in einem Lichtkegel befand, reflektierten ihre Augen. Es handelte sich offenbar um die Aufnahme einer Sicherheitskamera. Es dauerte nur wenige Sekunden, bis Leah sich selbst erkannte, wie sie über die Mauer blickte – vermutlich an dem Abend, als sie Zoey und Gillian beobachtet hatte, wie sie nebenan in der Küche herumgesprungen waren.

Anschließend war sie wieder ins Haus gegangen, hatte ihren Kummer in einem weiteren Glas Wein ertränkt und sich im Bett ein Kissen über den Kopf gezogen, damit sie die unvermeidlichen nächtlichen Geräusche aus Craigs und Gillians Schlafzimmer nicht hören musste.

»Ich meine ... Ich verstehe irgendwie, warum du so wütend warst, Leah, aber ... letztlich hat Henry den ganzen Müll gefunden, den du über die Mauer in den Garten gekippt hast. Er war so traurig, dass du seine Liebling-Actionfiguren weggeworfen hast.« Abby zog einen Schmollmund und wischte durch einige Instagram-Fotos, die auf das Video folgten.

Leah sah einen Haufen Müll – Gemüseschalen, Taschentücher, Plastikverpackungen, Teebeutel und alle möglichen Küchenabfälle – und auf dem letzten Foto sah man drei Actionfiguren aus Plastik, die auf dem Müllhaufen thronten und mit etwas beschmiert waren, was wie Blut aussah, auch wenn es offensichtlich Tomatenketchup war. Sie überflog die Bildbeschreibung:

Wenn deine Ex nebenan einzieht ... #verbittert #Scheidung #Exfrau #nebenan #zurückvorgericht #lassunsinruhe

»Das ist doch vollkommen durchgeknallt«, sagte Leah und schnappte nach Luft. Sie hatte Craig auf ihren Social-Media-

Konten blockiert, also hatte sie keines dieser Postings gesehen. Doch es war so typisch für ihn, dass er seinen Feed mit Mitleids-Postings spickte, als wäre er das Opfer. »Auf keinen Fall habe ich irgendetwas in Craigs Garten gekippt und schon gar nicht Henrys Spielzeug weggeschmissen. Ich habe ihm die Figuren selbst gekauft. Ich weiß doch, wie sehr er daran hängt.«

Leah wühlte in ihrer Tasche nach dem Handy und wollte Craig schreiben und fragen, was zur Hölle er damit bezwecke. Doch Jodi hielt ihr Handgelenk fest und nahm es ihr vorsichtig weg.

»Glaub mir, Leah. Tu es nicht. Nicht jetzt.« Sie zog die Augenbrauen hoch und sah sie über den Rand ihrer Brille hinweg an, eine Geste, von der Leah wusste, dass sie als freundschaftliche Warnung gemeint war. Sie kannte Jodi schon lange und vertraute ihrem Rat. Und als sie an die Sache mit den unüberlegten Textnachrichten an Gabe zurückdachte, gab sie nach und legte das Handy wieder weg.

»Du hast recht«, sagte Leah. Ihr Mund war vor Zorn ganz trocken. »Der Vollidiot verdient meine Aufmerksamkeit überhaupt nicht. Aber nur fürs Protokoll, Mädels, an seinen Vorwürfen ist nichts dran.« Sie ließ den Kopf einen Augenblick hängen. »Nur dass ich über die Mauer geschaut habe, um … um zu sehen, was das für ein Lärm war. Ich hatte laute Musik gehört und konnte nicht schlafen.« Auch das stimmte nicht ganz, aber sie wollte nicht noch schlechter dastehen. »Es ist wirklich unterste Schublade, mir vorzuwerfen, ich würde die Kinder vernachlässigen.«

»Da stimme ich dir zu«, sagte Jodi, zog eine Karte vom Stapel und legte eine andere ab. »Du bist dran, Allie.«

Allie räusperte sich und warf Abby und Michelle einen kurzen Blick zu, bevor sie ihren Spielzug durchführte.

»Na ja, dann erwähne ich wohl besser nicht das Auto«, murmelte Abby. »Sonst mache ich mich wieder unbeliebt.«

Leah warf ihre Karten auf den Tisch. Es kam heftiger rüber als beabsichtigt. »Auto? Was denn jetzt noch?«

»Na ja, persönliches Eigentum zu beschädigen. Du kannst von Glück reden, dass er das nicht zur Anzeige gebracht hat.«

»Hör zu, vergiss es doch einfach«, sagte Jodi, die sichtlich die Geduld mit Abby verlor. »Lass uns doch nicht den Abend ruinieren.« Sie wandte sich Leah zu.

»Man kann dich auf dem Video nicht erkennen, also solltest du nicht weiter drüber nachdenken. Es waren bestimmt nur irgendwelche Jugendlichen.«

»Aber das Auto ist sein ganzer Stolz«, protestierte Abby. »Es ist nie in Ordnung, ein Auto zu zerkratzen, aber seins war nagelneu.« Sie zog eine Schnute und sah zu Leah hinüber. »Ehrlich, Süße, ich verstehe deinen Frust ja.«

Leah starrte Abby an, stand auf und nahm ihre Tasche. »Wie es scheint, glaubt mir ohnehin niemand, also gehe ich wohl besser. Danke für die Einladung, Jodi.« Sie bückte sich, um ihre Freundin kurz zu umarmen und den anderen noch einen finsteren Blick zuzuwerfen.

»Er hat euch wirklich alle schön eingewickelt, nicht wahr?«, sagte sie, schüttelte den Kopf und ging.

ZWANZIG

Das Haus lag im Dunkeln, es war kalt und viel zu still, als Leah heimkam und froh war, dass sie nur einen halben Cocktail getrunken und nicht über Nacht geblieben war, wie es ursprünglich geplant gewesen war. Wie betäubt ließ sie sich aufs Sofa fallen. Von ihrer Heimfahrt nach dem Abend bei Jodi konnte sie sich kaum an Details erinnern, außer dass ihr Craigs grinsende Visage von drei seiner »Zu verkaufen«-Schilder am Straßenrand entgegengestarrt hatte.

»Egal wo ich hinsehe, ist er da«, flüsterte sie und nestelte an der Kordel ihres Kapuzenpullis herum. Sie ließ den Kopf in den Nacken sinken und schloss die Augen. Was sollte sie bloß tun? Ein Teil von ihr hätte am liebsten das Haus verkauft und wäre weggezogen – und wenn es nur innerhalb der Stadt war –, aber warum sollte sie sich dazu nötigen lassen? Das Gedankenkarussell in ihrem Kopf drehte sich unaufhörlich, und sie hatte das Gefühl, wieder in ihr altes Leben gesogen zu werden.

Heute Abend schien es nebenan allerdings ruhig zu sein, und alle Lichter waren aus gewesen, als sie eben nach Hause gekommen war. Zusätzlich gingen ihr Abbys und Michelles Anschuldigungen nicht aus dem Kopf und die Tatsache, dass sie Craigs Lügen über sie bereitwillig zu glauben schienen. Andererseits war es wenig verwunderlich. Craig konnte sehr überzeugend sein.

»Meine Kinder vernachlässigen«, flüsterte sie und schüttelte laut seufzend den Kopf. »Wie konnte er das behaupten?« Auch wenn sie wusste, dass es nicht wahr war, war es absolut unter der Gürtellinie. Er wusste, wo er sie treffen konnte.

Doch Leah wurde von der Türklingel aus ihren verworrenen Gedanken gerissen. Sie warf einen Blick auf die Uhr. Viertel nach acht. Seltsam, dachte sie und wünschte, sie wäre dazu gekommen, die Türklingel mit Kamera zu installieren, die sie vor einiger Zeit gekauft hatte.

Es klingelte abermals – mehrmals hintereinander in schneller Folge. Sie erwartete niemanden, obwohl sie gleich ein Hoffnungsschimmer durchfuhr, es könnte Gabe sein, der die Sache zwischen ihnen wieder einrenken wollte. Sie stand auf und ging zögerlich zur Tür, um zu öffnen, wobei sie die Kette vorgelegt ließ.

»Oh!«, stieß sie hervor und erschrak, als Craig dort stand und sie anstarrte. »Geht es den Kindern gut? Wo sind sie?« Sie packte die Tür und betrachtete ihn durch den Spalt. »Craig?«, sagte sie, als er nicht reagierte. Er schwankte, und seine Augen wirkten glasig. Sein Hemd war halb aus der Jeans gezogen und sein Haar strubbelig. »Wo sind die Kinder?«

»Die sind in Ordnung«, sagte er schließlich mit unbewegter Miene und schwankte wieder. »Kann ich reinkommen?«

Leahs Herz raste. Sie konnte seine Fahne noch durch den schmalen Türspalt riechen. »Wozu?«

Craig streckte die Hand aus und stützte sich an der Wand ab. »Lass mich einfach rein, Leah«, lallte er.

Leah seufzte, schloss die Tür und löste die Kette, um sie ganz zu öffnen. Irgendetwas war los, und sie betete nur, dass es nichts mit den Kindern zu tun hatte. »Sag mir, wo Zoey und

Henry sind«, verlangte sie, als er die Stufen hinauf in den Flur stolperte.

Er ließ sich gegen die Wand sinken. »Hast du was zu trinken im Haus?« Er grinste, streckte die Hand aus und streichelte ihren Arm. Leah zuckte zurück, machte die Tür zu, schloss aber nicht ab. Er würde nicht lange bleiben.

»Du bist betrunken«, sagte sie. »Ich glaube nicht, dass du noch mehr Alkohol brauchst. Wenn du mir nicht sagst, wo die Kinder sind, muss ich Gillian anrufen.«

»Sie sind ...« Er schien einen Moment nachzudenken, als ob er sich nicht ganz erinnern könnte. »Sie sind mit Gilly im Kino.«

»Aber Henry müsste längst im Bett sein.«

»Reg dich ab, Leah. Wie gesagt, es ist alles in Ordnung.«

»Aber bei dir ganz offensichtlich nicht.« Leah seufzte abermals und starrte ihn an. »Was willst du von mir, Craig?« Ihre Stimme bebte beim Sprechen, denn sie wusste genau, wie schnell seine Stimmung umschlagen konnte.

»Dich sehen«, sagte er und kam näher. »Ist das jetzt ein Verbrechen?«

Leah verengte die Augen. »Ich kenne dich zu gut«, sagte sie. »Du kannst dir den Unsinn sparen und mir gleich verraten, warum du wirklich hier b...«

»Jetzt hab dich doch nicht so, Leah«, sagte er und schlang die Arme um ihre Taille. Leah wich zurück und schlüpfte ins Wohnzimmer, um ihm zu entkommen. Er folgte ihr. »Du möchtest die Wahrheit hören?«

Sie wandte sich um und gab acht, ausreichend Abstand zu wahren.

»Ich vermisse dich«, sagte Craig, als Leah schwieg. »Wir hatten doch auch gute Zeiten.«

Leah sog scharf den Atem ein und schauderte bei seinen Worten. Damit hatte sie nun wirklich nicht gerechnet. »Wie gesagt, du bist betrunken. Hoffentlich hast du morgen längst vergessen, dass du das gesagt hast.« Sie wünschte sich im Stillen, dass sie es auch aus ihrer Erinnerung löschen könnte.

»Ich meine das ernst«, sagte Craig und ließ sich aufs Sofa fallen. »Es ist nicht dasselbe mit Gilly. Nicht so wie mit uns.«

Leah verspürte den Anflug eines schlechten Gewissens wegen der armen Gillian – der Frau, die ihre Stelle eingenommen hatte. Sie wäre am Boden zerstört, wenn sie wüsste, dass Craig hier war und solche Andeutungen machte.

»Das musst du schon mit ihr klären«, erwiderte Leah. Mit diesem Quatsch wollte sie nichts zu tun haben. »Ich schlage vor, du gehst nach Hause und machst dir einen starken Kaffee.«

»Warum machst du mir keinen?«, fragte Craig und legte den Kopf schief. Seine Wangen waren vom Alkohol gerötet, und seine Haut war schweißglänzend. »Dann haben wir Zeit, um ...« Er maß sie von oben bis unten mit seinem Blick. »Du weißt schon ... zu reden.«

»Es gibt nichts zu reden«, sagte Leah und verschränkte die Arme vor der Brust. »Warum bist du nicht mit Gillian und den Kindern im Kino?«

Er zuckte mit den Schultern. »Weil ich lieber in den Pub gehen wollte.«

»Habt ihr beiden euch gestritten?«

»Du konntest schon immer Gedanken lesen«, sagte Craig und stand auf. Wieder näherte er sich ihr, fasste sie an den Schultern und zog sie an sich. »Und du hast mich immer verstanden. Es könnte doch wunderbar funktionieren, wenn wir jetzt Nachbarn sind, findest du nicht?«

Leah erstarrte. Sie konnte sich nicht bewegen, um sich seiner Berührung zu entziehen, und sie war sich nicht sicher, ob es Furcht war oder etwas anderes, das sie daran hinderte. Etwas, das viel schlimmer und besorgniserregender gewesen wäre. Sie sah ihm direkt in die Augen.

»Gillian muss nichts davon wissen. Es wäre unser kleines Geheimnis.«

»Craig!«, rief sie und fand endlich die Kraft, sich seinem Griff zu entwinden. »Nein. So was von nein. Du hast vielleicht Nerven.«

»Das meinst du nicht wirklich«, sagte er und näherte sich ihr wieder. »Ich weiß, dass du noch immer Gefühle für mich hast.«

Leah stolperte rückwärts und stieß gegen die Wand. Als er sich abermals näherte, wollte sie schreien, weglaufen, irgendetwas tun, um sich aus dieser Situation zu befreien. Doch als er mit ausgestreckten Armen auf sie zustürzte und sie packen wollte, gelang es ihr, sich fallen zu lassen und unter seinen Armen hindurchzutauchen. Als Craig herumwirbelte, lag ein enttäuschter und verletzter Ausdruck auf seinem Gesicht, der Leah wie früher in Erwartung eines Schlages zurückzucken ließ.

»Du musst jetzt gehen«, sagte sie so streng, wie sie konnte, und er stand nur da und starrte sie mit traurigem Blick an. »Nach allem, was gewesen ist, glaubst du im Ernst, du könntest eine Affäre mit mir anfangen? Da hast du dich aber gewaltig geschnitten.«

»Aber, Leah ...«

»Geh nach Hause, Craig. Schlaf deinen Rausch aus und vertrag dich wieder mit Gillian.« Leah drückte sich an ihm vorbei in den Flur und öffnete weit die Haustür. Sie musste ihn loswerden, bevor sie zusammenbrach. Sie konnte sich gerade noch zusammenreißen.

»Also gut«, entgegnete er nach einer Weile und ging zur Tür. »Aber glaub nicht, dass du mir nicht wichtig bist, Leah, weil ...«

Doch sie wollte den Rest nicht hören. Sobald er über die Schwelle geschritten war, machte sie die Tür zu und schloss zweimal hinter ihm ab. Dann ließ sie sich gegen die Wand sinken, presste die Hände aufs Gesicht und fragte sich, was zum Geier gerade passiert war.

EINUNDZWANZIG

Noch immer aufgerüttelt von Craigs Besuch wartete Leah darauf, dass der Wasserkocher aufheizte und starrte in die Dunkelheit des kleinen Innenhofes. Sie hatte keine Ahnung, ob der Alkohol aus ihm gesprochen hatte oder ob er ihre Scheidung tatsächlich bereute und sie zurückwollte.

Bei dem Gedanken überlief sie ein Schauer, und sie zuckte zusammen, als der Bewegungsmelder draußen ansprang. Doch dann sah sie Cecil auf die Hintertür zulaufen. Sie öffnete, ließ ihn hinein und blickte nach draußen. Seit Wochen hatte sie nicht mehr in ihrem hübschen Innenhof Kaffee getrunken, genau seit er nebenan wohnte. Und sie hatte sich auch nicht mehr darum gekümmert, die Pflanzen in den Kübeln zu gießen oder das Kopfsteinpflaster abzufegen. Sie ertrug den Gedanken nicht, dass Craig aus seinem protzigen Haus, das fünfmal mehr wert war als ihres, auf sie herunterblickte und von seinem Fenster aus jeden ihrer Schritte beobachtete, über sie lachte und sie verspottete, während sie sich in ihrem eigenen Haus einrichtete. Oder schlimmer noch, dass er darüber fantasierte, wie sie wieder zu ihm zurückkäme oder eine schmutzige kleine Affäre mit ihm anfinge.

Der einzige Fleck, an dem ihr draußen noch etwas Privatsphäre blieb, war der Gemüsegarten hinter der Mauer. Craig konnte ihn von den Fenstern im Obergeschoss nicht vollständig einsehen, auch wenn Teile davon in seinem Blickfeld lagen. In den vergangenen Wochen hatte sie zunehmend Zeit mit der Gartenpflege verbracht, unter anderem, um die Leere zu kompensieren, die es hinterlassen hatte, dass die Kinder nicht mehr so oft zu Hause waren. Auf die Weise konnte sie Henry wenigstens hören, wenn er mit seinen Freunden spielte, und ab und zu drang auch der Rhythmus der Musik, die Zoey in ihrem neuen Zimmer abspielte, an ihr Ohr. Allerdings war die Gartenarbeit auch beruhigend und half ihrem überforderten Geist, sich zu entspannen.

Leah machte sich eine Tasse Kamillentee und nahm sie, einem Impuls folgend, mit hinaus. Der Bewegungsmelder sprang an und erhellte den Weg hinüber zu der alten hölzernen Tür in der Mauer. Sie stieß sie auf und trat in die dahinterliegende Dunkelheit. Es war, als ob selbst die Luft in dem alten viktorianischen Garten eine andere wäre, irgendwie einfacher zu atmen. In der anderen Ecke hörte sie das zufriedene Klucken der Hühner in ihrem Stall. Sie hatte bisher nur vier Hennen. Die Tierrettung hatte sie erst vor einer Woche gebracht, doch sie hatten bereits eine Menge Eier gelegt. Sie stolperte durch das lange Gras zwischen den neu angelegten Beeten und rappelte an dem hölzernen Tor, das sie für den Hühnerstall gemacht hatte. Sie war stolz auf sich, weil sie es aus etwas Holz, das sie gefunden hatte, und ein bisschen Hühnerdraht aus dem örtlichen Baumarkt selbst gefertigt hatte, um die wenigen Füchse abzuhalten, die hier nachts die Gegend unsicher machten. Ihre unheimlichen und klagenden Schreie hatten sie schon öfter aus dem Schlaf gerissen.

»Gute Nacht, Ladys«, sagte Leah leise zu den Hennen. Sie hörte Rascheln und Gackern aus dem Unterstand und setzte ihren Gartenrundgang fort, wobei sie sich ein wenig vorkam, wie ein Wachmann auf seiner Kontrollrunde. Ein paarmal stolperte sie über Unebenheiten, ihre Schuhe zum Hineinschlüpfen waren im langen, feuchten Gras nicht besonders nützlich, auch wenn der Vollmond und die Lichter der Stadt ein wenig Beleuchtung spendeten.

An dem Punkt, der am nächsten an der Straße lag, einem Stück dichter, dornenberankter Hecke mit einem darin verborgenen, nicht mehr genutzten Tor, das auf die Straße dahinter führte, blieb sie stehen. Es war keineswegs eine vielbefahrene Straße, die vermutlich früher einmal als Zugang für die Gärtner genutzt wurde, wenn sie zum Arbeiten kamen und Gemüse für das alte Pfarrhaus anbauten, als es noch in Betrieb und dieser Stadtteil noch ein eigenes Dorf gewesen war. Sie musste es freischneiden lassen, um es einfacher zu machen, im nächsten Jahr eine größere Bodenfräse auf das Gelände zu bringen. Sie hatte große Pläne für die kommende Gartensaison im Frühling.

Doch dann musste sie an Gabe denken – denn er wäre derjenige gewesen, den sie gefragt hätte, ob er ihr helfen könnte, die Hecke zurückzuschneiden. Mit seiner Ausrüstung hätte er das im Handumdrehen erledigt. Vielleicht hätte er ein selbst gekochtes Abendessen als Bezahlung akzeptiert. Seine Preise waren jedenfalls sehr anständig, wie sie von ihren Eltern wusste. Nachdem sie damals im Sommer bei Mum und Dad die Nummern ausgetauscht hatten, hatte sie bei ihren Eltern nachgefühlt, was sie über ihn wussten und wie sie für die Baumfällarbeiten auf ihn gekommen waren.

»Ach, wir hatten gerade zur richtigen Zeit seinen Flyer im Briefkasten, und er schien ein netter Kerl zu sein«, hatte ihre Mutter gesagt, an ihren Haaren herumgespielt und war ein wenig rot geworden. »Sehr charmant sogar. Außerdem waren seine Preise ... na ja, im Vergleich mit den anderen Angeboten waren sie fast zu gut, um wahr zu sein.«

Leah hatte genickt, die Information abgespeichert und nicht mehr viel darüber nachgedacht.

Bis jetzt, gab sie zu, denn sie konnte wirklich seine Hilfe brauchen. Es war aber nicht nur das. Nein. Sie vermisste ihn unheimlich und musste sich mehrmals zurückhalten, ihm nicht zu texten. Es war offensichtlich, dass er keinen Kontakt wollte. Er hätte sich selbst bei ihr melden können, wenn er gewollt hätte. Es tat unglaublich weh, aber so war es einfach. Auch wenn sie täglich darüber nachdachte, sich bei ihm zu melden.

Leah schaltete die Taschenlampe an ihrem Handy ein, um sich auf dem restlichen Weg orientieren zu können. Schließlich saß sie mit ihrer Tasse Tee auf einem Baumstumpf in der Nähe der Vogelschutznetze und betrachtete den riesigen Haufen Gartenabfälle, den sie für die Guy Fawkes Night zusammengetragen hatte. Er war bereits kolossal.

Noch vor ein paar Wochen hatte sie sich naiverweise vorgestellt, wie sie und die Kinder eine Strohfigur machen und den großen Holzhaufen anzünden würden. Dazu hätten sie hausgemachte kandierte Äpfel und in Ketchup getunkte Hot Dogs verspeist und den Flammen zugeschaut. Ihre Fantasie hatte schließlich auch Gabe eingeschlossen, der Feuerwerk zündete, zurücklief und den Arm um sie schlang, als sie alle eng beisammenstanden und sich gegenseitig wärmten, während sich in ihren Augen die hellen Lichter am Nachthimmel über ihnen spiegelten.

Doch der ganze Traum hatte sich in Luft aufgelöst.

Nun saß sie allein da, starrte auf den großen Abfallhaufen, zu dem unlängst all die Zweige und der Strauchschnitt hinzugekommen waren, die Craig in ihren Hof geworfen hatte. Was für eine lächerliche Aktion, dachte sie, denn sie wusste, dass er absichtlich den Küchenabfall auf seiner Seite ausgekippt, Henrys Spielzeugfiguren darauf drapiert und es fotografiert hatte, um so zu tun, als hätte sie es getan. Wann würde es aufhören? Was, wenn es nie aufhörte? Wie viele Monate, Jahre oder Jahrzehnte ihres Lebens würde sie den Atem anhalten und auf seinen nächsten Stunt warten müssen?

Es war eine kleine Stadt, und Gerüchte über sie als verrückte Ex würden die Runde machen, über eine Frau, die nicht loslassen konnte, die besessen war von ihrem Mann und seiner Neuen. Ihr Geschäft würde als Folge darunter leiden, sobald die Kunden Wind von den Gerüchten bekamen, und ihre Freundinnen würden sich noch weiter von ihr entfremden. Craig hingegen würde als Held betrachtet, der brave Kerl, der seine Kinder vor Verwahrlosung in der Obhut ihrer psychisch labilen Mutter gerettet hatte.

Leah biss die Zähne aufeinander, während sie sich in Gedanken eine Zukunft ausmalte, die noch nicht existierte, aber ohne Weiteres möglich war. Sie wusste, wie dieser Kerl tickte. Sein krankes Verhalten kannte sie nur zu gut, und sie wusste, dass er ihr nie verziehen hatte, weil sie endlich den Mut gehabt hatte, ihn endgültig zu verlassen. Sie konnte seine Dreistigkeit kaum fassen, dass er betrunken zu ihr kam und vorschlug, sie sollten eine Affäre beginnen – all das gehörte zweifellos zu seinen Manipulationstaktiken.

Über die Jahre hatte sie Dutzende Versuche unternommen, ihm zu entkommen. Beim vierten Versuch hatte sie für beide Kinder je eine kleine Tasche gepackt und die Sachen fluchtbereit im Kofferraum ihres Wagens versteckt. Pässe, Kontoauszüge und Kopien der Hypothekenbriefe sowie ein zusätzliches Ladegerät fürs Handy befanden sich darin, eine Wechselgarnitur für jeden und die nötigsten Hygieneartikel.

»Ich gehe«, hatte sie eines Abends im Winter gesagt, als Craig von der Arbeit nach Hause gekommen war. Es ihm zu sagen, war ihr erster Fehler gewesen. Henry war noch ein Kleinkind und Zoey erst acht. Sie hatte ihnen etwas zu essen gemacht, sie gebadet und mit warmen Socken und Pantoffeln in ihre Bademäntel verpackt. Sie hatte Snacks und Getränke im Auto und absolut keine Ahnung, wohin sie mit ihnen fahren sollte. Vermutlich in ein billiges Hotel – es war ihr egal. Sie war bereit und entschlossen, und nichts, nicht einmal Craig würde sie von ihrer Entscheidung abbringen können.

»Sei nicht albern«, hatte er gesagt und seine Tasche abgestellt. Sie erinnerte sich noch gut an sein spöttisches Lachen, den Geruch irgendeines Damenparfums, als sie sich an ihm vorbei in den Flur drängte.

»Ich meine es ernst, Craig. Ich habe genug.« Sie war ihm in die Küche gefolgt, während die Kinder fernsahen. Leah schnappte sich ihren Autoschlüssel. Sie wusste, dass sie nur ihre Kinder mitnehmen und gehen musste.

Was hielt sie ab? Warum war sie wie angewurzelt?

Es war der Blick, mit dem er sie fixierte, als er sich zu ihr umdrehte – ein Blick, in dem sich der Schmerz des Verlustes spiegelte, als ob sie hinter seiner Maske seine Seele erblickt hätte. Eine Person, die sie selten oder sogar nie zu Gesicht bekam.

Schweigend schraubte er die Whiskyflasche in seiner Hand auf und schenkte sich ein großes Glas ein, wie immer, wenn er nach Hause kam.

Er stellte die Flasche ab und ging zu ihr hinüber. Als er näher kam, nahm er einen kräftigen Schluck und drängte sein Gesicht nah an ihres.

»Ich schwöre bei allem, was mir heilig ist, Leah, wenn du jetzt durch diese Tür gehst und mich verlässt, bringe ich mich um. Was willst du dann den Kindern erzählen? Dass Daddy deinetwegen tot ist?«

Und dann spuckte er ihr ins Gesicht.

Sie wich vor seiner Fahne zurück und machte einen großen Schritt nach hinten. Doch Craig kam näher. Seine Wangen waren rot und erhitzt, als er sie an der Taille packte, seine Hand über ihren Körper nach oben gleiten ließ, über ihren Bauch und ihre Brust bis zum Hals. Er nahm noch einen Schluck aus dem Glas, drängte sie gegen die Wand und presste sein Knie zwischen ihre Beine, um sie zu fixieren. Und dann drückte er zu. Seine Hand war kräftig, und seine Finger gruben sich in ihren Hals, bis sie kaum mehr Luft bekam. Rot im Gesicht und röchelnd packte sie seinen Arm und versuchte verzweifelt, ihn wegzuziehen, doch das Ringen nach Luft raubte ihr die Kraft, ihr Blick verschwamm, und ihre Arme sackten schlaff an ihren Seiten herab.

In diesem schrecklichen Moment konnte sie nur an ihre Kinder denken – und dass sie ganz allein mit ihm wären, wenn sie tot war. Sie musste es geschafft haben, zu nicken – irgendeine Geste zu machen, die er als Unterwerfung verstanden hatte.

Es war genug gewesen.

Er hatte sie losgelassen.

Leah war hustend und nach Luft schnappend in die Knie gegangen. Ihr Schädel dröhnte, als müsste er explodieren. Ihr Autoschlüssel lag neben ihr auf dem Küchenfußboden, und sie sah, wie er danach griff und ihn aufhob.

»Die brauchst du ja jetzt nicht, oder?«, hatte er gesagt, sie für die nächsten drei Monate konfisziert und ihr verboten, das Haus zu verlassen, außer um die Kinder zur Schule zu bringen.

Jetzt hier auf dem Baumstumpf trank Leah noch einen Schluck Tee, doch er war kalt geworden. Sie starrte auf das aufgeschichtete Feuer. Ihre Träume von einem gemütlichen Abend in seinem Schein zusammen mit Gabe und den Kindern waren zerstört.

Sie vermisste ihn so.

Einer Laune folgend und gegen jeden Funken Verstand, der ihr noch geblieben war, nahm sie ihr Handy aus der Tasche und tippte eine kurze Nachricht an ihn, in der sie ihm erzählte, was bei ihr los war und wie sie mit dem Garten vorankam. Ihr war vollkommen bewusst, dass sie es wahrscheinlich bereuen würde, wenn er nicht antwortete. Doch sie war überzeugt, dass sie es noch mehr bereuen würde, wenn sie nicht wenigstens ein letztes Mal versucht hätte, ihn zu erreichen.

Als sie die beiden grauen Haken auf dem Display sah, die anzeigten, dass die Nachricht gesendet worden war, stand sie auf, ging hinüber zu dem Lagerfeuer und warf ihre Tasse in den Haufen aufgeschichteter Zweige und Äste. Sie zerschellte, als sie das Holz traf. Und das Einzige, das Leah jetzt in diesem Feuer verbrennen wollte, war Craig.

ZWEIUNDZWANZIG

Leah wälzte sich rastlos im Bett und konnte nicht einschlafen. Sie zog sich die Decke über den Kopf. Die Ereignisse bei Jodi und Craigs anschließender Besuch hatten sie aufgewühlt. In der letzten Zeit schlief sie ohnehin schlecht, weil ihre Sinne ständig in Alarmbereitschaft waren, falls ihr Ex seine nächste Schikane abfeuerte, doch dieses Mal war es anders. Was sie wach hielt, war irgendwo im Haus. Ganz in ihrer Nähe.

Da war es wieder. Ein Brummen. In ihrem schlaftrunkenen Zustand brauchte sie eine Weile, um zu begreifen, dass es ihr Handy war, das auf dem Nachttisch vibrierte. Sie zwang sich, auf die Uhr zu sehen, und erkannte, dass es halb vier morgens war.

Die Kinder! War irgendetwas passiert?

Sie setzte sich auf und schnappte sich das Handy. Mit verschwommenem Blick erkannte sie, dass das Display voller Benachrichtigungen war; ein paar weitere trafen ein, während sie es betrachtete, und das Handy vibrierte in ihrer Hand.

Es waren Dutzende SMS und WhatsApp-Nachrichten, alle von unbekannten Nummern. Sie scrollte sie durch, um sicherzustellen, dass sie nicht von Zoey waren. Vielleicht hatte einer der beiden Heimweh oder war krank, doch von ihr war keine dabei.

Wer also belästigte sie um diese nachtschlafende Zeit?

Zunächst öffnete sie WhatsApp – es gab vierundsiebzig neue Nachrichten. Als sie die ersten öffnete, vermochte sie kaum zu begreifen, was sie da sah, als ob ihr Gehirn den vollen Horror ausblenden wollte. Eben noch hatte sie halb geschlafen, und jetzt *das*?

Hast es wohl nötig, dreckige Schlampe

... gefolgt von einem Bild – der Nahaufnahme eines Mannes, der geifernd die Zunge herausstreckte.

Die nächste Nachricht bestand nur aus einem Bild: dem Foto eines nackten Mannes, bei dem der Kopf abgeschnitten war.

Willst mal richtig durchgefickt werden, du Hure

... stand in der nächsten, gefolgt von einer Reihe Emojis.

Ich komm gleich ... bei dir vorbei

Lutsch ihn mir ...

Du Luder brauchst ein paar hinten drauf

Die widerlichen Nachrichten hörten nicht auf, und der Inhalt wurde immer schlimmer, von den expliziten Fotos einmal abgesehen.

Leah schrie und ließ ihr Handy auf die Bettdecke fallen. Ihr Atem ging schneller – kurze, heftige Panikschübe brannten in ihrer Lunge. Sie schwitzte, ihre Arme kribbelten wie von tausend Nadelstichen, und ihr Herz raste.

Mehr Nachrichteten leuchteten auf dem Display auf.

»O Gott!«, schrie sie und wusste nicht, was sie tun sollte. Sie wagte schließlich, die neueste Nachricht zu öffnen, und die Worte »Ich weiß, wo du wohnst« jagten ihr einen Schauer über den Rücken.

Dann klingelte das Handy, ebenfalls eine unbekannte Nummer. Sie drückte den Anruf weg, aber es klingelte wieder, dieses Mal war es eine andere unbekannte Nummer. Im Sekundentakt bekam sie neue Anrufe und Nachrichten – so schnell, dass sie nicht einmal Zeit hatte, die Nummern in den Einstellungen zu blockieren.

Schließlich schaltete sie das Handy ganz aus. Sie zog die Knie bis unters Kinn und schluchzte. Tiefe, mitleiderregende, kehlige Schluchzer der Verzweiflung und der Furcht. Rotz und Tränen durchfeuchteten ihre Bettdecke und ihre Ohnmacht ließ sie am ganzen Körper beben.

Er muss meine Nummer auf irgendeinem widerlichen Portal für Sexkontakte veröffentlicht haben, dachte sie verzweifelt. Nicht nur das, er hatte es auch mitten in der Nacht getan. Schlafentzug war eine seiner bevorzugten Strafen für sie gewesen, und dies war jetzt die Rache dafür, dass sie ihn vorhin abgewiesen hatte.

»Dafür ... Dafür könnte ich ihn ... *umbringen!*«, schluchzte sie wieder und wieder. Sie hatte panische Angst um sich und ihre Kinder. Sie wusste, dass es jetzt Zeit war, zur Polizei zu gehen, bevor sie wirklich noch einen Mord beging.

———

Beim dritten Versuch sprang der Motor an. Bei dem Knattern hatte Leah Angst, die gesamte Nachbarschaft zu wecken. Sie wollte auf keinen Fall, dass nebenan jemand merkte, wie sie mitten in der Nacht das Haus verließ. Ihre Hände zitterten, als sie das Steuer umklammerte und das Auto aus der engen Parklücke auf die Straße lenkte.

Fünfzehn Minuten später stand sie im blendenden Neonlicht des Wartebereichs in der Polizeiwache, während der Justizwachtmeister am Schreibtisch sich um einen Betrunkenen kümmerte, der von zwei Polizeikräften flankiert und festgehalten wurde.

Leahs Beine schwächelten, und sie wusste, dass sie schlimm aussah. Ihre Augen waren rot, das Haar ungekämmt, und sie hatte angezogen, was sie in ihrem Schlafzimmer auf dem Boden gefunden und vorher bei der Gartenarbeit angehabt hatte. Sie drückte ihr Handy gegen die Brust, drehte es unablässig und trat von einem Bein aufs andere. Sie hatte es ausgeschaltet, weil sie nicht sehen wollte, was sie noch alles geschickt bekommen hatte.

Plötzlich krümmte sich der Mann vor ihr und erbrach sich über den ganzen Fußboden. Er würgte laut und heftig, während er den Mageninhalt von sich gab, der dem Gestank nach hauptsächlich aus Alkohol bestand. Leah sprang aus dem Weg, damit ihre Füße nichts abbekamen.

Sie wandte den Blick ab und sah sich im Wartebereich um, der von weiteren Betrunkenen und einer Frau mit blauen Flecken im Gesicht und einem Kind im Schlepptau bevölkert war. Außerdem saß da ein einsamer, düster dreinblickender Junge im Teenageralter und tippte, die Beine vor sich ausgestreckt, auf seinem Handy herum.

»Ja bitte, Miss«, sagte der Polizist schließlich, als der Mann, der sich übergeben hatte, weggebracht wurde. »Passen Sie auf, wo Sie hintreten. Die Reinigungskraft ist unterwegs.«

Leah machte einen Bogen um die gelbe Pfütze und näherte sich dem Schreibtisch. Sie wandte sich um, denn sie wollte nicht, dass jemand mithörte.

»Ich ... ich werde belästigt«, sagte sie und ging näher an die

Plexiglasscheibe heran, die sie voneinander trennte. Der Anblick des Polizisten beruhigte Leah etwas. Seine breiten Schultern in der Uniform, sein mürrischer, aber dennoch seltsam tröstlicher Blick wirkten, als ob ihm nach jahrelanger Erfahrung im Dienst ins Gesicht geschrieben stand, dass ihn nichts mehr so leicht erschüttern konnte. Sie war in Sicherheit; alles würde gut werden.

»Inwiefern belästigt?«

»Von meinem Ex-Mann. Er ... er wohnt nebenan, und ich glaube, er hat meine Nummer online gestellt.« Leah sah sich abermals um. Das kleine Kind war fast eingeschlafen und hatte den Kopf auf den schwangeren Bauch der Frau gelegt, bei der es sich vermutlich um seine Mutter handelte. »Auf einer Seite für Sexkontakte«, sagte sie leise und beugte sich noch näher an die Trennscheibe.

Der Polizist nickte kurz und tippte etwas in den Computer. »Wie sind Sie darauf aufmerksam geworden?«

Leah hielt ihr Handy hoch. »Ich traue mich nicht einmal mehr, es einzuschalten. Da ist die Hölle los, lauter ekelhafte Nachrichten und Bilder. Fremde haben mich mitten in der Nacht angerufen. Ich habe keine Ahnung, was das für Leute sind. Ich habe Angst.«

»Und warum glauben Sie, dass es Ihr Mann war?«

»Ex-Mann«, verbesserte Leah. »Glauben sie mir, das ist genau sein Stil. Er möchte mir das Leben zur Hölle machen.«

»Würden Sie mir bitte die Nachrichten zeigen?«, sagte der Polizist am Schreibtisch.

Leah zögerte, nickte aber schließlich, drückte den Einschaltknopf und wartete.

»Seiten für Sexkontakte, sagten Sie?«

Leah nickte abermals und reichte ihm das Handy, auf dessen Display die letzten Nachrichten zu lesen waren. Etwa dreißig weitere waren eingetroffen, seit sie es ausgeschaltet hatte.

»Verstehe«, sagte der Mann und zog die buschigen Brauen nach oben, sodass sie über den Rand seiner Brille lugten. »Höchst unerfreulich.«

»Wie kann ich dafür sorgen, dass das aufhört? Was können Sie tun, um mir zu helfen? Ich brauche mein Telefon für die Arbeit, für die Kinder ... für alles Mögliche. Können Sie ihm einen Besuch abstatten und ihn zwingen, zu löschen, was auch immer er da hochgeladen hat?«

»Halt, Moment, ganz langsam, Miss«, sagte der Polizist mit einem Lächeln und reichte ihr das Telefon zurück. »Wir nehmen solche Fälle sehr ernst, aber es gibt da ein offizielles Prozedere. Lassen Sie mich einige Details notieren, bevor wir voreilige Schlüsse darüber ziehen, wie es dazu gekommen ist. Sie könnten zum Beispiel auch gehackt worden sein.«

Leah lachte und versuchte, nicht die Augen zu verdrehen. Sie wollte die Polizei nicht gegen sich aufbringen. »Nein, es ist mein Ex. Sie können es mir ruhig glauben. Er ist nebenan eingezogen und hat seither alles darangesetzt, mir das Leben schwer zu machen.«

»Verstehe«, sagte der Polizist müde. »Also, fangen wir mal mit ihrem Namen und der Anschrift an, ja?«

———

Am nächsten Tag war Leah dankbar für die Föhngeräusche und den allgemeinen Lärm im Salon, der ihre Gedanken übertönte. Selbst nach drei Tassen starkem Kaffee war sie noch immer erschöpft. Seit sie bei der Polizei gewesen war, hatte sie kein Auge mehr zubekommen, hatte zugesehen, wie es langsam hell wurde und Craig und Gillian gegen sechs Uhr beim frühmorgendlichen Sex gelauscht. Anschließend hatte sie aus dem Schlafzimmer Henrys aufgeregte Stimme gehört, als die vier sich vermutlich für den Tag fertig machten, der vor ihnen lag.

Dann hatte sie darauf gewartet, die Kinder nebenan aus

dem Haus kommen zu sehen, bereit für den Schultag, die Ruck-
säcke gepackt mit Büchern, Etui und Brotdose. Es war ein tröst-
liches Ritual, das sie sich angewöhnt hatte, wenn sie nicht bei
ihr waren.

»Was zur Hölle?«, stieß sie plötzlich hervor und stützte sich
auf die Fensterbank im Schlafzimmer, um die Einfahrt nebenan
besser sehen zu können. Einen Moment war sie vor Schreck
erstarrt gewesen, dann hatte sie sich berappelt, war nach unten
gelaufen und aus dem Haus gestürzt. Dieses Mal war es Craig,
der die Kinder zur Schule fuhr, und sie war barfuß und noch
immer im Bademantel zu seinem Auto gelaufen. Sie hatte
gegen die Fahrerscheibe gehämmert.

Craig war auf die Bremse gestiegen und hatte sie finster
angestarrt. Er hatte sich Zeit gelassen, die Scheibe herunterzu-
fahren. »Was hat denn das nun wieder zu bedeuten, Leah?«

»Das sollte ich dich fragen!« Leah sah ihre Kinder an. Zoey
saß wie gewöhnlich vorne, Henry auf dem Rücksitz.

»Was zum Geier haben die beiden da an?«

»Ihre Schuluniformen«, entgegnete Craig und gab sich
keine Mühe, sein spöttisches Grinsen zu verbergen. Beide
Kinder blickten gequält drein, Zoey noch mehr als Henry, fast
als wollte sie sich entschuldigen, aber auf jeden Fall traurig.

»Was für eine Uniform soll das denn sein?«, stieß Leah
hervor und hatte ein schlechtes Gewissen, weil ihre Kinder
Zeugen dieser Szene wurden. Sie bemühte sich, ruhiger zu
sprechen. »Das ist ... das ist nicht ihre normale Uniform.« Sie
musterte die dunkelgrünen Blazer und Henrys graue Shorts
und gelbe Mütze. Zoey sah in dem langen Faltenrock und der
gelben Seidenkrawatte ziemlich unglücklich aus.

»Sie besuchen jetzt eine Privatschule. Ihre alten Schulen
haben überhaupt nichts getaugt.«

»Was? Du kannst sie doch nicht einfach auf eine andere
Schule schicken, ohne mein Einverständnis einzuholen. Schon

gar nicht mitten im Schuljahr!« Sie schenkte ihren Kindern ein Lächeln und versuchte ihnen zu zeigen, dass alles wieder in Ordnung kommen würde und sie nicht gehorchen mussten. »Zoey, Henry, steigt aus! Ich bringe euch heute zur Schule. Zu eurer richtigen Schule.«

Die Kinder hatten freiwillig ihre Taschen genommen und sich angeschickt, die Autotüren zu öffnen. Ihre erleichterten Mienen verrieten Leah, was sie bereits wusste – dass sie auf keinen Fall die Schule wechseln wollten.

»Nein!«, bellte Craig und betätigte die Zentralverriegelung. »Ihr bleibt, wo ihr seid, und zwar beide. Ihr geht nach St Philip's, wie wir es besprochen haben. Ich habe alles organisiert. Dort bekommt ihr eine viel bessere Ausbildung.« Er wandte sich zu Henry um. »Du willst doch auf eine gute Uni, oder nicht?«

»Herrgott, Craig! Er ist sieben! Ich glaube, er denkt noch nicht an die Uni.« Leah zog am Griff, doch die Tür war abgeschlossen. »Lass sie raus! Mit mir kannst du machen, was du willst, aber halte unsere Kinder aus deinen bescheuerten Racheaktionen heraus.«

Sie hatte sich durch das Fenster hineingebeugt, um nicht zu laut reden zu müssen, hatte allerdings auch gehofft, den Knopf für die Zentralverriegelung auf dem Armaturenbrett erreichen zu können.

»St Philip's bietet einen ausgezeichneten Bildungsstandard für Fünf- bis Achtzehnjährige«, dozierte Craig, als ob er aus der Schulbroschüre vorlesen würde. »Willst du etwa sagen, dass du unseren Kindern das verwehren möchtest?«

»Sei nicht albern. Ihre aktuellen Schulen haben überdurchschnittliche Bewertungen. Sie gehen dort gerne hin. Außerdem möchte ich nicht, dass du sie aus ihrer vertrauten Umgebung herausreißt und von ihren Freunden trennst.« Leah versuchte an den Schalter für die Zentralverriegelung zu gelangen, doch

Craig schlug ihren Arm aus dem Weg und betätigte den elektrischen Fensterheber. Dabei klemmte er eine Strähne ihres Haars ein und riss sie heraus, als er rückwärts aus der Einfahrt setzte. Als sie dastand und sich den Kopf hielt, sah sie gerade noch den weinenden Henry auf dem Rücksitz des Wagens, der die Hände gegen die Scheibe presste.

DREIUNDZWANZIG

»Es ist nicht ganz das, was ich mir vorgestellt habe«, sagte Margaret, eine ihrer Stammkundinnen später am selben Vormittag, als Leah den Spiegel hinter ihren Kopf hielt. »Es ... es ist deutlich kürzer, als ich es haben wollte.« Sie machte ein enttäuschtes Gesicht. »Und es hat die Farbe nicht richtig angenommen, oder? Ich sehe noch jede Menge Grau.« Sie fuhr mit den Fingern durch den Ansatz.

Margaret war Jimmys Großmutter, und sie hatte Leah bereits von dem Familientreffen erzählt, das am Abend stattfinden sollte und dass sie dafür schick sein wollte. Leah hatte die Gelegenheit genutzt, um nachzufragen, ob Jimmy ihr vielleicht bei der Hecke im Gemüsegarten helfen könnte, aber Margaret hatte stolz verkündet, dass ihr Enkel jetzt einen Job bei einem örtlichen Bauunternehmen hatte und auf der Baustelle zu tun hätte.

»Es tut mir so leid, dass es Ihnen nicht gefällt«, sagte Leah, die wusste, dass sie wegen des Vorfalls mit Craig am Morgen nicht ganz bei der Sache gewesen war. »Sie müssen dieses Mal nichts bezahlen, und ich mache Ihnen gern eine andere Farbe, wenn Sie einen neuen Termin machen. Natürlich alles aufs Haus.« Sie lächelte und hoffte, dass es reichte.

»Heute Abend feiern wir meinen Hochzeitstag, und die ganze Familie kommt zum Essen. Ich wollte ... gut aussehen«, sagte Margaret, stand auf und nahm den Schutzumhang ab. Tränen standen ihr in den Augen, und als Leah ihr eine Tasse Tee anbot, ging sie ohne ein weiteres Wort aus dem Salon.

»Alles okay?«, las sie über den Lärm des Föhns von Sallys Lippen ab.

Leah machte ein verzweifeltes Gesicht. Sie war selbst den Tränen nahe. Erst die Ereignisse heute Nacht, und nun hatte es sie zutiefst erschüttert, dass Craig einfach mit ihren Kindern davongefahren war und sie zu einer fremden Schule gebracht hatte. Er hatte das alles hinter ihrem Rücken eingefädelt.

»Ich hatte schon mal einen besseren Tag«, gab Leah zu, als Sally den Föhn abgestellt hatte. »Ich werde ihr einen Blumenstrauß schicken.«

»So schlimm war es doch nicht, keine Angst«, beruhigte Sally sie und sah auf, während sie die Frisur ihrer Kundin mit Haarspray einnebelte.

Leah war sich nicht sicher, ob sie ihr da zustimmen konnte. Ihr tat Margaret schrecklich leid. An dem kleinen Empfangsresen in der Nähe des Eingangs kontrollierte Leah den Terminkalender. Vor der Mittagspause hatte sie noch zwei Kundinnen und dann einige Stunden ohne Termine, in denen sie geplant hatte, ein wenig Papierkram zu erledigen. Doch ihr war jetzt nicht danach, die Buchhaltung zu machen. Nein, sie hatte etwas weit Wichtigeres zu erledigen.

Um ein Uhr sagte sie Sally und Charlotte, dass sie eine Weile weg sein würde. Sie vertraute ihnen vollständig und wusste, dass sie für ein paar Stunden allein die Stellung halten konnten. Sie durfte sich nicht einfach zurücklehnen und Craig mit seiner neuesten Aktion durchkommen lassen.

Sie fuhr schnell nach Hause, um zu holen, was sie benötigte, dann gab sie am Laptop die Adresse von St *Philip's* bei Google Maps ein und prägte sich die mit vierundzwanzig Minuten veranschlagte Strecke ein, weil sie auf keinen Fall ihr Handy einschalten wollte.

Sie umklammerte das Lenkrad, während sie die Umgehungsstraße stadtauswärts nahm, und der Motor ihres alten Minis röhrte, als sie in die Ausfahrt aus einem Kreisverkehr einbog. Ein paar Kilometer weiter verengte sich die Straße, mäanderte und wand sich durch die Landschaft. Einige Male musste sie in eine Toreinfahrt ausweichen, um den Gegenverkehr vorbeizulassen, und einmal musste sie bis zu einer Ausweichstelle zurücksetzen. Als sie weiterfuhr, wurde die Straße sogar noch schmaler, Gras und Unkraut wuchsen durch den Asphalt. Das kleine Auto tuckerte im zweiten Gang dahin. Schneller traute sie sich nicht zu fahren, falls …

»O Gott«, quiekte sie und trat in die Eisen. Hinter einer schwer einzusehenden Kurve kam ihr ein Traktor entgegen, der doppelt so hoch war, wie ihr Auto. Sie blendete auf und drückte die Hupe, falls der Bauer sie aus seiner Fahrerkabine nicht gesehen hatte. Zum Glück bremste er und wartete, bis Leah in eine Toreinfahrt zurückgesetzt hatte.

»Von allem anderen einmal abgesehen, werde ich garantiert nicht die nächsten zehn Jahre zweimal am Tag diese Strecke fahren«, knurrte sie, als der Traktor vorbeigefahren war und der Bauer ihr höflich zugewinkt hatte. Sie war ihrem Vater dankbar, dass er ihr den 1970er Mini geschenkt hatte, aber er verfügte über keinerlei moderne Sicherheitsausstattung und würde diese Strecke nicht regelmäßig bewältigen können.

Fünfzehn Minuten später fuhr Leah langsamer und suchte die Einfahrt zur Schule. Die Straße war hier wieder breiter und zu beiden Seiten von schwarzen Grundstücksbegrenzungen gesäumt, hinter denen Grünflächen zu sehen waren. Schließlich öffnete sich der Grünstreifen in eine weitläufige Einfahrt, an der sich ein schickes grünes Schild mit goldener Schrift befand.

»St Philip's Privatschule«, las Leah. Zum Glück stand das Tor offen, also fuhr sie direkt hindurch, auch wenn sie in Anbetracht dessen, was sie zu tun gedachte, die Überwachungskameras am Beginn der Einfahrt und auch die Schilder, die auf den Sicherheitsdienst hinwiesen, durchaus bemerkt hatte.

Am Ende der langen, geraden Zufahrt befand sich ein protziges Gebäude, das offensichtlich früher ein Herrenhaus gewesen war, auch wenn erst die modernen Anbauten verrieten, dass es heute eine Schule beherbergte. Ebenso wie die diversen Schilder der verschiedenen Abteilungen: Naturwissenschaften, Medizinisches Zentrum, Buchhandlung, Kunstschule, Sportzentrum, die Leah bemerkte, als sie auf den Parkplatz fuhr.

»Sportzentrum«, murmelte sie, stellte sich ein Schwimmbecken nach olympischen Standards vor und dachte an das professionelle Training, das Zoey hier sicherlich bekommen würde. »Und wahrscheinlich hätte sie die Möglichkeit, in nationalen Wettbewerben mitzuschwimmen«, flüsterte sie und fragte sich, ob sie das Richtige tat.

Die Schule sah auf jeden Fall beeindruckend aus, fand sie, als sie ausstieg und sich umsah. Und man konnte nicht leugnen, dass sie von den öffentlichen Schulen ihrer Kinder weit entfernt war, doch sie war auch weit entfernt von ihren Freunden und ihrer vertrauten Umgebung.

Sie verdrängte diese Gedanken, klopfte sich ab, denn ihr war bewusst, dass Haare an ihren schwarzen Leggings klebten. Dann schlang sie die Handtasche über die Schulter und ging zum einschüchternden Portal des Gebäudes.

Die Stille hier war beinahe unheimlich, und sie drückte mit der Hand gegen die polierte Messingplatte auf der einen Seite der großen Flügeltür, um in das Foyer zu gelangen, das eher einem lauschigen Landhotel ähnelte als einer Schule. Die

Möbel waren antik und nobel, und der Boden war mit dickem weinrotem Teppich ausgelegt, in dem die flachen Absätze von Leahs Arbeitsschuhen einsanken.

»Hallo, kann ich Ihnen helfen?«, ertönte eine Stimme hinter einem geschnitzten hölzernen Empfangstresen. Leah hatte die Frau gar nicht gesehen, als sie hereingekommen war, weil sie von dem Pomp der Räumlichkeiten so abgelenkt gewesen war. Das Schulgeld für ein Schuljahr musste astronomisch sein.

»Hallo, ja. Ich bin die Mutter von Zoey und Henry. Sie sind neu ... sogar erst seit heute.«

»Ah, richtig, Mrs Forbes. Willkommen an unserer Schule! Ihr Mann hat angedeutet, dass sie eventuell ... erscheinen würden.« Die Frau musterte sie von oben bis unten.

»Ach, hat er das?« Leah beschloss, die Frau nicht auf ihren Fehler hinzuweisen und zu erklären, dass sie nicht mehr Mrs Forbes war. »Es hat da ein kleines Missverständnis gegeben, müssen Sie wissen. Beide Kinder haben nämlich heute wichtige ... Zahnarzt-Termine heute Nachmittag, also bin ich hier, um sie abzuholen. Craig hat die Daten durcheinandergebracht. Eigentlich sollten sie erst morgen hier anfangen.«

»Verstehe«, sagte die Frau und blätterte mit gerunzelter Stirn durch ein großes ledergebundenes Notizbuch auf dem Schreibtisch. »Hier ist nichts dergleichen eingetragen.«

Leah schüttelte den Kopf. »Ach, Craig, du Dummerchen«, flötete sie lachend und kam sich albern vor mit dem hochgestochenen Akzent, den sie aufgesetzt hatte. »Er hatte in der letzten Zeit bei seiner Arbeit so viel um die Ohren. Ich hätte das Aupair-Mädchen schicken sollen, aber sie fühlte sich heute nicht wohl, also bin ich selbst gekommen.«

»Es tut mir leid, Mrs Forbes, aber ohne vorherige Genehmigung kann ich Ihnen die Kinder selbstverständlich nicht übergeben. Besonders, da wir uns bisher noch nicht kennen.«

»Aber es sind meine Kinder«, sagte Leah und vergaß

beinahe den Akzent. »Und ... und sie sollen heute feste Zahnspangen angepasst bekommen. Beide. Heute. Sie dürfen die Termine auf keinen Fall versäumen.«

»Aber Henry ist erst sieben.« Die Empfangssekretärin blickte verwirrt drein.

»Seine Zähne sind ... schon sehr weit entwickelt für sein Alter. Sie können den Zahnarzt fragen, wenn Sie wollen.« Leah wühlte in ihrer Tasche, holte das abgeschaltete Handy heraus und tat so, als suchte sie nach einer Nummer. Sie zählte darauf, dass die Empfangsdame ihr glauben würde.

»Das ist nicht nötig, aber ich kann den Kindern wirklich nicht erlauben, zu gehen, wenn ich nicht die Bestätigung ihres ...«

In diesem Augenblick ertönte ein ohrenbetäubender Glockenton und hallte durch die gesamte Schule. Binnen Sekunden waren die Flure, Treppen und der Lobbybereich voller Schüler, die versuchten, nicht zu rennen, als sie mit Büchern und Taschen im Arm zu zweit oder in Grüppchen aufgeregt plappernd das Foyer durchquerten.

Leah fühlte sich, als wäre sie verloren auf rauer See, wirbelte herum und suchte die Gesichter ab. Aus dem Augenwinkel sah sie die Empfangsdame irgendetwas sagen, doch sie konnte es nicht verstehen.

»Zoey!«, rief Leah und hob den Arm. Ihre Tochter wirbelte herum und schaute in ihre Richtung. Sie drängte sich durch die anderen Kinder, von denen einige sie finster ansahen und zurückschubsten, und lief auf Leah zu.

»Oh, Mum!«, rief Zoey, und ihr Gesicht zeigte deutliche Erleichterung. Sie war den Tränen nahe und schlang die Arme um Leahs Hals.

»Alles gut, mein Schatz«, sagte Leah und nahm sie kurz in den Arm. »Wo ist Henry?«

»Ich ... ich weiß nicht«, sagte sie und unterdrückte ein Schluchzen. »Er hat geweint, als wir angekommen sind. Sie haben ihn irgendwohin mitgenommen. Ich schätze in den Grundschulbereich.« Leah deutete auf den Haupteingang.

»Okay, komm mit«, sagte sie und nahm die Hand ihrer Tochter, als die Glocke erneut schrillte. Die Kinder, die noch in der Lobby verblieben waren, hasteten los und jammerten, dass sie zu spät kommen würden. »Los, wir holen ihn.«

»Mrs Forbes! Warten Sie!«, hörte Leah eine Stimme hinter ihnen, als sie und Zoey durch die große Doppeltür nach draußen stürmten. Doch sie ignorierte den Protest der Empfangssekretärin und sah sich suchend um, bis sie ein Schild entdeckte, das den Weg zum Grundschulbereich wies. Sie rannten los. Als sie das Hauptgebäude umrundet hatten, kam ein kleineres, modernes Gebäude in ihr Blickfeld und etwa dreißig Kinder ungefähr in Henrys Alter liefen auf dem Schulhof herum.

»Henry!«, rief Leah, als sie sich dem Metallzaun näherten und hielt sich mit den Händen an den Stäben fest. Sie ließ den Blick von einem Gesicht zum nächsten schweifen und versuchte, ihren Sohn zu finden.

»Mum, er ist hier – sieh mal!« Zoey deutete auf einen Baum nah am Zaun, wo Henry allein stand und die anderen Kinder beim Spielen beobachtete. Sie liefen beide zu ihm.

»Schatz … es ist alles gut. Ich bin hier, um dich abzuholen.«

Henrys Miene erhellte sich, als er ihre Stimme hörte und sich umdrehte. Sein Kinn bebte, und er fing an zu weinen. Hektisch blickte Leah sich um. Auf der anderen Seite des Schulhofs gab es ein Tor, wo zwei Lehrkräfte standen, die die Aufsicht führten. Dieser Weg war also keine Option.

»Hier«, sagte Leah und deutete auf den knorrigen Stumpf eines Astes, der aus dem Baumstamm ragte. »Henry, schaffst du es, da raufzusteigen, um über den Zaun zu klettern? Ich helfe dir.«

Henry war gelenkig und geübt im Klettern, also hatte er die Flucht in null Komma nichts vollzogen. Gerade schwang er das andere Bein über den Zaun, als dreimal hintereinander in schneller Folge jemand eine Trillerpfeife blies, und ein Lehrer schrie: »He, du! Stopp! Was machst du da?«

Dann hörte Leah die Stimme der Empfangsdame vom Hauptgebäude her rufen, und die beiden Aufsicht führenden Lehrkräfte kamen zum Schulhofzaun gelaufen.

»Schnell!«, rief Leah Henry zu und hielt ihn an Schultern und Taille fest, während er sich über den Zaun rollte. Halb ließ er sich herunter, halb fiel er und landete auf den Knien, hatte sich aber bald schon wieder aufgerichtet. »Lauft!«, wies sie ihre Kinder an, nahm ihre Hände und lief mit ihnen zurück zum Parkplatz.

Als sie sich ihrem alten Auto näherten, war Leah froh, dass sie vergessen hatte abzuschließen. Sie rissen die Türen auf und warfen sich hinein.

»Macht die Knöpfchen runter«, rief Leah, startete den Motor und fuhr rückwärts aus der Parklücke. Die Räder des Minis drehten auf dem Kies durch, als sie voll auf das Gaspedal trat, die Einfahrt hinunterjagte und drei Angestellte der Schule mit in die Hüfte gestemmten Händen zurückließ. Einer von ihnen telefonierte.

VIERUNDZWANZIG

Leah brachte die Kinder wieder zu ihren gewohnten Schulen. Dort sprach sie jeweils mit der so verständnisvollen wie besorgten Schulleitung über die Geschehnisse und gab strikte Anweisungen, dass niemand außer ihrer Mutter die Kinder aus der Schule abholen dürfe. Danach fuhr sie langsam zurück zum Salon. Sie fühlte sich ausgebrannt, erschöpft und am Ende ihrer Kräfte.

Leah hatte erfahren, dass Craig offenbar die Schulen nicht einmal informiert hatte, und weder Zoey noch Henry waren abgemeldet worden, stattdessen hatte man sie als unentschuldigt fehlend vermerkt. Das Schulsekretariat hatte die Eltern nicht erreichen können – Craig war nicht ans Telefon gegangen, und Leah hatten sie nicht kontaktieren können, weil sie noch immer nicht ihr Handy wieder einzuschalten wagte.

Bevor sie in den Salon zurückkehrte, hatte sie auf dem kleinen Angestelltenparkplatz hinter ihrer Ladenzeile geparkt, die grüngelben Uniformen herausgeholt, die ihre Kinder ausgezogen hatten, und sie in eine Tüte im Kofferraum des Minis gesteckt. Die Kinder hatten sie auf der Fahrt ausgezogen und sich in ihre alten Schuluniformen hineingepuzzelt, die Leah von zu Hause mitgebracht hatte. Sie würde sich später mit ihnen über die Ereignisse unterhalten und versuchen, es halbwegs positiv darzustellen, damit sie ihren Vater nicht für einen Vollidioten hielten.

»Jetzt bist du zu weit gegangen, Leah«, hörte sie plötzlich jemanden hinter sich, als sie gerade dabei war, das Auto abzuschließen. Sie erstarrte und traute sich kaum umzudrehen, weil sie die Stimme erkannt hatte. Ihr standen die Nackenhaare zu Berge.

Als Craig unvermittelt ihren Oberarm packte und sie grob herumwirbelte, schnappte sie nach Luft.

»Wie kannst du es wagen, meine Kinder einfach aus ihrer neuen Schule zu nehmen?«, knurrte er und drängte sein Gesicht an ihres.

Leah schrie und riss sich aus seinem Griff los. Zum Glück wusste sie, dass eine Überwachungskamera ungefähr diesen Bereich filmte, in dem sie sich befanden.

»Wie kannst *du* es wagen, sie auf eine neue Schule zu schicken, ohne vorher mein Einverständnis einzuholen«, konterte sie. »Ich bin die Hauptsorgeberechtigte, auch wenn du sie in der letzten Zeit ständig in dein Haus lockst. Laut Vereinbarung obliegt es mir, zu entscheiden, welche Schule sie besuchen.«

»Ich sollte dich wegen Entführung bei der Polizei anzeigen«, schnauzte er. »Weißt du, wie sehr du meinem Ruf schadest, wenn Leute in einer solchen Schule Zeugen deines vollkommen gestörten Verhaltens werden? Die Angestellte dort war zutiefst erschüttert, als sie mich angerufen und mir mitgeteilt hat, dass meine Kinder gekidnappt wurden. Es ist dein Glück, dass ich sie davon abbringen konnte, die Polizei zu rufen. Ich musste ihr erklären, dass du aus der Psychiatrie ausgebrochen bist und dass ich mich darum kümmern werde.«

»Aus der Psychiatrie?«, fragte Leah und wandte sich zum Gehen. »Dein Ruf?« Sie schnaubte ungläubig. »Das ist alles, woran du denken kannst? Dein scheiß Ruf? Ich wette, du hast gehofft, in St Philips reiche Eltern aufzutun und ihnen ein paar deiner Grundstücke ohne Baugenehmigung anzudrehen.« Leah baute sich Craig gegenüber auf und deutete aggressiv mit dem Finger auf sein Gesicht. »Und glaub mir, wenn du es noch einmal wagst, die Kinder ohne mein Wissen oder mein Einverständnis aus ihrer Schule zu nehmen, sehen wir uns umgehend vor Gericht wieder.«

Sie wich zurück und wappnete sich merklich zitternd für seine Reaktion, doch die blieb aus. Stattdessen starrte er sie mit einem seltsamen Ausdruck in den Augen an – demselben Ausdruck, den er am Abend zuvor gehabt hatte. Sein Schweigen beunruhigte sie. Ebenso wie die Weise, in der er sich ihr nun näherte: langsam, indem er die Hände wieder nach ihren Armen ausstreckte, auch wenn es diesmal weniger bedrohlich war. Instinktiv wich Leah einige Schritte zurück, doch der Blick in seinen Augen hielt sie davon ab, einfach in den Salon zu flüchten.

»Ach, Leah ...«, sagte Craig gedehnt.

Sie stand wie angewurzelt da und sah ihn mit finsterem Blick an.

»All dieser ... dieser Mist zwischen uns. Das gefällt mir nicht.« Bedauern lag in seiner Stimme. »Ganz und gar nicht.« Er streckte die Arme aus, nahm sie sanft an den Schultern und zog sie an sich. »Was ist nur mit uns geschehen?«

Sie senkte den Kopf und wollte sich nicht von seinem Blick einlullen lassen. Diesem Blick, der sie an die Zeit erinnerte, als sie sich kennengelernt hatten, als alles gut gewesen war und sie noch nicht die geringste Ahnung von den Problemen hatte, die auf sie zukommen würden. Auch wenn ihr klar war, dass das alles nur zu seiner Strategie in diesem Spielchen gehörte – er spielte mit ihrem Mitgefühl.

Fall nicht darauf rein ... schrillte es in ihrem Innern und drängte sie fortzulaufen.

Doch aus unerfindlichen Gründen tat sie es nicht.

Stattdessen zwang sie sich, etwas zu sagen – ganz gleich was. »Und ich mag es überhaupt nicht, wenn …« Doch sie konnte den Satz nicht beenden, weil Craig sie in die Arme zog und seine Lippen auf ihre drückte, seine warmen Lippen liebkosten sie, und er küsste sie – ein richtiger, leidenschaftlicher Kuss, bei dem er mit einer Hand ihren Hinterkopf umfing und die andere an ihre Taille legte. Die Vibration seines leisen Stöhnens spürte sie im ganzen Körper.

Eine ganze Reihe widersprüchlicher Emotionen durchfluteten Leah in diesem kurzen Augenblick: Schuldgefühle, Reue, Traurigkeit, Glück, Hoffnung und Verzweiflung sowie Wut und Liebe, Vertrautheit und ein Gefühl des Heimkommens. Sie wollte, dass es aufhörte – sie wollte es so sehr –, doch sie war vollkommen unfähig, irgendetwas zu tun, konnte nur dastehen und seinen Kuss erwidern. Es war, als wäre sie mit Leib und Seele wieder in die Vergangenheit gerutscht, als ob sich all das Schlimme, das zwischen ihnen vorgefallen war, in Luft aufgelöst hätte und alles plötzlich wieder gut wäre, wenn sie nur einfach überhaupt nichts tat.

Sie hatte sich in seiner Umarmung verloren, war ganz und gar in Craig versunken.

Dann legte sich in ihrem Innern ein Schalter um.

Sie riss die Arme hoch, drückte fest gegen seine Schultern und stolperte ein paar Schritte rückwärts.

Sie sog gierig Luft in die Lunge – schnappte nach Sauerstoff, als ob sie unter Wasser gedrückt worden wäre, was nicht allzu weit von der Wahrheit entfernt war. Ihre Augen weiteten sich, als sie sich vor Schreck krümmte, zu ihm aufsah und ihre Jacke fest um sich zog. Der Riemen ihrer Handtasche drohte von der Schulter zu rutschen, und sie hielt ihn krampfhaft fest. Langsam und vorsichtig wich sie zurück und entzog sich ihm.

Er beobachtete sie mit einem selbstgefälligen Ausdruck im Gesicht. Oder war es etwas anderes?

Nein. Es war nicht sein üblicher arroganter und siegesgewisser Blick. Das war etwas vollkommen anderes. Für sie sah es eher aus wie ... Bedauern.

Leah wandte sich um und rannte davon, doch sie stolperte über eine lose Gehwegplatte und konnte sich gerade noch fangen.

Auch wenn sie wusste, dass es überhaupt nicht klug war, blieb sie stehen und drehte sich zu ihm um.

»*Du* wirst Besuch von der Polizei bekommen«, sagte sie und wischte sich mit dem Ärmel über den Mund. »Ich habe dich angezeigt, weil du meine Nummer auf diese widerwärtigen Websites gestellt hast.«

Als sie den Salon durch den Hintereingang betrat, hätte sie schwören können, dass sie Craig lachen hörte. Doch sie hielt nicht inne, um es zu überprüfen. Sie wollte nur weg von ihm.

FÜNFUNDZWANZIG

»Du hast ja keine Ahnung, wie froh ich bin, dich zu sehen, Mum«, erklärte Leah später, als sie von der Arbeit nach Hause kam und ihre Jacke auszog.

Irgendwie hatte sie es durch den Nachmittag, die zahlreichen Termine und den Papierkram geschafft. Zum ersten Mal seit langer Zeit kam ihr das Haus warm und gemütlich vor, und ein köstlicher Duft entströmte der Küche. Sie war ihrer Mutter insgeheim dankbar, dass sie hier war.

»Keine Sorge, Schatz, sie sind beide oben, und es geht ihnen gut«, sagte Rita.

Leah hatte ihre Mutter aus dem Salon angerufen, ihr alles erklärt und sie gefragt, ob sie etwas früher kommen und die Kinder von der Schule abholen könnte. Sie wollte nicht, dass Zoey auf den Bus warten musste, falls ihr Vater sie ins Auto locken würde.

»Danke, Mum«, sagte Leah und folgte Rita in die Küche.

Als Erstes sah sie das Glas Wein auf dem Tisch und dann das andere für ihre Mutter, das bereits halb geleert war.

»Ex und hopp, mein Schatz, dann fühlst du dich gleich besser.«

Leah konnte nicht leugnen, dass sie es gut brauchen konnte, doch da war noch etwas auf dem Küchentisch, das sie störte. Sie hob es auf.

»Wo kommt denn das her?«, fragte sie, sah ihre Mutter an und hielt ihr das Tuch hin – Gabes schwarz-weiß-kariertes Tuch, das Craig noch vor wenigen Wochen getragen hatte.

»Sei nicht sauer, Liebes«, sagte Rita und wedelte mit dem hölzernen Kochlöffel herum. »Er ist nicht lange geblieben.« Sie räusperte sich.

»Wer?«

»Na, Craig. Ich glaube, er hatte ein schlechtes Gewissen.« Rita warf die Haare zurück und wandte den Blick ab, und Leah bemerkte, dass sie Lippenstift trug – einen viel helleren und weniger auffälligen Farbton als ihr übliches Knallrot. Es ließ sie jünger wirken, fand sie.

Leah schnaubte und ließ das Tuch fallen, als wäre es verseucht. »Wohl kaum. Nein, er hat wieder irgendetwas vor.«

Sie wischte sich mit dem Handrücken über den Mund und dachte an ihre Begegnung zurück. Sie hatte bereits beschlossen, niemandem zu erzählen, was auf dem Parkplatz vorgefallen war. Auf diese Weise konnte sie sich besser einbilden, es wäre nicht geschehen. Die Erinnerung an ihre spontane körperliche Reaktion auf Craigs Kuss ließ sie erschauern.

»Soweit ich es verstanden habe, hat er gemerkt, dass es eine Verwechslung war. Er hat gesagt, dass er heute vom Fenster aus gesehen hat, wie dieser Gärtner-Typ im Gemüsegarten gearbeitet hat. Also hat er das Tuch vorbeigebracht, damit ... damit ich es ihm geben kann.« Sie räusperte sich abermals.

»Moment mal ... Was?« Leahs Verstand versuchte nachzuvollziehen, was ihre Mutter gerade gesagt hatte. Und zwar nicht den Teil mit Craigs angeblichen Gewissensbissen. Sie bezweifelte, dass er überhaupt in der Lage war, so etwas zu empfinden. »Gabe war hier?«

»Na ja, das muss er wohl, Schatz, aber als ich rausgegangen

bin, um ihm das Tuch zu geben, war er schon weg. Sieht aber aus, als hätte er sich um die Hecke gekümmert. Ich bin mir allerdings nicht sicher, was du zu ... zu der anderen Sache sagst, die da draußen vorgefallen ist.« Sie machte ein gequältes Gesicht.

»Wovon redest du, Mum?« Leah wartete nicht ab, sondern schlüpfte in ihre alten Gartenschuhe, die bei der Hintertür standen, und ging direkt zum Gemüsegarten hinüber. Es wurde bereits dunkel, aber das Licht reichte noch aus, um sich zu orientieren – und um zu sehen, dass die Hecke zurückgeschnitten worden war, die das Tor zur Straße blockiert hatte.

»Das hat er schön gemacht«, sagte Leah, und ihr Herz bebte, als sie sein Werk betrachtete. Sie war sich nicht sicher, ob es ein gutes Zeichen war, dass Gabe hier gewesen war oder ob sie beleidigt sein sollte, dass er sich nicht angekündigt hatte – wobei ihr Handy nach wie vor abgeschaltet war.

Sie erinnerte sich an die letzte Textnachricht, die sie ihm geschickt hatte, und fragte sich, ob er wohl geantwortet und ihr seine Hilfe angeboten hatte. Sie konnte ihr Handy nicht ewig ausgeschaltet lassen und beschloss, später bei der Polizei vorbeizuschauen, um zu sehen, was sich in der Sache tat.

Als sie erneut Gabes Tagwerk betrachtete, bemerkte sie, dass er angefangen hatte, die Hecke zu beiden Seiten der Torzufahrt in traditioneller Weise zu beschneiden und zu legen, und dass er sich Mühe gegeben hatte, den Strauchschnitt wegzuräumen und ihn dem ständig wachsenden Haufen für das Feuer hinzuzufügen. Sie musste an die Guy-Fawkes-Nacht in ihrer Fantasie denken, wie sie, er und die Kinder glücklich und zufrieden um das Feuer herumstanden. Sie schüttelte den Kopf. Das würde nie passieren, auch wenn sie hoffte, dass sie Freunde bleiben könnten. In Wahrheit würde er ihr vermutlich irgendwann eine Rechnung in den Briefkasten werfen. Für ihn war es nur ein weiterer Job. Das musste sie akzeptieren.

Leah seufzte, drehte sich um und ging zurück zum Haus.

Sie musste all das für einen Abend vergessen, sich um ihre Kinder kümmern und das Essen genießen, das ihre Mutter gekocht hatte.

Doch als sie auf dem Rückweg zum Haus durch den Innenhof ging, blieb Leah abrupt stehen und presste sich die Hand auf s. den Mund.

»O mein *Gott*!«, stieß sie leise hervor und gab sich Mühe, Zoey und Henry nicht darauf aufmerksam zu machen, dass es schon wieder neuen Ärger gab. Sie wusste nicht, ob sie selbst heute noch mehr verkraften konnte.

In der knapp zwei Meter hohen Ziegelmauer, die ihren Hof von Craigs Garten trennte, klaffte ein Loch. Ein riesiges Loch. Eben hatte sie es so eilig gehabt, zu sehen, was Gabe mit der Hecke angestellt hatte, dass sie es im Vorbeigehen gar nicht bemerkt hatte. Doch da war eine Öffnung – mindestens so breit wie eine Tür –, und eine Spanplatte, die offenbar als provisorisches Tor diente, war dort montiert worden.

Leah warf einen finsteren Blick darauf und trat fest dagegen, während die Wut in ihrer Brust hochkochte. Das Brett gab nicht nach, also warf sie sich mit beiden Händen dagegen und versuchte, es einzudrücken, doch es bewegte sich noch immer nicht. Sie stapfte zurück in die Küche.

»Und was sagst du, Schatz?«, fragte Rita und fuchtelte wieder mit dem Kochlöffel herum. »Hat er doch gut gemacht im Gemüsegarten. Im nächsten Jahr wirst du so viel frisches Obst und Gemüse haben.«

»Was zum Teufel ist mit meiner Mauer passiert?«, fragte Leah und versuchte, ihre Stimme etwas zurückzunehmen. Ihre Mutter konnte nichts dafür, dass Craig sie eingerissen hatte.

»Ich hatte gehofft, du wüsstest darüber Bescheid, Schatz«, erwiderte Rita und ließ sie von dem Essen kosten, das sie gerade zubereitete. »Ich dachte, das wäre etwas, was ihr beiden zusammen geplant habt – vielleicht ein Zugang, damit die Kinder zwischen den Grundstücken hin- und hergehen können. Unter den gegebenen Umständen scheint das doch ganz ratsam, denke ich.«

Leah schüttelte den Kopf. Sie war zu abgelenkt, um sich mit dem Essen zu befassen. Sie ging in der Küche auf und ab. »Ich hatte keine Ahnung davon«, sagte sie. »Und ich bezweifle sehr, dass Craig es für die Kinder getan hat. Nein, irgendwas führt er schon wieder im Schilde. Aber ich kann dir eins sagen: Dieses Mal hat er den Bogen deutlich überspannt. Ich mache das einfach nicht mehr mit.«

»Liebes«, sagte Rita, zog warnend die Augenbrauen hoch und deutete mit dem Holzlöffel Richtung Tür. »Schluss jetzt ...«

Henry stand da, hatte sein Lego-Modell in der Hand und starrte seine Mutter mit geweiteten Augen fragend an. Er hatte die Lippen gespitzt, und sein Mund zuckte. Leah bemerkte, dass er ein wenig schwankte und die Schultern nach vorn beugte.

»Wird ... wird ... wird ... Mummy jetzt wieder krank im Kopf?«, fragte er mit einem Stottern, das sie bei ihm lange nicht mehr gehört hatte. Er ging auf seine Nana zu und drängte sich an ihre Seite, wobei er Leah nicht aus dem Blick ließ. »D... daddy hat gesagt, sie wäre geistig gestört.«

»Alles ist gut, Henry. Keine Angst, ich bin nicht krank«, sagte Leah und zwang sich, ruhig zu bleiben. Sie ging zu ihm und schloss die Augen, als sie ihn in den Arm nahm. »Mummy hat nur ein paar Erwachsenenprobleme. Aber es wird alles wieder gut. Nichts davon ist deine Schuld, okay?« Mit dem Zeigefinger hob sie sein Kinn an und küsste ihn auf den Kopf. »Sollen wir jetzt essen? Nana hat lecker für uns gekocht.«

Henry nickte und umarmte Leah schließlich kraftlos. Dann kam Zoey die Treppe herunter, und sie setzten sich zu viert an den Küchentisch. Rita hielt das Gespräch in Gang, während allein schon das Klappern des Bestecks an Leahs Nerven zerrte.

SECHSUNDZWANZIG

Am nächsten Morgen erwachte Leah abrupt. Fetzen eines verrückten Traums schwirrten ihr noch durch den Kopf. Sie hatte ihre Hände um Craigs Hals gelegt und versucht, ihn zu erwürgen. Doch in ihrem Traum war sie es gewesen, die nicht atmen konnte und deren Kopf sich anfühlte, als müsste er explodieren. Dann war dieser Traum in einen anderen überge-gangen, in dem sie und Gabe miteinander geschlafen hatten. Sie hatten an der Ziegelmauer in ihrem Hof gelehnt, sich leidenschaftlich geküsst und gegenseitig die Kleider vom Leib gerissen. Doch auf einmal waren sie rücklings umgefallen, als die Ziegelmauer einstürzte, und sie landeten auf dem Rücken in Craigs Garten, wo dieser sich mit einem Vorschlaghammer in der Hand über sie beugte und lachte.

Sie schnappte nach Luft und setzte sich kerzengerade auf, als sie ein Geräusch wahrnahm. Mehrere Geräusche sogar, obwohl sie eine Weile brauchte, bis ihr Gehirn sie entwirren konnte und begriff, dass sie nicht Teil des Traums waren.

Schreien, Rufen und Poltern. Laute Stimmen – eine männ-liche und eine weibliche. Sie kamen aus Craigs und Gillians

Schlafzimmer nebenan. Offenbar hatten die beiden eine heftige Auseinandersetzung.

Das andere Geräusch war subtiler und kam von weiter weg – es war ein tiefes, hallendes Rumpeln, das man im Mauerwerk des Hauses spüren konnte.

Leah stieg aus dem Bett, zog den Morgenmantel an und band den Gürtel um die Taille. Dann ging sie zum vorderen Fenster. Auf der Straße sah alles ruhig aus – mal davon abgesehen, dass nun ein »Verkauft«-Schild unter Craigs Grinsegesicht auf dem »Zu verkaufen«-Schild gegenüber klebte.

Sie erstarrte, als sie von nebenan einen weiteren Schrei vernahm. Er erinnerte sie daran, wie es zwischen ihr und Craig gewesen war. Dann ging sie über den Flur ins Badezimmer. Sie öffnete das kleine Milchglasfenster und lugte hinaus. Unten im Hof war niemand, doch im Tageslicht konnte sie nun auch die Reste von Ziegelstaub und Schutt erkennen, wo der Mauerdurchbruch am Tag zuvor gemacht worden war. Sie würde ihre Anwältin anrufen, sobald ihr Büro aufmachte.

Das Rumpeln wurde jetzt lauter: ein Grollen, das durch die kühle Morgenluft hallte. Sie drückte das Fenster weiter auf und schnappte nach Luft, als sie die Szene in ihrem Gemüsegarten sah. Mindestens drei leuchtend gelbe Bagger zuckelten durch den Garten sowie ein Trupp Männer in Warnwesten und Schutzhelmen. Ein paar von ihnen bedienten die Maschinen, und die anderen brachten mit farbigem Klebeband und Sprühfarbe Markierungen auf dem Boden an.

Einen Augenblick war Leah wie erstarrt, als sie sah, wie die Baggerraupen und klauenbewehrten Stahlschaufeln ihre mit Liebe angelegten Gemüsebeete durchpflügten, um Gräben auszuheben.

»Was zur Hölle geht da vor, Craig?«, schrie sie aus dem geöffneten Fenster in Richtung seines Hauses. Doch sie wusste, er würde sie nicht hören – nicht einmal unbedingt wegen des

Baggerlärms, sondern wegen des Streits, der nebenan noch immer zu toben schien.

Sie grub die Fingernägel in die Fensterbank und sah dem Spektakel entsetzt zu.

Als sie endlich wieder in der Lage war, sich zu rühren, hetzte Leah zurück ins Schlafzimmer, schlüpfte in eine Jogginghose und ein Sweatshirt, lief die Treppe hinunter und sprang in ihre Stiefel. Dann marschierte sie über das Kopfsteinpflaster des Innenhofs und durch ihren eingefriedeten Garten. Sie musste sich das Haar aus dem Gesicht streichen, das der Wind zerzauste.

»Was ist hier los?«, rief sie den Arbeitern zu, die auf ihrem Grundstück eingefallen waren. Keiner von ihnen sah auf; sie waren vielmehr mit den Baggern beschäftigt, die über das Gelände rumpelten und Erdhaufen aufschütteten, oder damit, mit Vermessungsgerät und Klebeband Bereiche abzustecken. Und dann entdeckte Leah ein bekanntes Gesicht, das gerade durch das frisch freigelegte Tor trat. Sie lief hinüber.

»Jimmy! He, Jimmy! Weißt du, was hier los ist? Warum seid ihr alle hier? Ihr müsst sofort aufhören. *Bitte*. Das ist mein Garten.«

Jimmy sah Leah unter seinem Schutzhelm hervor an, und er machte ein paar Versuche, den Mund zu öffnen, bevor er schließlich etwas sagte. Sein Blick huschte dabei auf der Baustelle umher, als suchte er jemanden.

»Hi, Mrs Forbes«, sagte er und trat von einem Bein auf das andere. Er ließ eine große Rolle blauer Kunststoffrohre auf den Boden fallen. »Ich habe jetzt endlich einen richtigen Job.« Sein Lächeln wirkte zögerlich.

»Das freut mich für dich, Jimmy, aber was um Himmels willen ist hier los? Bitte sag ihnen, sie sollen aufhören. Sie machen doch alles kaputt.«

Jimmy wandte den Blick ab und schaute gequält drein. »Ich führe nur meine Aufträge aus. Sie sollten sich an Bill wenden.

Das ist der Bauleiter. Er ist gerade losgefahren, um etwas vom Zulieferer zu holen, aber in einer halben Stunde sollte er zurück sein.«

Leah stieß einen Laut der Verzweiflung aus, denn ihr war klar, dass Craig hinter alldem steckte. Sie bedankte sich bei Jimmy und lief durch den Garten zurück in ihren Hof, stolperte über das Kopfsteinpflaster und verknackste sich den Knöchel, als sie abrupt stehen blieb.

Die Spanplatte an dem eingerissenen Mauerstück war entfernt worden, und die klaffende Lücke zum Nachbargarten war freigelegt worden. Craig kam von seiner Seite aus in Begleitung einer anderen Person darauf zu. Es war eine Frau in grünen Armeehosen, robusten Stiefeln und einem marineblauen Fleecepullover, der ein aufgesticktes Logo zeigte. Sie wirkte älter als Leah, hatte kein Make-up aufgetragen, und ihre Haare hingen in zwei langen grauen Zöpfen zu beiden Seiten über die Schultern. Sie trug irgendeine große Plastikkiste.

»Hier entlang«, sagte Craig und ließ die Frau durch die Öffnung vorangehen.

»Raus hier!«, rief Leah und sprang der Frau in den Weg, bevor sie das Tor zum Gemüsegarten erreichte. »Und zwar alle beide, jetzt sofort! Das ist Hausfriedensbruch, und ich rufe die Polizei, wenn Sie nicht verschwinden. Craig, du hattest kein Recht, meine Mauer zu durchbrechen. Was zum Teufel hast du dir dabei gedacht?«

Craig bedeutete der Frau, weiterzugehen. »Du versperrst uns den Weg, Leah. Bitte geh zur Seite.«

»Pft!«, war alles, was Leah herausbrachte. Eine Mischung aus Wut und Furcht wallte in ihr auf.

»Tu dir keinen Zwang an, ruf die Polizei«, sagte Craig und seufzte. »Ich habe Wegerecht über deinen ...« Craig sah sich mit einem spöttischen Grinsen um. »... über deinen Hinterhof, um auf meine Parzelle zu gelangen.«

»Was für eine Parzelle? Wovon redest du? Das ist doch nur

wieder mehr von deinem Quatsch.« Leah schlang die Arme um den Oberkörper, um ihr Zittern einzudämmen.

Craig hob den Arm und deutete zu dem Gemüsegarten. Dann ging er zum Tor, indem er einen Bogen um Leah machte.

»Ich sagte: Runter von meinem Grundstück!« Es war ihr egal, was die Frau von ihr dachte, wer auch immer sie sein mochte. Leah stürzte sich auf Craig und schubste ihn. In ihrem Innern war etwas übergekocht.

Craig stolperte rückwärts, blieb aber gelassen. Er hob beschwichtigend die Hände, dann nahm er das Handy aus der Tasche. Er tippte darauf herum und hielt es sich ans Ohr.

Leah war so überrascht, dass sie sich in den folgenden Sekunden nicht rühren und nichts sagen konnte. Sie hatte schreckliche Angst vor den Folgen, ihr Herz wummerte, und ihre Gedanken rasten. Sie hoffte inständig, dass all das noch zu ihrem Albtraum gehörte.

»Hallo, ist da die Polizeiwache in Alvington?«, fragte Craig, nachdem er darum gebeten hatte, mit der örtlichen Polizeistelle verbunden zu werden. »Ja, ich möchte eine Tätlichkeit anzeigen.« Es machte sie wütend, wie ruhig sein Tonfall war. »Meine Nachbarin verweigert mir das Wegerecht über ihr Grundstück, um auf mein Flurstück zu gelangen. Sie ist handgreiflich geworden.« Er schwieg. »Ja, ja, sie hat mich gerade geschubst, und jetzt versperrt sie mir den Weg.« Abermals schwieg er. »Nein. Wenn ich das tue, greift sie mich wieder an. Ich habe versucht, vernünftig mit ihr zu reden. Ich brauche umgehend Zugang, weil dort Bauarbeiten im Gange sind.« Craig starrte Leah an. »Vielen Dank! In dem Falle warte ich einfach, bis Ihre Kollegen eintreffen.«

Die Frau mit der Kiste zog sich mit besorgter Miene in Craigs Garten zurück. »Gibt es einen anderen Weg, wie ich zu dem Stall gelangen kann?«, fragte sie und warf einen nervösen Seitenblick auf Leah. »Ich möchte nicht, dass sich die Hühner zu sehr aufregen.«

»Hühner?«, wiederholte Leah und konnte kaum glauben, was sie hörte. »Dein Flurstück? Craig, hast du vollkommen den Verstand verloren?«

Craig warf der Frau einen entschuldigenden Blick zu. »Ich hatte sie ja gewarnt. Sie hat psychische Probleme. Wenn Sie vorne aus meinem Haus herausgehen und sich dann zweimal nach rechts wenden, sehen Sie die Rückseite der Parzelle, wo die Bauarbeiter Zugang haben. So können Sie die Hühner in Ruhe herausholen.«

»Was soll das heißen, die Hühner herausholen?« Leah ging wieder auf Craig zu. Sie fuchtelte mit den Händen vor ihrem Gesicht herum und gestikulierte wild. »Bitte, nehmen Sie mir nicht meine Hühner weg«, bettelte sie die Frau an.

»Na ja, wir wollen ja nicht, dass sie vom Bulldozer überrollt werden, oder?«, sagte Craig. »Margaret ist vom RSPB, von der Vogelschutzbehörde und will nur dafür sorgen, dass es ihnen gut geht. Ich brauche keine Hühner auf meinem Land.« Er nickte und bedankte sich bei der Frau, die davonging, wobei die große Plastikkiste gegen ihre Seite schlug.

»Aber das sind meine Hühner«, protestierte Leah. »Und es ist mein Gemüsegarten. Warum tust du das, Craig?« Sie wimmerte und musste mit den Tränen kämpfen.

»Es ist kein Gemüsegarten, Leah, das hier ist Bauland«, fuhr Craig fort. »Und ganz gleich, was du denkst, es gehört nicht dir. Rechtmäßig ist es zu hundert Prozent mein Eigentum.« Jedes seiner Worte klang triumphierend.

Leah schüttelte den Kopf. Sie hätte lachen mögen, konnte es aber nicht, nicht einmal hysterisch. Sie verschränkte die Arme vor der Brust und stellte sich ihm gegenüber. Sie war hin- und hergerissen, ob sie wieder auf das Gelände laufen und versuchen sollte, die Zerstörung dort aufzuhalten, oder lieber hierbleiben, um Antworten von Craig zu erhalten.

»Das ist doch Blödsinn, und das weißt du auch«, sagte sie. »Der Gemüsegarten gehört zu meinem Grundstück, und zwar schon seitdem das Haus in den Fünfzigerjahren in die zwei Grundstücke aufgeteilt wurde. Meine Anwältin hat sich um alles gekümmert. Sieh dir doch die Besitzurkunde an.«

»Du solltest dir wohl eine bessere Anwältin besorgen«, spottete Craig. »Sie hat allerdings eine fantastische Figur.« Ein eigenartiger Laut entrang sich seiner Kehle. »Ich schätze, du könntest sie wegen Fahrlässigkeit verklagen. Deswegen sind sie schließlich versichert.«

Leah schüttelte den Kopf. »Wovon redest du?«

»Bei den Eigentumsdokumenten für die Grundstücke gab es eine alte Vereinbarung, Leah, und aus irgendeinem Grund hat deine Anwältin beschlossen, sie zu übersehen.« Er klang höhnisch. »Vielleicht hat sie den Praktikanten beauftragt, die Papiere durchzugehen, und er hat nur mit ungeübtem Blick einmal drübergeschaut. Oder vielleicht war sie einfach mit den Gedanken woanders. Ich weiß es nicht, und es ist mir offen gestanden auch egal. Es gibt allerdings unmissverständliche Beweise dafür, dass dem rechtmäßigen Eigentümer meines Hauses auch das Flurstück dort gehört sowie das Wegerecht über deinen Hof. Es gab auch eine bereits vorliegende Baugenehmigung, und ich werde vier Häuser auf dem Grundstück bauen, die in sechs Monaten fertig sein sollen, also gewöhnst du dich besser an mein Kommen und Gehen.« Leah krümmte sich innerlich bei Craigs Lachen. Es war dasselbe Lachen, das er über die Jahre so oft gegen sie verwendet hatte. Sie hatte es zum ersten Mal gehört, als sie sich für die Hochzeit seines besten Freundes zurechtgemacht hatte, nur ein Jahr nach ihrer eigenen Hochzeit. Es war, als ob jemand in dem freundlichen und charmanten Mann, den sie kennengelernt hatte, einen Schalter umgelegt hätte, als ob ihm die Maske vom Gesicht gerutscht wäre und dadurch das Monster darunter entblößt worden wäre.

Leah hatte erst drei Wochen zuvor Zoey geboren, und sie war frustriert, weil sie von ihren Schwangerschaftspfunden noch kaum etwas wieder losgeworden war, zumindest hatte sie den Eindruck, als sie versuchte, sich in das Kleid zu zwängen, dass sie eigentlich hatte anziehen wollen. »Der Reißverschluss geht nicht zu, und meine Möpse fallen raus. Ich laufe aus, sobald Zoey auch nur einen Mucks macht, und mein Bauch sieht immer noch aus wie eine Hüpfburg.« Sie war so niedergeschlagen gewesen und hatte sich vor dem Spiegel umgedreht, um Craigs Reaktion zu sehen und ein wenig Mitgefühl zu ernten. Doch stattdessen hatte er sie ausgelacht. Kein mitfühlendes Schmunzeln, begleitet von ein paar aufmunternden Worten, dass sie schon bald wieder in Form sein würde oder dass sie als frischgebackene Mutter zauberhaft aussehe.

Nein. Craig hatte ein Lachen von sich gegeben, das wie reines Gift gewesen war, und sein Blick war vollkommen abgestumpft. In dem Moment hatte sie gedacht, dass so das pure Böse aussah.

»Craig?« Sie fühlte sich den Tränen nahe, und ihre Wangen brannten. »Ist es so schlimm?«

»Du siehst widerlich aus. Ich möchte so nicht mit dir gesehen werden.« Und dann hatte er sich für den Rest des Tages und am Abend auf der Hochzeit geweigert, mit ihr zu sprechen, und sich stattdessen mit den schlanken und hübschen Brautjungfern umgeben und Leah in Leggings und einem weiten Oberteil stehen lassen, in dem sie sich schäbig fühlte. Derweil hatte sie sich um die kleine Zoey gekümmert.

»Vier ... vier Häuser«, stammelte Leah nun und merkte, wie sie schwankte. Sie griff sich kurz an den Kopf, dann ging sie, ohne rational zu denken, auf Craig los und trat ihn fest gegen das Schienbein. Bevor sie sich zusammenreißen konnte, hatte sie ihr rechtes Bein hochgerissen und ihm das Knie fest in die Lendengegend gerammt. Craig krümmte sich vor Schmerzen, während Leah stöhnend und jaulend mit den Fäusten auf seinen Rücken eintrommelte. Dann krallte sie die Finger in seine Haare, zog so fest sie konnte und riss ganze Haarbüschel aus seiner Kopfhaut.

Eine Sekunde später spürte sie mehrere starke Hände auf ihren Oberarmen und Schultern, und sie wurde rasch von Craig weggezogen. Ihre Beine gaben nach, und ihre Füße wurden verdreht, als sie auf den Boden fiel. Sie schrie auf, weil ihre Arme auf den Rücken gedreht wurden. Als sie aufsah und die Haare ausspuckte, die ihr in den Mund geraten waren, blickte sie in die Gesichter von zwei Polizeikräften in Uniform, die auf sie herabschauten.

SIEBENUNDZWANZIG

Leah saß gesenkten Hauptes und mit hängenden Schultern an ihrem Küchentisch, während die Polizisten sie anstarrten, ebenso wie Craig, der mit verschränkten Armen gegen ihre Küchentheke gelehnt stand und seinen eisigen Blick auf sie gerichtet hatte. Sie konnte es nicht ausstehen, dass er in ihrem Haus war, aber die Polizei hatte mit ihnen beiden sprechen wollen, und die Kinder waren nebenan bei Gillian und machten sich für die Schule fertig.

Unter der Tischplatte knibbelte sie an ihren Fingernägeln und hoffte, dass sie nicht in Tränen ausbrechen würde.

»Sie ist vollkommen durchgedreht, Officer«, sagte Craig. Und für Außenstehende klang er vollkommen vernünftig und gelassen. Seine Stimme war ruhig und selbstbewusst wie bei jemandem, auf den man in einer Krisensituation hörte.

»Ich fürchte, Leah hat einige seelische Probleme, und im Augenblick macht sie wieder eine schwierige Phase durch.« Er stieß einen Seufzer aus, den man als besorgt hätte interpretieren können.

»Wie bitte?« Leah riss den Kopf hoch. »Ich habe keine psychischen Probleme! Der einzige Psycho hier bist du.« Sie sog scharf den Atem ein und musste selbst erkennen, wie gestört sie klang.

Craig trug seinen schicken Anzug für die Arbeit, und sie hatte ihre schmutzigen alten Gartensachen an, die Haare standen ihr wirr vom Kopf ab, weil sie sich die ganze Nacht hin und her gewälzt hatte, und ihr Gesicht war heiß und zornesrot.

»Ach, Leah«, sagte Craig in diesem aufgesetzten Tonfall, der ihn freundlich und zugewandt klingen ließ. »Hast du etwa deine Tabletten nicht genommen?« Er schüttelte den Kopf und sah die beiden Polizisten an. »Als wir noch verheiratet waren, musste ich sie immer daran erinnern. Ohne Medikamente ... na ja, dann gehen schnell die Pferde mit ihr durch. Ich habe Angst, dass es eine Psychose ist.«

»Psychose? Medikamente?« Leah machte Anstalten, aufzustehen, aber einer der Polizisten trat einen Schritt auf sie zu. »Verdammt noch mal«, murmelte sie.

»Bitte bleiben Sie sitzen«, sagte der Polizist.

Leah sah beide nacheinander an. »Hören Sie, er lügt. Ich habe keinerlei seelische Probleme, von ihm einmal abgesehen.« Ihr Arm zitterte, als sie mit dem Zeigefinger auf Craig deutete. Wenn sie ihr nicht halfen, wusste sie, dass die Situation für sie und die Kinder nur schlimmer werden konnte. Craig war ein schlechter Verlierer.

»Sie beide waren verheiratet?«, fragte der Polizist und klang ungläubig.

»Es ist kompliziert«, erwiderte Craig und strich sich mit den Handflächen über die Wangen. Es ließ ihn erschöpft wirken, am Ende seiner Kräfte. »Na ja, es war überhaupt nicht kompliziert, bis sie beschlossen hat, das Haus neben meinem zu kaufen«, fügte er hinzu. »Die Sache ist die, Officer, ich kann leider nichts daran ändern, dass meine Ex sich nebenan von mir, meiner Partnerin und meinen Kindern eingenistet hat, aber ich weigere mich, zu akzeptieren, dass sie mir das Leben schwer macht. Eigentlich möchte ich rechtliche Schritte vermeiden, weil ich weiß, dass sie knapp bei Kasse ist, also wäre ich sehr dankbar, wenn Sie sie zur Vernunft bringen könnten. Das wäre wirklich hilfreich, mehr verlange ich ja gar nicht.«

»Wenn ich auch mal etwas sagen dürfte ...« Leah hob die Hand, doch Craigs Stimme übertönte ihre.

»Ich hätte wirklich gern, dass wir miteinander auskommen, vor allem der Kinder wegen, aber seit sie hier wohnt, hört es einfach nicht auf. Ein Einschlag nach dem nächsten. Daher muss ich annehmen, dass sie nur hier eingezogen ist, um mich zu belästigen. Ich weiß, dass die Scheidung schwer für sie war, aber sie muss akzeptieren, dass mein Leben sich weiterdreht und ich jetzt eine neue Beziehung habe.« Er seufzte und schüttelte den Kopf.

Leah war übel. Was für eine Show! Ihre innere Stimme schrie, bettelte und flehte, dass sie ruhig bleiben musste, dass sie nicht den Tisch umreißen und auf Craig schleudern durfte. Sie drängte sie, durchzuatmen und nachzudenken, bevor sie etwas sagte. Sie wusste, dass nicht viel fehlte und sie die Nacht in einer Arrestzelle verbringen würde.

»Du bist unglaublich!«, schleuderte sie ihm entgegen. »Ich habe genug von dir und deinen Lügen. Ich habe deine Spielchen gründlich satt. Wie kannst du es wagen, diesen Unsinn über mich zu erfinden? Gut, bring mich vor Gericht. Es ist mir egal. Ich werde dort gerne darlegen, wie du versuchst, mich um mein Gartenstück zu betrügen, um einen weiteren deiner zweifelhaften Immobiliendeals durchzuziehen. Ich erzähle dem Richter gern, was du mir alles angetan hast, zum Beispiel, als du meine Handynummer auf diese widerliche Website gestellt hast.«

»Würden Sie sich bitte beruhigen, Miss?«, mahnte der andere Polizist. »Wir sprechen gerne auf der Wache mit Ihnen darüber, wenn Ihnen das lieber ist. Mr Forbes hat draußen gegenüber meinem Kollegen bereits angedeutet, dass er nicht vorhat, wegen Ihrer Tätlichkeit Anzeige gegen Sie zu erstatten, und wenn Sie Vernunft annehmen, werden wir die Sache unter den gegebenen Umständen auch nicht weiterverfolgen.« Der Polizist sah auf die Uhr und sagte etwas in das Funkgerät an seiner Schulter, das rauschte und knackte. Offenbar hatte er Besseres zu tun.

»Sie können gern bei der Polizeiwache nachfragen, wenn Sie mir nicht glauben«, sagte Leah. »Ich musste ihn für seine Aktion anzeigen. Ich habe diese widerlichen Nachrichten bekommen und ... und ...«

»Miss?«, sagte der Polizist und hob die Augenbrauen.

Leah ließ sich nach vorn auf den Tisch sinken, den Kopf zwischen den Armen. Sie kam sich vor wie ein aufmüpfiges Kind. Irgendwo tief in ihren erschöpften Kraftreserven fand sie die Energie, zu nicken.

»Okay«, sagte sie und hob mühsam den Kopf. Sie spürte einige heiße Tränen über ihre Wange laufen. »Aber bitte ... Craig, würdest du bitte aufhören mit dem, was auch immer du mit meinem ... meinem Gemüsegarten vorhast? *Bitte?* Lass mich das erst mit meiner Anwältin klären. Ich weiß, das muss ein Irrtum sein und ...«

»Sehen Sie? So ist das immer«, sagte Craig und fuchtelte mit den Händen an seinen Seiten herum. Er ging in Leahs kleiner Küche auf und ab, wobei er aus Versehen ein Geschirrtuch auf den Boden warf und drauftrat.

»Sie heult los, und ich fühle mich schuldig.« Er schüttelte den Kopf. »Leah, meine Arbeiter haben nicht viel Zeit. Es ist doch wohl kaum meine Schuld, dass du so dumm warst, ein Grundstück zu kaufen, nur um mich zu ärgern, und sich das jetzt rächt. Deine hochtrabenden Pläne, Kartoffeln zu ziehen und Eier von eigenen Hühnern zu essen, haben sich gerade in Luft aufgelöst, fürchte ich.«

Leah sah abwechselnd die beiden Polizisten an, beide nickten ihr zu.

»Okay«, sagte der Ältere. »Mr Forbes, ich schlage vor, Sie

stellen die Bauarbeiten für einen Tag oder zwei ein, um Ihrer Ex-Frau Gelegenheit zu geben, sich in dieser Angelegenheit rechtlich beraten zu lassen. Das ist schließlich keine strafrechtliche Angelegenheit.« Er öffnete ein kleines Tablet. »Wir müssen nur ein paar Details zu dem Vorfall aufnehmen, und dann sind wir auch schon wieder weg. Wenn Sie in Zukunft gegenüber Mr Forbes allerdings wieder gewalttätig werden sollten, na ja, ich bin sicher, dass Sie nicht unbedingt festgenommen werden möchten.«

Der andere Polizist sah wieder auf die Uhr, und Leah nickte widerwillig. »Danke«, sagte sie, und ihr Herz pochte so fest gegen ihre Rippen, als versuchte es, aus dem Brustkorb zu entkommen.

Sobald sie bei der Arbeit war, rief Leah ihre Anwältin, Liz Morgan an. Wie üblich sagte man ihr, dass Liz gerade nicht verfügbar war und dass sie Leahs dringende Rückrufbitte an sie weiterleiten würden. Der Rest des Tages verschwamm zwischen Kundinnen, Lieferungen und einem unerwarteten Besuch ihrer Mutter am Nachmittag, die nach ihr sehen wollte.

»Ich kann jetzt nicht reden, Mum«, hatte Leah abgewehrt und sich den bösen Blick verkniffen, den sie ihr über den Kopf ihrer Kundin am liebsten zugeworfen hätte. Stattdessen schaltete sie den Föhn ein, konnte aber im Spiegel sehen, dass ihre Mutter es sich im Wartebereich bequem gemacht hatte und so tat, als würde sie die Zeitschriften durchblättern, während sie ihre Tochter aus dem Augenwinkel heraus beobachtete. Dabei konnte sie den Eindruck nicht abschütteln, dass sie nervös wirkte, als wäre irgendetwas passiert. Sobald die Kundin gezahlt hatte und gegangen war, stürzte sich Rita auf ihre Tochter.

»Ist was mit Dad?«, fragte Leah, die plötzlich schlechte Nachrichten befürchtete. Seit der Aufregung um seinen Krankenhausaufenthalt hatte sie kaum Zeit für ihren Vater gehabt und fühlte sich schrecklich, weil sie sich aufgrund ihrer eigenen Probleme nicht ausreichend um seine Gesundheit gekümmert hatte.

»Deinem Vater geht es ... gut«, sagte Rita und machte eine abwehrende Geste mit der Hand. »Er wird uns noch alle überleben. Wenn du mich fragst, ist diese PIBS-Geschichte der blanke Unsinn.«

»Es heißt PTBS und es ist absolut kein Blödsinn.«

»Du bist ja nicht diejenige, die damit leben muss«, entgegnete Rita leise und führte Leah am Ellenbogen in den Pausenraum.

»Du aber auch nicht«, sagte Leah, als sie die Tür hinter sich geschlossen hatten. »Also, rück raus. Was ist los? Du benimmst dich seltsam.«

»Ach ja?«, feuerte ihre Mutter zurück. »Das stimmt doch überhaupt nicht.« Sie nestelte an ihren Haaren herum, und ihre bunten Armreife klimperten an den Handgelenken. Leah fiel auf, dass einer ihrer Nägel abgebrochen war. So etwas, ließ ihre Mutter für gewöhnlich nie zu. Auch ihr Make-up war alles andere als perfekt, und ihre Kleidung wirkte zerknautscht und unordentlich. Es kam selten vor, dass Rita nicht wie aus dem Ei gepellt aussah.

»Warum bist du dann hier?«

»Ich wollte einfach nur sehen, ob bei dir alles in Ordnung ist. Darf eine Mutter sich jetzt nicht mehr um ihre Tochter kümmern?«

Leah starrte ihre Mutter mit zusammengekniffenen Augen an. Irgendwas stimmte da nicht, aber sie war sich nicht sicher, was.

»Okay, okay, ich gebe es zu.« In einer defensiven Geste hob Rita die Handflächen. »Ich war heute Nachmittag bei Craig.«

»Wie bitte?«

»Ich wollte nicht, dass du es von jemand anders hörst und

denkst, dass ich … na ja, dass ich mich einmische.« Sie wandte kurz den Blick ab. »Jemand hat mich gesehen«, flüsterte sie.

»Wer hat dich gesehen? Wovon redest du? Und warum um alles in der Welt warst du überhaupt bei Craig?« Rita schwieg, also fuhr Leah fort. »Mum, ich weiß wirklich zu schätzen, was du für die Kinder tust, und du bist mir eine große Hilfe im Haus. Ich weiß ehrlich nicht, wie ich es ohne dich schaffen sollte. Aber ich würde mir wirklich wünschen, dass du dich aus der Situation zwischen mir und Craig heraushältst.« Leah hielt inne, als sie sah, dass ihre Mutter weinte. Sie konnte sich nicht daran erinnern, wann sie das letzte Mal Tränen bei ihr gesehen hatte. »Mum! Mensch, Mum, es tut mir so leid. Komm, setz dich.« Sie rückte ihr einen Stuhl zurecht und half ihr, sich zu setzen. »War er gemein zu dir? Du bist … du bist ja vollkommen durch den Wind.«

»Ich wollte dir eigentlich nur helfen, Schatz, falls noch eine Chance besteht, dass ihr beiden euch wieder versöhnt. Ich … ich dachte, ich tue das Richtige, Leah. Ehrlich. Aber dann … O Gott, ich kann überhaupt nicht daran denken.« Sie presste die Hände aufs Gesicht.

»Mum, was ist denn los? Hat er irgendetwas gesagt, was dich verletzt hat?«

Rita nahm die Hände herunter und sah auf. »Er hat mir Avancen gemacht, Schatz. Das ist passiert.« Das Wort »Avancen« war kaum mehr als ein Flüstern gewesen.

»Craig hat dich angebaggert?«

Ihre Mutter nickte kurz und vermied es, sie anzusehen.

»Ich bring das Arschloch um!«, rief Leah und ging in dem kleinen Pausenraum auf und ab. »Jetzt hat er es eindeutig zu weit getrieben. Wie kann er es wagen, dir das anzutun!«

Rita packte die Handgelenke ihrer Tochter und hielt sie mit ihren dünnen Fingern umklammert. »Nein. Nein, es ist schon gut. Ich … ich habe es schon geklärt, aber dein Gärtner hat es gesehen und, na ja, du weißt schon. Ich wollte, dass du es zuerst von mir hörst.«

»Gabe war da?«, fragte Leah perplex.

Ihre Mutter nickte abermals, sah sie aber noch immer nicht an.

»Was zur Hölle hatte er dort zu suchen?«, fragte Leah, und ihre Gedanken rasten.

»Ich glaube, Gabe hat zunächst nicht gemerkt, dass ich dort war. Er kam durch die Terrassentür ins Wohnzimmer gestürmt und ist plötzlich stehen geblieben, als er uns gesehen hat.«

»Möchtest du damit sagen, dass Gabe gesehen hat, wie Craig dich angebaggert hat?«

Wieder nickte Rita kurz.

»Und dann? Was ist dann passiert?«

»Ich bin nicht geblieben, um es herauszufinden, Schatz. Aber als ich gegangen bin, habe ich gehört, wie die beiden sich übel in die Haare bekommen haben.«

»Um Gottes willen«, stieß Leah hervor und schnappte sich ihre Jacke und Tasche, um zu gehen. »Mum, geh nach Hause zu Dad. Du siehst aus, als stündest du unter Schock. Es tut mir so leid, was dir passiert ist. Ich werde es in Ordnung bringen.« Leah fragte sich, ob es eigentlich noch schlimmer kommen konnte, und stürmte hinaus zu ihrem Auto.

ACHTUNDZWANZIG

Nachdem sie den Salon verlassen hatte, holte Leah Henry von seinem Freund ab, zu dem er von der Schule aus gegangen war und fuhr dann zum Schwimmbad, um Zoey nach dem Schwimmtraining einzusammeln. Zu dieser speziellen Trainingseinheit ging sie immer von der Schule aus mit ein paar Freundinnen. Leah kam gerade rechtzeitig auf dem Parkplatz an.

»Komm schon, komm schon, Zo ...«, murmelte sie, während Henry und sie im Auto vor dem Eingang des Schwimmbads im Halteverbot darauf warteten, dass Zoey herauskam. Sie trommelte mit den Fingern auf dem Lenkrad herum, als sie ein paar von Zoeys Freundinnen entdeckte, die vor den Türen des Sportzentrums herumhingen, Snacks futterten und auf ihre Mütter warteten.

Leah hatte es eilig, nach Hause zu kommen, um Craig wegen ihrer Mutter zur Rede zu stellen und nachzusehen, ob der Gemüsegarten weiter verwüstet worden war. Später, wenn die Kinder im Bett waren, hatte sie vor, ihren Mut zusammenzunehmen, das Handy wieder einzuschalten und Gabe anzurufen. Sie wollte ihn fragen, was da heute passiert war.

Anscheinend hatte er sich für ihre Mum eingesetzt, und dafür war sie ihm dankbar, aber sie konnte nicht umhin, sich zu fragen, warum er überhaupt bei Craig aufgetaucht war.

Rasch öffnete sie die Fahrertür und streckte den Kopf hinaus.

»Bethany!«, rief sie. »Hi! Ich bin Leahs Mum«, fügte sie hinzu, als das Mädchen zu ihr herübersah.

»Hi, Mrs Forbes«, sagte sie und winkte.

»Weißt du, ob Zoey noch lange braucht?«

»Zoey?« Bethany runzelte die Stirn. »Sie war heute nicht beim Training, tut mir leid.« Sie zuckte mit den Schultern und ging wieder. Leah stieg aus und lief zu dem Mädchen hinüber. »Wie meinst du das, sie war nicht beim Training?« Leah dachte an den heutigen Morgen zurück. Alles war ein bisschen durcheinander wegen der Sache mit der Polizei. Die Kinder hatten die Nacht bei Craig verbracht, und sie hatte sie auf der Einfahrt getroffen, bevor sie zur Schule aufgebrochen waren, wie sie es immer tat. Sie war wegen der Ereignisse noch ziemlich durcheinander gewesen, hatte aber nicht versäumen wollen, ihnen ein paar Snacks mitzugeben und frisches Schwimmzeug für Zoey. Sie hatte Gillian begrüßt, doch die hatte sie nur kurz angesehen und nicht geantwortet. Leah war sich nicht sicher, aber sie glaubte, auf Gillians Wange einen Bluterguss bemerkt zu haben. Es hätte aber auch verwischtes Make-up oder ein Schatten gewesen sein können.

»War Zoey denn in der Schule?«, fragte Leah und versuchte, nicht in Panik auszubrechen.

»Wir hatten zusammen Mathe«, sagte das Mädchen und ging an Leah vorbei, als seine Mutter hupte. »Ja ... sie war da.«

Leah bedankte sich bei Bethany und ging zurück zum Auto, um Henry zu sagen, dass sie gleich zurück wäre. Schnell ging sie ins Schwimmbad und zur Umkleidekabine, wo nur noch wenige Mädchen dabei waren, ihre Sachen zusammenzupacken. Sie stellte ihnen dieselben

Fragen wie zuvor Bethany und bekam dieselben vagen Antworten, während die Mädchen ihre Jacken anzogen und gingen.

»Mrs Mallory«, sagte Leah zu der Schwimmtrainerin, die gerade auf dem Weg nach draußen die Umkleide betrat. »Wo ist Zoey?«

Die Frau sah erschrocken aus. »Oh!«, machte sie. »Sie war heute nicht beim Training. Also, sie war da ... und dann auf einmal nicht mehr.«

»Wie bitte?«

»Sie sagte, sie hätte Ihnen eine Nachricht geschickt.«

»Wohin ist sie gegangen?«

Die Trainerin räusperte sich und verdrehte die Augen. »Kinder«, sagte sie. »Sie ist mit einem Mann weggegangen. Es ist okay, sie kannte ihn.«

Schockiert starrte Leah sie an, doch sie brauchte nicht länger hierzubleiben, um eine Antwort zu erhalten. Offenbar hatte Craig sie mitgenommen. Sie bedankte sich bei der Trainerin und lief hinaus zum Auto. Henry sah aufgebracht aus und trat mehrfach gegen den Vordersitz. Sie startete den Motor und raste nach Hause.

———

»Schatz, versprichst du mir, dass du hier wartest? Sieh einfach fern und rühr dich nicht vom Fleck, auch nicht, wenn es klingelt oder so.«

»Und wenn es brennt?«, fragte Henry, der im Schneidersitz mit einer Tüte Chips und seinem Lego-Raumschiff auf dem Sofa hockte.

»Dann darfst du natürlich aus der Haustür laufen. Aber sonst nicht, okay?«

Henry sah kurz an die Decke. »Und was, wenn es eine Überschwemmung gibt?«

»Ja, dann darfst du das Haus auch verlassen.« Leah ging zur Tür.

»Und wenn Aliens kommen?«

»Die kommen nicht, Henry. Iss einfach deine Chips und sieh fern. Ich bin in fünf Minuten zurück. Ich muss nur schnell zu Daddy.«

Leah hatte Craigs Auto auf der Einfahrt neben Gillians stehen sehen, als sie zu Hause angekommen war. Auf dem Weg zum Nachbarhaus versuchte sie, die Wut, die in ihr tobte, unter Kontrolle zu bringen.

———

Leah pochte an die Tür des alten Pfarrhauses. Sie wartete einen Augenblick, bevor sie wieder dagegenhämmerte und den eisernen Türklopfer betätigte. Als niemand öffnete, lugte sie durch das Erkerfenster auf der Seite des Gebäudes, konnte aber niemanden sehen. Sie ging zurück und schaute um die Hausecke, um zu sehen, ob die Autos noch immer beide dort parkten. Sie waren noch da, also pochte sie noch einmal gegen die Tür.

Nach einer Weile hatte sie den Eindruck, jemanden hinter der Tür gehört zu haben, doch noch immer reagierte niemand auf ihr wiederholtes Klopfen.

»Craig! Ich bin es. Leah. Mach auf. Ich muss mit dir sprechen«, rief sie durch den Briefschlitz.

Nichts.

Sie klopfte noch einmal. »Craig! Ich weiß, dass du da drin bist. Oder Gillian. Wenn du mich hören kannst, mach bitte auf. Ich muss dringend mit Craig sprechen.« Sie fügte hinzu: »Ich bin nicht hier, um zu streiten«, obwohl das eigentlich nicht ganz der Wahrheit entsprach.

»Leah?«, hörte sie eine leise Stimme durch die Tür.

»Ja, ich bin es, Gillian. Ist Zoey bei dir? Hat Craig sie früher vom Schwimmtraining abgeholt?«

Die Tür wurde geöffnet, und Gillian erschien darin. Leah brauchte einen Moment, um sie überhaupt zu erkennen. Sie wirkte irgendwie kleiner als zuvor, ihre Haare waren durcheinander, und sie trug nicht ihre üblichen Designersachen. Stattdessen sah sie zerzaust aus und hatte eine weite graue Jogginghose und ein fleckiges T-Shirt an. Sie war barfuß, und es sah aus, als trüge sie keinen BH.

»Komm herein«, sagte Gillian tonlos und blickte zu Boden. Sie wirkte gebeugt und zuckte zusammen, als Leah sich an ihr vorbei in den Flur drängte. Jetzt sah Leah auch den Bluterguss, den sie vorher nur erahnt hatte. Inzwischen war es ein von Gelb-Grünlich ins Violette changierender Ring um ihr linkes Auge. Außerdem war ihre Lippe aufgeplatzt, und an ihrem Hals waren Male zu erkennen.

»Ach du meine Güte!«, rief Leah und konnte den Blick nicht von Gillians Gesicht abwenden.

»War er das?« Sie verspürte den Drang, vorsichtig ihr Gesicht zu berühren, weil es war, als sähe sie in ein Spiegelbild aus der Vergangenheit. Stattdessen warf sie einen Blick in den Flur und fürchtete, Craig könnte jeden Augenblick wutentbrannt aus einem der Zimmer gestürzt kommen.

Gillian sagte nichts. Sie warf nur einen Blick die Straße entlang und schloss dann die Haustür hinter ihnen.

»Ist Zoey hier, Gillian? Sie war nicht beim Schwimmen. Ich glaube, Craig hat sie abgeholt.«

Gillian schüttelte schwach den Kopf.

»Was? Wo ist sie dann? Und wo ist Craig?« Leah marschierte durch das Wohnzimmer auf die Rückseite des Hauses, wo er vermutlich gemütlich am Kamin saß, Zeitung las und Whisky schlürfte und sich gab wie der Gutsherr.

Doch er war nicht da.

Leah wandte sich wieder an Gillian, die nun noch aufgewühlter und geisterhafter aussah. Sanft nahm Leah ihre Arme und war sich bewusst, wie sie unter der Berührung zusammen-zuckte, doch sie entzog sich ihr nicht.

»Gillian, bitte rede mit mir. Weißt du, wo Zoey ist?«

Gillian starrte sie an und schüttelte den Kopf. Dann nickte sie und schüttelte wieder den Kopf. »Ja ... Ich ... Ich habe eine Nachricht von ihr gesehen. Sie ... sie ist in Sicherheit. Es geht ihr gut.« Ihre Stimme war hauchdünn, sie lehnte sich gegen die Wand und wirkte, als würde sie jeden Moment in Ohnmacht fallen.

»Gott sei Dank«, sagte Leah, obwohl sie sich auch um Gillian Sorgen machte. »Was hat er mit dir angestellt?«

»Bitte, komm ... Möchtest du mit in die Küche kommen?«, flüsterte Gillian. Sie wirkte schrecklich verängstigt, als ob sie kaum zu sprechen wagte. »Ich ... ich brauche deine Hilfe.«

NEUNUNDZWANZIG

»Gott sei Dank, du bist zu Hause!«, rief Leah, als sie wieder ins Haus kam und Zoey erblickte. Sie zitterte und war sich nicht sicher, ob es an den Ereignissen nebenan lag oder ob es die Erleichterung war, ihre Tochter zu sehen, die gesund und munter neben Henry auf der Couch saß. Zusammengekuschelt hockten die beiden vor dem Fernseher, und es sah so aus, als hätte jeder drei Päckchen Chips gegessen. Jedenfalls lagen neben ihnen drei leere Tütchen. Zoey knusperte noch immer an ihren. Doch das war Leah jetzt egal. Sie war nur dankbar, dass ihre kleine Familie zusammen war und dass sie die Haustür gegen die Welt da draußen verschlossen hatte.

»Chill mal, Mum«, sagte Zoey und bot ihr Chips an. »Alles gut.«

»Ich habe mir solche Sorgen gemacht, als du nicht beim Schwimmen warst.« Leah nahm einen Chip und aß ihn, doch ihr Hals war trocken und eng, und es fiel ihr schwer, ihn hinunterzuschlucken. »Mrs Mallory sagte, du seist mit einem Mann weggegangen. Ich dachte ... ich dachte, Dad muss dich abgeholt haben, aber dann sagte Gillian, dass er es nicht war.« Leah schloss einen Augenblick die Augen und dachte über das nach, was Gillian ihr noch erzählt hatte. Sie musste sich jetzt auf ihre Kinder konzentrieren und sich um sie kümmern. Alles andere war nebensächlich.

»Mir ging es nicht so gut vor dem Training. Ich konnte weder dich noch Dad oder Nana erreichen, also habe ich Pops gebeten, mich vom Schwimmbad abzuholen. Es war echt toll, ihn zu sehen. Er schien ... Na ja, anscheinend konnte er etwas Aufmunterung brauchen. Er hat mir Geschichten aus seiner Zeit bei der Armee erzählt und wie er Nana kennengelernt hat.«

Bis dahin wusste Leah noch Bescheid. Trotz ihres aufgewühlten Zustands hatte Gillian es noch fertiggebracht, Leah zu erzählen, dass sie auf Craigs Handy eine Nachricht von Rita gesehen hatte, die besagte, dass Ronald Zoey vom Schwimmen abgeholt hatte. Natürlich war sie erleichtert, dass Zoey in Sicherheit war, doch die Art und Weise, wie Gillian von der Nachricht erfahren und warum sie überhaupt auf Craigs Handy nachgesehen hatte, beunruhigte Leah.

»Wie geht es dir denn jetzt, mein Schatz?«, fragte Leah, ließ sich auf der Armlehne des Sofas nieder und streichelte Zoeys Haare. Sie streckte den Arm aus und tat dasselbe bei Henry, doch er entzog sich ihr und hatte den Blick starr auf den Fernseher gerichtet. »Anscheinend geht es dir wieder besser«, sagte sie und deutete auf die Chipstütchen.

»Jetzt ja«, sagte sie und hatte den Blick ebenfalls auf den Fernseher gerichtet. »Pops hat uns heiße Schokolade gemacht, und wir sind spazieren gegangen. Und dann hat er mich nach Hause gebracht.«

Leah schluckte. Sie war verwirrt. So etwas tat ihr Dad normalerweise nicht. Sonst holte immer ihre Mutter die Kinder aus der Schule oder vom Verein ab und kümmerte sich um sie. Natürlich liebte er seine Enkelkinder, aber auf seine ganz eigene Art. »Das ist schön«, sagte sie und hoffte, dass Zoey noch mehr erzählen würde, doch das tat sie nicht.

»Na ja, egal. Wo warst du überhaupt, Mum? Als ich reinkam, hat Henry geheult und nach dir gerufen. Er musste dringend aufs Klo, aber du hast ihm gesagt, er darf sich nicht rühren. Er meinte, du warst ewig weg.«

»Ach, Henry«, sagte Leah und fühlte sich schrecklich. »Das tut mir so leid. Warst du inzwischen auf dem Klo?«

Henry nickte.

»So lang war ich doch gar nicht weg, oder?«, fragte Leah und wandte den Blick ab. Sie sah auf die Uhr. Aber es stimmte. Sie war deutlich länger nebenan bei Gillian gewesen als fünf Minuten, wie sie Henry versprochen hatte. In Wahrheit war sie fast eine Stunde weg gewesen.

Später, als beide Kinder gegessen und gebadet hatten und Henry schlief – Leah selbst hatte nichts heruntergebracht –, saß Zoey noch an ihrem Schreibtisch und machte die Hausaufgaben, während Leah nach draußen ging, um den Schaden zu begutachten. Die Polizei hatte Craig zwar gebeten, die Bauarbeiten vorerst zu stoppen, doch sie wusste, dass er sie wahrscheinlich ignoriert hatte. Es brach ihr das Herz, wenn sie daran dachte, dass all ihre harte Arbeit im Gemüsegarten umsonst gewesen war. Keine seiner Behauptungen, dass ihm das Stück Land gehörte, war fair, aber Craig wusste, wie er sich rechtlich unangreifbar machen konnte. Er hätte die Gartenmauer nicht eingerissen oder den Gemüsegarten in eine Baustelle verwandelt, wenn er juristisch nicht dazu in der Lage gewesen wäre. Sie war wütend, dass er so vorgegangen war, doch die Ereignisse an diesem Abend, Gillian in diesem Zustand zu sehen, hatten sie mit einem stumpfen Gefühl der Hilflosigkeit zurückgelassen.

Natürlich hatte Leah noch ein halbes Dutzend Mal versucht, ihre Anwältin zu erreichen, ihr wiederholt Nachrichten hinterlassen und eine E-Mail bezüglich Craigs Behauptungen geschrieben, was die Parzelle, sein Eigentum daran, die Baugenehmigung und das Wegerecht anging, dass bei der Eigentumsübertragung offenbar irgendetwas übersehen worden oder schiefgelaufen war und dass Liz sie dringend zurückrufen möge.

Doch sie hatte nichts gehört, und die Empfangsdame hatte Leah immer wieder gesagt, Liz Morgan sei den ganzen Tag vor Gericht und würde anrufen, sobald sie Gelegenheit hätte. Sie konnte nicht umhin, sich zu fragen, ob ihre Anwältin bereits von ihrem Irrtum wusste und dabei war, einen Plan zu schmieden, Leah von der Spur abzubringen.

Draußen war es jetzt dunkel und kalt, doch das Licht im Innenhof hatte es ihr erlaubt, den Weg durch den aufgewühlten Boden des Gemüsegartens zu finden, auch wenn sie aufpassen musste, wohin sie trat, weil überall bereits Gräben für die Rohre ausgehoben worden waren.

Sie sah sich auf dem Gelände um, das bis vor Kurzem noch ihr geliebter Gemüsegarten und das Zuhause ihrer Hühner gewesen war, wo sie liebevoll Zwiebeln und Knoblauch gesteckt und sogar Tonglocken bereitgelegt hatte, um im nächsten Jahr den Rhabarber vorzutreiben. Sie hatte sich so über das Spargelbeet gefreut, das sie entdeckt hatte. Und all das war nun weg. Innerhalb weniger Stunden zerstört.

Sie ging noch etwas weiter und sah die leuchtend gelben Bagger neben dem Tor am anderen Ende des Grundstücks stehen. Alle bis auf einen. Der größte stand in seltsamem Winkel unweit der Reste des aufgeschichteten Haufens, bei denen noch immer das Feuer schwelte, das die Bauarbeiter offenbar irgendwann im Laufe des Tages angezündet haben mussten. Die Kettenabdrücke waren deutlich im dicken Schlamm zu sehen, und seine Schaufel hing mitten in der Luft. An einen der Hebel im Führerhaus war ein Schutzhelm gehängt worden.

Leah konnte sich nicht dazu bringen, den halb abge-

brannten Holzhaufen anzusehen, den sie über Wochen aufgeschichtet hatte. Sie wollte sich jetzt nicht mit den Gedanken
auseinandersetzen, die der Anblick auslöste. Mit ihrer romanti-
schen und jetzt lächerlich erscheinenden Vorstellung, Gabe, sie
und die Kinder könnten einen schönen Abend mit anschlie-
ßendem Feuerwerk dort verbringen. Ihre Träume von einem
Happy End waren buchstäblich in Flammen aufgegangen.

Schlurfenden Schrittes ging sie zurück zum Haus, doch als
sie wieder im Hof angelangt war, blieb sie stehen, um das
Zahlenschloss an der Tür des kleinen Ziegelschuppens zu
öffnen, in dem sie ihre Gartengeräte und andere Werkzeuge
aufbewahrte. Doch das Schloss war bereits geöffnet und hing
lose in der Öse des Riegels. Sie erkannte, dass jemand den
Code eingestellt hatte, den sie immer benutzte: ihr Hochzeits-
datum. Sie war nie dazu gekommen, es zu ändern.

»Ich muss vergessen haben, abzuschließen«, sagte sie sich,
als sie die klapprige alte Tür öffnete.

Im Innern befanden sich Bambusstäbe für die Stangenboh-
nen, die sie anpflanzen wollte, alte Terrakottatöpfe, ihre vielen
Paare abgetragener Gartenhandschuhe, die alte benzinbetrie-
bene Motorsäge, die ihr Vater ihr beim Einzug gegeben hatte,
um das Grundstück freizuschneiden, an die sie sich aber bisher
nicht herangetraut hatte, sowie ein alter Rasenmäher, diverse
Harken und Schaufeln und ein Sack Kompost, den sie in die
verbeulte Schubkarre gefüllt hatte.

»Das kann ich wohl alles wegwerfen«, sagte sie. »Wie es
scheint, werde ich wohl nicht mehr im Garten arbeiten.« Da fiel
ihr Blick auf eine Lücke im schiefen Regal. »Seltsam«, sagte sie
und versuchte, sich zu erinnern, was dort gestanden hatte.
Dann fiel es ihr wieder ein: ein alter Kanister, den ihr Vater ihr
dagelassen hatte, als er die Kettensäge vorbeigebracht hatte. Er
hatte irgendetwas von Zweitakter-Benzin gesagt und einen
Aufkleber draufgeklebt, damit sie wusste, was der Kanister
enthielt.

Sie dachte darüber nach, wo sie ihn gelassen haben könnte und ob sie ihn überhaupt herausgenommen hatte. Im Lichte der übrigen Ereignisse erschien es ihr unwichtig. Sie fühlte sich abgestumpft und ausgelaugt. Und das nicht nur wegen des zerstörten Gartens.

Nein, ihr Kummer wurzelte tiefer.

Leah ließ sich mit dem Rücken gegen die raue Ziegelmauer sinken. Ihre Knie gaben nach, und sie ließ sich zu Boden gleiten. Die Arme um ihre Knie geschlungen vergrub sie das Gesicht dazwischen und weinte. Es war kein Selbstmitleid, eher ein bodenloser Schmerz, der fest mit ihrem ganzen Wesen verwoben schien, ein Schmerz, der sich über viele Jahre aufgebaut hatte und jetzt endlich hervorbrach.

―――――

Später saß Leah in einen weichen Bademantel gehüllt auf ihrem Bett und hatte ein Handtuch um ihr nasses Haar geschlungen. Wieder und wieder drehte sie ihr Handy in den Händen. Sie hatte keine andere Wahl, als es einzuschalten und sich mit den Nachrichten auseinanderzusetzen, die sie erhalten hatte, seit sie den Vorfall bei der Polizei gemeldet hatte.

Als sie jedoch endlich all ihren Mut zusammengenommen und den Einschalter betätigt hatte, kamen weniger neue Nachrichten herein, als sie befürchtet hatte. Vielleicht hatte die Polizei Craig doch noch verwarnt. Sie lehnte sich gegen das Kopfteil, atmete ein paarmal langsam und tief ein und aus, um sich zu wappnen und löschte all die widerwärtigen Nachrichten. Sie hatte vorgehabt, sich, wenn nötig, eine neue Nummer zu besorgen, doch auf die umständliche Prozedur hätte sie lieber verzichtet. Im Salon hatte sie einen Festanschluss, doch viele der Kundinnen sprachen lieber persönlich mit ihr und riefen auf dem Handy an, um Termine zu machen.

Als sie das Gefühl hatte, das Handy von Spamnachrichten

gesäubert zu haben, tippte sie eine Nachricht an Gabe. In ihrem WhatsApp-Chatverlauf sah sie eine verpasste Nachricht von ihm, die er als Antwort auf ihre vor ein paar Tagen geschickt hatte. Sie war freundlich, und er bot ihr an, vorbeizuschauen, um das Tor freizuschneiden, doch als sie nicht geantwortet hatte, war er anscheinend einfach gekommen und hatte es getan.

Das erklärte allerdings noch immer nicht, warum er an diesem Tag bei Craig gewesen war und warum es, laut ihrer Mutter, einen Streit gegeben hatte. Auch die Verwechslung mit dem Tuch blieb ein Rätsel. Nichts davon ergab Sinn. Sie tippte:

Hallo, sorry wegen der Funkstille, Telefonprobleme. Kannst du mich anrufen, wenn du Zeit hast? Außerdem vermisse ich dich. L xx

»Hallo?«, meldete sich Leah, als sie aufwachte und nach ihrem Handy griff.

»Hast du meine Nummer schon gelöscht?«, sagte die Stimme und lachte. »Du klingst, als wüsstest du nicht, wer dran ist.«

Leah setzte sich auf und rieb sich die Augen. »Nein, nein«, wehrte sie ab. »Ich bin bloß kurz weggedöst. Sorry! War ein harter Tag.«

»Es ist schön, deine Stimme zu hören«, sagte Gabe, doch es klang vorsichtig.

»Dito«, erwiderte sie und ging in Gedanken hektisch alles durch, was sie hatte sagen wollen.

»Wie geht es dir?«

»Ach, so la la«, sagte sie. »Hatte einiges um die Ohren.« Sie machte eine Pause und hoffte, dass er auch etwas erzählen würde, was er nicht tat. »Was zwischen uns vorgefallen ist ... Ich wollte es erklären, aber dann gab es hier einige Probleme und ...«

»In deiner Nachricht hast du etwas von Telefonproblemen geschrieben?«

»Es ist zu kompliziert, um es zu erklären, aber ich konnte das Handy eine Zeit lang nicht benutzen. Ich glaube, jetzt geht es wieder.«

»Klingt tatsächlich kompliziert«, sagte er in ironischem Ton. »Und übrigens: Ich habe dich auch vermisst.«

Leahs Herz krampfte sich zusammen. Sie konnte nicht leugnen, dass sie in der Zeit, seit sie sich kannten, Gefühle für ihn entwickelt hatte. Bis jetzt war ihr gar nicht klar gewesen, wie stark diese Gefühle waren. Nun seine Stimme zu hören, hatte sie von dem eigentlichen Grund für ihre Kontaktaufnahme abgelenkt.

»Was gibt es denn so Dringendes?«, fragte Gabe. »Hast du mehr Arbeit für mich?«

»Nein, aber danke, dass du die Hecke geschnitten hast.« Sie sprach nicht weiter, weil sie nicht die ganze Situation mit den Bauarbeiten und der Parzelle erklären wollte. »Du musst mir noch sagen, was ich dir schulde.«

»Als ich nichts von dir gehört habe, war ich nicht sicher, ob ich einfach vorbeikommen soll«, antwortete Gabe. »Ich möchte nichts dafür haben.«

»Das ist lieb, danke«, sagte sie. »Hör zu, ich weiß, es ist spät, aber hättest du Zeit, heute noch vorbeizukommen?« Sie wollte ihn von Angesicht zu Angesicht sehen, seinen Ausdruck und seine Körpersprache beobachten, wenn sie ihn fragte, was er bei Craig gemacht hatte.

Eine Pause entstand – eine Pause, in der Leah vom Bett aufstand und zum Fenster ging. Unten auf der Straße sah sie das »Zu verkaufen«-Schild gegenüber, von dem Craig sie angrinste. Das aufgeklebte »Verkauft«-Schild hatte sich anscheinend gelöst und entweder der Wind oder Jugendliche im Vorbeigehen hatten den Pfeiler beschädigt, denn es stand nun eigenartig schief. Leah zog die Vorhänge zu.

»Klar«, sagte Gabe. »Ist alles in Ordnung?«

»Danke«, sagte Leah ausdrucksloser als beabsichtigt und ohne seine Frage zu beantworten. »Ich weiß das zu schätzen.«

DREISSIG

Am folgenden Nachmittag hörte Leah plötzlich die Schreie. Sie war zu Hause und kochte – wobei der Begriff nicht ganz zutreffend war, weil sie sich nur eine Portion gefrorene Spaghetti Bolognese in der Mikrowelle warm machte. Eigentlich hatte sie auch gar keinen Appetit oder Lust aufs Essen und musste es vermutlich mit Widerwillen hinunterkriegen.

Ihre erste Tat am Morgen war es gewesen, im Salon anzurufen und Sally Bescheid zu sagen, dass sie heute nicht zur Arbeit kommen würde. Sie hatte beschlossen, dass sie einen freien Tag brauchte. Ihre Mutter würde die Kinder von der Schule abholen und Zoey zum Schwimmtraining bringen und anschließend mit Henry zu einem Kindergeburtstag in einem Indoorspielplatz gehen. Eigentlich konnte es Rita dort nicht ausstehen, hatte sich aber angeboten und ungewöhnlich herzlich geklungen, als sie angerufen hatte.

Leah lauschte angestrengt. Den ersten Schrei hatte sie genau im selben Augenblick gehört, als die Mikrowelle geklingelt hatte, und sie war sich nicht ganz sicher, was sie gehört hatte. Doch als sich das Gerät abgeschaltet und sie ihr Essen herausgenommen hatte, gab es keinen Zweifel mehr, dass es die durchdringenden Schreie einer verzweifelten Frau waren. Wie sich leicht feststellen ließ, kamen sie von hinter dem Haus, denn das Fenster über der Spüle war leicht geöffnet, um frische Luft hereinzulassen.

Leah lief zum Fenster, um hinauszusehen. Im Hof war niemand, und durch die Lücke in der Mauer war auch im Nachbargarten nichts zu sehen. Die Bauarbeiter waren heute nicht da gewesen. Man muss sich ja auch über Kleinigkeiten freuen, hatte sie zuvor gedacht.

Sie schlüpfte in ihre Schuhe, ging nach draußen und wartete, ob sie noch einen Schrei hören würde.

Da! Er kam aus dem Gemüsegarten – oder besser gesagt von der Baustelle. Sie hatte noch immer nichts von ihrer Anwältin gehört, obwohl sie weiter versucht hatte, Liz zu erreichen. Sie war sogar am Morgen persönlich dort gewesen, um die Konfrontation mit Liz zu suchen, und sie hatte mehrfach geklingelt, aber das Büro war geschlossen gewesen, und nicht einmal die Empfangssekretärin war dort gewesen, um sie hereinzulassen.

»Hallo?«, rief Leah und ging in den von Mauern umgebenen Garten. »Wer ist da?«

Sie brauchte einen Moment, um zu verstehen, was sie sah, als sie sich umschaute. Der Anblick der Verwüstung trieb ihr noch immer die Tränen in die Augen. Doch als sie nun richtig hinsah, bemerkte sie Gillian, die neben dem schwelenden Feuer am anderen Ende des Gartens kniete. Sie schrie, wiegte sich hin und her und griff sich an den Kopf, während sie Laute von sich gab, die kaum mehr menschlich klangen.

»Gillian?«, rief Leah, lief los und stolperte über den unebenen Boden zu ihr hinüber. »Was ist passiert?«

»O mein Gott, o mein Gott, o mein Gott …«, wiederholte Gillian immer wieder unterbrochen von Klagelauten.

Als Leah sie erreichte, war ihr erster Impuls, Gillian auf die Beine zu ziehen, weil sie zu nah an den schwelenden Überresten des Feuers hockte, das noch immer eine Menge Hitze abstrahlte. Doch sie ließ sich hängen und wollte nicht aufstehen. Leah packte sie bei den Schultern und schüttelte sie, um sie aus ihrer Starre zu reißen.

»Was ist passiert?« Sie starrte auf Gillian herab. Die Frau war außer sich, und Tränen strömten über ihr mit Mascara verschmiertes geschundenes Gesicht. Ihre Wangen waren aufgedunsen und ihre Augen rot und geschwollen. Ihre Haare waren durcheinander, und sie trug dieselben schmutzigen Sachen, die sie auch tags zuvor angehabt hatte.

»Gillian, bitte, was ist denn los?«, fragte Leah und spürte, wie Panik in ihr hochkroch.

»Guck doch!« Es klang halb wie ein Schrei, halb wie Weinen. Mit zittriger Hand deutete Gillian auf das Feuer. »Oh mein Gott, nein, ich halte das nicht aus … Neeein …«

Leah blickte auf das Feuer hinab und suchte die verkohlten Holzreste, Paletten und restlichen Abfall mit dem Blick ab. »Was ist …?«, begann sie. Doch dann presste sie sich die Hände auf den Mund. »O Gott, nein …«, flüsterte sie hinter den vorgehaltenen Händen. Sie wandte sich um und krümmte sich, als ihr Magen sich plötzlich zusammenkrampfte und die Tasse Tee, die sie vor einer halben Stunde getrunken hatte, klatschte zusammen mit den wenigen Bröckchen Toast, die sie hinuntergewürgt hatte, auf den schlammigen Boden. Sie würgte noch einige Male und spie aus, dann wischte sie sich den Mund mit dem Ärmel ab.

Gillian hatte es irgendwie geschafft, aus eigener Kraft aufzustehen, und stolperte zu Leah hinüber. »Wir müssen die Polizei rufen«, jammerte sie. »Hilf mir! Wir müssen ihn da rausholen! Vielleicht lebt er noch!«

Leah starrte den Leichnam an: den verkohlten Kopf, den Arm, der aus den Resten des Feuers herausragte, die geschmolzenen, teerartigen Kleidungsreste, die an seinem Oberkörper klebten. Diese Person war auf gar keinen Fall mehr am Leben.

Eine gefühlte Ewigkeit starrte sie auf die Szene, auch wenn es in Wahrheit nur Sekunden gewesen waren.

»Gillian«, flüsterte sie schließlich und nahm ihren Arm, sodass sie sich gegenseitig stützten. Rauchfahnen wirbelten hinauf in den grauen Himmel, und hin und wieder stob mit einem Knistern ein Funkenregen in die Luft, als ein Teil des Holzhaufens wieder neu entfacht wurde.

Leah drehte sich um und nahm Gillian bei den Schultern. Sie sah ihr in die Augen. »Ich möchte, dass du mir genau zuhörst, okay?«

Gillian nickte aufgeregt.

»Ist Craig gestern noch nach Hause gekommen?«

Das Nicken wandelte sich zu einem Kopfschütteln. »Nein.«

»Hast du bei der Polizei eine Vermisstenanzeige aufgegeben, wie ich vorgeschlagen hatte?«

Leah dachte daran zurück, wie sie nach nebenan gegangen war, um Zoey zu suchen, und wie aufgewühlt Gillian gewesen war. Unter Tränen hatte sie Leah schließlich erzählt, dass Craig im Laufe der vergangenen Wochen immer wütender geworden war, ihr unterstellt hatte, eine Affäre zu haben, und ihr verboten hatte, das Haus zu verlassen, wann sie wollte. Außerdem hatte irgendjemand – sie wusste nicht wer – ihm gesteckt, dass sie mit einem Mann im Pub gewesen war. Daraufhin hatte er angefangen, sie zu schlagen.

»Nachdem die Polizei da war und er von nebenan hereinkam, hat er ... Er hat gedroht ... sich umzubringen. Er sagte, ich hätte alles kaputtgemacht und dass alles meine Schuld sei.«

Gillian hatte geschluchzt. »Ich habe ihn angefleht, er möge es nicht tun, habe ihm versprochen, dass ich alles tun würde, was er will, aber er wollte nicht einmal mehr mit mir reden. Und dann ist er zur Arbeit gegangen.«

Leah hatte versucht, Gillian zu erklären, dass das Craigs übliche Masche war, dass es missbräuchliches Verhalten war und er es nur tat, um sie zu manipulieren und zu kontrollieren. Doch Gillian war so aufgebracht gewesen, dass sie nicht zu ihr durchgedrungen war.

»Er muss im Laufe des Tages aus dem Büro zurückgekommen sein«, hatte Gill erklärt und den Tee getrunken, den Leah ihr gemacht hatte. »Alles war total durcheinander – irgendjemand hatte die Kissen herumgeworfen, ein Bild hing schief an der Wand, die Sachen vom Couchtisch lagen alle auf dem Boden. Und in der Küche waren einige Tassen zerbrochen. Als ich von der Arbeit kam, waren sein Auto, sein Handy und seine Schlüssel noch hier, aber von ihm keine Spur.«

Jetzt neben dem Feuer nickte Gillian ebenfalls. »Ja, ja, ich habe ihn vermisst gemeldet, wie du gesagt hast. Ganz früh am Morgen schon.«

»Gut«, entgegnete Leah. »Überlass es der Polizei, sich um ihn zu kümmern. Was auch immer passiert, ich möchte, dass du weißt, dass es nicht deine Schuld ist, Gillian, okay? Trotzdem solltest du dich auch ... na ja, du solltest dich auf das Schlimmste gefasst machen.« Leah warf noch einen Blick auf die Leiche und konnte sich kaum dazu bringen, das Gesicht zu betrachten – bei dem Anblick der glänzenden verbrannten Haut hätte sie sich wieder übergeben mögen.

»Sieht ... sieht er aus wie Craig?«, fragte Gillian und presste die Hand auf den Mund.

»Das kann man unmöglich sagen«, sagte sie und seufzte tief. Sie wandte sich ab und versuchte, nicht wieder zu würgen. »Aber du hast recht, wir müssen die Polizei rufen.«

Gillian riss sich an den Haaren und lief auf und ab. »Ich halte das nicht aus!«, rief sie. »Es ist alles meine Schuld. Wir müssen ihn retten. Hilf mir, ihn da rauszuziehen!« Ihre Knie gaben wieder nach, und sie sank neben dem Feuer zu Boden.

»Nein, Gillian!« Leah musste brüllen, um ihre Schreie zu übertönen. Sie wusste, es war vergebens. »Hör auf, du wirst dich verbrennen.« Gillian riss an dem verkohlten Arm.

Und dann sah Leah, dass sie jemand beobachtete. Eine Frau auf einem grauen Pferd in schwarzen Reitstiefeln und einer wattierten Jacke sah über das frisch freigeschnittene Tor zu ihnen hinüber. Da gab es keinen richtigen Weg, nur einen matschigen Grünstreifen, über den sie die Baumaschinen hereingebracht hatten. Ein Auto hupte beim Vorbeifahren, sodass das Pferd schnaubte und seitwärts tänzelte. Die Frau versuchte, das Tier zu beruhigen, und zog die Zügel an. »Ist alles in Ordnung bei Ihnen?«, rief sie. »Ich habe Schreie gehört.« Ihr Blick huschte umher und blieb an Gillian hängen, die neben dem Feuer kniete.

»Ja, ja, alles gut«, rief Gillian zurück, erhob sich plötzlich und schaffte es irgendwie, normal zu klingen. »Es ist … nur ein kleiner Unfall, aber es ist alles in Ordnung.«

Leah fand, dass das nicht gerade zutreffend war, aber sie konnten gut darauf verzichten, dass diese Frau sich einmischte.

»Und es könnte noch einen geben, wenn Sie nicht aufpassen«, warnte Leah die Frau. »Der Grünstreifen ist sehr schmal.«

Noch ein Auto musste ihr beim Vorbeifahren ausweichen, und der Fahrer ließ den Motor aufheulen, als er nach dem Bremsen in den ersten Gang zurückschalten musste.

»Aber vielen Dank«, rief Leah und winkte, als die Frau ihrem Pferd die Sporen gab und davonritt, wobei sie sich noch ein paarmal über die Schulter umblickte.

»Oh, Leah, ich halte das nicht aus«, stieß Gillian schniefend und unter Tränen hervor, als sie endlich fort war. Sie stürzte sich wieder auf die Leiche im Feuer, und Leah wiederum stürzte sich auf sie und zog sie fort. Ein verkohlter Ast geriet ins Rutschen und brachte das Feuer um die Leiche herum dazu, wieder aufzuflackern.

»Hör auf damit!«, befahl Leah. »Es ist zu spät, wir können nichts mehr tun. Wir müssen die Polizei rufen.«

Beide starrten auf den nicht identifizierbaren Leichnam. Alles schien surreal; es schien unmöglich, dass der Vater ihrer

Kinder hier vor ihnen im Feuer lag, dass Craig seine Drohung am Ende wahrgemacht hatte.

»Ich habe ihm gestern gesagt, dass er zu weit gegangen ist«, fuhr Gillian fort und fasste sich an die verletzte Wange. »Wie er dich behandelt hat ... die Mutter seiner Kinder ... das war nicht richtig. Ich habe gesagt, er solle dir Zeit geben, um wegen der Parzelle mit deiner Anwältin zu sprechen und eine friedliche Lösung zu finden, schon allein wegen der Kinder.«

»Danke, dass du dich für mich eingesetzt hast«, flüsterte Leah.

»Er hat sich mit allen angelegt. Bevor er gestern zur Arbeit gefahren ist, hatte er sogar eine Auseinandersetzung mit Bill, dem Bauleiter.« Gillian schlang die Arme um ihren Oberkörper. »Sie hatten einen heftigen Streit darüber, dass sie die Bauarbeiten unterbrechen sollten und dass sie dadurch finanzielle Einbußen hätten. Als Craig wieder ins Haus kam, war er total sauer. Er hat alle möglichen Drohungen von sich gegeben.«

Leah seufzte schwer. »Ich kenne seine cholerischen Ausbrüche«, sagte sie und hielt Gillian fest, um sie davon abzuhalten, weiter auf und ab zu gehen. »Und dann hat er alles an dir ausgelassen?«

Gillian nickte und kaute auf ihren Fingernägeln. Sie wusste nicht, was sie mit sich anfangen sollte.

»Hast du dein Handy bei dir? Meins ist drinnen.«

Gillian schüttelte den Kopf.

»Lass uns zum Haus gehen und die Polizei anrufen. Du musst dich einigermaßen zusammennehmen, um mit ihnen reden zu können.« Leah musterte sie. »Du kannst dir etwas Sauberes anziehen. Alles wird gut.«

Gillian starrte sie an, und ihr Gesicht fiel in sich zusammen. »Wie ... wie kannst du so ... so *ruhig* sein, so ... *gefasst*? Rexie ist *tot*!«

Leah fasste sie wieder bei den Schultern. Ihre Gesichter

waren ganz nah beieinander. »Gillian, ich versichere dir, ich bin alles andere als ruhig.« Sie nahm ihre Hand. »Komm schon. Je eher wir sie anrufen, desto eher haben wir es hinter uns.«

Und als sie weggingen, sah Leah noch einmal über die Schulter zurück und beobachtete, wie eine große Flamme aus dem aufgeschichteten Haufen schlug und der verkohlte Kopf der Leiche rückwärts in die Glut sank.

EINUNDDREISSIG

Das Wohnzimmer im alten Pfarrhaus wirkte plötzlich riesig und höhlenartig. Beinahe lächerlich, dachte Leah, als sie stocksteif auf der Kante des unbequemen Sofas hockte. Wer braucht ein so großes Zimmer, fragte sie sich, und ihre Gedanken schwirrten umher und versuchten, sie abzulenken.

Sie ließ den Blick über die luxuriöse Innenausstattung gleiten. Nichts davon hätte sie ausgesucht, auch wenn sie es sich hätte leisten können. Hier wohnte offensichtlich jemand mit zu viel Geld, der seinen Reichtum zur Schau stellen wollte. Mit anderen Worten: Es passte perfekt zu ihrem Ex-Mann.

Ihrem verstorbenen Ex-Mann, dachte sie, und dabei drehte sich ihr der Magen um.

In den vergangenen Wochen hatte sie es sich oft genug gewünscht.

Gillian heulte wieder.

Und dann sah sie Craigs dunkelblauen Lambswool-Pullover, den er über die Lehne eines Stuhls geworfen hatte. Die Ärmel waren hochgekrempelt, und eines seiner Haare hing an dem V-Ausschnitt. Dieses Teil hatte er in der kalten Jahreszeit gern zur Arbeit getragen. Ihr wurde wieder übel, als sie ihn jetzt betrachtete.

»Kann ich Ihnen irgendetwas bringen?«, fragte der Constable und beugte sich auf dem Sofa zu Gillian hinüber. Er war jung, wirkte nervös und sprach dauernd in sein Funkgerät. Er war der erste Polizist gewesen, der auf ihren Notruf reagiert hatte, und nach einem kurzen Blick auf die Szene draußen hatte er Verstärkung gerufen.

»Vielleicht eine Tasse Tee oder etwas Wasser, während wir warten?« Die Frage ließ Gillian erneut aufschluchzen, und sie nickte heftig.

»Ja, ja, ja«, sagte sie und verzog plötzlich das Gesicht, als fragte sie sich, worauf sie eigentlich warteten.

In all dem Durcheinander konnte Leah sich nicht erinnern, warum, aber aus irgendeinem Grund stand die Glastür zur Terrasse weit offen. Vielleicht hatte Gillian sie geöffnet, als sie wieder hereingekommen waren. Sie hatte einige sinnlose Dinge getan, zum Beispiel hatte sie Schuhe und Jacke angezogen, nur um sie gleich wieder auszuziehen. Sie hatte den Fernseher eingeschaltet und durch Dutzende Kanäle gezappt, bevor sie ihn wieder abgeschaltet hatte. Dann hatte sie versucht, ihr Telefon zu benutzen, doch dabei hatte sie es nur auf den Boden fallen lassen, und einmal war sie in die Küche gegangen, hatte den Kühlschrank geöffnet und hineingesehen, als suchte sie nach einem Snack. Leah war ihr in die Küche gefolgt und hatte die Kühlschranktür geschlossen, als sie einfach mit hängenden Armen weggegangen war.

»Tee ...«, flüsterte Gillian, als ob sie das Wort zum ersten Mal gehört hätte.

»Ein Allheilmittel«, erwiderte Leah und hätte sich für ihre Gedankenlosigkeit schlagen mögen. »Ich kümmere mich darum«, sagte sie und stand auf, als der Polizist sie erwartungsvoll ansah.

»Der psychologische Beistand wird bald hier sein«,

kommentierte er und erklärte, dass die Kollegin speziell für den Umgang mit Situationen wie dieser geschult war und sich um Familien und Angehörige kümmerte.

Familie, dachte Leah.

Die Uniform des Constables wirkte ein wenig zu klein, als ob seine breiten Schultern und kräftigen Armmuskeln herauszuplatzen drohten. Er hatte die Jacke ausgezogen, sah aber noch immer eingeengt aus, von den diversen Ausrüstungsgegenständen, mit denen er bepackt war, einmal ganz abgesehen.

Leah ging in die Küche und kehrte kurz darauf mit einem Tablett und drei Tassen zurück. »Hier sind Zucker und Milch«, sagte sie zu dem Polizisten. »Bitte, bedienen Sie sich.« Für Gillian rührte sie ein paar Teelöffel Zucker in die Tasse und gab Milch hinein. »Hier, bitte«, sagte sie und setzte sich neben sie. Doch sie nahm die Tasse nicht, und Leah stellte sie zurück auf das Tablett. Schließlich fuhr Gillian zusammen, als es an der Tür klingelte und im selben Moment eine Gruppe Polizisten durch den Garten kam und an der Terrassentür vorbeiging. Alle waren in weißen Overalls und trugen Metallkoffer mit Ausrüstung.

Leah ging zur Haustür, um zu öffnen. Wie erwartet, war es eine weitere Polizistin, dieses Mal eine Frau Ende dreißig mit einem warmen Lächeln. Sie hatte den Kopf leicht schief gelegt, sodass ihr kurzer blonder Pferdeschwanz gerade eben an der Seite ihres Halses sichtbar war.

»Mrs Forbes?«

»Ja«, erwiderte Leah, ohne nachzudenken. »Ich meine, nein. Ja, die war ich, aber jetzt nicht mehr. Ich bin die Ex-Frau. Gillian wohnt hier. Sie ist im Wohnzimmer.« Sie ging zur Seite und ließ die Polizistin herein. Dabei kam sie sich einen Augenblick so vor, als gehörte das Haus ihr und sie hieße einen Gast willkommen. Die Lilien auf dem Tisch in der Mitte verströmten einen unangenehmen Geruch, den süßlichen Geruch von Blumen, die nicht mehr ganz frisch waren.

»Ich bin PC Megan Graham, der psychologische Beistand. Ich werde eine Weile bleiben und Ihnen das weitere Prozedere erklären. Außerdem bin ich von jetzt an Ihre Ansprechpartnerin. Das ist ein wunderschönes Haus«, fügte sie hinzu und nahm die Mütze ab. »Das Forensik-Team ist schon ums Haus herum nach hinten gegangen«, sagte sie und wischte sich sorgfältig die Füße ab. »Das Tor war offen.«

Sie hatte eine kleine Tasche bei sich und schaltete ihr Funkgerät ab, als sie ins Wohnzimmer kamen.

»PC Wentworth«, stellte sich der junge Kollege vor, als sie hereinkam und erhob sich. Er schien erleichtert, sie zu sehen. »Und das ist Gillian«, sagte er und setzte sich wieder, wobei er Platz für die psychologische Betreuerin ließ. »Ich fürchte, sie steht noch sehr unter Schock.« Er sah erst Gillian und dann PC Graham an.

Die Polizistin stellte sich Gillian vor. Sie klang beruhigend und zuversichtlich. »Ich bin hier, um mich um Sie zu kümmern und Ihre Fragen zu beantworten, was die Abläufe draußen angeht, und um Sie über alles auf dem Laufenden zu halten.« Sie beugte sich vor und sah Gillian an, die noch immer regungslos dasaß und die Teetasse vor sich auf dem Tisch anstarrte. »In der Zwischenzeit können Sie mir erzählen, was passiert ist. Ist das okay für Sie?«

Gillian hob plötzlich den Fuß und trat gegen die Tasse, sodass sich ihr Inhalt über den ganzen Teppich verteilte und die leere Tasse unbeschädigt in den weichen Flor plumpste. Leah sprang auf, um ein paar Geschirrtücher aus der Küche zu holen und ließ sich auf die Knie fallen, um den Tee wegzuwischen.

»Ich verstehe, dass die Situation für Sie sehr schwer ist, Gillian. Ich weiß, es ist verwirrend und verstörend. Je mehr Informationen Sie uns jetzt geben können, desto besser. Sie würden uns bei den weiteren Ermittlungen helfen. Sind Sie einverstanden, dass Ihre Freundin zunächst hierbleibt?« Sie sah zu Leah hinüber.

Freundin, wiederholte Leah in Gedanken. Sie versuchte, den Begriff mit allem in Einklang zu bringen, was in den vergangenen Wochen geschehen war. Natürlich, als sie Gillian kennengelernt hatte und bevor sie wusste, dass Craig ihr Lebensgefährte war, hatte sie zwar nicht das Gefühl gehabt, als würde sie je ihre *beste Freundin* werden, doch zumindest hatte sie geglaubt, dass sie ein gutes nachbarschaftliches Verhältnis haben würden. Vielleicht gab es trotz allem jetzt sogar die Chance, dass sich eine Art Freundschaft entwickeln könnte. Jedenfalls hatten sie mehr gemeinsam, als sie zunächst geahnt hatten.

Gillian brachte es fertig zu nicken. Sie hatte die Schultern eingedreht und die Hände zwischen die Beine geklemmt. Nachdem sie die Leiche gefunden hatten, hatte sie eine saubere Jogginghose und einen weißen Pullover angezogen. Leah hatte sie zuvor noch nie ungeschminkt gesehen, doch sie hatte sich das Gesicht gewaschen. Der Bluterguss fiel nun noch mehr auf.

»Ist ... ist er noch am Leben?«, fragte Gillian mit einer Stimme, die überhaupt nicht nach ihr klang. »Rexie, meine ich?«

»Wir müssen abwarten, was der Detective Inspector sagt, der die Ermittlungen leitet, okay?«, erklärte PC Graham.

»Wo ... wo bleibt der Rettungswagen?«, fragte Gillian. »Ich hatte gesagt, sie sollten einen schicken.« Sorgenfalten zeichneten sich auf ihrem Gesicht ab.

Leah bemerkte, dass PC Wentworth durch die Terrassentür nach draußen getreten war und in sein Funkgerät sprach. Als er zurückkam, schloss er die Tür hinter sich. Er zog auch die Vorhänge zu und knipste das Licht an.

Vielleicht, weil sie jetzt die Leiche herausholen, dachte Leah.

»Rettungssanitäter und Krankenwagen sind da«, sagte er und zog seine Hose hoch, bevor er sich wieder setzte.

»Bitte seien Sie versichert, dass sie alles tun werden, was in ihrer Macht steht«, sagte PC Graham. Sie streckte ihre Hand aus und tätschelte die von Gillian. »Ich weiß, Sie machen sich jetzt große Sorgen.«

»Aber ist es ... ist es Craig da im Feuer? Wir haben uns gestern gestritten, und er ist davongestürmt. Ich habe mich deswegen schrecklich gefühlt. Und jetzt ... und jetzt das«, sagte sie und schluchzte erneut. »Ich habe ihn gestern Nacht vermisst gemeldet, als er nicht nach Hause kam. Ich habe mir solche Sorgen gemacht.«

PC Wentworth machte sich Notizen auf seinem Tablet.

»Ich würde es nicht ertragen, wenn die letzten Worte zwischen uns im Streit gesprochen worden wären.«

»Wenn die Spurensicherung mit ihrer Arbeit fertig ist, wissen wir vielleicht schon mehr. Es ist auch jemand von der Rechtsmedizin vor Ort.« Wieder tätschelte die psychologische Beraterin Gillians Hand. Dann gab sie Zucker und Milch in die verbliebene Tasse Tee und reichte sie Gillian. »Hier, trinken Sie einen Schluck.«

»Rechtsmedizin?«, fragte Leah, sprach aber nicht weiter. Sie fragte sich, wie viel Information ihnen der verkohlte Leichnam noch liefern konnte. Nicht viel, dachte sie. Je mehr sie darüber nachdachte, desto schwindliger wurde ihr.

»Entschuldigen Sie mich«, sagte sie, stand auf und lief zur Gästetoilette. Sie schloss die Tür, lehnte sich von innen dagegen und kniff die Augen zu, doch das half nichts gegen die Tränen, die ihr über die Wangen liefen.

Was, wenn Craig wirklich tot war? Wie würde sie es den Kindern sagen? Außerdem würde sie es ihren Eltern sagen müssen und Craigs verbliebenen Verwandten im Norden, ihren gemeinsamen Freunden – und was war mit seiner Firma, seinen Angestellten, seinen Grundstücken, seinem Zeug – mit allem? Als seine Ex-Frau war sie zwar für das meiste davon nicht mehr verantwortlich, aber es war noch immer schrecklich, darüber nachzudenken.

Sie hörte sich selbst weinen, als ob es jemand Fremdes wäre. Der Schmerz hatte sich viel zu lang in ihr aufgestaut.

Sie blieb im WC, bis sie keine Tränen mehr hatte, und als sie schließlich die Tür öffnete, betete sie inständig, dass Craig dort im Flur bei der Vase mit den Lilien stehen, die Post durchblättern und sie finster ansehen würde, wenn er sich, ein Glas Maraschino-Kirschen in der Hand, zu ihr umdrehte.

ZWEIUNDDREISSIG

Die nächsten Stunden erlebte sie wie in einem Nebel. Weitere Polizisten kamen und gingen, und PC Graham und der erste Polizist befragten sie darüber, was zwischen dem Zeitpunkt, als Gillian den Leichnam im Feuer gefunden, und dem, als sie die Notrufnummer angerufen hatten, geschehen war. Sie fragten außerdem nach den Ereignissen der vergangenen Tage und machten beide Notizen. Zumindest versuchten sie, Fragen zu stellen. Gillian konnte nicht viel Sinnvolles beitragen.

Leah erzählte auch ihre Sicht der Dinge, wie sie die Schreie gehört hatte und hinausgegangen war, um nachzusehen. Sie fragten Gillian nach ihrem Streit mit Craig aus und nach der Ursache für die Blutergüsse, doch sie blieb vage, was Details anging, und ihr Gesichtsausdruck verriet den Schmerz, den sie empfand. Leah kannte die Schuldgefühle nur zu gut, die nach einem von Craigs üblichen Ausbrüchen zurückblieben.

Es erinnerte sie an Situationen, als Freunde sie gefragt hatten, ob sie okay sei und woher ihre blauen Flecke kämen, warum sie nicht mehr so oft unter Leute gehen wolle und nicht auf ihre Gruppennachrichten auf WhatsApp antworte. Sie hatte sie immer mit Ausreden abgespeist und gesagt, sie sei nur tollpatschig, ihr gehe es gut, sie sei nur müde oder hätte viel zu tun – sie hatte Craig nicht verraten wollen. Ganz gleich, was er getan hatte, war ihre Loyalität unerschütterlich gewesen.

Schließlich wandte die Polizei ihre Aufmerksamkeit Leah zu, ihrem Verhältnis zu Craig und was dazu geführt hatte, dass sie neben ihrem Ex-Mann wohnte.

»Haben Sie Zeit mitgebracht?«, fragte sie.

»So viel Sie brauchen«, entgegnete PC Wentworth. »Aber vorerst reicht die Kurzfassung.«

»Seien Sie versichert, ich hatte nicht die Absicht, neben ihm zu wohnen«, sagte Leah. »Lassen Sie es uns einen unglücklichen Zufall nennen. Seit er eingezogen ist, war es nicht leicht.«

Beide Polizeikräfte sahen von ihren Tablets auf.

»Können Sie das näher erläutern?«, fragte PC Graham und nippte an der frischen Tasse Tee, die Leah gemacht hatte. Jeder Schritt war anstrengend gewesen, als sie den Wasserkocher genommen hatte, zu Spüle und Kühlschrank gegangen war, als hätte ein schweres Gewicht versucht, sie in den Abgrund zu ziehen.«

»Unsere Scheidung war ... extrem unerfreulich«, erklärte sie. »Craig ist nebenan eingezogen, um mich weiterhin zu kontrollieren. Er hat es nie verwunden, dass ich ihn verlassen habe. Ganz einfach.«

Gillian unterdrückte ein Wimmern, indem sie einen Schluck Tee trank. Leah bemerkte, wie ihre Hand zitterte, als sie die Tasse an die Lippen führte.

PC Wentworth nickte. »Wie ich sehe, hatten Sie und Ihr Ex-Mann kürzlich erst mit der Polizei zu tun.« Es war zwar keine Frage gewesen, doch sein Tonfall machte klar, dass er eine Antwort erwartete. Er warf einen Blick auf sein Tablet. »Gestern Morgen, wie ich sehe.«

»Ich fürchte, ja«, entgegnete Leah. »Und auch bei einer weiteren Gelegenheit.«

Einen Augenblick war es still, und sie fragte sich, ob sie es weiter ausführen musste oder ob sie die Details bereits kannten. Vielleicht war es ein Test. Schließlich machte sie in dieser Situation keine gute Figur – ihr Ex-Mann war nach zahlreichen Streitigkeiten und zwei Vorfällen, bei denen die Polizei benachrichtigt worden war, als vermisst gemeldet worden. Und dann fand man eine Leiche im Feuer des Haufens, den sie auf ihrem Stück Land aufgeschichtet hatte.

»Craig hat meine Handynummer auf einer ... einer Seite für Sexkontakte veröffentlicht. Ich hatte Dutzende verstörender Anrufe und Nachrichten, also habe ich ihn angezeigt. Sie können auf der Wache nachfragen. Ich habe noch nichts Neues wegen des Falls gehört, aber ich nehme an, jemand muss ihn verwarnt haben, weil die Belästigungen jetzt aufgehört haben.«

»Tut mir leid, das zu hören«, sagte PC Wentworth und räusperte sich.

»Und gestern Morgen hat Craig die Polizei gerufen, weil ich versucht habe, ihn davon abzuhalten, auf meinen Hof zu kommen. Er wollte mir meine Hühner wegnehmen. Es hängt mit einem Streit um ein Flurstück zusammen. Ich habe versucht, meine Anwältin zu erreichen, aber sie scheint sich in Luft aufgelöst zu haben.«

Allein bei dem Gedanken an die beiden Vorfälle begann ihr Puls zu rasen, von den vielen weiteren Dingen, die sich ereignet hatten, seit sie Nachbarn geworden waren, ganz zu schweigen.

»Okay, lassen Sie uns also einfach vorerst bei den vergangenen ein oder zwei Tagen bleiben«, sagte der Polizist. »Wann haben Sie Ihren Lebensgefährten zuletzt gesehen, Gillian?«

Es war, als hätte Gillian die Frage nicht gehört, denn sie stand plötzlich auf, ging zur Terrassentür und berührte die Vorhänge. Sie wandte sich mit leerem Blick zu den beiden Polizeikräften um. »Warum sind die geschlossen? Ist es denn schon Abend? Bleiben Sie zum Abendessen?« Ihre Stimme war dünn und brüchig, und die langen Stoffbahnen hinter ihr ließen sie klein wirken, als stünde sie auf einer Bühne. Der Bluterguss auf ihrem Gesicht war nun voll ausgeprägt, und einige weitere waren hinzugekommen sowie Fingermale an ihrem Hals. Fingermale.

»Machen Sie sich keine Gedanken, wir brauchen nichts zu essen«, sagte PC Graham freundlich und ging zu ihr. »Warum setzen Sie sich nicht wieder zu uns?« Sie führte sie am Ellenbogen, und Gillian kam mit, blieb aber dann stehen.

»Ist das Craig da im Feuer? Ist er tot?« Sie ließ sich auf die Knie fallen, bedeckte ihr Gesicht und beugte den Kopf schluchzend auf den Teppich hinab. »Ich ... ich ... habe ihn geliebt, wissen Sie? Ehrlich ...«

»Ich weiß. Alles gut, es ist alles gut«, sagte die Polizistin. »Kommen Sie, und setzen Sie sich.«

Dieses Mal ließ Gillian sich zum Sofa führen, Leah half ihr, sich zu setzen, und gab ihr eine Decke. Sie zitterte, als Leah ihr ein Taschentuch reichte.

»Ich habe Craig zuletzt gesehen, als er zur Arbeit fuhr, kurz bevor ich seine Kinder zur Schule gebracht habe«, sagte sie, als sie sich wieder gefangen hatte. Sie warf Leah einen Blick zu. »Er war nicht hier, als ich nach Hause kam, aber ich habe gesehen, dass er irgendwann im Laufe des Tages da gewesen sein musste. Als er auch am Abend nicht zurück war, habe ich ihn vermisst gemeldet. Ich habe mir Sorgen gemacht, weil er ... er ... er hatte gedroht, dass er sich etwas antun würde. Und er hatte weder das Handy noch seine Schlüssel oder sein Auto mitgenommen.« Gillian klang plötzlich wieder wesentlich klarer. »Das sieht ihm überhaupt nicht ähnlich.«

Leah dachte, dass es ihm absolut ähnlichsah, doch sie behielt es vorerst für sich.

»Hat er sein Portemonnaie mitgenommen?«, fragte die Polizistin.

»Ich ... das weiß ich nicht«, erwiderte Gillian.

Leah schluckte. Sein Portemonnaie? Danach hatten sie

nicht geschaut, als sie gestern hergekommen war, um nach Zoey zu suchen. Gillian war in einer schlimmen Verfassung gewesen, und sie hatte sich darauf konzentriert, sie zu trösten. Sie hatte jemanden zum Reden gebraucht, jemanden, der sie verstand. Jemanden, der wusste, was zu tun war.

»Wir sind mit meinem Auto losgefahren und haben ein bisschen gesucht, aber wir konnten ihn nirgends finden«, übernahm Leah. »Ich habe sogar beim örtlichen Pub gehalten, um dort nachzusehen«, ergänzte sie und sah zu Gillian hinüber.

Gillian starrte mit leerem Blick zurück.

»Ich habe ihr gesagt, dass Craig vermutlich abgehauen ist, damit sie sich Sorgen macht, sich aber höchstwahrscheinlich irgendwo volllaufen lässt oder die Nacht in einem Hotel verbringt. Das hat er oft getan, als wir noch verheiratet waren.« Sie zuckte mit den Schultern. »Ich sagte, sie solle sich keine allzu großen Sorgen machen.«

»Er ist öfter verschwunden?«, fragte PC Graham.

»Ein paarmal«, erwiderte Leah. »Das erste Mal, als ich ihm gesagt habe, dass ich mich scheiden lassen will. Das ist jetzt Jahre her. Er war zunächst wütend, doch dann schien er verletzt zu sein, weinte und bettelte und so. Natürlich war das alles nur Show. Dann ist er rausgestürmt. Ich war krank vor Sorge. Denn bevor er ging, war das Letzte, das er zu mir gesagt hatte, dass er sich umbringen würde, weil er ohne mich und die Kinder nicht leben könne.«

Gillian entfuhr ein Schluchzer, der wie ein Schluckauf klang, und sie hielt sich das Taschentuch an die Nase.

»Als er am späten Abend noch nicht zurück war, bin ich in Panik ausgebrochen und ihn suchen gegangen. Ich bin überall herumgefahren, habe seine Freunde und Familie angerufen und habe ihm jede Menge Nachrichten geschickt und ihn angefleht, sich nichts anzutun und nach Hause zu kommen. Auf seinem Handy ging immer gleich die Voicemail dran, also habe ich Nachrichten hinterlassen und ihm gesagt, wie sehr ich ihn liebe und dass ich alles tun würde, damit zwischen uns alles wieder in Ordnung kommt. Ich konnte den Gedanken nicht ertragen, dass die Kinder in dem Glauben aufwachsen könnten, ich wäre für den Selbstmord ihres Vaters verantwortlich.«

»Und was ist passiert?«, fragte PC Wentworth. »Wie wurde er gefunden?«

»Oh, er hat mich am nächsten Morgen ganz froh und munter angerufen. Er sagte, sein Akku sei leer gewesen und dass er sich betrunken und bei einem Freund den Rausch ausgeschlafen habe.« Leah hielt inne. »Dann fragte er, ob das, was ich in meinen Nachrichten gesagt hatte, ernst gemeint gewesen sei, ob ich ihn wirklich liebe und es noch einmal versuchen wolle.« Sie seufzte. »Wie sich herausstellte, war er natürlich bei einer anderen Frau gewesen. Aber er hatte bekommen, was er wollte.«

»Und das wäre?«

»Na, mich natürlich.«

Jemand klopfte an die Terrassentür, sodass Gillian wieder zusammenfuhr. PC Graham ging hin, um zu sehen, wer es war.

»Ma'am«, sagte sie und öffnete die Tür. Eine kühle Brise wehte durch das gesamte Wohnzimmer, und eine Frau Mitte vierzig mit einem exakt geschnittenen aschbraunen Bob kam in Begleitung eines weiteren Beamten, der bei der Terrassentür stehenblieb, herein. Sie war schlank, trug dunkle Hosen und eine dunkle, taillenlange Wolljacke mit hochgeschlagenem Kragen und darunter eine blassgrüne Bluse. Sie trug weder Make-up noch Schmuck, wirkte allerdings dennoch alles andere als unscheinbar. Ihre Gesichtszüge waren fein und elegant, hatten aber auch etwas Hartes und Bestimmtes, als ob sie jemand wäre, der schon alles gesehen hatte.

»Oh-oh, heller Teppich«, murmelte sie, trat wieder über die Schwelle und schlüpfte aus ihren Schuhen – hässliche, praktische Dinger, wie Leah feststellte. Und sehr, sehr schmutzig.

»Tag, Ma'am«, sagte PC Wentworth und stand auf, als sie näher kam.

»Hallo«, sagte sie, und ihr Blick ging zwischen Leah und Gillian hin und her. »Ich bin Detective Inspector Carla Nelson. Und mein Kollege dort drüben ist DC Marshall. Ich bin verantwortlich für die laufenden Ermittlungen und den Tatort draußen. Können Sie mir sagen, wer von Ihnen die Notrufnummer angerufen hat?«, fragte sie und setzte sich in rechtem Winkel zu Gillian auf einen Sessel.

Gillian hob die Hand. »Ich, Gillian Harris.«

DI Nelson beugte sich vor und stützte sich mit den Unterarmen auf den Beinen ab, als sie sprach. Leah war in Versuchung, sich auch vorzubeugen, als ob sie alle fünf eine Art Pow-Wow abhielten, doch sie blieb aufrecht sitzen. Offenbar gab es Neuigkeiten.

»Ich wollte Sie über den aktuellen Stand der Dinge informieren. Das Team von der Spurensicherung hat die ganze Zeit gearbeitet und möchte gern so viel wie möglich herausfinden, bevor es dunkel wird. Es dämmert schon. Es ist vollkommen normal, dass sie alles untersuchen und genau fotografieren sowie Markierungen anbringen. Es sollte sie also nicht beunruhigen, wenn sie vom Fenster oben aus so etwas sehen sollten.«

Leah nickte.

»Es tut mir leid, Ihnen sagen zu müssen, dass die Person, die Sie im Feuer gefunden haben, tot ist.«

Wieder schluchzte Gillian auf, bedeckte ihr Gesicht und wiegte sich vor und zurück. Leah beugte sich näher zu ihr und streichelte ihren Rücken. DI Nelson senkte respektvoll den Kopf, bevor sie weitersprach.

»Aufgrund der Natur der Verletzungen und dem Grad der Verbrennungen ist es schwer, die Person zu identifizieren, aber, wie ich hörte, haben Sie Ihren Lebensgefährten gestern Abend vermisst gemeldet und machen sich Sorgen, dass der Tote Craig Forbes sein könnte. Stimmt das, Gillian?«

»Ja, ja, das stimmt«, sagte Gillian und schniefte. Sie wischte die Nase an ihrem Ärmel ab.

»Wir möchten uns nicht zu früh festlegen, wenn es um die Identifikation geht, also raten wir Ihnen ...«

»Wer sollte es denn sonst sein?«, platzte Gillian plötzlich heraus. »Ich schwöre, ich habe eine Uhr bei ihm gesehen, die aussah wie Craigs.«

DI Nelson nickte und wartete einen Augenblick. »Verstehe. Doch die Uhr war stark verbrannt, und ohne die Analyse eines Experten ist es zum gegebenen Zeitpunkt schwer, den Hersteller und so etwas zu ermitteln.«

»Sie sagen also, er ist es nicht?«, fragte Gillian hoffnungsvoll.

DI Nelson machte ein Gesicht, das ausdrückte, dass sie es nicht wusste, dass sie aber klar etwas anderes auf dem Herzen hatte. »Nachdem die ersten Beweise gesichert worden waren, konnte unser Forensik-Team die Leiche aus dem Feuer bergen. Ein Teil des Rückens ist von den Flammen verschont geblieben.«

»Halt, Moment ... ist es jetzt Craig oder nicht?« Gillian klammerte sich an die Sofakante. Leah verschränkte die Finger ineinander, bis ihre Fingerknöchel weiß hervortraten.

»Ich möchte damit sagen, dass wir es noch nicht wissen. Jedoch trug die Person eine Warnschutzjacke. Sie wissen schon, so eine neonfarbene Jacke, wie Arbeiter sie tragen.«

Leah runzelte die Stirn. Das klang nicht nach Craig.

»Sie war zum größten Teil geschmolzen und verbrannt, doch ein Stück am Rücken war unversehrt, und es war ein Name aufgedruckt. Das ist nicht unüblich, damit man auf der Baustelle gleich sieht, wer wer ist. Ich wollte wissen, ob ...« DI Nelson räusperte sich. Auch wenn sie erfahren und ruhig wirkte, konnte so eine Aufgabe nie leicht sein, dachte Leah. »Ich wollte fragen, ob Ihnen der Name *Gabe* etwas sagt.«

DREIUNDDREISSIG

Als sie ins Auto stieg, fragte sich Leah, ob sie überhaupt in der Lage war, zu fahren – und ob sie sich in ihrem Zustand noch an den Weg zum Haus ihrer Eltern erinnern und unfallfrei dort ankommen würde. Sie wollte nur ihre Kinder abholen und heimbringen.

Die Worte der Ermittlerin klangen noch immer in ihren Ohren.

O Gott, nicht Gabe. Was hatten sie bloß herausgefunden?

Sie hatte entschieden, dass sie den Kindern noch nicht sagen würde, was passiert war. Gillian hatte noch immer Angst, es könnte Craig sein, und Leah hatte nach Gründen gesucht, warum er Gabes Arbeitsjacke hätte tragen sollen. Sie konnte keine finden.

Durch ihre Entdeckung war alles aus den Fugen geraten, und Leah hatte keine Ahnung, wie viele Details die Rechtsmediziner bei einer so stark verbrannten Leiche noch erkennen konnten und was sie schon über die Ereignisse wussten, die zu ihrem Tod geführt hatten.

So, wie DI Nelson die Dinge formuliert hatte, war es vermutlich eine ganze Menge, das wurde ihr nun klar.

Es gelang Leah beim vierten Anlauf, den Schlüssel ins Zündschloss zu stecken. Sie startete den Motor. PC Graham war noch bei Gillian, ebenso wie DI Nelson, obwohl die gesagt hatte, dass sie bald gehen und sich am Morgen wieder mit ihnen beiden in Verbindung setzen würde. Sie hatte sie darauf hingewiesen, dass sie beide auf die Wache kommen mussten, um eine offizielle Aussage zu machen. Und das war es dann gewesen. Vorerst jedenfalls.

Es hatte Leah ehrlich gesagt erstaunt, wie einfach es gewesen war, Gillians Haus zu verlassen und scheinbar wieder zum normalen Leben überzugehen.

»Normal«, flüsterte sie, als sie aus der Parklücke zurücksetzte. Dann brüllte sie es noch einmal so laut sie konnte und drehte die Lüftung ganz auf, um die Windschutzscheibe freizupusten. »*Nichts* ist je normal!« Einige Passanten blieben stehen und starrten ihr hinterher, als sie die Straße hinunterbrauste.

Tränen liefen ihr über die Wangen, und ihr Blick war so verschwommen, dass sie kaum sehen konnte, wohin sie fuhr.

Reiß dich zusammen, befahl sie sich. *Blende es aus.*

Sie lachte bitter auf. Alte Gewohnheiten waren schwer abzulegen, so viel stand fest. Sie war Profi darin, Dinge zu verdrängen und zu verstecken, und in diesem Augenblick war sie froh, dass es so war. Diese Fähigkeit hatte sie durch die Jahre der Ehe mit Craig gebracht. Sie war überlebensnotwendig gewesen.

Und doch hatten sie für Außenstehende wie die perfekte Familie gewirkt. Liebevolle Eltern mit zwei reizenden Kindern. Ein sauberes und warmes Zuhause und stets gutes Essen auf dem Tisch. Craig war mit seiner Firma ein einflussreicher Geschäftsmann auf dem lokalen Immobilienmarkt, jemand, den man respektierte, dem man vertraute und der seine Familie versorgte. »Der Immobilienkönig«, so hatte ihn eine Lokalzeitung einmal in einem Artikel genannt.

»Immobilien und Eigentum«, flüsterte Leah jetzt, als sie

fuhr. Das war sein Ding. Und als Eigentum hatte er auch sie stets betrachtet.

Doch dieses Mal weinte sie nicht wegen der Vergangenheit oder darüber, dass ihre Kinder sie dabei erwischt hatten, wie sie versuchte, blaue Flecken mit Make-up zu kaschieren oder dass sie einen lauten Streit mitbekommen hatten. Nein, dieses Mal weinte sie um ihre Zukunft, ihre *verlorene* Zukunft.

Dieses Mal galten ihre Tränen Gabe.

Sie hielt an einer leeren Bushaltestelle und zog die Handbremse an. Es war dunkel, und die Lichter der Straßen und der anderen Autos verschwammen vor ihren Augen zu explodierenden Sternen. Sie konnte kaum etwas erkennen.

»Oh, nein, nicht Gabe ... Bitte, mach, dass sie nicht sagen, dass du es bist ...« Sie lehnte den Kopf aufs Lenkrad und schluchzte erneut. »Das hast du nicht verdient«, sagte sie und suchte in ihrer Tasche nach dem Handy. Vielleicht stimmte es nicht. Vielleicht hatte die Polizei sich geirrt und die Schrift auf der Jacke war undeutlich. Vielleicht stand dort Gary oder irgendein anderer Name mit G.

Doch tief im Innern wusste sie, dass es Gabes Jacke war. Sie hatte sie an ihm gesehen, als sie sich bei ihren Eltern kennengelernt hatten und er den Van beladen hatte. Sie erinnerte sich an sein Lächeln, seine starken Arme, wie sein Haar nach der Schufterei noch schweißnass gewesen war. Er hatte sich umgedreht, um seine Ausrüstung wegzuräumen, und dabei hatte sie den Namen in Blockbuchstaben auf der Rückseite seiner Jacke gesehen: GABE. Sie hatte es sogar kommentiert und gefragt, ob das eine Abkürzung für Gabriel war. Und dann hatte sie einen Witz über den Erzengel gemacht, den er bestimmt schon Dutzende Male zuvor gehört hatte.

Jetzt saß sie im Auto, wählte Gabes Nummer und wartete, dass er dranging. Doch das tat er nicht. Sie erreichte seine Voicemail. Sie versuchte es noch dreimal und hinterließ beim letzten Versuch eine Nachricht.

»Hey, Gabe, ich ... ich bin es. Könntest du mich zurückrufen? Ich möchte nur hören, ob es dir gut geht. Danke, tschüs!«

Sie steckte das Handy zurück in die Tasche, nahm ein Taschentuch heraus und säuberte sich vor dem Rückspiegel das Gesicht. »Ich musste einfach hören, ob er okay ist«, flüsterte sie und putzte sich die Nase.

Dann legte sie den Gang ein und fuhr zum Haus ihrer Eltern.

»Hallo, mein Schatz«, sagte ihr Vater zehn Minuten später in der Küche. Leah hatte einen Haustürschlüssel, hatte aber trotzdem vorher geklingelt und aus dem Flur gerufen, dass sie es war. »Ich habe gar nicht mit dir gerechnet«, fuhr er fort und wischte sich die Hände an der Schürze ab, die er trug. »Ich dachte, deine Mutter hätte gesagt, die Kinder würden über Nacht bleiben. Sie meinte, du fühltest dich nicht wohl.« Er rührte irgendetwas auf dem Herd um und wandte sich wieder ihr zu. »Was ist denn eigentlich mit allen los?«

Leah sah ihn verwirrt an. »Mir geht es gut, Dad. Wem geht es denn noch nicht gut?«

»Deiner Mutter. Sie hat seit gestern Migräne.« Er verdrehte die Augen und zuckte zusammen, als das Brot aus dem Toaster sprang.

»Das wusste ich nicht«, sagte Leah, zog die Jacke aus und ließ sich auf einen Stuhl an dem kleinen Küchentisch fallen. Die Küche war nicht groß. Sie war mit diesen altmodischen beigefarbenen Schränken ausgestattet, die ihre Mutter nicht ausstehen konnte.

»Wie geht es dir denn überhaupt, Dad?«, fragte sie, weil sie sich mehr Sorgen um die Gesundheit ihres Vaters machte. Obwohl sie wusste, dass ihre Mutter von Zeit zu Zeit Migräne hatte, war ihr auch klar, dass sie ihr bisweilen recht gelegen kam und Rita eine Ausrede gab, sich vor Dingen zu drücken, die sie nicht tun wollte oder um Mitleid und Aufmerksamkeit zu bekommen, wenn sie sich vernachlässigt fühlte.

»Immer voran und gut gelaunt, meine liebe Tochter«, sagte Ronald und wedelte mit dem hölzernen Kochlöffel. Leah spürte eine gewisse Traurigkeit hinter seiner stoischen Fassade. Ein bisschen Soße von den Baked Beans tropfte vom Löffel auf den Boden, also nahm sie etwas Küchenpapier und wischte sie auf, um ihrem Vater die Arbeit zu ersparen.

»Ich wünschte, ich könnte von dir dasselbe sagen«, fügte er hinzu und beobachtete sie. »Du machst ein Gesicht wie sieben Tage Regenwetter. Was ist los?«

Unwillkürlich entfuhr Leah ein Seufzer, und sie setzte sich wieder. Ihr Vater war immer sehr direkt.

»Lass dir Zeit«, sagte ihr Vater und sah sie an, während er die Toastscheiben auf zwei Teller legte und großzügig mit Butter bestrich. Dann gab er einen Klecks Baked Beans auf jede Scheibe und türmte geriebenen Käse obendrauf. »Das muss reichen«, sagte er mit einem angespannten Grinsen und stellte die Teller auf den Tisch. »Ich bin kein Koch. Kinder!«, rief er durch die Tür Richtung Wohnzimmer. »Das Essen ist fertig!« Er schlurfte zurück zur Besteckschublade und nahm heraus, was er brauchte. Dann goss er zwei Gläser Orangennektar ein.

»Danke, Dad, du bist ein Schatz«, sagte Leah, und ihr wurde warm ums Herz, als Zoey und Henry in die Küche gepoltert kamen. Sie umarmte beide und drückte sie ein wenig fester und länger als üblich.

»Mein Lieblingsessen«, rief Henry, zog den Stuhl zurück und nahm Messer und Gabel, bevor er sich überhaupt gesetzt hatte. Zoey war etwas weniger enthusiastisch, bedankte sich aber dennoch bei ihrem Großvater, indem sie zu ihm ging und ihn in den Arm nahm. Sie lehnte für einen Moment ihren Kopf an seine Schulter, und Leah fiel auf, dass sie kurz die Augen schloss, als er sie drückte.

»Komm schon, iss«, sagte er und forderte Zoey auf, sich zu setzen. »Dieses kulinarische Meisterwerk darf doch nicht kalt werden.«

Leah beobachtete ihre Kinder beim Essen. Ihr Dad machte den Wasserkocher an, hielt eine Tasse hoch und sah sie fragend an. Leah nickte. »Ich gehe nur kurz hoch und sehe nach Mum«, sagte sie und schlüpfte aus der Küche. Sie hörte ihren Vater leise protestieren, es sei keine gute Idee, doch er wurde von Zoeys und Henrys Geplapper übertönt.

Sie klopfte an die Schlafzimmertür ihrer Mutter. »Mum?« Sie öffnete die Tür einen Spalt. »Schläfst du?« Das Zimmer war dunkel und roch nach ihrer Mutter – hauptsächlich eine Mischung aus Lavendel und Rosmarin und der starke Duft der anderen ätherischen Öle, die sie gegen ihre Migräne verwendete. Doch da war noch etwas anderes, eine muffige, ungewaschen riechende Komponente, die sie nicht kannte. Sie passte nicht zu Rita.

»Mum?«, fragte sie und betrat das Zimmer. Die Vorhänge waren zugezogen, und Leah stolperte auf dem Weg zum Bett über irgendetwas. Sie bückte sich und hob die weggeworfene Kleidung auf – auch das passte nicht zu ihrer Mutter, die ihre Sachen normalerweise aufhängte.

Ein Stöhnen drang unter der Bettdecke hervor. »Mum, ist alles in Ordnung?«, fragte sie leise und setzte sich auf die Bettkante.

Wieder ein Stöhnen. »Was willst du?«, fragte ihre Mum, zog die Arme unter der Decke hervor und hielt sie fest um ihren schmalen Körper gewickelt. »Ich habe Migräne.«

Leah streckte die Hand aus und schaltete die Nachttischlampe an. Rita kniff die Augen zusammen und stöhnte noch lauter. »Au«, keuchte sie und schirmte die Augen mit dem Arm ab. »Warum machst du das?«

»Weil ich mit dir reden muss, Mum.«

»Ich will aber nicht reden«, entgegnete Rita in einer Stimme, die Leah kaum erkannte. Sie klang wie ein trotziges Kind.

»Tut mir leid, dass du Migräne hast. Was hat sie wohl ausgelöst?«

»Woher soll ich das wissen?« Rita setzte sich mühsam auf. Sie schüttelte die Kissen in ihrem Rücken auf.

»Mum ...« Leah seufzte. Sie wusste nicht genau, wie sie die Frage formulieren sollte, ohne zu riskieren, dass sie vollkommen dichtmachte. »Kannst du mir etwas mehr darüber erzählen, was gestern bei Craig passiert ist?«

»Zum Beispiel?« Rita griff nach dem Glas Wasser, das auf ihrem Nachttisch stand, und nahm ein paar große Schlucke. Sie wischte sich mit dem Handrücken den Mund ab und vergaß, dass sie roten Lippenstift trug.

»Welchen Eindruck hattest du von ihm? Hat er erwähnt, ob er irgendwohin wollte?«

»Ich habe dir doch schon erzählt, was passiert ist. Er hat mich angemacht, dieser Gartentyp kam herein, und dann bin ich gegangen.«

»Ich habe das Gefühl, das ist eine stark zensierte Version«, beharrte Leah und schlug die Beine übereinander.

»Glaub, was du willst«, entgegnete Rita und zog die Decke höher. Sie trug einen cremefarbenen Unterrock, und Leah bemerkte, wie dünn sie wirkte. Die Haut hing ihr lose an den Knochen und war durch jahrelanges Bräunen von Sommersprossen übersät.

»Warum warst du denn überhaupt dort, Mum?« Sie musste morgen früh auf die Polizeiwache und wollte vorher so viel wie möglich herausfinden. Auf keinen Fall wollte sie, dass die Polizei den Eindruck gewann, dass sie etwas zurückhielt oder die Ermittlungen zu behindern versuchte.

»Dann sagst du ohnehin bloß, dass ich eine blöde alte Kuh

bin, die sich überall einmischt«, maulte Rita und zog einen Schmollmund. »Weißt du, ich wollte bei Craig deinetwegen ein wenig gut Wetter machen. Du hast schon genug durchgemacht. Glaub nicht, ich wüsste nicht, wie der Mann wirklich ist, mein Schatz, weil ...«

»Glaub mir, Mum, du weißt es nicht.«

Rita runzelte die Stirn und zog mit ihren langen, dünnen Fingern die Decke unters Kinn. »Was soll das denn heißen?«

Leah wandte sich ab. »Ich habe dir doch kaum die Hälfte von dem erzählt, was er mir angetan hat. Und jetzt ist wirklich nicht der richtige Zeitpunkt, das nachzuholen. Aber glaub mir, bei unserer Scheidung ging es nicht bloß darum, dass er die Klobrille ein paarmal zu oft nicht heruntergeklappt hat oder mir nicht im Haushalt geholfen hat.«

»Ich weiß doch, dass es keine glückliche Ehe war, Schatz«, sagte Rita nachdenklich und betrachtete ihre Hände. »Möchtest du sagen, es hat da noch jemand anders gegeben?«

Leah schnaubte vor Lachen. »Er hatte über die Jahre zahllose Affären, Mum«, sagte sie nüchtern. »Aber das war noch nicht das Schlimmste. Es war auch nicht das Körperliche, obwohl ich oft Todesangst hatte.«

Rita streckte die Hände aus. »Jetzt sieh dir an, wie die aussehen«, sagte sie, als hätte Leah gerade nur über das Wetter geplaudert und nicht über ihren gewalttätigen Ex. »Ich habe mich gehen lassen. Ich muss einen Termin für die Maniküre machen.« Sie schüttelte den Kopf und zupfte an den Kleberesten auf einer Fingerspitze, wo zuvor ein langer, spitzer Kunstnagel geklebt hatte.

Leah seufzte. »Deine Hände sehen immer noch hübsch aus, Mum. Du siehst immer toll aus.« Sie nahm die Hand ihrer Mutter und strich über einen der leuchtend pinkfarbenen Nägel. Sie

lachte.

»Du bist die einzige Dreiundsechzigjährige, die ich kenne, mit Goldglitzerstreifen auf den falschen Nägeln«, sagte sie. »Und glaub mir, ich kenne eine Menge Dreiundsechzigjährige.«

»Sprich nicht über mein Alter, Schatz«, sagte Rita und zog die Hände fort. »Und ich bin nicht wie deine Kundinnen im Salon.«

»Nein«, bestätigte Leah und brachte ein Lachen zuwege. »Das bist du weiß Gott nicht.«

Eine Weile schwiegen sie.

»Also, was war es dann?«, fragte Rita.

Leah runzelte die Stirn und legte den Kopf schief.

»Was war das Schlimmste, wenn es nicht seine Affären waren oder dass er dir wehgetan hat?«

»Ich habe mich vollkommen verloren, Mum«, sagte Leah. »Stück für Stück hat er die Person weggeschliffen, die ich einmal war. Schließlich bin ich an einen Punkt gelangt, an dem ich nicht mehr geglaubt habe, dass ich es überhaupt wert wäre, gerettet zu werden.« Sie hielt inne. Es war nicht beabsichtigt gewesen, dass das Gespräch diese Wendung nahm. »Wie dem auch sei, er hat mich nicht ganz vernichtet, denn ein winziger Teil von mir, ein kleiner Funke hat das ausgebrannte Feuer doch noch einmal entfacht.« Die Metapher ließ sie zusammenfahren.

»Ach, Schatz«, sagte Rita, streckte die Hand aus und berührte ihren Arm. »Ich hatte ja keine Ahnung, dass du es so empfindest.«

»Das weiß ich, Mum.« Leah nahm einen Schluck aus dem Wasserglas ihrer Mutter. »Aber sieh mal, jetzt ist es wichtig, dass du mir alles erzählst, was gestern bei Craig passiert ist.« Leah wusste, dass es gut möglich war, dass die Polizei auch Rita einen Besuch abstatten würde, wenn sie herausfand, dass ihre Mutter dort gewesen war. »Und ich möchte auch wissen, was

Gabe gesagt hat. Und vor allem, was er getan hat«, fuhr Leah fort. »Du hast gesagt, er und Craig haben sich gestritten?«

Rita zog die Knie an, schlang die Arme darum und stützte das Kinn auf die Knie. Sie sah Leah von unten herauf an. »Es war schrecklich, Schatz«, sagte sie und schauderte. »Ehrlich, ich dachte, die bringen sich gegenseitig um.«

VIERUNDDREISSIG

Leah wusste, sie würde nicht schlafen können. Alles, was in den vergangenen Tagen passiert war, schwirrte ihr durch den Kopf und ergab überhaupt keinen Sinn. Als sie die Kinder von ihren Eltern abgeholt und das Auto vor dem Haus abgestellt hatte, hatte sie Gillians Auto nicht in der Einfahrt stehen sehen. Craigs SUV hatte noch dort geparkt, von einem glitzrigen Taufilm überzogen. Als sie zu dem großen Haus hinaufgesehen hatte, war dort kein Licht gewesen. Sie nahm an, Craig war noch immer nicht zurück, sonst hätte Gillian ihr Bescheid gesagt. Nun war er über vierundzwanzig Stunden fort.

Oben war es jetzt leise, die Kinder schliefen beide. Leah drehte ein Whiskyglas in den Händen und saß auf dem Sofa. Sie hatte noch nichts davon getrunken. Obwohl sie sich nichts mehr wünschte, als ihre Gedanken abzustellen, musste sie auch aufmerksam bleiben und ihren Verstand beisammenhalten. Sie dachte daran zurück, was ihre Mutter erzählt hatte und was sich ein wenig von der ersten Version unterschied, die sie ihr präsentiert hatte, als sie im Salon aufgetaucht war. Demnach war sie zum alten Pfarrhaus gekommen, um Craig ins Gewissen zu reden, damit er Leah in Ruhe ließ und darüber nachdachte, sich wieder mit ihr zu versöhnen – wobei es Leah erstaunte, weil sie ihrer Mutter nichts von Craigs vergangenen Aktionen erzählt hatte. Sie war es gewohnt, ihr die Details nur scheibchenweise zu verraten, und seit der Scheidung hatte sich das nicht geändert.

Dann hatte ihre Mutter geschildert, wie Craig ihr etwas zu trinken angeboten hatte. Rita hatte abgelehnt, und Craig hatte sich ihr genähert, sie um die Taille gefasst und sie an sich gezogen. Da war Gabe durch die Terrassentür hereingekommen, und Craig hatte sie weggestoßen. Laut Rita war sie dann gegangen, und als sie die Haustür geschlossen hatte, war noch ein lautes Krachen zu hören gewesen.

»Wie lange warst du dort, Mum?«, hatte Leah gefragt.

»Es kann nicht länger als ein paar Minuten gewesen sein.«

Danach waren Gabe und Craig allein, dachte Leah und nahm einen Schluck Whisky. Sie wählte abermals Gabes Nummer, aber wieder erreichte sie nur seine Voicemail. Sie hinterließ keine weitere Nachricht. Dann schickte sie Gillian eine Nachricht, um zu fragen, ob es ihr gut ging. Sie antwortete fast umgehend.

Übernachte bei Freunden. Halte es allein zu Hause nicht aus. Wir hören uns morgen.

Sie legte das Handy neben sich, und als sie sich wieder bewegte, wusste sie nicht, wie viel Zeit vergangen war. Vielleicht nur Minuten, doch es hätten auch Stunden sein können. Leah saß einfach nur da und starrte ins Leere, sie nahm bewusst nur das Nötigste wahr, während ihr Verstand alles zu verarbeiten versuchte.

In Gedanken kehrte sie zurück zu einem Familienurlaub, den sie vor ungefähr fünf Jahren miteinander verbracht hatten.

Zoey war außer sich vor Aufregung, weil sie ans Meer fahren wollten, und Henry, der damals erst drei gewesen war, hatte auf der gesamten Fahrt nach Norfolk geschlafen. Sie hatten ein Cottage gemietet, das nur ein paar Minuten vom Meer entfernt lag, und Leah hatte das Auto mit Eimern, Schippen, aufblasbarem Wasserspielzeug, Picknickstühlen, Spielen und allen möglichen anderen Dingen vollgepackt, die man für einen tollen Urlaub benötigte. Selbst Craig wirkte so, als freute er sich auf die Aussicht, für ein paar Tage dem Arbeitsalltag zu entfliehen, und hatte sogar Shorts und Sandalen angezogen, als es endlich aufgehört hatte zu regnen.

Bis heute wusste Leah nicht, was ihn getriggert hatte. Ob es etwas gewesen war, was sie gesagt oder getan hatte oder vielleicht ein Blick von ihr, den er missdeutet hatte?

Er hatte allein einen langen Spaziergang am Kiesstrand gemacht, und als er zurückkam, hatten Leah und die Kinder in der Küche des Ferienhäuschens gesessen und Bilder gemalt. Das Wetter war umgeschlagen, und Craig war bis auf die Knochen nass geworden.

»Was hat diese Unordnung zu bedeuten?«, keifte er.

»Craig, nicht«, wagte sie zu sagen. Ihr erster Fehler. Craig hatte sie finster angestarrt, das Wasserfarbbild genommen, das sie gemalt hatte und es zerrissen. Zoey hatte kein Wort gesagt; sie war nur schnell ins Wohnzimmer geflüchtet und hatte den Fernseher laut angemacht. Henry hatte zu quengeln begonnen, und Craig hatte ihm befohlen, nach nebenan zu seiner Schwester zu gehen.

»Wer ist er?«, hatte Craig gefragt und war Leah ganz nahe gekommen.

»Wer ist wer?« Leah war zurückgewichen.

»Der Kerl, der hier war, als ich draußen war.« Er presste sich nah an Leah und drückte sie gegen die geschlossene Tür. »Du riechst nach ihm.«

»Craig, hör auf«, sagte sie und versuchte, sich aus seinem

Griff zu winden. Er tat ihr weh. »Ich war bei den Kindern. Hier war sonst niemand.«

Er starrte ihr einen Moment in die Augen, und Leah fragte sich, ob sich hinter seinem Blick noch etwas von dem Mann verbarg, in den sie sich verliebt hatte, dem Mann, der früher freundlich und respektvoll gewesen war. Doch mit jedem Jahr, das vergangen war, war dieser Mann weiter in die Ferne gerückt.

»Ich halte es nicht mehr aus, wenn du so bist«, hatte Leah gewagt, zu sagen.

Ihr zweiter Fehler.

Sie erinnerte sich noch daran, dass sie sich gezwungen hatte, zu schweigen, ruhig zu bleiben und ihm zu schmeicheln, den Kindern zuliebe, doch etwas in ihr hatte sich verändert. »Wenn wir nach Hause kommen, reiche ich die Scheidung ein. Es ist nicht gut für die Kinder, so zu leben, und für mich erst recht nicht.«

Überraschenderweise hatte Craig sich nicht auf die erwartete Weise gerächt. Es war ihr gelungen, sich aus seinem Griff zu befreien, und sie hatte den Wasserkocher angemacht. Alles, um wieder etwas Normalität herzustellen. Als sie sich umdrehte, saß Craig am Tisch und weinte, zunächst waren es stille Tränen, die sich dann in ein deutlich vernehmbares Schluchzen verwandelten. Seine hängenden Schultern bebten, und seine Tränen fielen auf Zoeys Bild.

»Ach, Craig ...«, hatte Leah gesagt und ihm die Hand auf den Rücken gelegt. Sie hatte überlegt, ob sie es wieder einrenken konnten. Doch er hatte sich ihr entzogen, war für einige Stunden nach oben verschwunden und hatte sich im Schlafzimmer eingeschlossen.

Später, als Leah für sie alle Essen gemacht hatte und Craig noch immer nicht heruntergekommen war, war sie hinaufgegangen, um ihn zu holen. Sie hatte gehofft, er hätte die Höflichkeit besessen, sich zum Essen mit ihr und den

Kindern an den Tisch zu setzen. Doch er war nicht da gewesen.

Stattdessen hatte sie auf dem Bett einen Brief gefunden – ähnlich den zahlreichen anderen handschriftlichen Notizen, die er ihr über die Jahre geschrieben hatte – einige kurz, einige lang, manche persönlich, andere so kalt und gefühllos, dass er sie jedem hätte schreiben können. Doch sie alle hatten eins gemeinsam – Craig drohte, sich umzubringen. Und jedes Mal war er eine Zeit lang verschwunden und wieder aufgetaucht, wenn Leah ihn ihrer unverbrüchlichen Liebe versichert hatte.

Jetzt fühlte sie sich taub und erschöpft und hatte überhaupt nicht bewusst wahrgenommen, dass sie die Treppe hinaufgegangen war. Doch das musste sie getan haben, denn sie kniete auf dem Boden und wühlte sich durch einige Kisten, die sie in den Schrank im Flur gestopft und seit dem Umzug noch nicht angefasst hatte.

»Da«, flüsterte sie und zog die graue Ablagebox hervor. Sie war sich nicht sicher, warum sie all seine Notizen und Briefe aufbewahrt hatte – vielleicht, um sich selbst daran erinnern zu können, wie er war, wenn sie an sich zweifelte. Vielleicht war es auch eine gewisse Sentimentalität gewesen, die sie daran gehindert hatte, die Erinnerung an ihre Ehe ganz loszulassen.

Leah steckte einen der Briefe in die Tasche und schob die Box und den restlichen Inhalt zurück in den Schrank. Morgen würde sie zur Polizeiwache gehen, um dort eine Zeugenaussage zu machen, und sie würde ihnen den Brief zeigen. Sie fragte sich, ob sie den Toten bis dahin identifiziert haben würden und ob sie ihr die Nachricht überbringen würden, dass es sich um Gabes verkohlte Überreste handelte – sie hatte DI Nelson bereits gesagt, dass sie eine Beziehung gehabt hatten –, oder vielleicht würde sie erfahren, dass es Craig war. Sie wusste, dass sie in jedem Falle mehr darüber wissen wollten, wann sie die beiden zuletzt gesehen hatte.

FÜNFUNDDREISSIG

Leah trug schlichte schwarze Hosen und einen cremeweißen Pullover. Es war zunächst etwas kalt, also hatte sie für die kurze Fahrt ihre wattierte Jacke angezogen. Doch nun lag sie zusammengeknautscht auf ihren Knien, als sie auf der Polizeiwache darauf wartete, dass sie aufgerufen würde. Sie hatte sich bei dem diensthabenden Sergeant angemeldet.

Im Wartebereich war dieses Mal mehr los als neulich abends. Da waren einige Frauen mit kleinen, quengeligen Kindern auf dem Schoß, zwei Kerle im Teenageralter, die am Handy über irgendetwas Witze machten. Ein älteres Pärchen saß etwas abseits. Sie hielten einander bei der Hand und sahen besorgt aus.

Sie erinnerten Leah an ihre Eltern – zwei Teile eines Ganzen. Wenn man Rita und Ronald nicht kannte, wirkten sie so verschieden, doch sie ergänzten sich auf eine Weise, die ihre Unterschiede verschwinden ließ. Leah war stolz auf sie, weil ihre Ehe seit Jahrzehnten hielt. Ihr war das nicht gelungen.

Sie sah sich um und hoffte, Gillian zu sehen, doch sie war nicht sicher, wann sie hier sein sollte. Als sie ihr eben eine Nachricht geschickt hatte, hatte sie nicht geantwortet, und

Gillians Auto hatte heute Morgen noch immer nicht in der Einfahrt gestanden.

»Miss Ward?«, rief eine Stimme.

Leah sah sich um und entdeckte eine junge Frau in Uniform, die in der geöffneten Tür zur Linken des verglasten Empfangstresens stand. Sie hielt sie offen, während Leah ihre Tasche und Jacke einsammelte.

»Hallo, ja, das bin ich«, sagte sie und war plötzlich nervös.

»Hier entlang«, sagte die Polizistin und lächelte. »Es gibt keinen Grund zur Sorge«, sagte sie. »DI Nelson sagte, ich möchte sie in Vernehmungsraum drei bringen. Kommen Sie mit.«

Sie folgte der Polizistin den langen Korridor entlang und wich aus, als ihr ein paar Leute entgegenkamen – ein weiterer Polizist, dem jemand folgte, den Leah nicht gleich sehen konnte.

»Gillian!«, rief Leah im Vorbeigehen, als sie sie erkannte. »Ist Craig zurück? Wie geht es dir?« Sie streckte die Hand aus und berührte Gillians Arm. Sie versuchte nicht, ihn zu packen, doch Gillian zuckte zurück, als hätte sie es getan. Sie blickte hinter dem Vorhang aus ungekämmtem Haar hervor, ihr ausgezehrtes Gesicht und ihr leerer Blick erschreckten Leah. Ihr Blick war eiskalt, bohrend und leer. Beinahe giftig.

»Gillian?«, sagte Leah und ging ihr ein paar Schritte hinterher, als sie weiter Richtung Wartebereich ging. »Was ist passiert? Ist alles in Ordnung?«

»Hier entlang, bitte, Miss Ward«, drängte sie die Polizistin, die sie aufgerufen hatte. Mit offenem Mund sah Leah zu, wie Gillian aus ihrem Blickfeld verschwand. Der Constable hielt ihr die Tür zum Vernehmungsraum auf und bat Leah, sich zu setzen. Der kleine Raum war trostlos und roch etwas nach Schweiß, als ob zuvor jemand dort gesessen hätte, der sich eine Weile nicht gewaschen hatte.

»Sie kommen gleich«, sagte die Polizistin und lehnte sich

gegen die Wand. Sie sah immer wieder zu dem quadratischen Drahtglasfensterchen in der Tür hinüber.

Sie, dachte Leah und fragte sich, ob der andere Polizist, der gestern bei Gillian gewesen war, auch wieder dabei sein würde.

»Haben Sie problemlos einen Parkplatz gefunden?«, fragte die junge Frau, bemüht, etwas Small Talk zu betreiben. »Es ist ein Albtraum da draußen, seit sie beschlossen haben, den Parkplatz aufzubuddeln. Gar nicht so schlimm, wenn man ...«

Plötzlich wurde die Tür geöffnet, und DI Nelson kam herein. Hinter ihr folgte ein Mann, den Leah als ihren Kollegen von gestern erkannte.

»Guten Morgen, Leah«, sagte die Ermittlerin gut gelaunt und legte einige Akten auf dem Tisch ab, die sie im Arm gehalten hatte. In der anderen Hand hatte sie einen Pappbecher mit Kaffee. Sie stellte ihn vorsichtig auf der beschichteten Tischplatte ab und nahm den Deckel ab. »Danke, dass Sie hergekommen sind«, sagte sie und setzte sich. Ihr Kollege tat dasselbe. »Sie erinnern sich an DC Flynn Marshall.«

Leah nickte zögerlich und presste ihre Hände in die wattierte Jacke, die auf ihrem Schoß lag.

»Möchten Sie die vielleicht aufhängen?«, bot DI Nelson an, als die Polizistin den Raum verließ und die Tür hinter sich schloss.

Leah hängte sie über die Stuhllehne, weil sie das Gefühl hatte, tun zu müssen, was man ihr sagte.

»Okay, ich hoffe, es wird nicht allzu lange dauern«, fuhr DI Nelson fort und lächelte. »Ich weiß, wir sind die Ereignisse bereits gestern durchgegangen, aber wir versuchen, die Fakten klarzustellen, um uns ein vollständiges Bild der Geschehnisse aus Ihrer Sicht machen zu können.« Sie sah Leah über den Rand einer rot-gerahmten Brille an, die sie eben aufgesetzt hatte und die ihre eher schlichte und unauffällige Erscheinung vollkommen veränderte. »Ist das für Sie in Ordnung?«

Leah fand die Frage seltsam und war sich nicht sicher, ob

sie eine Wahl hatte, doch sie nickte trotzdem, was der Ermittlerin aus irgendeinem Grund ein breites Lächeln entlockte.

»Ach so, und wir warten noch auf die Ergebnisse der Rechtsmedizin bezüglich der Identifizierung des Toten.« Sie klapperte mit dem Stift gegen ihre Schneidezähne und öffnete den braunen Aktenordner ein Stück, um den Inhalt zu überfliegen.

Leah nickte abermals. Ihr Mund war trocken, und ihr Herz schlug wild gegen die Rippen. Überlaut hörte sie das Rauschen ihres Blutes in den Ohren.

Die Ermittlerin legte den Stift ab. »Nur dass Sie Bescheid wissen, Leah, Sie stehen derzeit nicht unter Verdacht. Und wir zeichnen Ihre Aussage nicht digital auf. Allerdings werden wir beide detaillierte schriftliche Notizen machen, die dann Ihre Aussage darstellen. Und eventuell stellen wir noch einige Fragen, um sicherzustellen, dass wir auch alles Relevante abgedeckt haben. Dann gehen wir alles noch einmal mit Ihnen durch, und Sie unterschreiben, ob Ihre Aussage so vollständig ist und der Wahrheit entspricht. Okay?«

»An *dieser* Stelle?«, fragte Leah und wünschte, es hätte weniger nach einem Krächzen geklungen.

»Ja.« Mehr sagte die Ermittlerin nicht und öffnete einen offiziell aussehenden Block, über dem »Zeugenaussage« stand und der das Logo der Polizeiwache trug sowie jede Menge Kästchen hatte, in die Daten eingetragen werden mussten. Sie hätte ihnen gern gesagt, dass sie eigentlich überhaupt nichts gesehen hatte, und fragen, welchen Wert ihre Aussage überhaupt hätte. Doch sie beschloss zu schweigen.

»Okay«, sagte DC Marshall, der sich plötzlich ins Gespräch einschaltete. »Dann erzählen Sie uns doch noch einmal in Ihren eigenen Worten, was gestern passiert ist, Leah. Was ist geschehen, bevor Sie erfahren haben, dass menschliche Überreste in dem Feuer gefunden wurden?«

Leah fragte sich, wie weit sie zurückgehen sollte. Bis zu

dem Zeitpunkt, wo sie die Spaghetti in der Mikrowelle gewärmt hatte, oder war dieser Teil irrelevant? Und wenn sie dort begann, sollte sie ihnen erzählen, warum sie sich an dem Tag freigenommen hatte und weswegen sie überhaupt zu Hause gewesen war und die Spaghetti gewärmt hatte? Und wenn ja, musste sie doch sicher weiter vorgreifen und Details über sich und Craig erzählen, über ihre Scheidung und alles, was er getan hatte, seit er nebenan eingezogen war, und mehr oder weniger alles über ihre gesamte Ehe. Sie würde den Rest des Tages brauchen, und es würde einen ganzen Block füllen.

»Ich habe Schreie gehört«, sagte Leah leise. »Ich war in meiner Küche und hatte das Fenster geöffnet, und plötzlich hörte ich jemanden schreien.« Sie fragte sich, ob sie langsamer sprechen sollte, weil DI Nelson mit der Hand schrieb. DC Marshall tippte auf einer Tastatur, die er an sein Tablet angeschlossen hatte und schien etwas schneller zu sein.

DI Nelson sah auf und rückte ihre Brille zurecht. Sie schniefte und nickte abwartend.

»Also bin ich nach draußen gegangen und habe gemerkt, dass die Schreie aus meinem Gemüsegarten kamen.«

»Und mit Gemüsegarten meinen Sie was genau?«, fragte DI Marshall und ließ seine Finger über den Tasten schweben.

»Das umfriedete Gartenstück hinter meinem Haus. Mein Ex hat es dem Erdboden gleichmachen lassen, weil er beschlossen hat, dass es ihm gehört.« Dann beschrieb sie, was zwischen ihr und Craig vorgefallen war.

»Sie waren deswegen sicher sehr wütend«, suggerierte DI Nelson.

»Jeder wäre deswegen wütend gewesen«, entgegnete Leah und blickte finster drein. Sie erzählte, wie sie Gillian neben dem Feuer gefunden hatte und wie sich die Dinge dann entwickelt hatten. »Danach sind wir wieder ins Haus gegangen und haben die Notrufnummer gewählt. Wir waren beide ziemlich erschüttert.«

»War außer Gillian noch jemand mit Ihnen bei dem Feuer?«, fragte DI Nelson.

Leah verneinte. »Oh, Moment. Da war noch eine Frau auf einem Pferd, die vorbeikam. Es steht in der Nähe auf einer Koppel. Ich habe sie schon ein paarmal in der Gegend gesehen. Sie hatte Gillians Schreie gehört und ist stehen geblieben, um zu fragen, ob alles in Ordnung ist.«

»Und was haben Sie ihr gesagt?«

Leah überlegte einen Augenblick und sah vor sich, wie das Pferd unruhig wurde und die Autos vorbeirasten. »Wir haben ihr gesagt, dass alles in Ordnung sei und dass es nur einen Unfall gegeben habe.«

»Verstehe«, kommentierte DI Nelson.

»Sie saß auf dem Pferd an einer vielbefahrenen Straße. Es war gefährlich. Wir wollten Sie nicht mit hineinziehen«, fügte Leah hinzu und hoffte, dass es helfen würde.

Die Ermittler notierten alles.

»Sie deuteten bereits an, dass Sie jemanden namens Gabe kennen, dem Namen auf der Jacke des Toten. Würden Sie uns noch einmal erzählen, woher genau Sie ihn kennen?«

Leah nickte. »Ja. Gabriel Holland. Gabe und ich waren ... sind ... waren ... na ja, wir waren zusammen.« Sie dachte an vorgestern Abend zurück, als er auf ihre Bitte hin vorbeigekommen war. Nach allem, was zwischen ihnen vorgefallen war, war sie nun verwirrter denn je.

»Wie haben Sie sich kennengelernt?«

Leah schwieg und fragte sich, was sie sagen sollte. Sie entschied sich für die einfache Version. »Er ... er hat für meine Eltern einige Baumschnittarbeiten erledigt. Wir haben uns kennengelernt, als er seinen Van beladen hat.«

»Und wann haben Sie Gabe zuletzt gesehen?«

»Ist das wichtig?«, fragte Leah und hatte plötzlich den Eindruck, dass sie nicht nur eine Aussage machte, sondern es vielmehr ein Verhör war. Sie fragte sich, ob sie einen Anwalt brauchte, und dann dachte sie an Liz Morgan und dass sie sich noch immer nicht gemeldet hatte.

Die beiden Ermittler sagten nichts.

Leah schüttelte den Kopf und starrte an die Decke. Sie fühlte, wie ihre Wangen glühten. »Ähm, das ist jetzt schon eine ganze Weile her.«

Sie wünschte, es gäbe irgendetwas in diesem Raum, auf das sie ihre Aufmerksamkeit richten konnte – ein Bild an der Wand, eine Topfpflanze, eine Kaffeemaschine oder auch nur eine andere Wandfarbe als das triste Grau der Wände. Nichts davon half ihr in dieser Verfassung.

»Ich habe ihn vor ein paar Wochen gesehen«, sagte sie. »Er wohnt auf einem Kanalboot und ich habe ihn dort besucht. Er wollte mit mir reden.« Sie machte eine Pause und beobachtete die beiden Ermittler, wie sie sich ihre Notizen machten. »Na ja, er wollte vielmehr unsere Beziehung beenden.«

»Und warum wollte er das?«

»Er fand, ich wäre nach meiner Scheidung noch nicht bereit für eine Beziehung«, sagte Leah und war froh, von den jüngsten Ereignissen wegzukommen. »Er hat einmal mitbekommen, dass ich extrem wütend auf meinen Ex war. Ich glaube, die ganze Situation war zu viel für ihn, dass Craig nebenan wohnte, meine ich.«

»Und das war das letzte Mal, dass Sie Gabe gesehen haben?«, fragte DI Nelson.

»Ja«, sagte Leah leise und spürte, dass sie schwitzte. »Obwohl meine Mum erzählt hat, dass sie ihn erst vor Kurzem ...« Sie brach ab. Es gab keinen Grund, ihre Mutter in die Sache mit hineinzuziehen.

»Ihre Mutter hat ihn gesehen?«

»Na ja, ehrlich gesagt, ich weiß nicht genau«, sagte Leah. »Ich müsste sie noch einmal fragen. Mum verwechselt manchmal Dinge. Ich bin mir nicht sicher, ob sie überhaupt

wusste, dass wir zusammen waren. Sie hatte immer die Hoffnung, dass Craig und ich uns wieder versöhnen würden.«

»Verstehe«, sagte DI Nelson und sah ihren Kollegen an. Sie
klapperte wieder mit dem Stift gegen die Zähne und lehnte sich
im Stuhl zurück. »Also, lassen Sie mich sehen, ob ich das richtig
verstanden habe. Sie waren mit einem Mann namens Gabriel
Holland liiert, und Ihr Ex-Mann heißt Craig Forbes?«

Leah nickte. »Richtig.«

»Wie Sie wissen, hat unser Forensik-Team menschliche
Überreste aus dem Feuer auf Ihrem Grundstück geborgen, und
der Tote trug eine Jacke mit dem Namen Gabe auf dem
Rücken. Und Craig Forbes, Ihr Ex-Mann, der Mann, auf den
Sie laut eigener Aussage sehr wütend waren, wurde vermisst
gemeldet«, sagte DI Nelson. »Wie klingt das alles für Sie,
Leah?«

Leah starrte sie an. Als sie versuchte, etwas zu sagen, kam
nur ein Krächzen heraus. »Es klingt nicht gut, oder? Überhaupt
nicht gut«, brachte sie schließlich heraus.

SECHSUNDDREISSIG

Der Treidelpfad war nicht so schlammig wie beim letzten Mal, als sie dort gewesen war. Allerdings ging Leah jetzt nicht, sie lief. Nachdem sie auf der Polizeiwache ihre Aussage gemacht hatte und die Ermittler sie ermahnt hatten, die Gegend vorerst nicht zu verlassen, weil sie möglicherweise in Kürze noch einmal mit ihr sprechen mussten, war sie nach Hause gefahren, hatte Jeans und Turnschuhe angezogen, sich ins Auto gesetzt und wieder in derselben Haltebucht geparkt wie beim letzten Mal, als sie Gabe an Bord der *Blue Moon* besucht hatte.

Sie nickte einem Pärchen zu, das mit seinem Hund unterwegs war, und drückte sich in eine Hecke, um sie auf dem schmalen Pfad passieren zu lassen. *Beeilt euch*, drängelte sie in Gedanken, als ihr Hund im Vorbeigehen ihre Beine beschnüffelte.

Als sie vorbeigegangen waren, setzte sie ihren Weg fort und rannte zu der Stelle, wo sie Gabe zuletzt gesehen hatte.

Aber das ist gar nicht, wo du ihn zuletzt gesehen hast, oder?

Alles Mögliche ging ihr durch den Kopf. Sie hatte die Polizei belogen. Und sie hatte einen guten Grund dafür. Gabe am vergangenen Abend zu sich einzuladen, war ein großer

Fehler gewesen und hatte sie verletzlich gemacht und ihre Gefühle durcheinandergebracht. Doch das hätte sie unter keinen Umständen der Polizei erklären können.

»Verflucht«, stieß Leah hervor, blieb stehen und stützte sich keuchend mit vorgebeugtem Oberkörper auf den Knien ab. »Ich hätte schwören können, dass es hier war.« Sie starrte auf den Kanalabschnitt, wo sie die *Blue Moon* erwartet hatte. Doch dort war kein Boot mehr. Ein Stück weiter gab es eine Brücke, die ihr bekannt vorkam, ebenso wie das dichte Schilf am anderen Ufer mit dem umgepflügten Feld dahinter, wo sie zuvor die Moorhühner gesehen hatte.

Sie stützte die Hände in die Hüfte und suchte den Kanalabschnitt ab, so weit sie sehen konnte. Hatte Gabe das Boot vor ein paar Wochen bewegt, möglicherweise um näher an der Stadt zu sein? Oder hatte er den Liegeplatz erst kürzlich verlassen, vielleicht nach dem Streit mit Craig?

Wie dem auch sei, sie wandte sich zum Gehen.

Als sie zum Auto zurückging, sah sie ein Boot, das ihr entgegentuckerte. Der Mann am Steuer hob die Hand und grüßte sie, und sie sah eine Frau an Deck neben ihm. Sie erkannte das Paar von ihrem Besuch auf Gabes Boot, kurz bevor er ihre Beziehung beendet hatte, als das Pärchen sie fröhlich gegrüßt hatte.

»Hi!«, grüßte Leah, blieb stehen und wandte sich um, um neben dem Boot entlangzulaufen, während es langsam weiterfuhr. »Sie haben nicht zufällig die *Blue Moon* irgendwo gesehen, oder?«

Die Frau nickte bereits.

»Die ankert drüben im Jachthafen«, sagte der Mann. »Motorprobleme«, sagte er und lachte. »Irgendwas ist ja immer bei diesen Dingern.« Er tätschelte das Dach seines Boots.

»Der Jachthafen in Weston Fields?«, fragte Leah und blieb stehen, weil es wenig sinnvoll war, ihnen weiter zu folgen. Der Mann bestätigte ihre Vermutung, Leah bedankte sich und lief rasch zurück zum Auto.

―――――

Leah fuhr los und raste die Landstraße entlang. Der Motor des Minis ächzte, als sie die Gänge wechselte und, so schnell sie sich traute, um ein paar schwer einsehbare Kurven fuhr. Sie war sich nicht vollkommen sicher, was die beste Strecke zum Jachthafen war, und musste einmal wenden, weil sie eine Abzweigung verpasst hatte. Doch auch dieser Weg verlief sich in einer Sackgasse, und sie musste zurückfahren und verfluchte den schlechten Handyempfang, wegen dem sie nicht auf der Karte nachsehen konnte.

Erst als sie die Einmündung eines langen privaten Farmwegs passierte, erinnerte sie sich an die Abkürzung. Vor ein paar Jahren war sie mit ihren Eltern und den Kindern am Kanal spazieren gegangen, und sie hatten einen Pub gesucht, den ihnen jemand empfohlen hatte. Ihr Vater, der offenbar das Gefühl hatte, eine militärische Operation zu leiten, hatte darauf bestanden, die Abkürzung zu nehmen – ein öffentlicher Fußweg und eine Straße, die über das Land einer Bauernschaft führten. Die Kinder hatten wegen des langen Fußwegs in der Hitze gemault und gemeutert, aber sie erinnerte sich, dass sie damals am Jachthafen vorbeigekommen waren. Nun sah sie den ausgeblichenen Wegweiser, der diese Route anzeigte.

»Wells Wood Farm and Dairy. Privatweg. Keine freie Zufahrt zum Jachthafen. Nur Fußgänger«, las sie. »Egal«, murmelte sie, setzte ein Stück zurück und betätigte den Blinker. Es war ihr egal, dass sie etwas Verbotenes tat. Wenn sie angehalten wurde, würde sie irgendeine Ausrede erfinden und sagen, dass sie sich verfahren hatte. Sie musste nur so schnell wie möglich zu Gabes Boot kommen.

Sie raste die Straße entlang, die gerade breit genug für ein Fahrzeug war, und betete, dass ihr niemand entgegenkommen würde. Sie ratterte über ein paar Viehgitter auf der Straße, während sie durch die Felder brauste.

»Ich schwöre, es muss hier irgendwo sein«, sagte sie und begann daran zu zweifeln, als die Strecke sich hügelabwärts wand und in ein Waldstück führte. »Es muss gleich hier irgendwo sein«, murmelte sie und hoffte, dass sie hinter der nächsten Kurve schon den Parkplatz des Jachthafens entdecken würde. Stattdessen geriet sie immer tiefer in den Wald. Der Baumbestand wurde dichter und verschluckte das Licht. Leah warf einen Blick auf das Armaturenbrett, um die Tankanzeige zu sehen, weil sie wusste, dass sie langsam keinen Sprit mehr hatte, als sie um eine scharfe Kurve bog und danach wieder aufs Gaspedal trat, um zu beschleunigen.

»Oweia!«, rief sie plötzlich und ging so fest in die Eisen, wie sie konnte.

Sie spürte, wie die Reifen über den Asphalt rutschten und der alte Mini bebend zum Stehen kam. Sie atmete in kurzen, flachen Stößen, und ihr Herz wummerte, als sie die Augen wieder öffnete. Als sie den umgestürzten Baum gesehen hatte, war sie gleich auf die Bremse gestiegen und war sich sicher gewesen, sie würde direkt hineinrasen.

Doch wie durch ein Wunder hatte sie es geschafft, kurz vor dem dicken Baumstamm zum Stehen zu kommen, der die gesamte Breite der Straße einnahm. Er musste bei dem Sturm in der vergangenen Woche umgefallen sein.

Als ihr Herzschlag sich normalisiert hatte, stieg Leah aus dem Mini. Sie stützte sich auf der Tür ab, sog die kühle, feuchte Waldluft in die Lunge und starrte den Baum an. Den Stamm hatte sie verfehlt, doch sie schauerte, als sie den gefährlichen Ast entdeckte, der im rechten Winkel hervortrat und auf der Beifahrerseite bis auf wenige Zentimeter an die Windschutz-scheibe heranreichte. Wenn Zoey oder Henry im Auto gesessen hätten und sie nicht rechtzeitig hätte anhalten können ...

Ein Schauer überlief Leah, und sie versuchte nicht an so etwas Schreckliches zu denken. Stattdessen stieg sie wieder ins

Auto, wendete in drei Zügen und fuhr die Strecke zurück. Sie musste wohl oder übel den langen Weg nehmen.

Zwanzig Minuten später erreichte sie den Parkplatz des Jachthafens, stieg aus und ging hinüber zu dem Büro und dem Metallsteg, der zu den Anlegeplätzen führte. Sie war schon einmal hier gewesen, als Gabe sie das erste Mal mit auf sein Boot genommen hatte, also kannte sie die grobe Richtung.

Wenn er allerdings für Reparaturen hier war, könnte das Boot auch in der Werkstatt sein, überlegte sie.

»Ich suche nach der *Blue Moon*«, wandte sie sich an die erstbeste Person, die sie entdecken konnte: ein Kerl im Overall und mit öligen Händen, der offenbar hier arbeitete. Er trug eine Werkzeugkiste und ging auf den langen Bootsschuppen zu. Offenbar hatte er es eilig. »Da lang«, sagte er, ohne anzuhalten. »Anleger dreiundzwanzig, glaube ich«, fügte er hinzu.

Leah bedankte sich. Sie wusste, dass das Büro am Tag besetzt war und sie es mit der Sicherheit genau nahmen. Bei ihrem letzten Besuch war das Tor zu den Liegeplätzen abgeschlossen gewesen, und Gabe hatte dort auf sie gewartet, um sie hereinzulassen. Zum Glück hatte dieses Mal jemand das Metalltor ein Stück offen gelassen, weil anscheinend das Schloss nicht richtig eingerastet war, und sie konnte es leicht aufdrücken. Rasch ging sie den Bohlenweg entlang und fragte sich, was sie sagen sollte, wenn Gabe an Bord war und wie sie ihm nach gestern Abend gegenübertreten konnte. Doch das war nicht weiter wichtig, dachte sie, sie wollte ihn nur sehen, sicherstellen, dass es ihm gut ging und ihn über die jüngsten Ereignisse in Kenntnis setzen. Danach würde sich vermutlich die Polizei bei ihm melden.

Leahs Herz pochte heftig, als sie sich dem Liegeplatz mit der Nummer dreiundzwanzig näherte und die weißen Buchstaben auf dem marineblauen Untergrund zu beiden Seiten des

Bugs erkennen konnte: *Blue Moon*. Von vorne wirkte das Boot verschlossen und unbewohnt. Die graue Schutzplane war fest über das Vorderdeck gezogen. Doch als sie an der Seite vorbeiging, entdeckte sie, dass aus einem der Pflanztöpfe mit Stiefmütterchen auf dem Dach Wasser heraustropfte. Jemand musste sie kürzlich gegossen haben.

»Hallo?«, rief sie, als sie das Achterdeck erreichte. Die Pinnenverlängerung war nicht befestigt, und der faltbare Campingstuhl, den Gabe immer auf dem Deck stehen hatte, war auch nicht da. Leah konnte keine Schuhe oder Stiefel sehen, und es gab keine leeren Tassen oder Dosen, die darauf hindeuteten, dass er hier draußen gesessen und etwas getrunken hatte, wie er es gern tat.

Die Türen hinten waren verschlossen, und die Luke darüber war zugezogen worden. Doch dann bemerkte sie, dass kein Vorhängeschloss an der Halterung hing.

»Gabe?«, rief sie und ging an Bord. Das Boot schwankte ein wenig, als sie an Deck stand, und sie wartete, ob es ihn darauf aufmerksam machen würde, dass er Besuch hatte. Doch niemand kam heraus, also klopfte sie stattdessen an die Luke. »Gabe, bist du da drin? Ich bin es. Leah.«

Nichts.

Leah sah zu den Booten neben der *Blue Moon* hinüber, aber auch dort war niemand, den sie hätte fragen können, ob sie ihn gesehen hatten. Vorsichtig schob sie die Luke ein Stück zurück und spähte von oben hinein. Im Innern war es dunkel, also öffnete sie die Doppeltüren, die in die Kajüte hinunterführten. Sie stellte fest, dass Gabe wirklich einen guten Job gemacht hatte, als er das bunte Gemälde mit den Rosen und dem Schloss aufgefrischt hatte.

»Gabe, bist du da drin?«

Sie fragte sich, ob er vielleicht in dem winzigen Badezimmer war oder vorne in der Kajüte ein Nickerchen machte, doch als sie die Stufen hinunterstieg und den Rest des Bootes absuchte, musste sie bald feststellen, dass niemand an Bord war.

Sie stand vor dem ordentlich gemachten Doppelbett, nahm ihr Handy aus der Tasche und wählte Gabes Nummer. Es war einen weiteren Versuch wert. Doch bevor sie noch jemanden erreichen oder ihm eine Nachricht hinterlassen konnte, merkte sie plötzlich, wie das Boot schwankte und von achtern her ein paar laute Geräusche zu hören waren. Sie ging rasch in Richtung Kombüse und sah, dass nun kein Tageslicht mehr durch die offenen Türen hereinfiel. Jemand hatte sie geschlossen. Und dann hörte sie das Klimpern von Schlüsseln und das Klicken des Vorhängeschlosses.

»He!«, rief sie, lief zu den Türen und wummerte dagegen. »Gabe! Ich bin hier drin. Ich bin es. Leah! Warte!« Zu ihrem Entsetzen schwankte das Boot abermals und dann sah sie durch das seitliche Fenster ein Paar Beine in Jeans und Arbeitsschuhen über den Holzsteg an der Seite des Bootes entlang davongehen. Sie folgte ihnen und bollerte dabei an die Kajütenfenster und rief immer wieder. Als sie beim dritten Fenster über dem Sitzbereich angelangt war, blieben die Beine stehen. Eine Gestalt beugte sich herunter, und ein Gesicht erschien hinter der Scheibe, die zum Trichter geformten Hände an das Glas gelegt.

»Oh, Gabe! Ein Glück. Lass mich raus. Ich bin hier eingeschlossen!«

Kurz dachte Leah, Gabe hätte sie nicht gesehen und würde weitergehen, doch zu ihrer großen Erleichterung, kam er zurück an Deck und öffnete die Türen.

»Leah?«, rief er und kam die Stufen herunter. »Was zum Teufel machst du hier?«

Es dauerte kaum eine Sekunde, und sie lief zu ihm hinauf und schlang ihm die Arme um den Hals. Es war ihr egal, was er über sie dachte, weil sie in sein Boot eingebrochen war oder weil sie ihn jetzt fast zerquetschte. Überhaupt war ihr alles egal.

»Ich dachte, du wärst *tot*. Gott sei Dank, Gott sei Dank, dass du hier bist!«

Sie spürte das sanfte Beben in seiner Brust, als er leise lachte und sie in seinen starken Armen hielt.

»Tot?«, fragte er schließlich und ließ sie los, sodass er ihr Gesicht sehen konnte. »Warum sollte ich tot sein?«

Leah sah zu ihm auf. »Ich weiß gar nicht, wo ich anfangen soll«, sagte sie und ließ sich in den Drehsessel neben dem kleinen Holzofen fallen. Ihre Stimme zitterte, als sie ihn, so gut es ging, auf den aktuellen Stand der Ereignisse brachte.

Gabe ging vor ihr in die Hocke und nahm ihre Hände. Er sagte nichts und sah ihr nur in die Augen.

»Also ... also dachte ich, das könntest du gewesen sein, der da im Feuer lag«, sagte Leah. Sie atmete tief durch und seufzte. »Ich konnte den Gedanken nicht ertragen, besonders nicht nach dem, was neulich zwischen uns vorgefallen ist. Es war so ...« Sie sprach nicht weiter, falls er nicht ebenso empfand wie sie.

»Das ist wirklich furchtbar«, sagte er und sah sehr besorgt aus. »Welch ein Schock für dich. Das tut mir so leid. Wie du siehst, bin ich allerdings quicklebendig.«

»Ich bin so erleichtert«, sagte sie. »Dabei hätte ich den Weg hierher beinahe selbst nicht überlebt.« Der Adrenalinschock von ihrem Beinaheunfall wirkte noch immer ein wenig nach. »Ein Baum war umgekippt, und ich wäre beinahe frontal hineingefahren.«

»Bei der Wells Wood Farm?«

Leah nickte.

»Das steht als Nächstes auf meiner To-do-Liste«, erwiderte Gabe. »Ich komme nicht so schnell hinterher, weil der Sturm so viele Bäume gefällt hat. Ein Glück, dass dir nichts passiert ist.«

»Als ob das noch nicht genug wäre, ist Craig verschwunden«, erzählte Leah. »Gillian hat ihn bei der Polizei vermisst gemeldet.«

Gabe schwieg und sah kurz aus dem Kajütenfenster. »Verschwunden?« Er strich sich über den Bart. »Wann wurde er zuletzt gesehen?«

Leah beobachtete aufmerksam seinen Gesichtsausdruck, doch er blieb neutral und verriet nichts. »Das wollte ich dich fragen.«

»Mich?«, erwiderte Gabe prompt. Er erhob sich wieder und ging im Wohnbereich auf und ab.

Leah sah, dass er die Schultern hochgezogen und die Hände in die Jeanstaschen gesteckt hatte. Und sie bemerkte auch den gequälten Ausdruck in seinem Gesicht, als er sich in den anderen Sessel gegenüber dem kleinen Holzofen fallen ließ.

»Hast du ihn in den letzten Tagen gesehen?«, fragte Leah und musste an die Worte ihrer Mutter denken.

Keine Reaktion.

»Gabe, die Polizei ist an der Sache dran. Craig ist am selben Tag verschwunden, an dem auf meinem Grundstück eine Leiche gefunden wurde, die deine Jacke trug. Ich war heute Morgen auf der Wache und habe eine Aussage gemacht, verflucht noch mal! Das alles macht mich krank. Wenn du irgendetwas weißt, musst du es mir sagen. Bitte.«

Gabe saß nur da und starrte auf den Boden. Leah hörte das leise Geräusch seines rauen Atems und spürte das sanfte Schaukeln des Bootes, als ein anderes Boot langsam aus dem Jachthafen hinaustuckerte. »Weißt du irgendetwas? Herrgott noch mal, bitte rück damit heraus!«, sagte Leah, als er nach einer Weile noch immer schwieg. »Gabe, was ist hier los?«

Endlich sah er auf. »Leah«, sagte er ernst. »Es gibt etwas, das ich dir sagen muss.«

SIEBENUNDDREISSIG

Leah starrte ihn ungläubig an. »Habe ich das richtig verstanden?«, fragte sie, erhob sich, setzte sich aber gleich wieder, als sie merkte, wie schwindlig ihr war. »Du hast die ganze Zeit für Craig gearbeitet?«

»So würde ich es nicht ausdrücken«, entgegnete Gabe mit demselben gequälten Gesichtsausdruck, den er gehabt hatte, als er es ihr gestanden hatte. »Ich habe nicht direkt für ihn gearbeitet. Und auch nicht die ganze Zeit.«

»Aber du hast Geld von meinem Ex genommen und dafür ... im Gegenzug ...« Leah konnte sich kaum überwinden, zu wiederholen, was Gabe ihr eben erzählt hatte. Dabei war es nicht von Interesse, ob sie ihm seine Reue abkaufte oder nicht. Darüber, ob sie ihm verzeihen konnte, hatte sie noch nicht einmal nachgedacht, und es war nicht klar, ob sie es überhaupt je könnte. Sie versuchte noch immer zu begreifen, dass Gabe sie belogen hatte – besonders nach jener Nacht. Sie hatte ihn gebeten vorbeizukommen. Eigentlich hatte sie herausfinden wollen, warum er bei Craig gewesen war, doch dann hatte die Leidenschaft sie übermannt. Sie hatte sich ihm gegenüber verletzlich gemacht, und er hatte ihr Vertrauen missbraucht. Jetzt war klar, dass er keine Gefühle für sie hatte. Er hatte sie nur ablenken wollen.

»Leah, Ehrlich, es ist nicht, wie du denkst.« Gabe lehnte den Kopf an die lederne Kopfstütze und schloss die Augen. Er fuhr sich mit den Händen über das Gesicht, stöhnte und nahm sie wieder herunter.

»Es klingt aber alles sehr danach, Gabriel Holland.« Seinen vollen Namen zu verwenden, half ihr ein wenig, sich emotional von ihm zu distanzieren. »Im Grunde sagst du, dass mein Ex-Mann dich bezahlt hat, um mich auszuspionieren. Ist das richtig?«

»Ausspionieren klingt schlimmer, als es war. Er sagte, er braucht ein paar Informationen.«

Leah lachte kurz auf. »Ehrlich? Das kann man sich echt nicht ausdenken. Hast du mit einem Fernglas in dem Baum gehockt, oder was? Hast du mich beim Umziehen beobachtet, als ich bei meinen Eltern war? Aufgeschrieben, was ich zum Frühstück hatte?«

»Ich weiß, das klingt alles übel, aber ...« Gabe stand auf, ging in die kleine Kombüse und nahm den Kessel von dem kleinen Gaskocher. Er füllte ihn mit Wasser und entzündete das Gas.

»Tee macht es auch nicht besser, verdammt noch mal!«, giftete Leah.

Gabe stellte das Gas wieder ab.

»Ich trinke trotzdem einen. Ich habe Durst.«

Gabe zündete den Kocher wieder an.

»Ich möchte alles wissen«, verlangte Leah und beobachtete ihn mit finsterem Blick, wie er dastand, eine Hand auf dem Griff des Kessels und die andere in der Hosentasche. »Von Anfang an.«

Er nickte. »Ich will dir auf keinen Fall wehtun, Leah.«

»Dafür ist es ein bisschen zu spät.« Leah ging alles

Mögliche durch den Kopf. »Hast du deswegen Schluss gemacht? Wollte Craig, dass du das tust?«

»Nein, so war es nicht«, entgegnete er. »Auf diese geniale Idee bin ich ganz von allein gekommen.«

Leah starrte aus dem Fenster und beobachtete ein anderes Boot, das vorbeifuhr.

»Hör zu, Craig hat mich vor einigen Monaten angesprochen. Es war Zufall. Ich hatte keine Ahnung, dass er dein Ex-Mann ist beziehungsweise du seine Ex-Frau.«

»Und weiter?« Leah verschränkte die Arme vor der Brust und weigerte sich, ihn anzusehen, während er sprach.

»Ich habe einige Baumschnittarbeiten auf einem Grundstück durchgeführt, das er gerade begutachten ließ, um es auf den Markt zu bringen. Als ich gehen wollte, kamen wir vor dem Haus ins Gespräch. Er wollte wissen, was für Arbeiten ich durchführe und was meine Preise sind, so etwas eben. Dann bat er mich um meine Karte und sagte, er hätte oft potenzielle Kunden, die jemanden brauchten, der ihnen vor einem Hausverkauf den Garten in Ordnung bringt.«

»Ich höre«, sagte Leah und sah ihn noch immer nicht an.

»Er sagte, er hätte einen Job für mich und es gehe um Baumfällarbeiten. Er wollte, dass ich ein besonders günstiges Angebot unverlangt bei einem bestimmten Grundstück einwerfen sollte, damit ich sicher sein könnte, dass ich den Job bekomme. Die Differenz würde er aus seiner Tasche bezahlen.«

»Um Himmels willen«, murmelte Leah und starrte auf ihre Füße.

»Er sagte, dass ich mir zusätzlich noch ein paar Tausend Pfund verdienen könnte, wenn ich wollte.« Gabe machte eine Pause und räusperte sich. »Ich war zu der Zeit extrem knapp bei Kasse, Leah. Einige große Kunden hatten noch nicht bezahlt, und mir standen diverse Rechnungen ins Haus. Außerdem hatte ich mir angewöhnt, meiner Mum jeden Monat einen Batzen Geld zu schicken. Sie ist achtundsiebzig, wohnt allein, und ich schaffe es nicht, sie so oft zu besuchen, wie ich will. Also habe ich ihr aus schlechtem Gewissen Geld gegeben und wollte sie nicht im Stich lassen.«

Der Kessel pfiff, und Gabe machte eine Pause, um heißes Wasser auf die Teebeutel zu gießen. Er ließ sie ziehen.

»Ich muss zugeben, ich war neugierig. Und als ich fragte, worum es bei diesem zusätzlichen Job gehe, sagte Craig – und ich zitiere ihn hier, Leah –, er sagte, es gehe darum, seine ›Psycho-Ex im Blick zu behalten‹. Wie sich herausstellte, waren es die Baumfällarbeiten bei deinen Eltern.«

»Große Güte«, entfuhr es Leah, und sie ließ sich im Sessel zurücksinken.

»Er wollte, dass ich herausfinde, ob seine Ex-Frau eine neue Beziehung hatte. Und er wollte Fotos, wohin du gehst, mit wem du dich triffst und eine Liste von Adressen und Nummernschildern. Eben alles, was ich in Erfahrung bringen könnte. Ich dachte, es wäre nur für ein paar Tage.«

»Das muss ja eine wahnsinnig interessante Lektüre gewesen sein«, sagte Leah. »Oder auch nicht.«

»Bevor ich mich darauf eingelassen habe, hatte ich keine Ahnung, dass du es warst oder was du mit ihm durchgemacht hast. Und am Anfang schien Craig ganz in Ordnung zu sein. Ich war zu Beginn einmal in seinem Büro, und wir sind sogar zusammen in den Pub gegangen. Er hat mir erzählt, wie schrecklich seine Scheidung war, wie er dabei über den Tisch gezogen worden sei und dass du dabei von vorne bis hinten gelogen hättest. Irgendwie hat er mir leidgetan.«

»Pah!«, rief Leah und konnte kaum an sich halten. »Ja, er kann charmant sein, nicht wahr?« Sie nahm die Tasse Tee, die Gabe ihr reichte, und nippte, um nicht in die Luft zu gehen.

»Letztlich sagte er, er wolle wissen, wo du hinziehst. Er behauptete, du würdest ihm nicht erlauben, seine Kinder zu sehen, und er befürchte, du könntest sie ohne seine Erlaubnis ins Ausland mitnehmen.«

»Und den Scheiß hast du geglaubt?«, rief Leah und wirbelte zu Gabe herum, der noch immer am Herd stand.

»Anfangs, ja«, sagte er. »Ich hatte keinen Grund, daran zu zweifeln. Und wie ich schon sagte, kannte ich dich da noch nicht. Als ich dich gesehen habe ... na ja, das hat alles verändert. Außerdem muss ich zugeben, dass es am Anfang einen wunden Punkt getroffen hat. Einer meiner Brüder war mit einer Frau aus den Staaten verheiratet, und ihm ist genau das passiert. Er hat seine Kinder seit Jahren nicht gesehen. Es ist alles ziemlich traurig.«

»Aber du hast mich um ein Date gebeten ... als ich noch bei meinen Eltern gewohnt habe. Und da hast du mir auch nicht erzählt, dass ...« Leah dachte an die Nacht bei ihr zu Hause zurück. Sie schauderte.

»Das war meine Idee, nur um das klarzustellen. Ich wollte dich wirklich etwas besser kennenlernen. Und dann hat sich alles verändert. Nachdem wir ein paarmal miteinander aus waren, habe ich mich eben in dich verliebt.«

»Also warst du es, der ihm verraten hat, wohin ich gezogen bin?« Als Gabe nickte, stöhnte Leah. »Und woher wusste Craig überhaupt, dass meine Eltern jemanden gesucht haben, der ihre Bäume beschneidet?«

»Das weiß ich auch nicht.« Wieder schwieg er. »Es tut mir wirklich alles so leid, Leah. Wenn ich gewusst hätte ... Wenn ... Ich hätte ...« Er sprach nicht weiter, weil ihm die richtigen Worte zu fehlen schienen.

»Ich bin sprachlos. Du hast meinem gewalttätigen Ex-Mann private Informationen über mich gegeben. Craig muss sich totgelacht haben über mich. Ich wette, er konnte kaum an sich halten, als das alte Pfarrhaus zum Verkauf angeboten wurde. Vielleicht hat er Carrie und Josh sogar zum Verkauf gedrängt.«

»Was ich sagen wollte, Leah, war ...« Gabe stellte seinen Tee auf den Küchentresen, kam zu Leah herüber und kniete sich wieder vor sie. »Wenn ich gewusst hätte, dass ich mich in dich verlieben würde, hätte ich mich gar nicht erst darauf eingelassen.«

Leah starrte schweigend auf ihn herab.

»Verlieben?«

Gabe nickte und ließ sie nicht aus dem Blick. »Ja. Darum habe ich unsere Beziehung beendet.«

»Du hast mit mir Schluss gemacht, weil du dich in mich verliebt hast?« Leah erhob sich abrupt. »O ja, das ergibt natürlich vollkommen Sinn. Ich verstehe Männer einfach nicht mehr.« Sie ging in der Kajüte auf und ab und versuchte, alles zu verarbeiten, was er ihr erzählt hatte.

»Als du mir dann getextet hast«, fuhr Gabe fort, »und mir erzählt hast, was bei dir so los ist, habe ich mich so gefreut, von dir zu hören. Obwohl ich wusste, dass es zwischen uns nie etwas werden würde. Ich wollte dir einen Gefallen tun, als eine Art kleine Wiedergutmachung. Ich habe geantwortet, aber dann habe ich nichts mehr von dir gehört, also habe ich beschlossen, das Tor trotzdem freizuschneiden und mich um die Hecke zu kümmern. Um dir das Leben ein bisschen leichter zu machen.«

»Wie großzügig von dir«, sagte Leah und setzte sich auf die Stufe unter der Luke. Sie hielt ihre Tasse mit beiden Händen.

Gabe nahm wieder auf dem Drehsessel Platz und wandte sich ihr zu. »Ich war vorgestern eigentlich da, um weiterzuarbeiten, aber ...«

»Die Mühe hätte ich mir nicht gemacht, wenn ich du wäre«, sagte Leah. »Erstens hat Craig nämlich meinen Gemüsegarten zerstört. Seine Bulldozer haben ganze Arbeit geleistet. Und zweitens ist das ganze Grundstück jetzt ein Tatort.« Leah stellte ihre Tasse auf den Tresen und hielt sich den Kopf. Dann sah sie plötzlich auf. »Aber ... was?«

Gabe nippte an seinem Tee und schluckte. Er sah nachdenklich aus. »Aber ich habe dann letztlich doch nicht weitergearbeitet.«

»Warum? Warst wohl zu beschäftigt, dich bei meinem Ex anzubiedern, was?«

»Nein. Aber ich habe ihn gesehen.«

»Das habe ich auch gehört«, schimpfte Leah und erinnerte sich an das, was ihre Mutter ihr erzählt hatte.

»Ich habe Craig schon vor ein paar Wochen gesagt, dass ich ihm nicht mehr dabei helfen würde ... bei seiner Schnüffelei. Wir waren inzwischen zusammen, und es kam mir nicht richtig vor.«

»Ein Mann mit moralischem Kompass, wie ich das liebe!«

»Aber Craig hatte mir noch immer nicht das versprochene Geld gegeben. Als ich vor zwei Tagen da war, um die Hecke fertig zu machen, habe ich sein Auto auf der Einfahrt gesehen, also habe ich an die Haustür geklopft. Niemand hat aufgemacht. Als ich dann hinten auf deinem Grundstück war, habe ich das Loch in der Mauer gesehen und bin da durch in seinen Garten gegangen. Die Terrassentür war nicht verschlossen.«

»Du warst also pleite, obwohl du mich bespitzelt hast? Das tut mir aber leid. Es überrascht mich im Übrigen kein bisschen, Ich kann mich nämlich nicht erinnern, wann Craig je mal pünktlich seine Schulden beglichen hätte.«

»Auch wenn du mir nicht glaubst, ich wollte das Geld an eine Organisation gegen häusliche Gewalt spenden. Ich hätte es nie im Leben selbst behalten.«

Leah nickte. Dagegen ließ sich schlecht etwas sagen. »Wollte? Ich nehme an, Craig hat dir das Geld nicht gegeben? Ich schätze, er war zu beschäftigt damit, sich an meine Mutter ranzumachen.« Sie stieß geräuschvoll Luft aus und schüttelte den Kopf. Allein der Gedanke widerte sie an.

Gabe schien einen Augenblick verwirrt, öffnete den Mund ein paarmal, als ob er etwas sagen wollte, überlegte es sich dann jedoch wieder anders.

Leah beobachtete ihn und dachte daran, wie ihre Mutter beschrieben hatte, dass es sich angehört hatte, als wären Craig und Gabe in Streit geraten, als sie gegangen war. Wie es aussah, war Gabe weitgehend unversehrt aus dem Kampf hervorgegangen. Doch ihr wurde kalt, als sie daran dachte, was ihr Gabe möglicherweise gleich erzählen würde. Vielleicht war Craig nicht so unversehrt davongekommen. Vielleicht war er überhaupt nicht davongekommen.

»Nein, er hat mir das Geld nicht gegeben«, sagte Gabe schließlich leise. Er tippte mit dem Zeigefinger gegen seine Tasse, dann sprach er weiter. »Und ich weiß nicht, was du meinst, wenn du sagst, dass er sich an deine Mutter herangemacht hat. Er hat nicht ...«

»Halt, warte mal«, sagte Leah und zog ihr Handy aus der Tasche, als sie das Klingeln bemerkte. Auf dem Display wurde keine Nummer angezeigt, trotzdem nahm sie den Anruf an. Etwas später legte sie auf, und die Farbe war aus ihrem Gesicht gewichen.

»Leah?«, fragte Gabe, erhob sich und kam zu ihr herüber. »Was ist denn?«

»Das war DI Nelson, die leitende Ermittlerin in dem Fall«, sagte sie und steckte das Handy wieder in die Tasche. »Sie möchte, dass ich heute Nachmittag auf die Wache komme.«

»Gibt es etwas Neues?«

»Ich weiß nicht«, sagte sie. »Aber sie wollen mich als Tatverdächtige befragen.« Leah starrte ihn an. »Sie behandeln diesen Fall jetzt als Mord.«

ACHTUNDDREISSIG

»Dann fangen wir mal an«, sagte DI Nelson und überprüfte, ob die Kamera lief.

Mit dem Anruf der Ermittlerin war Leahs Stresslevel auf ungeahnte Höhen geklettert. Seit sie das Boot verlassen hatte und zur Polizei gefahren war, raste ihr Herz die ganze Zeit wie verrückt, und noch immer hallten ihr die scharfen Worte, die sie Gabe beim Abschied entgegengeschleudert hatte, durch den Kopf. Er hatte angeboten, sie zu begleiten, aber sie hatte abgelehnt, nicht ohne ihm vorher deutlich zu sagen, was sie von ihm und seinem unglaublichen Verrat hielt.

Doch als sie das Auto abgestellt hatte, bereute sie die Worte schon fast wieder. Wenn er die Wahrheit gesagt hatte, war Gabe einfach nur eine weitere Person, die auf Craigs Lügen und Manipulationen hereingefallen war. Wie einfach ihr Ex-Mann seine Opfer doch um den Finger wickelte. Wie einfach er sich mit seinen Lügen in die Gedanken anderer Leute einschlich. Craig drang in ihr Leben ein und umzingelte sie. Sie fühlte sich belagert.

Nun saß sie in erhöhtem Alarmzustand vor dem Ermittler-team und spürte, dass DI Nelsons Tonfall sich verändert hatte.

Sie klang nicht mehr so freundlich wie zuvor, allerdings auch nicht feindselig. Es war irgendetwas dazwischen, und das beunruhigte Leah noch viel mehr. Sie konnte sie nicht durchschauen.

DI Nelson verschränkte die Arme über den Akten, die sie vor sich auf den Tisch gelegt hatte, und beugte sich vor. Sie hatte Leah die Abläufe bereits erklärt und sichergestellt, dass sie ihre Rechte verstanden hatte.

»Diese Vernehmung findet in Vernehmungsraum fünf der Polizeiwache in Alvington statt und wird auf Video aufgezeichnet. Ich bin Detective Inspector Carla Nelson, ebenfalls anwesend, um mir bei der Vernehmung zu assistieren, ist Detective Constable Flynn Marshall. Ihm gegenüber sitzt Rebecca Bernard, Pflichtverteidigerin. Würden Sie uns bitte Ihren vollen Namen und Ihr Geburtsdatum nennen?« DI Nelson sah Leah an.

Leah sah zu ihrer Anwältin hinüber. Sie hatte vor der Vernehmung so wenig Zeit mit ihr gehabt, dass sie kaum eine Chance gehabt hatte, herauszufinden, warum man sie wieder auf die Wache zitiert hatte. Weitere Fragen zu der Leiche im Garten, hatte es geheißen. Bloß warum? Sie hatte doch schon eine Aussage zu Protokoll gegeben und alles gesagt, was sie wusste. Die Anwältin nickte und lächelte kurz.

»Ja, Mein Name ist Leah Mary Ward und mein Geburtsdatum ist der dreizehnte März neunzehnhundertdreiundachtzig.«

»Danke, Leah. Wie Sie wissen, vernehmen wir Sie heute als Tatverdächtige. Sie stehen nicht unter Arrest, und es steht Ihnen jederzeit frei zu gehen. Das könnte jedoch gegebenenfalls eine spätere Verhaftung zur weiteren Vernehmung nach sich ziehen. Und wie ich Ihnen bereits erklärt habe, kann alles, was Sie jetzt sagen oder tun vor Gericht gegen Sie verwendet werden.«

Leah fühlte sich, als befände sie sich unter Wasser, und die

Worte der Ermittlerin blubberten wie Luftblasen um sie herum. Sie hörte sie über Warnungen, Rechte, Gerichtsverfahren und Ermittlungen reden und darüber, dass sie nichts sagen müsse, wenn sie es nicht wolle. Sie nickte unwillkürlich und sah wieder ihre Anwältin an. Sie setzte blind ihr Vertrauen in eine Frau, die sie kaum zwanzig Minuten kannte.

»Ja, ich verstehe«, sagte Leah, obwohl sie sich da gar nicht so sicher war. Sie faltete die Hände im Schoß und nestelte an ihren Fingern.

»In Ihrer Zeugenaussage zuvor haben Sie uns erzählt, wie Gillian in dem Feuer auf Ihrem Grundstück eine Leiche gefunden hat, was dazu führte, dass sie mit Ihrer Unterstützung die Polizei gerufen hat.«

Leah nickte. Das erschien ihr das Sicherste. Doch plötzlich öffnete sich ihr Mund fast von selbst, und Worte purzelten heraus. »Aber was ist, wenn es nicht mein Grundstück ist? Craig hat geschworen, dass es ihm gehört. Ich weiß ehrlich gesagt nicht mehr, wem es gehört.«

»Wäre Ihnen das lieber?«, fragte DC Marshall. »Wenn es nicht Ihr Grundstück wäre?«

Leah ließ den Kopf sinken. »Nein. Das meinte ich nicht. Ich habe nur den Eindruck, als versuchten Sie, mich irgend-etwas zu beschuldigen.«

Der Polizist beobachtete sie eine Weile und sprach dann weiter. »Wir haben zuvor festgehalten, dass Ihr Verhältnis zu Ihrem Ex-Mann ... angespannt ist. Würden Sie sagen, das ist eine zutreffende Beschreibung?«

Leah hätte in hysterisches Gelächter ausbrechen mögen, hielt sich aber zurück. »Ja.«

»Die Besitzurkunden zeigen, dass Mr Forbes sein Grund-stück gekauft hat, bevor Sie Ihres erworben haben, Leah, obwohl Sie zuvor das Gegenteil behauptet haben. Wenn Sie das berücksichtigen, würden Sie dann zustimmen, dass Sie dieje-nige waren, die nebenan eingezogen ist?«

»Was? Das ist unmöglich!« Leah schüttelte den Kopf. Sie konnte es nicht verstehen. »Ich habe ihren Umzugswagen gesehen, nachdem ich schon dort wohnte.«

»Haben Sie jemals irgendwem gegenüber geäußert, dass Sie Ihren Ex-Mann töten möchten, Leah?«

Leahs Wangen brannten. »Wenn ich das getan habe, meinte ich es nicht wörtlich.«

»Aber Sie haben gesagt, dass Sie ihn umbringen wollen?«

Die Anwältin beugte sich vor und flüsterte Leah etwas zu.

»Schon in Ordnung«, erwiderte Leah. »Ich muss nicht ›Kein Kommentar‹ sagen, denn ich hatte nicht wirklich die Absicht, ihn umzubringen.«

»Würden Sie bitte die Frage beantworten, Leah? Haben Sie je geäußert, dass Sie Ihren Ex-Mann Craig Forbes umbringen möchten?«

»Warum? Ist er tot? Haben Sie ihn gefunden?« Leah presste sich die Hand auf den Mund. »Und überhaupt, wer hat erzählt, dass ich das gesagt habe?«

»Bitte beantworten Sie die Frage«, wiederholte der Ermittler.

Leah sah zu ihrer Anwältin hinüber. »Kein Kommentar«, sagte sie schließlich, und nahm an, dass Gillian es hinter der Mauer gehört haben musste. War das der Grund gewesen, weswegen Sie sie zuvor ignoriert hatte, als sie einander im Korridor begegnet waren? Glaubte Gillian, sie hätte Craig getötet?

»Sind Sie gegenüber Ihrem Ex-Mann je gewalttätig gewesen?«, fragte DI Nelson weiter.

»Nein!«, entgegnete Leah. »Es war genau umgekehrt.«

»Vor wenigen Tagen sind zwei unserer Kollegen zu Ihnen gerufen worden, um eine Auseinandersetzung zwischen Ihnen und Mr Forbes zu schlichten. In dem Bericht heißt es, Sie hätten Ihren Ex attackiert, als die Kollegen eintrafen. Sie wurden Zeugen, als sie ihm in die Lendengegend traten und ihn wiederholt geschlagen haben.«

»Ja, aber das war, weil er meinen Garten dem Erdboden gleichgemacht hat.« Leah spürte, wie ihr Zorn aufwallte. »Es war … Nach allem, was er mir angetan hat, bin ich einfach ausgerastet. Ich konnte nicht mehr.«

»Sie konnten Ihre Wut nicht kontrollieren. Ist es das, was Sie damit sagen wollen?«

»Auch eine Heilige hätte ihre Wut nicht länger kontrollieren können, wenn sie das durchgemacht hätte, was ich erlebt habe, seit er eingezogen ist.«

»Können Sie uns ein Beispiel geben?«, fragte DC Marshall.

»Wie viele wollen Sie haben?« Leah sah ihre Anwältin an, die ihr zunickte. »Okay, lassen Sie mich nachdenken. Er hat ein Loch direkt durch meine Schlafzimmerwand gebohrt.« Sie hob die Hand und zählte an den Fingern ab. »Er hat jemanden bezahlt, um mich auszuspionieren. So hat er übrigens erfahren, wohin ich ziehen wollte. Ich kann nur annehmen, dass er den Grundstückskauf früher getätigt hat und das Haus für ein paar Wochen vermietet hat, bevor die vorherigen Besitzer ins Ausland gezogen sind – keine große Überraschung, denn das ist Craigs Job. Ich musste durch die Wand zuhören, wie sie Sex hatten, und einmal ist er betrunken zu mir gekommen und hat vorgeschlagen, ich solle eine Affäre mit ihm anfangen …« Sie hielt inne und räusperte sich. »Er hat meine Mülltonne gestohlen – ganz zu schweigen davon, dass er mir während meiner gerichtlich vereinbarten Zeiten die Kinder weggenommen hat, obwohl er sich kaum bequemt hat, sie zu sehen, bevor er nebenan eingezogen ist. Außerdem hat er sie ohne meine Zustimmung auf eine andere Schule geschickt.« Sie zählte an der anderen Hand weiter. »Darüber hinaus hat er allen erzählt, ich hätte psychische Probleme. Er hat eine neue Zweigstelle seines Maklerbüros in der Stadt eröffnet, um mich zu ärgern, und wo auch immer ich hingehe, sehe ich sein grinsendes Gesicht auf den ›Zu verkaufen‹-Schildern. Er hat meinen Vater halb zu Tode erschreckt, sodass er mit Verdacht auf einen Herzinfarkt ins Krankenhaus eingeliefert wurde, und er hat mir die meisten meiner Freunde weggenommen, indem er Lügen über mich verbreitet hat, ich hätte sein Auto zerstört und Müll in seinen Garten gekippt.«

Leah ließ die Hände in den Schoß fallen, als sie keine Finger mehr übrig hatte. »Ach ja, er war auch in meinem Haus, als ich nicht da war, und hat ein riesiges Loch in meine Gartenmauer geschlagen und behauptet, er hätte das Wegerecht durch meinen Hof, um auf sein Flurstück zu gelangen, obwohl es mir gehört. Erst kürzlich musste ich ihn, wie Sie bereits wissen, anzeigen, weil er meine Handynummer auf irgendeine widerliche Seite für Sexkontakte gestellt hat.« Leah holte Luft, fuhr aber fort, obwohl sie sah, dass DI Nelson Anstalten machte, etwas zu sagen.

»Und um dem Ganzen noch die Krone aufzusetzen, hat er mich am Hinterausgang meines Salons vor einigen Tagen belästigt und ... mir einen Kuss aufgenötigt.« So, nun war es raus.

»Das ist eine Menge aufgestaute Wut, Leah«, sagte DI Nelson und machte sich ein paar Notizen. »Sie sagen, er hat Ihnen einen Kuss aufgenötigt? Wir haben bereits die Aufzeichnungen der Überwachungskameras aus der Umgebung des Salons und in der Nähe des Grundstücks Ihres Ex-Mannes besorgt und ausgewertet. Sehen Sie sich das bitte einmal an.«

Die Ermittlerin tippte ein paarmal auf ihrem Tablet herum und drehte den Bildschirm dann so, dass Leah ihn sehen konnte.

Leah starrte darauf und war erstaunt, als sie nach einer Zeit, in der nur die leere Gasse hinter dem Salon zu sehen war, wo sie geparkt hatte, selbst ins Bild kam. Craig näherte sich ihr. Als sie die Aufnahmen ansah, unterdrückte sie ein Schluchzen und drückte die Hand auf den Mund, als sie sah, wie Craig sich vorbeugte und sie küsste. Doch es hatte nichts mit der Szene gemein, an die sie sich erinnerte.

»Sieht das für Sie aus, als hätte er sich aufgedrängt, Leah?«

»Na ja ...« Sie sprach nicht weiter. »Es sieht vielleicht nicht so aus, aber es war so.«

»Ich würde sagen, wir sehen hier eine Frau, die den Kuss ziemlich genießt, stimmen Sie mir da nicht zu?« DI Nelson ließ die Aufnahme noch einmal ablaufen, und Leah saß da und schüttelte den Kopf, als sie sah, wie sie die Arme hob, sie Craig um den Hals schlang und sich in den Kuss fallen ließ. Eins ihrer Beine hatte sie hinter sich angewinkelt und den Kopf zur Seite gedreht, als er sich an sie gepresst hatte. Noch bevor der Moment kam, an dem sie ihn von sich gestoßen hatte, stolperten sie aus dem Bild.

»Aber so ist es überhaupt nicht abgelaufen. Haben Sie keine Aufnahmen davon, als wir weiter links standen? Da haben wir uns gestritten. Er hatte meine Kinder in eine andere Schule gebracht, und ich hatte sie dort gerade rausgeholt. Es war schlimm. Ich war vollkommen aufgewühlt.«

»Offenbar nicht zu aufgewühlt, um einen Kuss mit Ihrem Ex-Mann zu genießen.«

Leah sagte nichts. »Kein Kommentar« würde sie nur schuldiger wirken lassen.

»Sie erwähnten eben Ihre psychischen Probleme. Waren Sie deswegen in Behandlung? Haben Sie eine offizielle Diagnose?«

»In der Vergangenheit habe ich eine Zeit lang Antidepressiva genommen, aber wer würde das nicht, nach allem, was ich durchgemacht habe?« Sie sah ihre Anwältin Unterstützung suchend an, doch sie blieb ausdruckslos. »Ich bin nicht verrückt, falls Sie das sagen wollen.«

»Verlieren Sie oft die Beherrschung?« Die Ermittlerin verschränkte die Hände und stützte das Kinn darauf, die Ellenbogen auf der Tischkante.

»Nein«, antwortete Leah leise. »Sehr selten.«

DI Nelson öffnete wieder ihre Akte und drehte sie so, dass nur DC Marshall Einsicht nehmen konnte. Sie deutete auf etwas, und sie schienen es beide einen Moment zu betrachten.

»Erkennen Sie das, Leah?« DI Nelson schob ein Foto in einer Klarsichthülle über den Tisch.

Leah betrachtete es eine Weile. »Es ist ein Benzinkanister. Er sieht aus wie der, den Dad mir vor einer Weile gegeben hat.«

»Und das?« Die Polizistin zeigte ihr ein weiteres Bild.

»Das ist ein Aufkleber. Dads Handschrift. Er war auf dem Kanister.« Leah klang erschöpft, angespannt und gereizt. Es hatte keinen Zweck, die Tatsachen zu leugnen.

»Beides wurde in der Nähe des Feuers gefunden, und der Benzinkanister war leer. Wissen Sie, wie die Gegenstände dorthin gelangt sind?«

»Nein«, sagte Leah leise. »Aber ich habe bemerkt, dass der Kanister in meinem Schuppen verschwunden war. Jemand muss ihn herausgenommen haben.«

»War der Schuppen verschlossen? Wurde er aufgebrochen?«

»Es gab ein Vorhängeschloss mit Zahlenkombination, das offen war, als ich das letzte Mal im Schuppen war.«

Die Kommissarin machte einige Notizen und wies DC Marshall auf ein anderes Dokument in der Akte hin.

»Um zu dem Vorfall mit der Website zurückzukommen, den Sie erwähnten, Leah. Wir haben den Fallbericht nun vorliegen. Die Betreiber der Website haben bestätigt, dass in der Nacht, in der Sie die Anzeige gegen Ihren Ex-Mann gestellt haben, um zwanzig nach eins tatsächlich ein Post mit einer Telefonnummer hochgeladen wurde.« DI Nelson öffnete abermals die Akte und zeigte Leah einen Ausdruck von einer E-Mail. Dort war eine Telefonnummer gelb markiert. »Ist das Ihre Nummer, Leah?«

»Ja.«

»Laut den AGB der Website ist es verboten, direkte Kontaktdaten wie Telefonnummern und Adressen zu posten, also wurde sie innerhalb von wenigen Stunden nach dem Hinweis gelöscht. Der verantwortliche Techniker hat uns die IP-Adresse zur Verfügung gestellt, von der das Posting gesendet wurde. Infolgedessen hat unser IT-Team den betreffenden Provider ermittelt, und wir sind dabei, detailliertere Informationen zu erfragen. Würden Sie uns bitte sagen, welchen Telefon- und Internetprovider Sie nutzen?«

»Ich bin bei BT«, erwiderte Leah.

»Und wir wissen bereits, dass dies der Provider ist, der für das Posting auf der Website verwendet wurde. Laut Gillian hat ihr Haushalt einen anderen Anbieter. Haben Sie Ihre eigene Handynummer online gestellt, Leah, um es Ihrem Ex-Mann in die Schuhe zu schieben?«

»Nein! Ganz sicher nicht. Kein Kommentar. Aber nein, einfach nein!« Leah verdrehte die Augen und stieß geräuschvoll Luft aus. Das war lächerlich!

»Welchen Gerätetyp nutzen Sie, Leah? Android oder Apple?«

»Ich habe einen uralten Laptop von Dell und ein Samsung Handy, das auch nicht besonders neu ist.«

»Wissen Sie, welche Geräte Ihr Ex-Mann nutzt?«

»Das ist einfach«, sagte Leah mit Gewissheit. »Er würde nie etwas anderes benutzen als Apple-Geräte. Nur die neuesten Modelle. Das kann ich mit Sicherheit sagen. Craig muss immer das Beste haben.«

»Danke, dass Sie es bestätigen. Wir wissen, dass das fragliche Posting von einem Android-Gerät gesendet wurde.«

Leah schüttelte den Kopf, und ihr stand der Mund offen. »Vielleicht hat er ein anderes Handy gekauft oder Gillians benutzt. Ich weiß es doch nicht. Er ist nicht dumm, und er würde sich bestimmt nicht selbst belasten.«

»Okay, sprechen wir vorerst über etwas anderes. In Ihrer

Zeugenaussage erwähnten Sie, dass Sie Craig zuletzt am Morgen gesehen haben, als unsere Kollegen bei Ihnen waren. Stimmt das?«

»Ja.«

»Und ich habe mir notiert, dass Sie erwähnten, Ihre Mutter habe möglicherweise Ihren Ex-Freund, Gabriel Holland, noch gesehen, nachdem Sie selbst ihn zum letzten Mal gesehen hatten?«

»Ich ... ich weiß nicht. Ich glaube, ich habe da etwas durcheinandergebracht.«

Die Ermittlerin nickte und musterte Leah eine Weile.

»Sie haben ausgesagt, dass Sie Gabriel Holland zuletzt vor einigen Wochen gesehen haben, als er Ihre Beziehung beendet hat und Sie ihn auf seinem Boot besucht haben. Sie sagten, Sie wüssten das genaue Datum nicht mehr.«

Leah betrachtete ihre Hände und knibbelte an der Nagelhaut ihres Daumens.

»Ja«, sagte sie, und wieder bereute sie die Lüge. »Und ... und Mum hat ihn nicht wirklich gesehen«, fügte Leah hinzu. Sie hörte die Worte aus ihrem Mund, als ob sie überhaupt keine Kontrolle darüber hätte und jemand anders spräche.

»Können Sie das näher ausführen?«

»Mum ist ...« Leah schlug die Beine übereinander und öffnete sie wieder, verschränkte und öffnete die Arme. »Mum ist zu Craig gegangen, aber nicht ins Haus. Sie hat ein anderes Auto auf der Einfahrt gesehen, also ist sie wieder umgekehrt, weil sie nicht stören wollte.« Was auch immer geschehen war, sie wollte Ihre Mum nicht mit hineinziehen. Sie würde nicht gut damit fertigwerden, und außerdem würde es ihren Vater unnötig belasten. Am Ende würde es ihn wieder ins Krankenhaus bringen.

»Verstehe«, erwiderte DI Nelson. »Und das ist Ihnen gerade eben erst eingefallen?«

Leah nickte. »Tut mir leid.«

»Sie haben also Gabriel Holland zuletzt vor ein paar Wochen gesehen und Ihren Ex-Mann vor zwei Tagen?«

Leahs Wangen brannten und waren vermutlich feuerrot. Tränen wallten in ihren Augen auf. Sie hatte das Gefühl, die Lüge nicht länger aufrechterhalten zu können. »Ich ... ich weiß nicht. Ich bin mir nicht mehr sicher. Vielleicht ... Es ist alles unklar, und ich ...« Doch dann hielt sie inne, und ihr Blick fiel auf den Tisch, wo die Kommissarin mit dem Stift herumklopfte, während sie die Akte überflog. Das eintönige Geräusch weckte in ihr das Verlangen, ihn ihr aus der Hand zu schlagen. Sie atmete tief durch.

»Sind Sie schon mal betrogen worden, Detective?«, hörte sie sich selbst fragen.

DI Nelson sah auf.

»Ich habe gesehen, dass Sie einen Ehering tragen«, fuhr Leah fort und betrachtete DI Nelsons linke Hand, während sie auf eine Antwort wartete. Dann sah sie ihr direkt in die Augen. »Hat man Sie schon einmal so übel hintergangen und belogen, dass Sie nicht mehr wussten, was real ist und was nicht?«

Sie hätte schwören können, hinter dem kühlen, professionellen Blick kurz etwas aufschimmern zu sehen. Unter dem linken Auge der Kommissarin war kurz ein leichtes Zucken zu sehen, und die Pupillen weiteten sich. Sie sah eine Mutter, eine Ehefrau, eine betrogene Frau.

»Vernehmung vorübergehend unterbrochen um sechzehn Uhr dreiundzwanzig«, verkündete DI Nelson plötzlich, schaltete das Aufnahmegerät ab und nahm ihre Akten. Sie erhob sich abrupt und fegte aus dem Raum.

————

»Und als wir wieder im Vernehmungsraum waren, hat die Ermittlerin mich gefragt, ob ich meinen Ex getötet habe«, sagte

Leah am Telefon. »Dann hat sie noch gefragt, ob ich wüsste, wer der Tote im Feuer ist.«

Als Leah nach der Vernehmung entlassen worden war, hatte sie auf dem Weg nach Hause die Kinder abgeholt und dafür gesorgt, dass sie etwas zu essen bekamen, sich fertig machten und ins Bett gingen. Sie hatte sich tapfer zusammengerissen, doch als sie schließlich allein war, hatte sie das Sofakissen genommen, ihr Gesicht darin vergraben und war in Tränen ausgebrochen.

Das Selbstmitleid hatte allerdings nicht lange angehalten. Sie hatte sich eine Tasse Tee gemacht und gewusst, dass sie mit jemandem reden musste – jemandem, der sie unterstützen würde. Schließlich hatte sie Gabes Nummer gewählt und gebetet, er würde drangehen, vor allem nach dem, was sie ihm zuvor an den Kopf geworfen hatte.

Er hatte abgenommen. Nach dem zweiten Klingeln.

»Was hast du geantwortet?«

»Nachdem ich in der Pause mit meiner Anwältin gesprochen hatte, habe ich einfach auf alles ›Kein Kommentar‹ gesagt. Das hat sie mir geraten. Ich habe eine Aussage gemacht, und sie hat sie in meinem Namen den Ermittlern vorgelesen. Sie besagte im Grunde nur, dass ich nichts weiß. Dann haben sie mich gehen lassen. Die Anwältin sagte, sie hätten nicht genug, um mir irgendetwas zur Last zu legen, sie würden es nur versuchen. Es war so surreal, Gabe. Ich weiß nicht, wie ich überhaupt schlafen soll.«

»Du stehst unter Schock«, sagte Gabe. »Schon dich. Nimm ein heißes Bad und iss etwas, wenn du kannst.«

Leah versprach, es zu versuchen.

»Wo sind die Kinder?«

»Wieder hier bei mir. Mum war wirklich toll. Ich weiß nicht, wie ich das alles ohne sie durchgestanden hätte.«

Gabe schwieg.

»Bist du noch da?«

»Ja«, sagte er leise, als ob er etwas auf dem Herzen hätte. »Obwohl mein Akku bald leer ist. Falls ich plötzlich weg bin, weißt du Bescheid. Haben sie irgendetwas darüber gesagt, ob sie den Toten identifiziert haben? Oder wo Craig steckt?«

»Nein«, sagte sie. »Nur, dass sie noch keine offiziellen Ergebnisse hätten. Ich hatte aber das Gefühl, dass sie eine Vermutung haben.«

»Sie haben dich getestet.«

»M-hm«, machte Leah zustimmend. In ihren Gedanken verschwamm alles. »Als ich bei dir auf dem Boot war, wolltest du mir erzählen, was passiert ist, als du wegen des Geldes bei Craig warst. Mum sagte, sie hätte gehört, dass ihr in Streit geraten seid, Gabe. Was ist passiert?«

Schweigen.

»Hallo, Gabe, bist du noch da?« Leah starrte auf das Display. »Gabe?«, wiederholte sie und ließ das Handy neben sich fallen. Offenbar hatte sein Akku endgültig aufgegeben.

NEUNUNDDREISSIG

Leah wusste, dass sie nicht würde schlafen können, und sie hatte auch nicht vor, ein heißes Bad zu nehmen und etwas zu essen, wie Gabe ihr geraten hatte. Stattdessen tigerte sie aufgebracht und unruhig durchs Haus. Vor allem war sie frustriert, weil er nicht zurückgerufen hatte, um ihre Unterhaltung fortzusetzen. Sie musste genau wissen, was geschehen war, als Gabe bei Craig gewesen war, um das Geld zu holen.

Sie hatte natürlich ein paarmal versucht, ihn zurückzurufen, aber sie hatte keine Verbindung bekommen. Soweit sie bisher wusste, klang es, als wäre er die letzte Person gewesen, die Craig vor seinem Verschwinden gesehen hatte. Sie wusste, dass ihre Mutter zu Übertreibungen neigte, und wenn deftige Worte gefallen und Craig und Gabe womöglich auch laut geworden waren, hätte sie es leicht als Handgreiflichkeit missverstehen können. Wie auch immer, sie wollte nicht, dass ihre Mum in die Sache hineingezogen wurde, vor allem, weil sie ohnehin gleich wieder gegangen war.

Aus einer Laune heraus wählte Leah Gillians Nummer, aber niemand antwortete. Craigs Auto hatte noch immer in der Einfahrt des alten Pfarrhauses gestanden, als sie nach Hause gekommen war, sie hatte allerdings nicht darauf geachtet, ob Gillians Auto auch da war oder nicht. Sie war mit Zoey und Henry beschäftigt gewesen.

Nun ging sie hinaus in den Hof und spähte durch das Loch in der Mauer. Nebenan war Licht. Gillian musste zu Hause sein.

Was sie sah, war allerdings nicht das Licht in der Küche, sondern ein weicheres Schimmern, das durch die Flurtür zu kommen schien – vielleicht eine Lampe oder das Flackern des Fernsehers.

Einer Eingebung folgend, ging sie zurück durchs Haus, zur Haustür hinaus und die Einfahrt zum Nachbarhaus hinauf, wo sie an die Tür klopfte. Unter den gegebenen Umständen fand sie nicht, dass es zu spät war, sie zu stören, und sie bezweifelte, dass Gillian nach allem, was geschehen war, schlief. Sie wollte wissen, was auf der Polizeiwache geschehen war, und Gillian fragen, warum sie im Korridor so abweisend gewesen war. Wenn sie irgendetwas getan hatte, was Gillian verärgerte, wollte sie die Chance haben, es wiedergutzumachen. Die Kinder konnten gut ein paar Minuten allein bleiben.

Doch niemand reagierte. Leah klopfte noch einmal und drückte den Klingelknopf. Noch immer nichts.

Sie spähte durchs Wohnzimmerfenster, aber im Innern war es dunkel.

Gillian musste in dem kleineren Wohnzimmer im hinteren Teil des Hauses sein und hatte vermutlich den Fernseher laut aufgedreht, also ging sie zurück in ihren Hof und sah hinten noch einmal nach. Das Licht, das sie zuvor gesehen hatte, war mittlerweile aus.

Sie warf einen Blick über die Schulter und folgte ihrem Impuls in den Garten nebenan und die Stufen hinauf zur Terrassentür. Sie wollte sich nicht vorwerfen lassen, dass sie herumschnüffelte, doch genau so kam es ihr jetzt vor. Sie formte die Hände zu einem Trichter und legte sie an die Scheibe.

Niemand zu sehen. Dann betätigte Leah vorsichtig den Türgriff. Sie hatte erwartet, dass die Tür verschlossen war, doch das war nicht der Fall.

Ohne nachzudenken, drückte sie den Türgriff weiter herunter und öffnete langsam die Glastür. Es wäre besser gewesen, nach Gillian zu rufen, das wusste sie, doch gleichzeitig kam es ihr falsch vor. Sie redete sich ein, dass sie Gillian nicht stören oder zu Tode erschrecken wollte. Sie würde nur nachsehen, ob alles in Ordnung und Gillian in Sicherheit war, und dann würde sie wieder nach Hause gehen. Das war gute Nachbarschaft.

Leah stand im dunklen Wohnzimmer und hatte die Arme um den Oberkörper geschlungen. Sie hatte sich schon bettfertig gemacht und trug ihre Pyjamahose, ein T-Shirt und dünne Hausschuhe an den Füßen.

Das Erste, was sie bemerkte, war der Geruch.

Die Lilien, dachte sie und konnte den eklig süßlichen Geruch wahrnehmen, den die in der Vase faulenden Blumen ausströmten. Das Wohnzimmer war kalt und dunkel, aber sie wollte kein Licht machen. Stattdessen benutzte sie die Taschenlampe an ihrem Handy, tappte leise durch den Raum und in den Flur, wo der Geruch stärker wurde. Tatsächlich waren die Köpfe der Blumen braun und welk, und das verbliebene Wasser hatte eine schleimige grüne Farbe angenommen.

Sie beschloss, oben nachzusehen, und ihre Füße sanken bei jedem Schritt in den weichen Teppich ein. Oben angekommen, wandte sie sich nach links. Sie blieb stehen und lauschte, falls Gillian gerade in der Dusche war, doch sie hörte nur ihren eigenen Atem.

In Craigs und Gillians Schlafzimmer war es ähnlich dunkel, und die Vorhänge waren halb zugezogen. Sie erinnerte sich an das, was Gillian über das Stoffmuster gesagt hatte; dass sie es nicht leiden konnte, wenn die Vögel sie anstarrten. So, wie nun das Licht von der Straße auf den Stoff fiel, konnte sie ihr nur zustimmen. Die Augen hatten etwas Bösartiges.

»Hallo?« Es war kein Flüstern, aber nicht weit davon entfernt. Das riesige Bett war leer und ordentlich gemacht. Der Rest des Zimmers war ebenfalls sauber und ordentlich, so wie an dem Tag, als Gillian sie herumgeführt hatte.

Es wirkte nicht, als hätte die Polizei hier bereits eine Durchsuchung vorgenommen. Offenbar befassten sich die Ermittlungen zunächst mehr mit dem Toten aus dem Feuer und weniger mit Craigs Verschwinden.

Doch Leah hatte keine Zweifel, dass sie sich schon sehr bald Gillians Haus vornehmen würden, wenn Craig in den nächsten Tagen nicht wieder auftauchte, und aus den Fragen, die sie ihr heute gestellt hatten, konnte sie schließen, dass sie auch ihr Haus durchsuchen würden. Wieder musste sie an Gabe denken und daran, was geschehen war, als er wegen des Geldes hier gewesen war.

Leah durchquerte langsam das Schlafzimmer und ging auf das angrenzende Badezimmer zu. Sie blieb kurz stehen, als sie den Schaden an der Wand bemerkte, die Stelle, wo Craig durchgebohrt hatte. Das hässliche Loch, das Ziegelstaub auf der Tapete darunter hinterlassen hatte, war mitten in der ordentlich weiß gestrichenen Wand und nicht einmal an einer Position, an der man ein Regal oder ein Bild aufhängen würde. Es war offensichtlich, dass er es nur getan hatte, um ihr eins auszuwischen.

Sie wandte den Blick ab und drückte vorsichtig die Badezimmertür auf. Sie wollte Gillian nicht stören, falls sie dort drin war. Doch wie der Rest des Hauses war auch das Badezimmer dunkel und leer. Leah zog an der Schnur für den Lichtschalter und konnte den Duft einiger parfümierter Pflegeprodukte riechen.

Sie sah sich um, suchte den Raum ab, in dem ihr Ex-Mann sich jeden Tag wusch, und konnte seinen Geist dort beinahe spüren. Hinter der Tür hingen zwei Bademäntel: einer aus cremefarbenem Satin, der größere aus grauem Frotteestoff. Sie ließ den glatten Stoff von Gillians Bademantel durch die Finger gleiten, nahm ihn vom Haken, legte ihn sich über die Schultern und schlüpfte in die Ärmel. Sie band den Gürtel um die Taille und betrachtete sich im Spiegel über den Doppelwaschbecken.

Natürlich hatte sie keinerlei Ähnlichkeit mit Gillian, auch wenn sie ihren Satinbademantel trug, doch sie fand auch nicht, dass sie wie sie selbst aussah. Aus dem Spiegel starrte ihr eine hagere Frau mit dünnen Lippen und dunklen Augenringen entgegen, deren Haar dringend Pflege gebraucht hätte – welch eine Ironie, wenn man bedachte, was sie beruflich machte.

Aus einer Laune heraus öffnete sie den Badezimmerschrank und betrachtete den Inhalt: verschiedene Medikamentenpackungen und die Blisterfolie mit Gillians Pille lagen auf dem Regal, Wattepads, Make-up-Entferner und diverse andere Pflegeprodukte, die nicht ansehnlich genug waren, um sie auf dem offenen Regal zur Schau zu stellen. Dann sah sie einen Lippenstift, nahm ihn heraus und drehte ihn auf. Er hatte ein sattes Rot, keine Farbe, die sie je getragen hätte, dennoch fuhr sie damit über ihre Lippen und trug ihn nicht besonders ordentlich auf.

Sie posierte vor dem Spiegel, zog einen Schmollmund und stellte sich vor, wie Craig sich hinter sie stellte, seine Arme um ihre Taille schlang und ihren Hals küsste.

Du siehst toll aus ... würde er sagen. *Bist du fertig fürs Restaurant?*

Leah lachte stumm, sie spreizte die Lippen, entblößte die Zähne und warf den Kopf zurück.

Wie hatte alles so weit kommen können? Vielleicht war sie dabei, den Verstand zu verlieren.

Sie hielt sich am Waschbeckenrand fest, beugte sich vor und starrte ihr Spiegelbild an. Was zum Teufel sollte das werden? Sie musste sich in den Griff bekommen, vor allem musste sie hier raus.

Sie riss den Bademantel herunter, hängte ihn wieder an den Haken und schnappte sich ein Tuch, mit dem sie sich über den Mund wischte. Doch dabei verschmierte sie die rote Farbe nur, sodass sie aussah wie ein Clown. Dann verließ sie das Badezimmer, ging die Treppe wieder hinunter und blieb im Flur stehen. Der Geruch der Lilien hing ihr in der Nase und löste den Drang zu niesen aus.

Leah starrte auf die Türen, die vom Flur abgingen und, anstatt wieder ins Wohnzimmer und durch die Terrassentür hinauszugehen, durch die sie hereingekommen war, wollte sie schnell in der Küche nachsehen, ob Gillian dort war. Wieder öffnete sie vorsichtig die Tür, um sie nicht zu erschrecken.

Doch die Küche war ebenfalls leer, und sie fragte sich, woher das Licht gekommen war, das sie durchs Fenster gesehen hatte. Sie bekam allmählich den Eindruck, dass sie es sich nur eingebildet hatte.

Im Mondlicht, das durch die Läden hereinfiel und sich in Gillians glänzendem Glastisch spiegelte, wirkte die Küche kalt. Wie im Rest des Hauses war auch hier alles makellos, jede Oberfläche fleckenfrei, der Boden gewischt und so sauber, dass man davon hätte essen können.

Dann allerdings entdeckte Leah etwas auf dem Boden, drüben vor der Fußleiste gegenüber den Küchenschränken. Ein kleines Glitzern im Mondlicht.

Sie ging hinüber, bückte sich und hob es auf. Der Gegenstand war etwa zwei oder drei Zentimeter lang, und sie betrachtete ihn einen Augenblick, bevor ihr klar wurde, was das war: ein falscher Fingernagel, lang, mit pinkfarbenem Lack und Goldglitzer an der Spitze.

Leah starrte zwischen den Schlitzen der Läden hindurch aus dem Fenster, als sich eine Wolke vor den Mond schob.

»*Mum*«, flüsterte sie, als sie den Nagel noch einmal genauer betrachtete, um sicher zu sein, dass sie sich nicht geirrt hatte. Es gab keinen Zweifel, das war ihrer. Und dann entdeckte sie auf der Unterseite etwas, das wie getrocknetes Blut aussah. Erschrocken ließ sie ihn in die Tasche ihrer Pyjamahose gleiten und war erleichtert, dass sie ihn vor der polizeilichen Durchsuchung entdeckt hatte. Jetzt wollte sie nur zurück nach Hause zu ihren Kindern.

Als sie sich umdrehte, um zu gehen, schrie sie auf, blieb abrupt stehen und wich zurück, bis sie mit dem Rücken an die Spüle stieß.

»Hallo, Leah«, hörte sie eine Stimme in der Dunkelheit.

VIERZIG

»Craig? Was zur Hölle machst du hier?«

»Sollte ich dich das nicht fragen?« Er stieß ein Geräusch aus, das irgendwo zwischen einem Knurren und einem Lachen lag.

Leah gefiel die Art nicht, wie er sich ihr näherte; ihr gefiel es nicht, wie das Mondlicht unheimliche Lichtstreifen in sein Gesicht zeichnete. Sie wich einen Schritt zur Seite aus.

»Wo warst du? Die Polizei sucht nach dir, und Gillian hat sich schreckliche Sorgen gemacht.«

»Das geht dich doch wohl nichts mehr an, oder?«

Leahs Kopf schwirrte vor Verwirrung und Angst. »Ich habe die blauen Flecken in Gillians Gesicht gesehen. Hat sie herausgefunden, was du für einer bist, ist es das?«

Halt die Klappe, halt die Klappe!, schrie es in ihrem Kopf. Sie konnte es sich jetzt nicht erlauben, ihn zu reizen.

Craig kam noch ein paar Schritte näher und stand nun direkt im Mondlicht, sodass sie ihn besser erkennen konnte. Er hatte ebenfalls einen blauen Fleck auf der Wange und eine kleine Wunde am Hals, die frisch und rot aussah. Sie erinnerte sich daran, was ihre Mutter über den Kampf zwischen Gabe und Craig gesagt hatte.

»Was hast du in meinem Haus zu suchen, Leah?« Er kam näher. Sie wandte den Kopf zur Seite. Er roch ekelhaft. Ihr Herz hämmerte panisch in der Brust, und sie spürte, wie er ihre Handgelenke umfasste. Und plötzlich war sie wieder dort, in ihrem Zuhause, bangte um ihr eigenes Leben und das ihrer Kinder, und es schien, als wäre überhaupt keine Zeit vergangen – als ob sie ihm nie entkommen wäre und es nie eine Scheidung gegeben hätte.

»Ich ... Es tut mir leid, Craig«, brachte sie mit zittriger Stimme hervor. »Ich habe Gillian gesucht. Ich wollte sehen, ob es ihr gut geht.«

»Lügnerin!«, spie er, packte sie fester und riss an ihren Armen. Leah unterdrückte den Schmerzensschrei. Er hatte es immer gehasst, wenn sie einen Aufstand machte.

»Du ... du solltest der Polizei Bescheid sagen, dass alles in Ordnung ist.«

Er ließ sie los und entfernte sich. Er ging neben Gillians Glastisch auf und ab und fuhr sich mit der Hand durch die Haare. Das tat er immer, wenn er unter Stress stand. »Du hast alles komplizierter gemacht, Leah. Du warst schon immer eine Nervensäge, oder nicht?«

»Ich ... Es tut mir leid. Ich halte einfach den Mund und gehe nach Hause. Es ist deine Sache, Craig, und ich werde niemandem sagen, dass ich dich gesehen habe.«

Er lachte, und das Geräusch jagte Leah einen Schauer über den Rücken. Dann wurde sein Ausdruck plötzlich ernst. »Warum ist da überall Absperrband von der Polizei auf meiner Baustelle? Was geht hier vor?«

Leah widerstand dem Drang, etwas darüber zu sagen, wem das Land gehörte. Es war ihr egal. Sie wollte kein Gemüse anbauen, wo jemand gestorben war.

»Es ... es hat eine Art Unfall gegeben. Gillian ... Sie hat

eine ... eine Leiche im Feuer gefunden. Sie war vollkommen durch den Wind. Sie dachte, du wärst es. Deswegen bin ich rübergekommen, um nach ihr zu sehen.« Sie betete, dass ihn diese Erklärung zufriedenstellen würde.

Wieder entfuhr seiner Kehle dieses Geräusch, ein tiefes Brummen, bei dem Leah sich am liebsten wie ein Igel zusammengerollt hätte. Sie hatte es bereits zu oft gehört.

»Wenn die Ermittlungen durch sind, wirst du ... wirst du mit dem Bau weitermachen dürfen.« Leah schob sich näher zur Tür. Craig mochte schlank und drahtig sein, aber sie wusste, dass er kein schneller Läufer war. Wenn sie Vorsprung hatte, konnte sie es zurück in ihr Haus schaffen, bevor er sie einholte. Sie konnte sich einschließen und die Polizei rufen.

Sie entfernte sich noch ein gutes Stück von ihm.

»Was macht dein Freund?« Craig kam näher und hob ihren Vorsprung wieder auf.

»Ich habe keinen Freund«, entgegnete sie und hätte am liebsten gesagt, dass er ihr das zerstört hatte. Doch das tat sie nicht. Sie musste dafür sorgen, dass er so ruhig blieb wie nur möglich.

»Du verlogenes Stück!« Wieder war er ganz dicht bei ihr.

Leah zuckte zurück. Das würde nicht klappen. »Warum rufst du Gillian nicht an und sagst ihr, dass du zu Hause bist? Sie ist bei Freunden.«

Wieder einen Schritt weg von ihm.

»Wahrscheinlich bei einem Mann. Sie ist genau wie du.« Sein Blick wurde glasig und starr. »Ihr Weiber seid doch alle gleich.«

»Was? Wovon redest du, Craig? Sie ist ein guter Mensch und macht sich Sorgen um dich.« Sie streckte vorsichtig die Hand aus und berührte ihn an der Schulter in der Hoffnung, es würde ihn beruhigen, doch er entzog sich ihr.

»Es reicht, Leah. Glaub nicht, dass ich nicht durchschaue, was du vorhast.« Sein Körper war angespannt, er biss die Zähne aufeinander, seine Pupillen weiteten sich und obwohl er so nah war, musste sie es wagen. Jetzt oder nie, nur raus hier.

Sie wirbelte herum und rannte los. Ihre Pantoffeln schlitterten über den Küchenfußboden, als sie sich abstieß. Sie raste aus der Küche, durch den Eingangsflur und stieß dabei die Vase mit den Lilien zu Boden, die krachend auf den Fliesen zerschellte. Als sie durch die Wohnzimmertür stürmte, warf sie einen Blick über die Schulter, um zu sehen, wie nah er war.

Doch Craig war nicht da. Er verfolgte sie nicht.

Es verwirrte sie kurz, und sie fragte sich, ob sie sich seine Anwesenheit womöglich nur eingebildet hatte, doch sie wollte kein Risiko eingehen, drehte sich wieder um und lief zur Terrassentür am anderen Ende des Wohnzimmers. Dort angelangt packte sie einen der Messingtürgriffe. Sie wusste, es gab keine Zeit zu verlieren. Sobald Craig erkannte, was sie vorhatte, wäre er hinter ihr her.

Sie drückte die Klinke. Nichts tat sich.

Sie drückte noch einmal. Nichts.

Sie versuchte es am anderen Griff, dann beide gleichzeitig. Noch immer nichts. Die Griffe gaben nicht mehr nach wie beim Hereinkommen, wo es so leicht gewesen war, die Türen zu öffnen.

Hektisch rüttelte Leah an beiden Klinken, presste sich gegen die Scheibe und trat sogar mit den Pantoffeln dagegen. Es tat sich nichts.

Sie wandte sich um und wusste, sie musste es zur Haustür schaffen. Sie wimmerte, als sie sah, dass Craig in der Tür stand und ihr den Weg versperrte.

»Willst du etwa schon gehen?«

Leah atmete in kurzen, flachen Zügen, ihre Lunge brannte, und ihr Herz hatte Schwierigkeiten mit dem Adrenalin mitzuhalten, das durch ihren Körper jagte. »Die ... die Kinder«, brachte sie hervor. »Sie sind zu Hause. Ich wollte nur ... Ich wollte nur kurz vorbeischauen. Ich muss zurück zu den

Kindern.« Sie ließ ihn nicht aus den Augen, als sie auf ihn zuging, und selbstsicher zu wirken versuchte. Sie wollte an ihm vorbeischlüpfen, doch er breitete die Arme aus und blockierte den Ausgang.

»Du hast meine Kinder allein gelassen?«

»Nur für ein paar Min...«

Der Schlag war schnell und fest, die Rückseite seiner Faust traf Leahs Schläfe. Ihr Kopf knallte gegen den Türrahmen, und sie stolperte rückwärts und taumelte gegen einen Beistelltisch am Ende des Sofas. Sie verlor das Gleichgewicht und stürzte. Mit der Hüfte blieb sie am Tisch hängen, und eine Lampe fiel auf sie.

»Au! Nein ...« Sie hielt sich den Kopf und versuchte, sich mit der anderen Hand hochzustemmen, doch Craig trat ihr den Arm weg, und sie fiel zurück auf den Teppich. Bedrohlich stand er über ihr und schüttelte den Kopf. Dann spuckte er auf sie herab, und die Spucke landete direkt unter ihrem Auge.

Instinktiv zog Leah die Knie an, rollte sich auf die Seite, schlang die Arme um die Knie und vergrub den Kopf dazwischen. Sie kniff die Augen zu und traute sich kaum, zu atmen.

Sie hatte keine Ahnung, wie lange sie in dieser Position verharrte. Sie hörte nur, wie Craig die Tür schloss und sich durch den Raum bewegte. Dann spürte sie, dass er sich setzte, und hörte das Knarzen des Sofas. Um es zu bestätigen, öffnete sie ein Auge. Er saß etwa zwei Meter von ihr entfernt, hatte die Hände ineinander verschränkt und stützte sich auf den Unterarmen auf. Mit einem Finger klopfte er rhythmisch gegen den Handrücken der anderen Hand und starrte dabei, ohne zu blinzeln, auf sie herab.

EINUNDVIERZIG

»Was ist schiefgelaufen, Leah?«

Langsam rollte sie sich wieder auseinander und öffnete die Augen. Craig saß zurückgelehnt auf dem Sofa. Er wirkte jetzt entspannter, beinahe so, als plauderte er mit Gästen.

Leah setzte sich langsam auf und betete, dass sie nun die Chance hätte, ihn zur Vernunft zu bringen und überzeugen zu können, dass er sie nach Hause gehen ließ. Sie konnte hier nicht ewig bleiben. Sie musste zurück zu den Kindern.

»Schiefgelaufen?«, fragte sie und zog langsam eine Hand näher an die Hüfte.

»Was ist bei uns beiden schiefgelaufen?«

»Oh. Ich ...«, begann sie und versuchte abermals, Zeit zu gewinnen. »Wir waren mal ein tolles Paar, nicht?«

Es missfiel ihr, dass das wirklich der Wahrheit entsprach. Sie waren tatsächlich einmal ein tolles Paar gewesen, ein echtes Team mit einer Vision, großen Träumen für die Zukunft und Plänen für ihre Familie. Doch diese Gedanken hatten jetzt in ihrem Kopf keinen Platz. Bedauern half ihr jetzt nicht weiter – auch wenn seine Worte noch immer an ihr nagten.

Vorsichtig fühlte sie in der Tasche ihrer Pyjamahose nach.

Verflucht! Es war weg.

Ihr Handy musste herausgefallen sein, als sie aus der Küche gerannt war oder vielleicht als sie nach seinem Schlag zu Boden gegangen war.

»Wir könnten aber noch immer gute Eltern sein, oder nicht?«, sagte sie.

Langsam, ganz langsam richtete sie sich auf die Knie auf und stellte einen Fuß auf, dann den anderen, bis sie schließlich stand. Craig bewegte sich nicht.

Er beobachtete sie nur mit diesem Blick, den sie nur allzu gut kannte, demselben, mit dem er sie so oft angesehen hatte, wenn er seine Wut abgelassen hatte und versöhnlich gestimmt war. Es gab ihr einen Stich ins Herz.

Leahs Blick fiel auf den Boden, wo sie gestürzt war.

»Suchst du etwas?«

Als sie sich umdrehte, hielt Craig ihr Handy hoch und wedelte damit herum. Er lachte.

»Kann ich es haben?«, sagte sie, näherte sich ihm und streckte die Hand aus. Er zog das Handy weg und hielt es über seine Schulter.

»Mm-mm«, neckte er. »Du wirst es nicht brauchen.«

»Was redest du da? Gib es her. Ich gehe nach Hause zu den Kindern.«

»Versuch es ruhig.«

Leah sah ihn wütend an, drehte sich um und rannte in den Flur, doch noch bevor sie die Haustür erreicht hatte, wusste sie, dass sie abgeschlossen sein würde. Dennoch betätigte sie den Türgriff. Aber sie hatte richtiggelegen, er hatte sie eingesperrt, und es gab keinen Ausweg, außer sie wollte ein Fenster einwerfen.

Hektisch sah sie sich um und entdeckte den gusseisernen Schirmständer neben der Tür. Sie riss die Schirme heraus, warf sie auf den Boden und hob den schweren Ständer über die Schulter. Die Muskeln in ihren Armen und am Bauch zitterten vor Anstrengung, als sie auf die schmale Glasscheibe links neben der Tür zielte, obwohl sie sich nicht einmal sicher war, ob sie durch die Lücke passen würde, wenn es ihr gelänge, das Glas zu zertrümmern.

Sie kniff die Augen zusammen und nahm all ihre Kraft zusammen, um den eisernen Ständer gegen das Fenster zu schleudern.

Doch nichts passierte.

Er schwebte noch immer über ihrer Schulter. Als sie den Kopf drehte, stand Craig hinter ihr und hielt ihn fest.

»Geh noch nicht, Leah. Geh nie wieder!« Er wand den Schirmständer aus ihrem Griff und stellte ihn zurück an seinen Platz. Dann packte er ihren Oberarm und grub die Finger in ihr Fleisch. »Komm!« Er zerrte sie zurück ins Wohnzimmer und schleuderte sie aufs Sofa. Dort, wo er gesessen hatte, fühlte es sich noch warm an.

»Unsere Kinder sind nebenan allein, verdammt!« Sie rieb sich den Arm, wo er ihr wehgetan hatte. »Ich muss wieder zu ihnen.« Sie versuchte aufzustehen, doch Craig stieß mit den Händen gegen ihre Schultern und schubste sie zurück. Bedrohlich beugte er sich über sie und bewegte sich erst, als ein schriller Klingelton ertönte.

Er zog Leahs Handy aus der Gesäßtasche und betrachtete das Display. Er warf ihr einen Blick zu.

»Dein dämlicher Lover«, spie er aus. »Vielleicht sollte ich mich mal mit ihm unterhalten und ihm sagen, dass er dich nie wiedersehen wird.«

»Ich habe doch schon gesagt, Gabe ist nicht mein Lover«, entgegnete Leah und versuchte, das Handy zu ergreifen. Er stieß sie wieder zurück. Das Handy hörte auf zu klingeln. Kurz darauf ertönte der Nachrichtenton. Craig schaute auf das Display. »Was soll das heißen?« Er hielt Leah das Handy hin, sodass sie die Nachricht lesen konnte.

Sorry, Problem mit dem Ladegerät. Ruf mich so schnell wie möglich zurück. Es gibt etwas, das du wissen musst. xx

»Ach, wie niedlich«, spottete Craig. »Küsschen.« Er streckte den Arm aus und schlug Leah über den Kopf.

Wie betäubt schloss sie die Augen und wartete darauf, dass sich der Raum nicht mehr drehte.

»Du dreckiges Stück.« Rastlos ging er auf und ab. »Ich hätte es wissen sollen, dass ich ihm bei einer Hure wie dir nicht trauen kann.«

»Ich weiß, dass du ihn bezahlt hast, um mich zu bespitzeln.« Leahs Kopf dröhnte, als sie sprach. »Du kannst Leute nicht kaufen, Craig. Gabe hat Prinzipien. Er hat gemerkt, was du vorhast, und erkannt, welch ein erbärmlicher Feigling du bist. Ich hoffe, er hat dich ausgeknockt, als er dich geschlagen hat.«

Craig blieb stehen und wirbelte herum. Ein ekelhaftes Grinsen breitete sich auf seinem Gesicht aus.

»Mich geschlagen?« Er lachte laut. »Ich kann dir versichern, Leah, er hätte dich gründlich enttäuscht. Er war der Feigling. Er hat noch nicht einmal einen Finger gegen mich erhoben, als ich ihn herausgefordert habe. Ich habe ihm das Geld nicht gegeben, also ist er abgehauen.«

»Mum hat etwas anderes gesagt«, konterte Leah und wünschte sofort, sie hätte ihre Mutter aus dem Spiel gelassen. Craig hatte sie noch nie leiden können, obwohl er immer schon ein Heuchler gewesen war. Hinter ihrem Rücken hatte er sie schlechtgemacht und sich dann öffentlich wie der perfekte Schwiegersohn aufgeführt. Und Rita hatte ihm aus der Hand gefressen. Deswegen hatte sie die Nachricht von der Scheidung so mitgenommen. Kein charmanter, erfolgreicher Schwiegersohn mehr zum Angeben. Wenn sie gehört hätte, wie Craig über sie sprach, hätte sie nicht so eine hohe Meinung von ihm gehabt.

»Deine Mutter soll die Füße stillhalten«, sagte Craig und

schüttelte den Kopf. »Was auch immer dein Lover angeblich gesehen hat, er lügt. Keine Ahnung, was Rita über mich zu lästern hat, aber sie ist eben eine frustrierte alte Schachtel.«

Leah starrte ihn verwirrt an.

Er zog dieses Gesicht, sein Lügner-Gesicht, wobei er ihr nie richtig in die Augen sehen konnte und das Kinn zurück in Richtung Hals zog. Sie hatte ihre Mutter nie zuvor als alt betrachtet. Rita hatte immer alles darangesetzt, ihre Jugend zu erhalten, und sah fantastisch aus. Die Leute konnten oft nicht glauben, dass sie beide Mutter und Tochter waren.

Sie bemerkte ein Zucken unter Craigs Auge, und seine Ohren leuchteten rot.

Noch mehr Zeichen, dachte Leah und sah ihn an.

»Du lügst. Mum hat gesehen, wie du Gabe geschlagen hast und er sich gewehrt hat. Sie hat mir alles über die Schlägerei erzählt«, sagte Leah mit ruhiger Stimme, in der Annahme, dass das, was Gabe ihr so dringend erzählen wollte, damit zusammenhing. »Außerdem hat sie mir erzählt, weswegen sie hier war.«

Craig erstarrte.

Leah stand auf, straffte die Schultern und reckte den Kopf.

»Ich bin übrigens extrem wütend auf sie. Das war absolut nicht in Ordnung, auch von dir, dass du es überhaupt zugelassen hast.«

Der Gedanke, dass ihre Mutter versucht hatte, Craig zu überzeugen, den Kindern zuliebe der Ehe noch eine Chance zu geben, war ihr zuwider, vor allem, wenn Rita ihn hatte glauben lassen, dass es tatsächlich Leahs eigener Wunsch war.

»Alles, was diese Frau von sich gibt, ist reines Gift. Sie hat Wahnvorstellungen.«

»Ich weiß, was meine Mutter mir erzählt hat, Craig. Und es passt zu ihr. Aber ja, ich stimme dir zu. Ihre Motivation fußt tatsächlich auf Wahnvorstellungen. Und du musst deine Finger von ihr lassen. Das ist ekelhaft.«

Für einen Augenblick glaubte Leah, etwas wie Scham in Craigs Blick aufflackern zu sehen. Doch es war ebenso schnell wieder verflogen.

»Tja, wenn sie gebeichtet hat, kann ich dir ja auch sagen, dass es einzig ihre Schuld war. Sie hat damit angefangen.« Er ging zum Fenster und starrte hinaus in den Vorgarten. Ein Lachen entfuhr ihm. »Es war sogar an deinem Geburtstag. Deinem fünfunddreißigsten, glaube ich. Alle waren bei uns, du hattest Kuchen gebacken, Essen und Deko aufgebaut, und die Musik lief.«

»Was hat mein Geburtstag mit alldem zu tun?«

Wieder ertönte der schrille Klingelton von Leahs Handy. Craig nestelte daran herum, stellte es auf lautlos und warf es zornig zu Boden. Leah erwartete, dass er drauftreten würde, doch es glitt unter das Sofa.

Leah machte einen Schritt auf die Stelle zu, an der es hingefallen war.

»Die Kinder haben sich an dem Tag danebenbenommen, besonders Henry«, fuhr Craig fort. »Du warst zu sehr mit der Organisation der Party beschäftigt und hast nicht gemerkt, dass er Aufmerksamkeit brauchte. Typisch – zu sehr mit dir selbst beschäftigt, um zu merken, was andere brauchen.«

»Craig, wovon redest du? Während unserer Ehe habe ich mich um alle gekümmert außer um mich!«

Er blickte den Scheinwerfern eines vorbeifahrenden Autos nach. Dann wirbelte er herum und sah sie an. »Sie war oben und hat geweint, Leah. Was sollte ich tun, sie ignorieren?«

»Wer war oben? Was zur Hölle redest du da?«

Dreh dich wieder um, verdammt, dreh dich wieder um …

Leah schaute auf den Boden. Sie sah die Ecke ihres Handys unter dem Sofa hervorlugen. Sie hatte einmal gehört, dass es reichte, die ersten zwei Ziffern der Notrufnummer zu wählen, um eine Verbindung zu erhalten.

»Deine Mutter, Leah. Sie war in unserem Schlafzimmer.«

Leah starrte ihn an und versuchte, sich daran zu erinnern. Ihre Erinnerung an die Party war nur vage und bruchstückhaft. Auch wenn es ihr Geburtstag gewesen war, hatte sie alles organisiert und war zu abgelenkt und erschöpft gewesen, um einen Überblick darüber zu haben, wer wo gewesen war. Es juckte ihr in den Fingern, sich das Telefon zu schnappen, doch sie wollte auch hören, was Craig zu sagen hatte.

»Warum hat sie geweint?«

»Ich bin nur hochgegangen, um mich umzuziehen. Henry hatte mich mit Schokoladeneis vollgeschmiert. Ich bin schnell ins Schlafzimmer, habe mein verschmiertes Hemd ausgezogen, bin rüber ins Badezimmer und habe es in die Wäsche gesteckt. Deine Mutter war da drin und hat vor dem Spiegel geheult.«

»Was hatte sie? Hat irgendjemand sie verletzt?«

Doch Leah konnte das Bild nicht abschütteln, wie Craig mit nacktem Oberkörper vor ihrer weinenden Mutter stand.

»Sie sagte, sie wünsche sich mehr Aufmerksamkeit. Sie sei einsam und wolle sich wieder jung und begehrt fühlen. Was hätte ich tun sollen?«

Leah sagte kein Wort. Sie brachte nichts heraus. Sie hatte sogar vergessen, dass sie ihr Handy holen wollte. Sie versuchte, etwas zu sagen, aber es kam nur ein Krächzen heraus.

»Ich weiß, was du denkst, Leah, aber so war es nicht. Ich habe es nur getan, um sie zu trösten. Rückblickend hätte ich hinterher die Laken abziehen sollen, aber wir hatten es so eilig, wieder nach unten zu kommen, bevor uns jemand vermisst.«

Leah starrte ihn an und konnte sich nicht mehr rühren.

ZWEIUNDVIERZIG

»Du hast mit meiner Mutter geschlafen? Bei meiner Geburtstagsparty? In meinem Bett?« Leah drückte die Hände auf ihr Gesicht, zog sie langsam herunter und schüttelte den Kopf.

»Sie war erstaunlich gut. Danach wurde es zu einer netten Gewohnheit. Eine schlechte Angewohnheit, schätze ich.« Er zuckte mit den Achseln.

Das ist nicht wahr, schrillte es in Leahs Kopf. *Das ist alles nicht real ...*

»Du siehst schockiert aus«, sagte Craig nach kurzem Schweigen.

Leah stand da und starrte ihn an. Jede Faser in ihrem Körper schmerzte und fühlte sich wund an.

»Du Bastard«, flüsterte sie. »Ich habe mir über die Jahre eine Menge Scheiße von dir gefallen lassen, aber das schlägt dem Fass den Boden aus.«

»Was soll ich sagen, Leah? Manchmal wolltest du eben keinen Sex. Du warst ständig müde.« Leah tigerte hin und her, um sich davon abzuhalten, etwas zu tun, was sie später bereuen könnte. »Aber meine Mutter, Craig? Meine Mutter!«

»Ich weiß nicht, was du dich so aufregst. Du hast doch gerade gesagt, du hättest davon gewusst.«

»Gewusst?«, brüllte Leah. »Meine Mutter hat mir erzählt, sie wäre hergekommen, um mit dir irgendeinen Scheiß zu besprechen, wie wir wieder zusammenkommen könnten. Und dann hat sie gesagt, du hättest sie angebaggert.« Sie lachte bitter auf. »Ich hatte ja keine Ahnung, dass du sie seit vier Jahren vögelst!«

»Ist das schon so lange her?«, fragte er und sah nachdenklich aus. Doch Leah machte sich ihre eigenen Gedanken, auch wenn ihr Hirn sich anfühlte wie ein nasser Schwamm.

»Er hat euch gesehen, nicht wahr? Gabe meine ich. Als er hier war, um das Geld zu holen, hat er gesehen, wie du mit meiner Mutter zugange warst.«

Craig zuckte mit den Schultern.

»Ich kann in dir lesen wie in einem Buch, Craig Forbes.« Leah fuhr sich mit den Händen durch die Haare. Kein Wunder, dass Gabe gezögert hatte, es ihr zu erzählen. »Und dann? Bist du ausgeflippt? Hast du ihm gedroht, weil du verhindern wolltest, dass euer schmutziges kleines Geheimnis herauskommt? Was ist passiert?«

In Gedanken ging sie die Möglichkeiten durch. Wenn Craig etwas so abnormal Unmoralisches geheim halten konnte, dann war er ... Dann war er zu *allem* fähig.

Sie schauderte und dachte an den falschen Nagel ihrer Mutter auf dem Küchenfußboden.

»Du hast sie fertiggemacht, nicht wahr?«, flüsterte sie und behielt ihn im Blick, während sie umeinander herumschlichen. Sie musste nur nah genug an ihr Handy herankommen. »Vergiss nicht, dass ich dich in- und auswendig kenne. Du hast dich geschämt, als Gabe dich mit meiner Mutter erwischt hat, als er Zeuge wurde, wie du eine deiner abartigen Fantasien ausgelebt hast. Hast du dich über sie lustig gemacht? Sie beleidigt? Wäre es eine deiner blonden Mittzwanzigerinnen aus dem Büro gewesen, hättest du bestimmt damit angegeben.«

»Deine Mutter fertiggemacht? Tja, das hat sie schon allein ganz gut hingekriegt«, sagte er mit einem fiesen Grinsen. »Sie ist nur eine dumme alte Frau.«

Leah ließ den Blick zu der Wunde an seinem Hals wandern – ein kreisrunder Bluterguss und ein kleiner Schnitt in der Mitte. Ein Schnitt, der gut von einem spitzen Fingernagel stammen konnte.

»Bist du ihr gegenüber aggressiv geworden? Musste sie sich verteidigen?« Kein Wunder, dass Rita so aufgewühlt war, als sie an jenem Nachmittag im Salon vorbeigekommen war. Und sie hatte behauptet, Craig hätte sie angebaggert, falls Gabe Leah erzählt hätte, was er gesehen hatte. Doch Gabe hatte es nicht fertiggebracht, es ihr zu sagen, weil er wusste, wie sehr es Leah verletzt hätte.

»Die bekloppte Alte ist ausgerastet. Es war Notwehr.«

»Und warum ist sie ausgerastet, Craig?« Leah näherte sich ihm langsam. »Was hast du getan, dass meine dreiundsechzigjährige Mutter dich angreifen würde? Oder war es womöglich Notwehr von ihrer Seite?« Obwohl sie wütend auf ihre Mutter war, war Leah nun froh, dass Rita regelmäßig Kampfsport machte. Egal, wie wütend sie auf Rita war, wollte sie nicht, dass ihr etwas passierte.

Aus dem Augenwinkel bemerkte Leah, dass sie nur noch etwa einen Meter von ihrem Handy entfernt stand. Sie musste die Polizei rufen und nach Hause zu ihren Kindern, das war alles, was zählte.

Craig ging aufgeregt hin und her und erfand die lächerlichsten Ausreden, und Leah startete den Versuch. Sie ließ sich fallen, griff nach dem Handy, erwischte es und rannte zur Tür. Wenn sie sich im Gäste-WC einschließen konnte, würde ihr das Zeit verschaffen.

»Komm zurück, Miststück!« Er versuchte, sie an der

Schulter zu packen, und erwischte ihr T-Shirt, als sie die Türschwelle erreicht hatte. Sie wirbelte halb herum, konnte sich aber befreien und hörte, wie der Stoff riss. Als sie um die Ecke in den Flur lief, rutschte sie auf den Fliesen weg und musste langsamer werden. Die Toilette war gleich da, nur noch ein Stück.

Craig bekam ihr Haar zu fassen und riss ihren Kopf zurück.

Leah schrie vor Schmerzen auf.

»Lass mich los!«

Sie tauchte unter seinem Arm hindurch und riss das rechte Knie hoch. Sie verfehlte seine Weichteile knapp, doch er krümmte sich. Kurz lockerte er den Griff in ihren Haaren, sie schlug rasch seinen Arm fort und befreite sich.

»Ich bring dich um!«, brüllte er.

Leah stürzte vor, um die Türklinke zu erreichen, doch Craig erwischte ihren Arm, wirbelte sie herum und packte den anderen Arm so fest, dass sie ihm nun direkt gegenüberstand, den Körper gegen seinen gepresst. Er ahnte, dass sie wieder das Knie hochreißen würde, und trat ihr mit einem Fußfeger die Beine zur Seite, packte sie um die Mitte, hob sie hoch und trug sie zurück ins Wohnzimmer.

Leah wand sich und zappelte, trommelte, so fest sie konnte, auf ihn ein. Er warf sie aufs Sofa, doch sie federte auf die Füße und stürzte zu Boden, als er sie wieder zurückstieß. Geschlagen und erschöpft kniete sie vor ihm und keuchte. Sie senkte den Kopf, und ihre Haare klebten ihr überall im Gesicht. Sie war am Ende, leer und gebrochen. Keine Kraft mehr, zu kämpfen. Sie schluchzte – ein tiefer Schmerz, den sie über Jahre in ihrem Innern verborgen hatte, brach sich Bahn.

Es war aussichtslos. Es war von Anfang an aussichtslos gewesen. Sie hatte Jahre gebraucht, ihm zu entkommen und sich scheiden zu lassen, doch das Tragische war, dass sie ihm überhaupt nicht entkommen war. Wo auch immer sie sich hinwendete, Craig war schon da. Er war bösartig und setzte sich auf jede erdenkliche Weise in ihrem Leben fest.

Ihr wurde nun klar, dass sie niemals frei sein würde. Es war naiv gewesen, etwas anderes zu glauben.

Es war Zeit, aufzugeben, zu kapitulieren.

Zeit, das zu tun, was sie schon immer am besten gekonnt hatte.

»Dann bring mich doch um«, sagte sie ruhig und sah ihn durch den Tränenschleier an. Sie strich sich die Haare aus dem feuchten Gesicht und verschränkte die Hände unter dem Kind, fast als betete sie. Mit irrem Blick starrte Craig auf sie herab, aber sie wusste, er spiegelte ihren eigenen Ausdruck. »Los, komm schon, mach, wenn du das willst.«

Craig blieb eigenartig ruhig und beobachtete sie.

Wie durch ein Wunder hatte Leah noch immer ihr Handy in der Hand. Sie entsperrte es mit dem Fingerabdruck, und ihre Arme zitterten vor Angst. Es gelang ihr, die Nummerneingabe aufzurufen, als er zu sprechen begann.

»Leah ...«, sagte er, und seine Stimme klang schleppend. Er seufzte tief. Sie kannte diesen Seufzer. Dieser Seufzer erzeugte in ihr das Gefühl, nach Hause zu kommen.

Sie sah auf und erkannte etwas in seinem Gesicht – etwas Vertrautes und Warmes, das sie ins Herz traf und sie aufrüttelte. Dasselbe Gefühl, das jedes Mal dafür gesorgt hatte, dass sie sich wieder hatte einwickeln lassen, wenn sie entschlossen gewesen war, ihn zu verlassen, und das sie jedes Mal hatte hoffen lassen, dass sich etwas ändern würde.

Ja, das war es.

Hoffnung.

Es war schwer, dieses Gefühl aufzugeben.

Eine Droge.

Sie starrten einander an – Craig überragte Leah, und sie kniete vor ihm und sah durch strähniges Haar zu ihm auf, die Lippen noch immer rot verschmiert von vorhin.

Und sie spürte, wie sie fiel.

Sie fiel zurück in sein Herz, als er die Hände nach ihr ausstreckte.

Langsam schaltete sie das Display ihres Handys ab und steckte es zurück in ihre Tasche. Dann legte sie erst die eine, dann die andere Hand in Craigs warme Handflächen. Er umschloss sie mit seinen Fingern und half ihr aufzustehen. Sie waren nur noch wenige Zentimeter voneinander entfernt und sahen einander eine gefühlte Ewigkeit lang in die Augen.

Als ob sie sich wieder ganz von Neuem kennenlernten. So wie schon so viele Male zuvor, wieder und wieder.

»Ach, Craig«, sagte Leah und spürte, wie die Anspannung in ihrem Körper langsam etwas nachließ. Vertraut und einfach. Zu bleiben war einfacher, als zu gehen. Es würde der Streiterei ein Ende bereiten, den Attacken, der Angst und dem Schmerz. Wenn sie jetzt nachgab, wäre alles vorbei. Ihre Familie wieder vereint. Frieden.

Dieses Mal war sie sich allerdings nicht sicher, ob er sie zurücknehmen würde. Doch es war ihre einzige Chance auf Freiheit. Sie musste es versuchen.

Er machte einen Schritt zurück, ein leicht verärgerter Ausdruck kehrte in sein Gesicht zurück, obwohl sie sich noch immer bei den Händen hielten. Leah tat das, was er so gernhatte – sie strich mit dem Zeigefinger sachte über seine Handfläche. Langsam und rhythmisch, um ihn zu beruhigen.

»Ich ... ich habe dich vermisst«, brachte sie heraus. »*Wirklich* vermisst. Ein Leben ohne dich ... das ist ... Das ist kein *Leben*, Craig. Was wir hatten, war so einzigartig.«

Craig entfuhr ein grollender Laut tief aus der Kehle. Er nickte kurz und ließ den Blick durch den Raum schweifen, als wäre er sich nicht ganz sicher, was er denken sollte.

»Du hast recht. Es war einzigartig«, sagte er schließlich.

»Wir können uns streiten, wie wir wollen, und Gott weiß, das können wir gut – aber wir werden nie für jemand anders dasselbe empfinden. Du weißt es ebenso gut wie ich«, fuhr Leah fort und zog ihn näher. Sie presste sich an ihn. »Wir haben Kinder zusammen, Craig. Einzigartiger geht es nicht.«

Er drückte ebenfalls ihre Hände, und sie spürte, wie sein Körper auf sie reagierte, als sie sich enger an ihn schmiegte. Sie schloss die Augen, als er sprach.

»Ich habe nie aufgehört, dich zu lieben, Leah. Alles, was passiert ist ...« Er hielt inne, machte ein gequältes Gesicht und schien darüber nachzudenken, was er sagen wollte. »Ich wollte dich nie verletzen, aber du musst wissen, dass nichts davon meine Schuld war. Jedes Mal, wenn ich dachte, dass ich dich verliere, habe ich Panik bekommen. Was sollte ich nur tun?«

Leah hörte aufmerksam zu. Sie kannte dieses Drehbuch in- und auswendig. Sie lächelte ihn an und öffnete wieder die Augen.

»Das verstehe ich«, sagte sie. »Es war so schwer für dich. Und ich weiß, es war nicht einfach, mit mir zu leben. Wir hatten unsere Schwierigkeiten, aber ...« Sie führte es nicht weiter aus, sah zu Boden und fragte sich, wie sie es schaffen sollte, die Worte über die Lippen zu bringen. Sie brannten tief in ihrem Innern, hatten dort schon seit Ewigkeiten geschwelt. »Du warst immer der einzige Mann für mich. Ohne dich ist mein Leben bedeutungslos. Sicher, ich habe es allein versucht, aber das ist nicht dasselbe. Und die Kinder vermissen dich schrecklich. Wir müssen die Familie wieder zusammenbringen.«

Craig holte tief Luft, als könnte er nicht anders, und seine Brust schwoll an.

»Meinst du das wirklich ernst?«

Leah hatte den Eindruck, ein misstrauisches Zucken unter seinem Auge zu sehen, kaum wahrnehmbar, sie war sich nicht sicher.

»Nie habe ich etwas so ernst gemeint. Vielleicht mussten wir all das durchmachen, um erkennen zu können, was wir besessen haben.« Sie lehnte ihren Kopf gegen seine Brust und hörte seinen unregelmäßigen Herzschlag.

Sie lachte leise. »Und zusammen gehört uns jetzt ein ziemlich geniales Haus.«

Craig lachte ebenfalls. »Ja, das ist wahr«, säuselte er und küsste sie auf den Scheitel. »Könnte das wirklich ein Neuanfang werden? Was meinst du? Ist es dir ernst?«

»Ach, Craig«, erwiderte Leah und schlang die Arme fest um seine Taille. »Du hast keine Ahnung wie ernst. Seit du mich draußen hinter meinem Salon geküsst hast, konnte ich an nichts anderes mehr denken. Kein anderer Mann kann da mithalten. Wenn ich deswegen ein schlechter Mensch bin, dann will ich nicht gut sein.«

»Meine wundervolle Frau«, sagte er, presste seine Lippen auf ihre und umfing ihr Gesicht sanft mit den Händen. Leah wies ihn nicht darauf hin, dass sie genau genommen nicht mehr seine Frau war. Sie ließ sich in die Umarmung fallen und versank in seinem Kuss.

Dann plötzlich hörte sie ein lautes Geräusch.

Das Geräusch von zerberstendem Glas.

Craig zuckte zurück, Leah entfuhr ein kleiner Schrei, und sie klammerte sich an ihn.

»Große Güte«, stieß Craig hervor. »Was war das?« Etwas war auf dem Boden neben ihm gelandet.

Leah schnappte nach Luft und versuchte, sich zu beruhigen. Sie wusste nicht, was los war.

»Was zum Geier …«, rief Craig, als er den Ziegelstein und die Scherben neben sich auf dem Teppich sah.

Jemand hatte das Fenster eingeworfen und kletterte hinein, Scherben rieselten ins Zimmer, als die Person sich hindurchquetschte.

»Gabe!«, rief Leah, als sie erkannte, wer es war und stolperte, als Craig sie von sich stieß.

»Was geht hier vor, Leah?«, rief Gabe. »Aus dem Weg.

Zurück, er ist gefährlich!« Er sah zu Craig hinüber und dann wieder zu ihr. Sie erkannte etwas in seinem Blick – die Verletzung, den Unglauben.

»Nein, Gabe – halt!«, flehte Leah, als er auf sie zustürzte. »Du verstehst das nicht. Bitte ... lass uns in Ruhe. Geh bitte.«

Abwehrend hob sie die Hände, doch Gabe wich ihr aus und baute sich vor Craig auf, der sich hinter Leah versteckte.

»Verstehst du nicht, was Scheidung bedeutet?«, blaffte ihm Gabe entgegen. Dann streckte er Leah die Hand hin, doch sie stand nur da und sah ihn an. »Sie will nichts mehr mit dir zu tun haben. Lass sie los!«

»Du bist ein bisschen zu spät dran, du alberner Baumfutzi«, spottete Craig und zog Leah an sich. »Wir sind wieder zusammen.« Ein kehliges Geräusch erklang in seiner Brust, Leah schlang die Arme um seine Taille und hielt sich an ihm fest.

»Leah?«, fragte Gabe und wandte sich ihr zu. Er ging einen Schritt auf sie zu und streckte die Hand noch weiter aus. Ein besorgter Ausdruck lag auf seinem Gesicht. »Was ist los? Sag mir, dass das nicht wahr ist. Was ist mit uns?«

Craig lachte höhnisch.

»Es ist wahr, Gabe«, bestätigte sie und konnte Gabes schockierten Ausdruck nicht lange ertragen. Sie hatte lange genug hingesehen, um die Verwirrung und den Schmerz zu erkennen. »Es gibt kein ›uns‹. Craig und ich lieben uns. Das haben wir immer, also ...« Sie zwang sich, ihn anzusehen. »Du solltest jetzt gehen. Ich habe mich für Craig entschieden. Ich möchte mit ihm zusammen sein. Das musst du verstehen.« Sie starrte ihn an und ignorierte das Gefühl in ihrem Magen.

»Tu, was sie sagt, Baumfutzi«, blaffte Craig. »Sonst rufe ich die Polizei und zeige dich wegen Sachbeschädigung an. Mein Anwalt wird dir eine Rechnung für den Schaden schicken.«

Gabe hob die Hände und sah getroffen aus. »Er ist gefährlich, Leah. Du machst einen großen Fehler. Merkst du nicht, dass das toxisch ist, wie er dich wieder einwickelt? Das wird immer und immer wieder passieren. Du musst mir zuhören. Ich bin hier, weil ich dir sagen wollte, dass ...«

»Verschwinde aus meinem Haus!«, brüllte Craig. Er nahm das Handy aus der Tasche. »Ich rufe jetzt die Polizei.«

»Nicht nötig. Die habe ich schon gerufen«, konterte Gabe. »Leah, ich war gerade bei deiner Mutter«, fuhr er fort und sah sie mit flehendem Blick an. »Du musst mir zuhören ...«

»Gabe, nein, stopp«, bettelte Leah und sah ihn bittend an. »Das mit Mum weiß ich. Es war nicht Craigs Schuld. Ich bin über all das hinweg.«

»Leah, nein, du verstehst nicht, was ich sagen will«, fuhr Gabe in eindringlichem Ton fort. »Deine Mum hat Craig gesehen ... Sie hat gesehen, wie er jemanden umgebracht hat. Er ist verrückt und gefährlich!«

Leah stolperte, als Craig sie beiseitestieß, und sah erschrocken zu, wie er nach Gabe schlug und ihn vollkommen verfehlte.

Gabe duckte sich zur Seite, riss seine eigene Faust hoch und traf Craig am Kiefer. Craig wurde zur Seite geschleudert, gegen einen kleinen Tisch, sodass Deko und Bücher auf den Boden krachten. Als er das Gleichgewicht wiedererlangt hatte, stürzte er sich vor Zorn brüllend mit ausgestreckten Armen auf Gabe.

»Halt! Nein!«, schrie Leah und riss Craig am Hemd zurück. »Lass ihn in Ruhe! Lass uns einfach verschwinden, Craig. Die Polizei ist unterwegs, verdammt! Möchtest du, dass sie dich verhaften? Ich helfe dir.«

Craig erstarrte. Er hatte noch immer den Arm erhoben, um abermals nach Gabe zu schlagen. Er wandte sich zu Leah um. Sie hatte ihn noch nie so ängstlich gesehen.

»Hast du das gehört?«, fragte Leah und nahm Craigs Hand. »Sirenen. Jetzt oder nie, mein Schatz. Wir müssen hier raus. Lass mich dir helfen. *Bitte*.«

Craig schluckte und zögerte, als Leah ihre Arme um ihn schlang. »Ich weiß genau, was zu tun ist«, flüsterte sie ihm ins

Ohr. Dann führte sie ihn zur Terrassentür. Craig nahm den Schlüssel aus der Tasche und schloss sie mit zitternden Händen auf.

»Nein – bleib zurück, Gabe!«, rief Leah, als er ihr nachlaufen wollte.

»Bitte, Leah, warte! Du machst einen schlimmen Fehler ...«, flehte Gabe. Doch als Leah ihn wieder anfuhr, zog er sich mit erhobenen Händen zurück.

Als sie dann mit Craig in die Nacht hinaustrat und der Klang der Polizeisirenen immer näher kam, blieb sie kurz stehen und sah Gabe durch die Tür noch einmal an. Sie hoffte, dass er die Angst in ihrem Blick erkannt hatte.

DREIUNDVIERZIG

Beim dritten Versuch sprang Leahs alter Mini an, der Motor stotterte und stieß eine Rauchwolke aus. Craig saß auf dem Beifahrersitz, schnallte sich an und verfluchte Leahs Plan, mit ihrem klapprigen Auto zu fahren.

»Wir hätten meinen Wagen nehmen sollen«, knurrte er. »Damit wären wir schneller als mit diesem Schrotthaufen.«

»Aber nach meinem Auto wird die Polizei nicht suchen«, sagte Leah, ließ den Motor aufheulen und fuhr aus der Parklücke. »Außerdem ist dein Schlüssel noch im Haus.« Ihre Beine fühlten sich an wie Wackelpudding, und sie konnte die Füße kaum auf den Pedalen halten.

Nach ihrer Flucht aus dem alten Pfarrhaus waren sie durch Leahs Haus gegangen, hatten den Autoschlüssel geholt, und sie hatte sich richtige Schuhe angezogen. Im Flur hatte sie kurz nach den Kindern gelauscht, aber oben war alles still gewesen. Sie ließ sie nicht gern allein, aber sie hatte keine Wahl. Sie waren hier sicherer. Außerdem konnte sie sich im Notfall auf Zoey verlassen. Im Moment hatte sie ihren eigenen Ernstfall, um den sie sich kümmern musste.

»Verdammt, jetzt beeil dich. Sie kommen!«, kommandierte

Craig und drehte sich im Sitz, um nach hinten zu schauen. Im Rückspiegel sah Leah das Blaulicht der Polizeiwagen nicht allzu weit hinter ihnen, als sie die Straße hinuntersauste. An der Kreuzung hielt sie nur kurz und bog auf die Hauptstraße ab, die aus der Stadt hinausführte.

»Was hast du vor?« Craig klang ängstlich. »Wohin fahren wir?« Er sah immer wieder über die Schulter, doch sie hatten das Blaulicht hinter sich gelassen, wahrscheinlich weil die Polizei beim alten Pfarrhaus hielt.

»Ich habe eine Freundin ... Sarah«, sagte Leah und konzentrierte sich auf die Strecke vor ihnen. »Ihr gehört ein kleines Cottage auf dem Land hier ganz in der Nähe, das sie auch als Airbnb vermietet. Manchmal mache ich da für sie sauber, wenn ich Geld brauche. Ich habe den Schlüssel an meinem Schlüsselbund, und im Augenblick steht das Haus leer. Da wird uns niemand finden.«

»Braves Mädchen«, sagte Craig. Er streckte die Hand aus und tätschelte Leahs Oberschenkel, was es ihr erschwerte, sich zu konzentrieren. »Das ist wirklich eine clevere Idee.«

»Es verschafft uns Zeit, um zu planen und eine Weile unter dem Radar zu bleiben. Mum wird sich um die Kinder kümmern, keine Sorge.« Leah überraschte es wenig, dass er Zoey und Henry nicht einmal erwähnt hatte.

»Okay, okay«, sagte Craig. »Herrgott, pass doch auf!«, rief er, als Leah beinahe den Bordstein gerammt hätte, während sie um die Kurve fuhr. »Kann die Kiste nicht schneller fahren?«

»Möchtest du, dass wir geblitzt werden?«, konterte Leah. »Sobald wir aus der Stadt raus sind, fahre ich schneller.« Sie umklammerte das Lenkrad so fest, dass ihre Knöchel weiß hervortraten.

»Offenbar hast du heute deinen vernünftigen Tag«, sagte Craig. »Aber wir haben keine Klamotten oder Vorräte. Ich habe nur mein Portemonnaie und das Handy. Deswegen bin ich wieder nach Hause gekommen.«

Vor ihnen entdeckte Leah das weiße Schild mit dem schwarzen Schrägbalken, das anzeigte, dass sie sich dem Stadtrand und damit dem Ende der Geschwindigkeitsbegrenzung näherten. Sie wusste genau, wohin sie wollte, und schätzte, sie würden etwa zwanzig Minuten brauchen. Die längste Autofahrt ihres Lebens.

Wohin sie am Ende führen würde, war noch ungewiss.

»Im Haus haben wir erst einmal alles, was wir brauchen. Ich ... ich habe gerade eben noch ein neues Begrüßungspaket hingebracht. Und wir sollten die Handys abschalten, damit die Polizei uns nicht orten kann«, sagte Leah und warf einen Blick auf ihr Smartphone, das zwischen ihnen in der Mittelkonsole lag. Es musste sein.

Als sie die Straßenbeleuchtung von Alvington hinter sich ließen und aufs offene Land hinausfuhren, trat Leah das Gaspedal weiter herunter. Sie warf einen Blick auf den Tacho – achtzig Stundenkilometer, und der Mini klapperte bereits.

»Du weißt schon, dass Gabe gelogen hat, nicht wahr?«, sagte Craig. »Der Typ ist nur eifersüchtig und versucht, seine Verbrechen zu vertuschen. Ich hoffe, die Polizei verhaftet ihn gerade.«

»Ich weiß, ich weiß ...«, erwiderte Leah und hielt nach der Abzweigung Ausschau, die bald kommen musste. Sie wollte nur von der Hauptstraße herunter und konnte sich nicht darauf konzentrieren, wer was getan hatte oder wer woran schuld war. All das war unwichtig geworden.

»Weißt du, wie du fahren musst?«, fragte Craig. »Soll ich lieber übernehmen?« Er konnte es nicht ausstehen, die Kontrolle abzugeben.

»Nein, wir können es uns jetzt nicht erlauben, anzuhalten. Und ich kenne dieses Auto und all seine Zicken. Es fährt sich nicht wie deins.«

Leah entdeckte das Schild und setzte den Blinker nach rechts, obwohl weit und breit kein anderes Auto zu sehen war.

»Ist es noch weit?«, fragte Craig einige Minuten später, als sie die Landstraße entlangrasten. Sie hatten die Stadt nun knapp zehn Kilometer hinter sich gelassen, und es war so dunkel, dass Leah im schwachen Scheinwerferlicht des Minis Mühe hatte, die Straße zu erkennen.

»Nicht mehr weit«, erwiderte sie und betete, dass sie den Weg noch richtig im Kopf hatte. Sie warf einen Blick auf die Tankanzeige. Im Strudel der Ereignisse hatte sie keine Zeit gehabt, zu tanken, und die Nadel war schon deutlich im roten Bereich. Sie umklammerte das Lenkrad noch fester und betete, dass der Sprit ausreichte.

»Ich bin dir so dankbar, dass du mir hilfst, Leah. Du weißt, ich wollte nie, dass es zwischen uns so giftig wird. Mit Gillian ...« Leah nahm die Kurve etwas zu schnell und musste bremsen, sodass der Mini seitwärts schlingerte und Craig sich am Türgriff festhalten musste. »Um Himmels willen, sei doch vorsichtig!«

»Was ist mit Gillian?« Leah trat das Gaspedal wieder durch. Vor der nächsten Abzweigung ging es ein ganzes Stück geradeaus. »Was wirst du ihr sagen?«

Nicht mehr weit ... nicht mehr weit ... wiederholte Leah in Gedanken wieder und wieder und hörte kaum zu, als Craig antwortete. Sie hatte keine Ahnung, was passieren würde, wenn sie ihr anvisiertes Ziel erreichten oder was dann geschehen würde. Sie wusste nur, dass sie es versuchen musste. Sonst gab es keine Hoffnung für die Zukunft.

Wieder trat sie auf die Bremse, als die Abzweigung näher kam und der Mini in die noch engere Straße einbog.

»Es wurde unerträglich, mit Gillian zu leben. Es war ein Fehler, sie in mein Haus zu holen«, fuhr Craig fort. »Sie hat nie auf mich gehört. Sie hat sich ständig über irgendwas beschwert. Undankbares Stück. Ich konnte sie kaum unter Kontrolle bringen. Sie war nicht wie du, Leah. Wir sind jetzt wieder ein Team, oder?«

»M-hm«, brummte Leah zustimmend, runzelte die Stirn und beugte sich vor, um die Straße besser erkennen zu können. Es hatte wieder angefangen zu nieseln, und sie wollte keinen Fehler machen. »Ja. Ja, das sind wir ...«

»Darum bin ich abgehauen. Ich konnte ihren dämlichen Mist nicht mehr ertragen. Sie hat angefangen, mir die Schuld zu geben, weil ich sie geschlagen habe. Aber was hat sie denn erwartet? Die Situation war unmöglich für mich.«

»Wo warst du denn?«, fragte Leah und konzentrierte sich noch immer auf die Straße. »Alle haben ... Alle haben sich Sorgen um dich gemacht.«

»Ich musste mal eine Nacht oder zwei raus. Ein bisschen Ruhe und Frieden. Eine alte Freundin hat mich abgeholt, und ich bin bei ihr geblieben. Sie hat sich immer so rührend um mich gekümmert.«

Leah nickte kurz, bremste ab und nahm die nächste Abzweigung. Noch eine Kreuzung, und dann würden sie dort sein, wohin sie wollte. *Fast in Sicherheit*, sagte sie sich. *Oder auch nicht*, aber darüber wollte sie nicht nachdenken. Sie tat es für sich und ihre Kinder.

Abermals warf sie einen Blick auf die Tankanzeige und betete, dass der Sprit noch für ein paar Kilometer reichen würde.

»Herrgott, jetzt sei doch vorsichtig!«, schrie Craig, als sie wieder eine Kurve falsch einschätzte.

»Ich habe Angst, dass die Polizei uns einholt«, sagte Leah. »Halt dich einfach fest und lass mich fahren. Ich tue das für dich. Für *uns*, hast du das vergessen?« Sie sah zu ihm hinüber, und selbst im schwachen Licht des Armaturenbretts konnte sie erkennen, dass sein Gesicht bleich war.

Schweigend fuhren sie weiter, und die einzigen Geräusche waren die des altersschwachen Motors und das Quietschen der Scheibenwischer. Aus dem Nieselregen war ein ordentlicher Schauer geworden.

»Hier ist es«, sagte Leah und war erleichtert, den Wegweiser zu sehen. »Gott sei Dank«, murmelte sie und gab nach dem Abbiegen wieder Gas.

»Es ist eine Farm?«, fragte Craig, als er das Schild gelesen hatte, doch Leah schwieg.

Auf der Geraden drückte sie fester aufs Gas, und sie rasten hügelabwärts. Sie betete, dass sie es durch die Kurve am unteren Ende schaffen würde.

»Sind wir da sicher?«

Leah schwieg weiter und drückte den Fuß noch stärker aufs Pedal. Der Mini ratterte und bebte, als sie über ein Viehgitter holperten, und Craig klammerte sich ans Armaturenbrett.

»Verdammt!«, rief er. »Weißt du wirklich, was du da tust?«

Der Motor quälte sich hörbar, als Leah das Gaspedal bis zum Anschlag durchtrat und sich für die vor ihnen liegende Abzweigung wappnete, als sie über das zweite Viehgitter ratterten. Sie hielt das Lenkrad fest umklammert, riss es hart nach rechts herum und merkte, wie die Räder auf dem unbefestigten Straßenbelag schlitterten, als sie die scharfe Biegung nahmen.

»Herrgott noch mal, Leah!«

Doch Leah ignorierte ihn, drückte das Gaspedal voll durch und raste von der freien Strecke in das Waldstück. Sie schaute auf den Tacho und beobachtete, wie der Zeiger langsam hochkroch. Fünfundneunzig ... hundert ... Es schüttete jetzt, und Leah hatte Mühe, etwas zu erkennen, während die Wischer hektisch über die Scheibe fuhren, doch sie ignorierte Craigs Kommentare, konzentrierte sich aufs Fahren und raste weiter.

Noch einmal beschleunigte der Wagen, und der Motor röhrte so, dass Leah befürchtete, er könnte explodieren. Sie war mit dem Mini noch nie so schnell gefahren, aber sie hatte ja auch noch nie um ihr Leben fahren müssen.

Sie biss die Zähne aufeinander und stemmte sich gegen den Sitz. Die Arme durchgestreckt und angespannt umklammerte sie das Lenkrad, sodass ihre Finger taub wurden. Das Gaspedal war ganz heruntergedrückt, aber sie erhöhte dennoch den Druck, um auch noch das letzte bisschen Kraft aus ihrem Auto herauszukitzeln.

Mit Karacho umrundeten sie die letzte Kurve, und dann sah Leah ihn. Gott sei Dank war er noch da. Gabe hatte ihn noch nicht entfernt, wie sie befürchtet hatte.

Leah hielt direkt auf den umgestürzten Baum zu und folgte exakt derselben Route wie beim letzten Mal. Sie wusste, sie hatte nur eine Sekunde, um zu reagieren.

»Pass doch auf!«, schrie Craig.

Doch Leah hatte gar nicht vor, aufzupassen.

Mit allerletzter Kraft raste sie auf den Baum zu und trat erst im allerletzten Augenblick auf die Bremse, als sie hörte, wie der Ast die Beifahrerseite der Windschutzscheibe durchbrach.

Und dann wurde alles schwarz.

VIERUNDVIERZIG

Leah wusste nicht, wo sie war. Sie hörte ein unbekanntes Geräusch – ein regelmäßiges Piepen, das in ihrem Kopf widerhallte. Ihre Augen waren geschlossen, obwohl sie durch die Lider helle Lichter erahnte. Sie lag auf dem Rücken, und ihre Arme ruhten an ihren Seiten.

Vielleicht war sie tot.

Ihr Denken war verschwommen, und ihr Kopf schmerzte, außerdem tat ihre rechte Schulter weh. Eigentlich hatte sie am gesamten Körper Schmerzen.

Sie öffnete die Augen, kniff sie aber gleich wieder zu. Alles war schrecklich hell.

»Schatz?«, sagte eine Stimme. Eine vertraute Stimme, aber es wollte ihr nicht einfallen, wem sie gehörte. Dann spürte sie etwas an ihrem Arm. Eine Hand berührte sie.

Abermals öffnete sie die Augen und zwang sich diesmal hinzusehen. Über sich erkannte sie eine Zimmerdecke mit blendend hellen Lichtern, die auf sie herunterschienen. Sie drehte den Kopf zur Seite und zuckte vor Schmerz zusammen.

»Mum?«

»Ich habe mir solche Sorgen um dich gemacht, mein Schatz.

Ach, mein Herz«, sagte sie und drückte einen sanften Kuss auf Leahs Wange.

»Was ... was ist passiert?« Sie zwang ihren Verstand, zu arbeiten, die Scherben zusammenzusetzen.

Sie war gefahren ... der strömende Regen ... die Dunkelheit ... der Baum.

»Denk jetzt nicht darüber nach«, sagte Rita.

Leah wimmerte, als die Bilder wieder in ihren Kopf strömten. *Craig ...*

Sie kniff die Augen wieder zusammen und wandte sich von ihrer Mutter ab, als die Erinnerungen zurückkamen.

»Was machst *du* überhaupt hier?«

»Du hattest einen Autounfall, Schatz. Anscheinend bist du in einen umgestürzten Baum gekracht. Ein Bauer hat dein Auto gefunden.«

»Wo sind Zoey und Henry?« Sie versuchte, sich aufzurichten, sank aber vor Schmerzen gleich wieder zurück.

»Es geht ihnen gut. Gabe kümmert sich um sie. Er war sehr hilfsbereit und nett.«

Leah stieß einen kleinen Seufzer aus. *Gabe ...*

»Geht es ihnen gut?«

Rita nickte. »Keine Sorge«, sagte sie und drückte ihre Hand. »Aber, Leah, Schatz, da ist etwas, das ich dir sagen muss. Der Unfall hat mir gezeigt, wie kostbar das Leben ist und ...«

»Hör auf, Mum. Ich will das jetzt nicht hören.« Leah wandte den Blick ab und starrte den Blutdruckmonitor an.

»Du hättest nicht kommen müssen.« Ihre Stimme war eisig.

Rita bedeckte ihr Gesicht. »Du weißt es schon, oder?«

Leah nickte, ohne sich umzudrehen. Abermals spürte sie die Hand ihrer Mutter auf ihrem Arm.

»Fass mich nicht an!«

»Ich erwarte nicht, dass du mir vergibst, Leah. Aber ich werde tun, was ich kann, um es wiedergutzumachen.«

Leah sagte nichts. Stattdessen kniff sie die Augen zu und

war froh, dass ihre Mutter die Tränen nicht sehen konnte, die in ihren Augen aufwallten.

»Hör mir bitte zu, Leah. Es ist wichtig. Ich bin zu Craig gegangen, um die Sache zu beenden. Das schlechte Gewissen hat mich fertiggemacht. Ich konnte es nicht mehr ertragen, was ich dir, deinem Vater und den Kindern angetan habe. Ich war so egoistisch!«

»Du tust mir ja so schrecklich leid, Mum.« Leah seufzte und wandte sich ihr wieder zu. »Aber du hast die Sache mit Craig nicht beendet, nicht wahr? Gabe hat euch zusammen gesehen.« Der Schmerz in ihrem Schlüsselbein ließ sie zusammenzucken.

Rita spitzte die dünnen Lippen – zum ersten Mal seit langer Zeit sah Leah sie ohne Lippenstift. Sie ließ den Kopf hängen.

»Du weißt doch, wie überzeugend Craig sein kann, Schatz.«

»Verflucht, Mum! Weiß Dad Bescheid?«

Rita nickte. »Er weiß es schon eine ganze Weile. Es war ... so eine unausgesprochene Sache zwischen uns. Deswegen hat er vor Craigs Büro so heftig reagiert, als er ihn durchs Schaufenster gesehen hat.«

»Du bist hoffentlich stolz auf dich, Mutter.«

»Ich hatte nicht damit gerechnet, dass ich mich von Craigs Charme wieder einwickeln lasse. Ich schwöre dir, ich wollte dich beschützen.«

»Wenn du mich hättest beschützen wollen, hättest du diese Affäre überhaupt nicht erst angefangen.«

»Ach, Schatz ...« Rita stockte. »Du kennst doch Craigs Masche.«

»Craigs Masche?«, fragte Leah. Sie entdeckte ein Glas Wasser auf dem Nachttisch neben ihr und versuchte, es zu erreichen, doch ihr Arm war in einer Art Schiene. Rita nahm das Glas und hielt es ihr an die Lippen.

Leah kniff die Augen zusammen und trank. Sie keuchte auf, als ihr ein Bild durch den Kopf schoss, wie ein Ast die Windschutzscheibe durchschlug. Überall Blut und Scherben.

»Was hat die Polizei gesagt?«, fragte Leah. Sie hatte keine Ahnung, was nach dem Aufprall passiert war.

Rita schwieg eine Weile. Ihre Hände ruhten in ihrem Schoß, und sie nestelte an den Fingern, zupfte, rupfte und knibbelte an den knallig lackierten Nägeln. Leah bemerkte, dass sie sich die Nägel hatte neu machen lassen, doch nun schien sie erpicht darauf, sie zu ruinieren.

»Ich werde das Richtige tun und mich stellen«, verkündete Rita. »Es ist eine Sache, über Jahre solch ein schreckliches Geheimnis zu bewahren, aber zu wissen, dass ich einen Mann getötet habe, ist eine ganz andere.«

»Was redest du da, Mum?« Leah drehte wieder den Kopf. Schmerz zerfurchte das Gesicht ihrer Mutter.

»Ich wollte Craig nicht töten, es war Notwehr. Ich hatte keine Wahl, aber ich habe es getan, und jetzt gestehe ich und werde mich stellen.«

»Mum, hör auf damit, du machst dich nur noch mehr zum Narren.«

»Warum glaubst du mir nicht?«, fragte Rita. »Ich verdiene es, bestraft zu werden.«

Leah schloss vor Erschöpfung und Schmerzen die Augen. »Die Polizei wird sich für dein Drama nicht interessieren.«

Rita schwieg wieder. Leah beobachtete ihre Mutter, wie sie sich mit scharfem Blick in der Kabine umsah.

»Doch. Ich ... ich glaube, das dürfte sie sehr wohl interessieren.«

Leah wappnete sich, was auch immer jetzt kommen mochte. »Was soll sie interessieren, Mum?«

Rita nickte ein paarmal kurz und faltete die Hände im Schoß. »Als Gabe Craig und mich zusammen erwischt hat ...

Also, er ist durch die Terrassentür hinten hereingestürmt. Er schien etwas Bestimmtes vorzuhaben.«

»Craig schuldete ihm Geld.«

»Anscheinend. Wobei ... Na ja, als Gabe gemerkt hat, was los war, schien er das Geld ziemlich schnell vergessen zu haben.« Sie ließ kurz den Kopf hängen.

»Das kann ich mir denken.« Der Gedanke daran, wie er ihre Mutter in flagranti mit ihrem Ex-Mann erwischt hatte, verursachte ihr Übelkeit.

»Craig behandelte mich plötzlich wie Schmutz unter seinen Schuhsohlen. Als ob ich für ihn nichts wäre.«

»So eine Überraschung!«

»Er stieß mich fort, hopste herum und versuchte, sich wieder anzuziehen. Gabe gefiel es gar nicht, was er da gesehen hatte. Craig war sehr erfinderisch beim Sex, und wir waren ...«

»Herrgott, Mutter! Erspare mir die Details!«

Rita räusperte sich. »Das ist auch für mich schwer, Schatz. Gabe war so schockiert, dass er Craig drohte, dir alles zu sagen.«

»Und dann ist Craig ausgerastet?«

»Und wie!«, sagte Rita. »So wütend habe ich noch nie jemanden gesehen. Und Gabe war um deinetwillen wütend, das war offensichtlich.«

»Und dann bist du gegangen?«

»Nein, Schatz. Nein, ich bin eben nicht gegangen, wie ich behauptet habe.« Wieder senkte Rita den Kopf »Craig hat Gabe angebrüllt und gedroht, ihn umzubringen, bevor er auch nur die Chance hätte, es irgendjemandem zu sagen. Gabe ist eigentlich ganz ruhig geblieben. Er wollte sich nicht auf eine Schlägerei einlassen. Er sagte, er würde die Arbeit an deiner Hecke beenden.«

»Verstehe«, sagte Leah und hörte trotz der Schmerzen in ihrem Schädel aufmerksam zu.

»Als er wieder gegangen war, lief Craig durch den Raum, drosch auf Sachen ein und warf die Deko vom Kaminsims. Ich habe noch nie jemanden so rasend gesehen. Und dann wurde er wütend auf mich und gab mir die Schuld an allem, weil ich die Sache zwischen uns angefangen hätte.«

Leah hörte weiter zu. Das klang nur zu bekannt.

»Er konnte es nicht sein lassen. Er sagte, er würde jetzt rausgehen und sich ›ein für alle Mal um diesen Bastard kümmern‹. Das waren seine genauen Worte.«

»Das klingt beängstigend, Mum.«

Rita nickte. »Ehrlich, ich habe versucht, ihn aufzuhalten. Aber er stürmte raus und hinter Gabe her. Er sagte mir, ich solle nach Hause gehen. Allerdings hat er sich wesentlich deutlicher ausgedrückt, wie du dir denken kannst. Aber, Leah, ich bin nicht direkt nach Hause gefahren. Ich habe zehn oder vielleicht fünfzehn Minuten gewartet, weil ich nicht wusste, was ich tun soll. Es war alles ein einziges Durcheinander. Dann bin ich nach draußen gegangen, um Craig zu suchen. Zunächst konnte ich ihn nirgends finden, aber dann bin ich in den Gemüsegarten, und da waren wirklich zwei Männer drüben auf der anderen Seite des Grundstücks. Craig kniete auf dem Boden neben einem Bagger, und der andere Kerl ... Ach, Leah ... Der war ... unter ... unter dem Bagger.«

Sie unterdrückte ein Schluchzen.

»Mum, was? Was erzählst du denn da?« Leah versuchte, sich aufzusetzen, doch die Schmerzen zwangen sie, sich wieder hinzulegen.

»Als ich näher kam, sah ich, dass er vollkommen zerquetscht unter den schlammigen Ketten des Baggers lag. Er hatte diese leuchtende Arbeitsjacke an, und sein Helm war heruntergefallen. Es war schrecklich, Leah. Ich habe viele grausame Geschichten von deinem Vater über seine Zeit bei der Army gehört, aber das ... das war die Realität, direkt vor meinen Augen.«

»Wusste Craig, dass du ihn beobachtest?«

»Zuerst nicht, aber dann hat er mich gesehen. Na ja, es war, als sähe er durch mich hindurch, falls du weißt, was ich meine. Als ob er in seiner eigenen Welt wäre. Da war purer Hass in seinem Blick.«

»Was hat er dann getan?«

»Der Bagger lief bereits, also ist Craig ins Führerhaus geklettert und ... hat noch einmal zurückgesetzt«, sagte Rita. »Dann hat er die Baggerschaufel benutzt, um ... um ihn hochzuheben. Ich konnte das Gesicht nicht erkennen. Und dann hat er ihn ins Feuer gekippt.« Sie presste sich die Hand auf den Mund und schüttelte den Kopf.

»O Gott, nein!« Leahs Gedanken rasten. »Hast du gesehen, ob da irgendetwas auf der Jacke stand, Mum?«

»Irgendwas war da. Ich glaube, es war ein Name, aber ich konnte ihn nicht lesen. Craig fluchte und tobte noch immer, er wolle Gabe umbringen.« Rita ergriff die Hände ihrer Tochter. »Er hat noch mehr Holz über den Mann gezerrt und dann hatte er einen Benzinkanister. Es war der Kanister, den dein Vater dir neulich gegeben hat. Er hat ihn damit übergossen und noch etwas auf das schwelende Holz gekippt. Ich musste rasch zurücklaufen, so schnell hat es Feuer gefangen. Die Flammen schlugen meterhoch. Selbst wenn er noch gelebt hätte, hätte er danach keine Chance mehr gehabt.«

»Craig muss diesen Mann für Gabe gehalten haben«, sagte Leah leise und dachte nach. Ihr Kopf schmerzte.

»Danach bin ich Craig ins Haus gefolgt und habe ihn angefleht, die Polizei zu rufen, aber er hat mich immer wieder weggestoßen. Also habe ich ihm gedroht, dass *ich* die Polizei rufen würde.«

»Und? Hast du?« Leah war verwirrt. Sie wusste, dass sie es nicht getan haben konnte.

»Nein«, bestätigte Rita.

»Mum?«

Tränen liefen aus Ritas Augen. »Er hat mich angegriffen, Leah. Ich meine, richtig angegriffen. Wir waren in der Küche, und ich dachte, er bringt mich auch um. Ich habe diese Energie in ihm gespürt. Er hatte etwas in der Hand, aber ich konnte nicht erkennen, was es war. Vielleicht ein Messer, eine Teigrolle, irgendetwas. Dann hat er sich auf mich gestürzt, und da hat sich bei mir ein Schalter umgelegt. Als ob ich mich auf Autopilot gestellt hätte. Der Tiger in mir kam zum Vorschein. Mein Sensei hat gesagt, wenn wir genug üben, würde das passieren, sobald wir es brauchen.

Leah sagte nichts.

»Ich habe ihn hier erwischt.« Rita hob das Kinn und berührte eine Stelle an ihrem Hals. »Mit dem Schlag auf den Vagusnerv, den ich gelernt habe. Ich wollte ihn nur außer Gefecht setzen, um fliehen zu können. Doch er ist sofort zu Boden gegangen. Dieser Schlag ... dabei kann das Herz stehen bleiben. Ich habe ihn bisher nur an Dummies trainiert, aber der Sensei hat uns versichert, dass man damit einen Menschen töten kann, Leah. Ich habe seinen Puls überprüft, aber er hatte keinen. Jedenfalls konnte ich nichts fühlen. Überhaupt keine Reaktion. Also ... und darauf bin ich nicht stolz ... bin ich in Panik geraten. Ich habe meine Sachen eingesammelt und habe aufgepasst, dass ich auch alles erwische, und dann bin ich abgehauen. Ich habe ihn umgebracht.«

»Und danach bist du zu mir in den Salon gekommen?«

Rita seufzte. »Ja, nach einer Weile. Ich habe erst am Straßenrand geparkt und damit gerechnet, dass die Polizei jeden Moment kommt und mich verhaftet. Aber sie sind nicht aufgetaucht. Sie sind überhaupt nie bei mir aufgetaucht. Als ich mich wieder etwas beruhigt hatte, bin ich also zum Salon gefahren.«

»Himmel, Mum!« Leah ließ sich in ihr Kissen sinken. »Du hättest sofort die Polizei rufen müssen. Du hast dich in enorme Schwierigkeiten gebracht. Außerdem hast du bei deiner Flucht nicht alles mitgenommen. Dir muss ein Nagel abgebrochen sein. Ich habe ihn in der Küche auf dem Boden gefunden.«

Rita wollte gerade etwas sagen, doch der Vorhang der

Kabine wurde geöffnet, und Leah sah DI Nelson mit zwei uniformierten Polizeikräften eintreten. Sie sah kurz Leah an, dann wandte sie sich an Rita.

»Sie müssen es nicht wiederholen«, sagte die Ermittlerin. »Ich habe alles laut und deutlich gehört. Rita Ward, ich verhafte Sie wegen Verdachts auf Behinderung der Justiz. Sie müssen nichts sagen, aber es kann Ihrer Verteidigung schaden, wenn Sie etwas verschweigen, auf das Sie sich vor Gericht stützen möchten. Alles, was sie sagen, kann vor Gericht als Beweis verwendet werden.«

Rita rührte sich einen Moment gar nicht, nickte dann kurz und erhob sich schließlich mit gestrafften Schultern und vorgerecktem Kinn. Sie nahm ihre Handtasche, beugte sich zu Leah und drückte ihr einen Kuss auf die Stirn.

»Es tut mir so leid, mein Schatz!«, flüsterte sie, bevor die beiden Polizeikräfte sie hinausführten.

FÜNFUNDVIERZIG

»Brauchen Sie noch etwas gegen die Schmerzen?«, fragte der Pfleger, als er in die Kabine kam, um Leahs Blutdruck und Temperatur zu messen. Er sah die Kommissarin an, nachdem er gerade den Polizeikräften begegnet war, die Rita mitgenommen hatten. Er schien unbeeindruckt, vielleicht war er es gewohnt, ab und zu Polizei hier zu sehen. Hinter den Vorhängen lief der Betrieb der Notaufnahme weiter, man hörte ab und zu jemanden stöhnen oder das Piepsen von Maschinen, Telefonklingeln und Angestellte des Krankenhauses, die hin und her liefen. Leahs Pfleger bewahrte seine gelassene und beruhigende Art.

»Ja, bitte«, sagte sie und berührte ihre Schulter. »Es tut wirklich weh.«

»Wir fahren Sie gleich zum Röntgen«, sagte der Pfleger. »Sie haben sich höchstwahrscheinlich das Schlüsselbein und das Handgelenk gebrochen.«

Er sah zu der Ermittlerin hinüber, als er Leahs Werte notierte und die Akte auf den Tisch neben dem Bett legte. »Sie hatten wirklich Glück«, fuhr er fort und rückte ihre Kissen zurück.

»Glück?« Leah hatte nicht das Gefühl. Nicht, bis sie wusste, was mit Craig passiert war.

Sie nahm die Tabletten, die er ihr gegeben hatte, lehnte sich dann zurück und schloss die Augen. Doch sie sah nur die Scheibenwischer hektisch über die regennasse Windschutzscheibe huschen, sah das Licht der Scheinwerfer, wie es auf den Baum fiel, und dann, wie Scherben, Zweige und Blätter das Innere des Autos ausfüllten. Blut war überall umhergespritzt.

Sie öffnete die Augen wieder und rang bei der Erinnerung vor Schreck nach Luft.

»Fühlen Sie sich in der Lage, zu reden?«, hörte sie eine Stimme sagen.

Leah hätte beinahe vergessen, dass DI Nelson da war. Sie drückte den Knopf an ihrem Bett, um sich aufzusetzen. »Ja.« Sie nickte. »Wie spät ist es?«

DI Nelson setzte sich auf den Plastikstuhl neben dem Bett und sah auf die Uhr. »Zwanzig vor zwei«, sagte sie. »Die Nacht ist noch jung«, fügte sie mit einem kleinen Lächeln hinzu.

Leah starrte an die Decke, während sie versuchte, die Ereignisse zu rekonstruieren. Bruchstücke prallten aufeinander.

»Ich hatte einen Autounfall ...«, sagte sie tonlos.

»Darum bin ich hier, Leah«, sagte die Kommissarin.

Mit angehaltenem Atem sah Leah sie an.

»Wissen Sie noch, wer mit Ihnen im Auto gesessen hat?«

Leah dachte einen Augenblick nach. »Craig war auf dem Beifahrersitz.« Sie stieß einen Seufzer aus. »Wir hatten uns gerade wieder versöhnt.« Erneut wandte sie den Blick zur Decke. »Wir ... wir haben festgestellt, dass wir uns noch immer lieben und uns nie hätten trennen sollen.«

»Sie haben sich versöhnt?« Die Ermittlerin schien ihr nicht glauben zu wollen und runzelte die Stirn. »Ich fürchte, es gibt schlimme Neuigkeiten, Leah.« Sie räusperte sich. »Craig hat es nicht geschafft. Der Ast dieses umgestürzten Baums ... Er hat die Windschutzscheibe auf seiner Seite durchbrochen. Craig hat massive Verletzungen an Kopf und Brust erlitten. Ich weiß, es ist kein Trost für Sie, aber es ist wahrscheinlich schnell gegangen.«

Leah stieß einen kleinen Schluchzer aus. Sie allein wusste, dass es ein Schluchzer der Erleichterung war.

»Es tut mir so leid. Für Sie und Ihre Kinder.« DI Nelson schwieg einen Augenblick. »Wie der Pfleger bereits sagte, hatten Sie Glück. Wenn Sie nicht gebremst hätten, hätte nicht viel gefehlt, und der Mini wäre frontal gegen den Baumstamm geprallt und Ihre Verletzungen wären wesentlich schlimmer gewesen. Oder ...« Sie verstummte.

Leah nickte und schloss die Augen. Unter der Decke ballte sie die unversehrte Hand zur Faust. Trotz der Erleichterung drängte sich eine einzelne heiße Träne in ihr Auge. Sie hatte alles riskiert, auch ihr eigenes Leben, doch es hatte sich ausgezahlt.

Endlich war sie frei.

»Bin ich in Schwierigkeiten?«, fragte Leah, und die Träne lief über ihre Wange und tropfte auf den Kissenbezug. »Schließlich war ich am Steuer. Craig wollte, dass wir zusammen wegfahren, irgendwo eine romantische Nacht zusammen verbringen. Er sagte, er wüsste, wo wir hinkönnten, dass zwischen uns alles wieder gut werden würde, und er hat sich für alles entschuldigt, was er mir angetan hat. Er konnte immer so überzeugend sein, also habe ich ihm geglaubt. Ich wollte nur, dass alles wieder in Ordnung kommt, schon allein wegen der Kinder und auch meinetwegen.« Sie schluchzte abermals. »Aber es hat geregnet, und wir haben uns verfahren. Craig wurde wütend und hat mich angeschrien, und dann war da plötzlich dieser riesige Baum auf der Straße, als ich um die Ecke kam und ... O Gott ...« Sie bedeckte ihr Gesicht mit den Händen und ließ den Tränen freien Lauf.

DI Nelson hörte zu und beobachtete Leah in ihrem Kummer. »Es war ein schrecklicher Unfall, den niemand vorhersehen konnte, Leah. Der Baum befand sich auf Privatgelände, und Sie konnten nicht wissen, dass er dort lag, und schon gar nicht, dass dieser Ast zufällig Craig direkt treffen würde. Sie dürfen sich nicht die Schuld daran geben.«

»Ich habe versucht, früher anzuhalten, aber es ging alles so schnell. Mir blieb nur eine Sekunde, um zu reagieren.«

»Natürlich wird es eine Untersuchung geben, aber machen Sie sich deswegen jetzt keine Gedanken. Konzentrieren Sie sich erst einmal darauf, wieder auf die Beine zu kommen.«

Leah nickte.

»Es tut mir wirklich leid, dass Sie das alles durchmachen mussten«, sagte DI Nelson.

»Ich hoffe, so etwas müssen Sie niemals mitmachen«, erwiderte Leah. »Ich habe es Ihnen angesehen, wissen Sie? Als wir im Vernehmungsraum waren und ich Sie gefragt habe, ob Sie schon einmal betrogen wurden.«

»Meine Situation lässt sich nicht mit Ihrer vergleichen, Leah.«

»Man denkt immer, so etwas passiert einem nicht. Dass man nur irgendetwas anders machen müsste, sich mehr anstrengen, eine bessere Ehefrau sein ...« Sie stockte und hielt sich das verletzte Handgelenk. »Wenn man es bedenkt, bin ich gut davongekommen. Ich lebe noch.« Sie hielt inne. »Da hatte ich Glück, oder?«

DI Nelson sah sie mit leicht gerunzelter Stirn an.

Leah hielt ihrem Blick stand und spürte so etwas wie stummes Verständnis zwischen ihnen.

»Dan ist nicht gewalttätig«, sagte die Kommissarin.

»Das war Craig am Anfang auch nicht.«

DI Nelson seufzte und löste die übereinandergeschlagenen Beine. »Er hat mich trotzdem verlassen. Für eine andere.«

»Das tut mir leid.«

»Muss es nicht. Sie darf gerne bei ihm sein.«

»Kinder?«

»Zwillinge. Ein Mädchen, ein Junge.«

»Die werden es verkraften«, sagte Leah und streckte ihre unverletzte Hand aus, um die der Ermittlerin zu ergreifen. »Sie werden es durchstehen.«

Die beiden Frauen sahen einander wieder an, und ganz kurz flackerten verschiedene zukünftige Möglichkeiten zwischen ihren Blicken auf.

»Sie auch, Leah. Sie auch.« DI Nelson erhob sich, um zu gehen, als der Pfleger den Kopf durch den Vorhang streckte.

»Sie haben Besuch, Miss Ward. Soll ich sie hereinschicken?« Leah sah zu, wie die Ermittlerin die Kabine verließ, dann nickte sie. »Ja, bitte. Tun Sie das.«

Gillian stand am Eingang der Kabine und hielt den Vorhang geöffnet.

Ihr Gesicht war bleich und ausgemergelt, und die Blutergüsse in ihrem Gesicht leuchteten jetzt in allen Regenbogenfarben von Violett über Gelb bis Grün. Ihr Haar hatte sie zu einem schlichten Pferdeschwanz zusammengebunden.

»Hallo«, sagte sie kraftlos und kam herein. Sie schloss den Vorhang hinter sich, ihr Blick huschte umher, und der Ausdruck in ihrem Gesicht war unsicher.

»Hi, Gillian …« Leah drückte den Knopf an ihrem Bett noch ein paarmal. Die Schmerztabletten begannen zu wirken, und der Pfleger hatte ihr noch etwas über die Infusion gegeben.

»Ist es dir recht, dass ich hier bin?«

»Natürlich.« Leah deutete auf den Stuhl neben dem Bett.

»Ich war nicht sicher, ob ich kommen sollte, nachdem ich mich auf der Polizeiwache dir gegenüber so blöd verhalten habe.«

Leah sah zu, wie Gillian aus ihrer wattierten Jacke schlüpfte.

Darunter trug sie ein schlichtes graues Sweatshirt und schwarze Leggings. Das Bild war weit entfernt von der Frau, die sie zuerst auf der Straße beim Umzugswagen kennengelernt hatte.«

»Ich freue mich, dass du hier bist«, sagte Leah. »DI Nelson ist gerade gegangen.«

Gillian nickte. »Ich habe sie im Flur gesehen.«

»Hat sie irgendetwas gesagt?« Sie war sich nicht sicher, wie viel Gillian wusste.

»Nein.«

Langsam nahm Gillian auf der äußersten Stuhlkante Platz. »Ich war bei Freunden, bin aber heute etwas früher am Abend zurückgekommen.« Sie nahm ein Taschentuch heraus und betupfte ihre Nase. »Es ist albern, aber ein Teil von mir hat gehofft, Craig sei zu Hause. Um sich zu entschuldigen und zu versprechen, dass er sich ändert und so, du weißt schon.« Ihr kurzes Lachen klang mitleiderregend.

»Ich weiß«, sagte Leah. »Ehrlich, glaub mir.«

»Aber als ich nach Hause kam, war niemand da. Nur noch mehr Unordnung. Ich habe mich so einsam gefühlt.«

»Ach, Gillian, das tut mir so leid.«

»Dann klopfte Gabe. Er kümmert sich um Zoey und Henry.«

Leah nickte, schloss die Augen und dachte an Gabe. Noch immer hatte sie den Ausdruck in seinem Gesicht nicht aus ihrer Erinnerung tilgen können, als sie ihm gesagt hatte, dass sie Craig noch immer liebe.

»Er hat mir nicht viel erzählt, außer dass du und Craig euch wieder versöhnt habt.«

Leah riss die Augen auf. Sie schüttelte den Kopf. »Nein«, sagte sie leise. »Haben wir nicht.«

Gillian sah verwirrt aus. »Aber Gabe hat gesagt ...«

Leah legte den Finger an die Lippen. »Sch ...«

Sie dachte einen Augenblick nach, wie sie es ihr am besten sagen sollte.

»Ich hatte einen Unfall. Craig war mit mir im Auto und ...«

Sie holte tief Luft. »Es hat geregnet ... Ich bin schnell gefahren ... da war ein Baum.« Sie stockte. »Er ist tot, Gillian.«

Gillian starrte sie an und rührte sich nicht. Um sie herum waren die geschäftigen Geräusche der Station zu hören, und die beiden Frauen saßen schweigend da. Gillian öffnete den Mund, brachte aber keinen Ton heraus.

»Tot?«, fragte sie schließlich mit ausdruckslosem Gesicht.

Leah nickte mehrmals. Sie nahm Gillians Hand und drückte sie. »Wir sind frei«, sagte sie leise.

»Mein Gott!«, erwiderte sie, und Tränen wallten in ihren Augen auf. Dann drückte sie Leahs Hand.

SECHSUNDVIERZIG

Am nächsten Tag wurde Leah aus dem Krankenhaus entlassen und stand blinzelnd in der Nachmittagssonne, während sie auf ihr Taxi wartete.

Ihr rechter Arm hatte eine Gipsschiene und lag in einer Schlinge, und man hatte ihr wegen des Schlüsselbeinbruchs starke Schmerzmittel mitgegeben und gesagt, dass er mit der Zeit von selbst ausheilen würde. Sie hatte einen Termin zur Nachsorge in einer Woche bekommen.

Auf der kurzen Fahrt nach Hause schwieg sie.

Die Haustür war nicht abgeschlossen, und im Haus war es beunruhigend still, als sie hineinkam. Als sie aus dem Taxi gestiegen war, hatte sie geglaubt, Gillian kurz am Fenster gesehen zu haben, aber sie war sich nicht sicher. Sie wollte nur zu ihren Kindern. Als sie das Haus leer vorfand, fragte sie sich, ob Gabe sie vielleicht mit auf sein Boot genommen hatte. Leah setzte sich ins Wohnzimmer. Sie fühlte sich leer, und ihr war nach Weinen zumute, doch dann hörte sie jemanden an die Tür klopfen. Sie öffnete.

»Gabe ...« Sie blickte über seine Schulter und hoffte, Zoey und Henry dort zu sehen, aber sie waren nicht bei ihm.

»Sie sind nebenan bei Gillian«, erklärte er, als hätte er ihre Gedanken gelesen. »Sie hat mir von deinem Unfall erzählt. Geht es dir gut? Und ... Es tut mir so leid.«

Leah sah auf und versuchte, seinen Ausdruck zu deuten. Sie nickte kurz. »Danke. Und danke, dass du auf Zoey und Henry aufgepasst hast.«

Gabe bemerkte ihren Gips. »O nein, du bist Rechtshänderin, oder?« Sanft berührte er die Schiene.

Leah verdrehte die Augen. »Ich hätte mir wirklich den linken brechen sollen.« Sie öffnete die Tür noch etwas weiter. »Möchtest du ... möchtest du vielleicht hereinkommen?«

Gabe folgte ihr ins Wohnzimmer, ging aber sofort in die Küche, um Tee zu machen.

»Noch einmal danke für alles«, sagte Leah, als er zurückkam. »Und danke, dass du mein Leben gerettet hast.« Sie glaubte nicht, dass er verstehen würde, wie ernst sie das meinte.

Gabe sah sie verdutzt an.

»Als du das Fenster eingeworfen hast«, erklärte sie.

»Da kannst du dich bei meinem Handyakku bedanken«, erwiderte er und sah noch immer verwirrt aus. »Als das Gespräch abgebrochen ist, hat es Ewigkeiten gedauert, ihn wieder etwas aufzuladen. Mein Ladeteil hat einen Wackelkontakt, das musste ich erst reparieren. Als ich endlich zurückrufen konnte, bist du nicht drangegangen. Ich musste dringend mit dir sprechen, Leah.« Er hielt inne, um einen Schluck Tee zu trinken. »Ich wollte dir unbedingt etwas sagen und konnte nicht mehr warten.«

Leah nippte an ihrem Tee und hörte zu.

»Als ich dich nicht erreichen konnte, bin ich rübergefahren, aber du warst nicht hier«, sagte er. »Und dann habe ich nebenan Schreie gehört, also bin ich rausgegangen und habe vorne durchs Fenster geschaut. Als ich gesehen habe, wie Craig die Hände um deinen Hals gelegt hat, habe ich mir einen losen Stein von der Einfahrt gegriffen und die Scheibe eingeworfen.«

»Von dem losen Stein kann ich ein Liedchen singen.«

»Doch dann habe ich gemerkt, dass ihr beiden ... dass ihr euch geküsst habt.«

Leah senkte den Kopf und atmete in den Dampf, der aus der Tasse aufstieg. »Es war nicht das, wonach es aussah.«

»Schon gut, ehrlich.« Gabe hob die Hand und wandte kurz den Blick ab. »Das ist deine Sache.«

Sie saßen schweigend da, bis Gabe den Arm ausstreckte und nach ihrer Hand griff. Leah zog sie weg.

»Was ich sagen wollte, Leah ... du wirst es nicht gerne hören, aber deine Mutter ...«

»Das weiß ich schon«, unterbrach sie ihn. »Und ja, er hat sie auch eingewickelt. Er hat alle um den Finger gewickelt. Bei Craig war es schwer, Nein zu sagen.«

»Das stimmt.« Gabe wirkte nachdenklich. »Er hat sogar dich überredet, wieder zu ihm zurückzukommen.«

»Nein ... hat er nicht.« Sie sah ihn an. »Mum hat mich in der Notaufnahme besucht«, fuhr Leah fort. »Und da ist etwas, das ich nicht verstehe. Als Craig ausgeflippt ist, weil du sie zusammen erwischt hattest, bist du laut meiner Mutter rausgegangen, um die Hecke fertig zu machen.«

Gabe nickte. »Richtig. Deswegen war ich überhaupt gekommen. Dann habe ich gesehen, dass Craig zu Hause ist und bin rübergegangen, um mir mein Geld zu holen.«

»Aber du hast die Hecke nicht fertig gemacht, oder?«

»Ich wollte vorher etwas essen und trinken, habe mein Werkzeug zum Tor gebracht und bin zu dem Laden in der Nähe gelaufen. Ich brauchte auch etwas Zeit zum Nachdenken.«

»War sonst noch jemand im Garten? Auf der Baustelle, meine ich?«

»Ein junger Typ, der noch etwas aufgeräumt hat. Jimmy, hieß er. Der Bauleiter hatte ihm gesagt, er solle noch klar Schiff machen, und er war allein. Es hatte angefangen zu regnen, also habe ich ihm meine Jacke geliehen. Ich habe noch eine im Van, die hätte ich mir später geholt.«

»O Gott, Jimmy?«, rief Leah und sah ihn besorgt an. »Und bist du zurückgekommen?«

»Jein«, sagte Gabe. »Als ich zurückkam, habe ich vom Tor aus gesehen, dass Craig dort mit dem Bagger zugange war. Er sah verdammt wütend aus, und ich dachte mir: Weißt du was? Ich habe keine Lust mehr auf diesen Aggro-Mist, also habe ich mich verzogen. Er hat mich nicht gesehen. Ich habe beschlossen, mein Werkzeug ein anderes Mal zu holen. Das habe ich auch der Polizei erklärt.«

»Gott!«, stieß Leah hervor und senkte den Kopf. »Er hat ihn für dich gehalten.«

»Ich verstehe nicht.«

»Craig hat den Namen auf der Jacke gelesen und Jimmy mit dem Bagger überfahren, weil er ihn für dich gehalten hat. Ihr habt eine ähnliche Statur und eine ähnliche Frisur. Außerdem hatte Jimmy den Schutzhelm auf. Im Regen, bei dem Rauch und blind vor Wut hat Craig ... er hat nicht gemerkt, dass du es nicht warst. Wie schrecklich! Der arme Junge. Seine arme Familie. Ein unschuldiger Kerl, der zufällig in all das hineingerissen wurde.«

Gabe zog Leah in die Arme. Zunächst wehrte sie ab, doch dann vergrub sie ihr Gesicht an seiner Schulter und ließ den Tränen freien Lauf.

»Ich hole mal eben die Kinder«, sagte er, als sie aufgehört hatte zu weinen. »Sie werden sich so freuen, dich zu sehen. Und ... und ich kann dabeibleiben, während du es ihnen sagst, wenn dir das eine Hilfe ist.«

Sie nickte und schniefte. »Danke!« Ihren Kindern zu sagen, dass ihr Vater tot war, würde die schwerste Aufgabe ihres Lebens werden.

Leah ging zum Fenster und sah zu, als Gabe die Einfahrt hinunterging. Er blickte über die Schulter zurück und lächelte ihr zu. Sie konnte das Lächeln nicht erwidern – noch nicht. Doch in ihr regte sich etwas, etwas, das zu befreien, Zeit brauchen würde.

Während er weg war, warf Leah einen Blick in den Spiegel über dem Kamin und wischte sich mit dem Ärmel über das Gesicht. Sie sah noch immer ausgemergelt, blass und erschöpft aus, doch dieses Mal entdeckte sie einen Funken in ihrem Blick, den sie schon lange nicht mehr bemerkt hatte. Etwas, das sie nicht mehr ganz so verloren aussehen ließ. Vielleicht, dachte sie, sieht so Hoffnung aus.

EPILOG

Leah ging im Licht der Taschenlampe den Treidelpfad entlang. Zoey und Henry wären am liebsten vorgerannt, beziehungsweise Henry hätte es gern getan, aber Zoey konnte ihn davon abhalten, in den Kanal zu fallen. Es war erst sechs Uhr abends, aber es war Anfang November und bereits dunkel. Die Woche über hatte es zwar Frost gegeben, doch es war klar und sonnig gewesen, und die Guy Fawkes Night war ebenso kalt. Sie alle waren warm eingepackt mit dicken Jacken, Schals, Handschuhen und Stiefeln.

»Es ist nicht mehr weit«, rief sie den Kindern zu.

Obwohl »Kind« in Zoeys Fall vielleicht schon fast nicht mehr der richtige Begriff war. Sie war beinahe eine junge Frau, die gerade die Landesmeisterschaft im Schwimmen gewonnen und ihren eigenen Rekord gebrochen hatte.

Trotz des Unfalltods ihres Vaters hatte sie sich in die Schularbeit und den Sport gestürzt. Leah vermutete, dass es ihre Art war, die Ereignisse zu verarbeiten. Die Schulpsychologin war eine große Hilfe gewesen und hatte sie dabei unterstützt, mit ihren Emotionen und der Trauer umzugehen. Sie hatte gute und schlechte Tage, genau wie Leah selbst, und Henry hatte seinen eigenen Weg, mit der Situation fertigzuwerden. Als sie nach einer Weile begannen, Fragen über den Unfall und den Tod ihres Vaters zu stellen, beantwortete Leah sie, so gut sie konnte, und beschützte sie vor dem kurzen Presserummel, den es um den Unfall gab.

Es war für sie alle nicht leicht gewesen, aber langsam machten sie Fortschritte.

»Ahoi, Skipper!«, rief Leah, als sie das Achterdeck der *Blue Moon* erreichten. Drinnen war Licht, und Gabe hatte entlang der Seiten der Kajüte und an der Reling Lichterketten befestigt, sodass das Boot aussah wie eine schwimmende Grotte. Als sie eintrafen, saß er auf dem Deck mit einer dampfenden Tasse in der Hand. Er hatte auch eine kleine Feuerschale am Ufer entzündet.

»Kommt an Bord«, forderte er Zoey und Henry auf. Sie waren zum ersten Mal beim Boot. Leah war zögerlich gewesen, sie zu früh einzubinden, zumal sie sich Zeit gelassen hatte, ihre Beziehung mit Gabe wieder aufzubauen. Gabe war ebenfalls ein Opfer gewesen. Ihre Therapeutin half ihr dabei, zu verzeihen, Grenzen neu zu ziehen und sich mit ihrer Angst auseinanderzusetzen, Menschen zu vertrauen. Es war ein langwieriger Prozess, aber Gabes Verständnis und seine Geduld halfen ihr dabei. Sie war jetzt keine Ex-Frau mehr. Sie war Leah.

»Boah, das ist krass«, rief Henry und nahm Gabes Hand, als er vom Ufer an Deck kletterte. Zoey folgte ihm, blieb zwischen den hölzernen Türen der Kajüte stehen und blickte sich um.

»Guck mal, Krümel, Feuerwerk!« Sie deutete zum Himmel, wo rote und goldene Funken herabregneten. Unter Krachen und Knallen erhellten weitere Farben die Nacht.

»Das ist so cool«, sagte Henry, reckte den Hals und klatschte in die Hände.

»Willkommen an Bord«, sagte Gabe und küsste Leah, als sie das Deck betrat. Zu viert war es hier ein wenig eng, aber auch gemütlich. »Schön, dich zu sehen.«

»Hier, ich habe uns ein paar leckere Sachen mitgebracht«, sagte sie und reichte ihm eine Tüte.

»Würstchen, Whisky und Marshmallows«, sagte er, nachdem er hineingeschaut hatte. »Du kennst mich einfach zu gut.«

»Für einen Sundowner ist es vielleicht schon etwas zu dunkel, aber ich dachte, etwas Whisky mit Ginger Ale könnte bei der Kälte nicht schaden.« Leah lachte. »Und für die Kinder gibt es Kakao.«

»Zu Befehl.« Gabe ging in die Kajüte.

»Das ist ziemlich nice, Mum«, sagte Zoey und zog sich hoch, um auf der Dachkante zu sitzen. Sie rutschte herum und ließ die Beine über der Wasserseite baumeln. Der Himmel über der Stadt, die nur ein oder zwei Kilometer entfernt war, funkelte und leuchtete vom Feuerwerk und dem Schein der zahlreichen Lagerfeuer.

»Es ist wunderschön, oder?«, sagte Leah und fragte sich, ob sie morgen auf dem Rückweg einmal ins Schaufenster beim Büro am Jachthafen schauen sollte. Dort gab es immer Aushänge mit Booten, die zum Verkauf standen.

Gabe kam mit zwei Tassen Kakao mit aufgeschäumter Milch für Zoey und Henry und etwas Gehaltvollerem für sich und Leah zurück. Er hob Henry hoch, sodass er neben seiner Schwester sitzen und mit ihr das Feuerwerk betrachten konnte.

»Fall bloß nicht rein, Krümel«, meinte Zoey und legte den Arm um ihn. »Ich springe da nicht rein, um dich zu retten.«

Leah und Gabe hatten sich in die karierten Wolldecken gehüllt, die er rausgelegt hatte, und saßen in den Campingstühlen zu beiden Seiten des Steuerruders.

»Ich habe die Stockbetten bezogen«, verkündete Gabe. »Das ist gemütlich für die Kinder, und wir haben die vordere Kabine.«

Leah lächelte. »Ich habe gerade darüber nachgedacht, mir auch ein Boot zu kaufen«, sagte Leah. »Nichts Großes, aber ich glaube, das würde ihnen gefallen. Wochenendtrips, Tagesausflüge, so etwas eben.«

»Ich kann dir helfen, etwas zu finden, wenn du magst. Zehn Meter müssten ungefähr hinkommen. Ich kenne Jeff vom Jachthafen. Ich werde ihn bitten, die Augen offen zu halten.«

»Danke. Und es ist ja auch nicht, als ob ich es mir nicht leisten könnte.« Leah senkte die Stimme. »Das erste Geld für den Abschluss wurde gestern überwiesen.«

Gabe nickte und wirkte nachdenklich. »Sind sie schon eingezogen?«

Leah nickte. »Es scheint eine nette Familie zu sein, und Gillian hat mich vorhin angerufen und gesagt, dass zwei der anderen Objekte diese Woche Interessenten zum vollen Angebotspreis hatten. Das vierte Haus kommt auch bald auf den Markt.«

»Du hast so hart gearbeitet, um all das zu schaffen.«

»Ich hatte ja keine Wahl«, sagte Leah. »Sally war großartig, wie sie den Salon gewuppt hat, während ich damit beschäftigt war, den Bau zu organisieren. Ohne dich hätte ich es allerdings nicht geschafft«, sagte Leah und erhob ihr Glas. »Dein Wissen und deine Kontakte waren eine große Hilfe. Auf unser Teamwork!« Sie stieß mit Gabes Bierflasche an. »Da hatte ich für dieses Jahr dicke Bohnen und Spargel im Gemüsegarten geplant, stattdessen habe ich vier Häuser, die je eine halbe Million Pfund wert sind.«

»Wirst du das Haus bald verkaufen?«

»Wahrscheinlich, sobald ich wieder ein Grundstück daraus gemacht habe. Vielleicht im nächsten Frühjahr. Eigentlich wollte ich dauerhaft dort wohnen, aber ich glaube, das kann ich einfach nicht. Zu viele böse Geister.«

»Wie geht es deinem Dad? Noch immer okay?«

Leah grinste. »Oh, es gefällt ihm, dass die Kinder und ich nebenan wohnen. Er ist ganz zufrieden, wenn er in der ehemaligen Waschküche herumwerkeln kann und all die Dinge erledigen, zu denen ich nie gekommen bin. So hat er das Gefühl, nützlich zu sein. Ich habe noch nicht erwähnt, dass wir ausziehen wollen, aber wenn ich etwas Neues finde, wird da auch Platz für ihn sein.«

»Hat er noch Kontakt zu deiner Mutter?«

Leah zog eine Grimasse. »Ab und zu, genau wie ich. Die Bewährungsstrafe läuft noch einige Monate, genau wie die Sozialstunden. Ich glaube nicht, dass sie sich wieder versöhnen werden, und ich glaube, für Dad ist es auch ganz gut. Er scheint wieder Freude am Leben zu haben. Er hat sich beim örtlichen Bowls-Club angemeldet und geht zum Geschichtsverein.«

»Oh, wie schön für ihn.«

»Mum sieht die Kinder alle paar Wochen. Ich würde ihr die beiden nie vorenthalten.«

»Aber du selbst hältst dich von ihr fern, richtig?«

»Sie hatte zur Hälfte Schuld an allem, was mit Craig passiert ist, aber sie ist noch immer meine Mutter.« Leah sprach leise. »Er hat alle manipuliert. Gillian ist auf ihn hereingefallen, die meisten meiner Freunde, andere Makler. Selbst du hast dich einwickeln lassen. Es war ein Riesenschock, als ich herausgefunden habe, dass er mit meiner Anwältin, Liz, geschlafen hat. Und danach hat er sie über den Tisch gezogen.«

Gabe lachte schwach. »Tja, wer zuletzt lacht, lacht am besten. Auf dich trifft das jedenfalls zu.«

Leah stimmte zu und sah hinauf zum Nachthimmel, als eine weitere Raketensalve in einem glitzernden Sternenregen explodierte.

»Ich werde immer sicherstellen, dass Mum finanziell versorgt ist. Für mich und die Kinder habe ich mehr als genug mit Craigs Investitionen, seiner Firma und all den Immobilien.«

»Liz tut mir fast ein bisschen leid, aber schließlich war sie auch verheiratet«, sagte Gabe. Sie hatten schon oft über alles gesprochen.

»Dass Craig sie erpresst hat, die offiziellen Scheidungsdokumente nicht einzureichen, indem er gedroht hat, ihrem Mann von der Affäre zu erzählen, hat sich auf jeden Fall gerächt. Nach seinem Tod war ich rechtlich noch immer seine Frau, auch wenn ich davon keine Ahnung hatte. Ich habe Liz blind vertraut, was den Papierkram angeht.«

»Karma geht eigenartige Wege«, flüsterte Gabe.

»Anscheinend hatte Craig recht, dass das Flurstück zu seinem Grundstück gehörte. Liz hatte die Vereinbarung in den alten Unterlagen offenbar vollkommen übersehen. Sie war wohl zu sehr damit beschäftigt, mit Craig zu schlafen, um sich auf ihre Arbeit zu konzentrieren. Wie dem auch sei, ich bin froh, dass man ihr die Zulassung entzogen hat. Ironie des Schicksals, dass sie jetzt jemanden für ihre eigene Scheidung engagieren muss.« Leah sah zum Nachthimmel auf, als ein paar weitere Raketen explodierten.

»Und als Craigs Frau hast du alles geerbt.«

»Ja. Er hatte nicht einmal sein Testament geändert. Ich war noch immer die Haupterbin.«

»Wie kommt Gillian mit der Leitung der Maklerfirma zurecht?«, fragte Gabe. Sie hatten sich ein paarmal mit ihr und ihrem neuen Partner, Mark, getroffen. Er schien nett zu sein, obwohl Leah und sie nie darüber sprachen, dass er der Glatzkopf gewesen war, mit dem sie Gillian vor etwas über einem Jahr im Pub gesehen hatte.

»Sie macht das gut«, sagte Leah. »Sie hat die ganze Außendarstellung überholt. Für mich ist es ehrlich eine Erleichterung, dass auch die Schilder alle neu sind. So muss ich nicht jedes Mal sein Gesicht sehen, wenn ich ein »Zu verkaufen«-Schild erblicke.« Sie betrachtete Zoey und Henry, die oben auf dem Dach aufgeregt plauderten und sich am Kakao die Hände wärmten. Sie lächelte. »Hast du die Beute?«, flüsterte sie. Gabe nickte. »Alles sicher im Bug verstaut.«

»He, ihr zwei«, rief Leah. »Kommt und schnappt euch ein paar Wunderkerzen.« Sie griff in ihre Tasche und holte zwei

Packungen und ein Feuerzeug heraus, die sie Zoey und Henry gab. Zoey verdrehte die Augen und tat so, als wäre sie zu groß dafür, doch Leah sah ihr die Begeisterung an.

»Uns habe ich auch nicht vergessen«, sagte Leah, riss ein weiteres Paket auf und zündete einige an den Teelichtern an, die Gabe aufgestellt hatte. Sie wedelte mit ihrer Wunderkerze herum und verfolgte die leuchtende Spur mit den Augen.

»Die hatte ich ja lange nicht mehr.« Gabe lachte und zeichnete Formen in die Luft. »Das hier ist für dich«, sagte er und malte immer wieder ein großes Herz.

Leah lächelte – etwas, das sie noch lange nicht oft genug getan hatte. »Ebenso«, sagte sie und malte auch ein Herz in die Luft.

Eine halbe Stunde später kam Gabe mit gebratenen Würstchen, Zwiebeln und Hotdog-Brötchen. Alle saßen an Deck und bedienten sich, quetschten Ketchup in ihre Brötchen und beschmierten sich dabei. Dann stocherte Gabe die Feuerschale am Ufer auf, bis sie hell aufleuchtete und die Flammen in den Nachthimmel schlugen.

»Nehmt euer Essen mit auf den Treidelpfad, ihr zwei«, sagte Leah zu den Kindern. Gabe war den Pfad entlang nach vorne zum Boot gelaufen und auf den Bug geklettert. »Kommt, wärmt euch ein bisschen beim Feuer auf.«

»Das ist krass, Mum, danke!«, sagte Henry und wischte sich Soße vom Kinn. »Beste Guy-Fawkes-Nacht ever!«

»Ja, Mum, ist echt ganz okay.« Zoey lehnte lächelnd den Kopf an die Schulter ihrer Mutter und biss in ihren Hotdog.

Plötzlich ertönte vom Bug des Bootes her ein Ruf.

»Bereit, ihr drei?«, rief Gabe.

»Bereit!«, riefen sie alle zurück.

Kurz flackerte ein Feuerzeug auf, und dann lief Gabe am Boot entlang zu der Stelle, wo sie zusammenstanden.

Leah gab ihm seinen Hotdog und schmiegte sich an ihn, als er den Arm um sie legte.

Die vier standen aneinandergedrängt da und sahen zu, wie die Feuerwerksbatterie einen farbigen Funkenregen in den Himmel hinaufschoss und, begleitet von Heulen und Knallen, ein beeindruckendes Leuchtspektakel über den Kanal zeichnete. Es schien ewig anzuhalten.

Zoey und Henry klatschten und lachten. Zum ersten Mal seit langer Zeit sah Leah sie wieder richtig glücklich. Gabe umarmte sie fest, während über ihnen das Feuerwerk funkelte.

Leah sah ihn an und konnte erkennen, wie sich das Leuchtfeuer in seinen Augen spiegelte. Und als sie ihm in die Augen sah, dachte sie an ein anderes Feuer, das Feuer, das vor ein paar Jahren nur eine Nacht in ihr gebrannt hatte.

Sie sah sich und Gabe, als sie einander zum ersten Mal begegnet waren. Da hatte es auch ein Feuer gegeben, doch das war zwischen ihnen beiden entbrannt. Eine kitschige Phrase, über die sie seither beide lachen mussten.

Leah hatte damals überhaupt nicht geplant, hinzugehen – laut Abby veranstaltete jemand, mit dem sie über ein paar Ecken befreundet war, eine Party und hatte Leah ebenfalls eingeladen. So gut wie jeder war eingeladen.

Sie hatte eigentlich keine Lust gehabt, aber ein weiterer einsamer Samstagabend war ihr noch schlimmer vorgekommen, als sich zu einer Party mitschleppen zu lassen, bei der sie noch nicht einmal die Gastgeberin kannte. Craig war wieder mal auf einer seiner sogenannten Geschäftsreisen. Er wusste es nicht, aber sie hatte die Nachrichten zwischen ihm und Suzie bereits gelesen, wer auch immer diese Suzie war. Eins war klar: Geschäftliches stand da eher nicht auf der Tagesordnung.

Und dann hatte ihre Mutter angeboten, die Kinder für eine Nacht zu nehmen, also hatte Leah sich entschieden, dort aufzukreuzen. Sie hatte nichts anzuziehen und war aus einer spontanen Laune heraus direkt von der Arbeit aus hingegangen:

völlig underdressed und wenig begeistert. Doch das war egal. Sie war hergekommen, um ein bisschen zu trinken, zu tanzen und sich abzulenken. Wieder ein einsames Wochenende, an dem sie sich mies fühlte, kam einfach nicht in die Tüte.

Wie sich herausstellte, fiel ihr das mit der Ablenkung leicht, weil sie ordentlich Wein gebechert hatte, und es hatte sie damals Kraft gekostet, zu widerstehen.

Er war herübergekommen, sie hatten sich unterhalten, miteinander getanzt, und dann waren sie zum Luftschnappen nach draußen gegangen. Als Gabe sie geküsst hatte, hatte sie sich erst nach einer Weile zurückgezogen.

»Ich kann nicht«, hatte sie atemlos gesagt. »Ich bin verheiratet.« Das waren die schwersten Worte gewesen, die sie je gesagt hatte.

Anschließend war sie nach Hause gegangen und hatte ihn aus ihren Gedanken verbannt. Doch irgendwo in ihrem Innern war der Funke von jener Nacht lebendig geblieben und hatte darauf gewartet, wieder neu entfacht zu werden, als sie sich ein Jahr später auf der Einfahrt bei ihren Eltern wiedergesehen hatten.

»Karma geht tatsächlich merkwürdige Wege«, flüsterte Leah Gabe nun zu und küsste sanft seine Lippen, während sie hinter den Kindern standen.

Er erwiderte ihren Kuss zärtlich, sah sie an und zog sie enger an sich.

Und das Feuer in Leah flammte erneut auf, als sie sich das Zuhause vorstellte, das sie für sie alle kaufen würde, und all die Feuer, die sie dort noch gemeinsam entzünden würden.

MEHR VON BOOKOUTURE DEUTSCHLAND

Für mehr Infos rund um Bookouture Deutschland und unsere Bücher melde dich für unseren Newsletter an:

deutschland.bookouture.com/subscribe/

Oder folge uns auf Social Media:

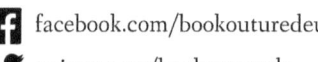 facebook.com/bookouturedeutschland

twitter.com/bookouturede

instagram.com/bookouturedeutschland

EIN BRIEF VON SAMANTHA

Liebe Leser:innen,

vielen Dank, dass ihr mein Buch *Der Nachbar* gelesen habt. Ich hoffe, die Geschichte hat euch gefallen und ihr habt Leah gern auf ihrer Reise begleitet. Wenn ihr in Bezug auf meine neuen Veröffentlichungen auf dem Laufenden bleiben möchtet, klickt bitte den Link unten an (ihr könnt euch jederzeit problemlos wieder abmelden).

deutschland.bookouture.com/subscribe/

Man sagt, dass Scheidungen und Umzüge auf der Liste der stressigsten Lebensereignisse ganz oben stehen – und ganz bestimmt, wenn zwanghafte Kontrolle und häusliche Gewalt zu den Trennungsgründen gehörten.

Als ich dieses Buch geschrieben habe, wollte ich meiner Protagonistin einen Neuanfang und neue Hoffnung auf ein Happy End geben, sobald sie ihrem Ex-Mann endgültig entkommen ist. Sicher stimmt ihr mir zu, dass sie es verdient hat. Natürlich würde ein Psychothriller dieser Bezeichnung nicht gerecht, wenn Gefahr, Angst und Spannung nicht schon von den ersten Seiten an auf sie lauern würden.

Also habe ich mich gefragt: Was wäre wohl Leahs schlimmster Albtraum, nachdem sie ihren sehnlichst erwarteten Neuanfang gewagt hat? Was wäre nach ihrer schwierigen Scheidung das, was ihr am ehesten den Eindruck vermitteln würde, nie wirklich entkommen zu sein? Und so habe ich beschlossen, ihr das Leben besonders schwer zu machen und ihren Ex nebenan einziehen zu lassen.

Wir haben alle schon Geschichten von Horror-Nachbarn gehört, aber in Kombination mit dem ernsten Thema der häuslichen Gewalt gerät Leah so in eine Situation, in der sich ihr Ex Craig nicht nur in sämtliche Bereiche ihres Privatlebens drängt, sondern auch ihre Familie und Freunde manipuliert. Es war blanke Verzweiflung, die Leah dazu trieb, ihr Schicksal selbst in die Hand zu nehmen und ihr Leben zu riskieren, um endlich die Chance zu erhalten, frei zu sein.

Wenn euch *Der Nachbar* gefallen hat, wäre ich euch enorm dankbar, wenn ihr eine kurze Rezension auf Amazon hinterlassen würdet, um anderen Leser:innen von meinem Buch zu erzählen. Es hilft sehr, damit andere das Buch finden. Inzwischen arbeite ich bereits an meinem nächsten Roman. Bitte folgt mir gerne in den sozialen Medien (die Links findet ihr unten).

Last but not least, wenn ihr selbst oder jemand, den ihr kennt, von häuslicher Gewalt, emotionalem Missbrauch oder zwanghafter Kontrolle betroffen ist, findet ihr bei verschiedenen Organisationen Hilfe.

Hilfetelefon Gewalt gegen Frauen: 08000 116 016

Opferberatung des Weißen Rings: https://weisser-ring.de/haeuslichegewalt

Bundesverband der Frauenberatungsstellen und Frauennotrufe in Deutschland bff: https://www.frauen-gegen-gewalt.de/de/hilfe-beratung.html

Herzliche Grüße, Sam x

BLEIB IN KONTAKT MIT SAMANTHA HAYES

www.samanthahayes.co.uk

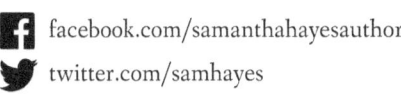 facebook.com/samanthahayesauthor

twitter.com/samhayes

instagram.com/samanthahayes.author

DANKSAGUNG

Ein dickes Dankeschön und meine Verbundenheit an meine großartige Lektorin Jessie Botterill, weil sie dieses Buch mit Genialität und Enthusiasmus begleitet hat! Ich bin auch Sarah Hardy, Kim Nash, Noelle Holten und Jess Readett sehr dankbar, dem fantastischen Marketingteam bei Bookouture, das unermüdlich daran arbeitet, meine Bücher bekannt zu machen, sowie Seán für seine Adleraugen beim Stil-Lektorat und Jenny beim Korrektorat. Vielen Dank euch allen!

Und wie immer ein riesengroßes Dankeschön an das gesamte Team von Bookouture für eure Arbeit.

Lieben Dank an Oli Munson, meinen ausgezeichneten Agenten für seine ermutigenden Worte und einfach für alles! Außerdem gilt mein Dank natürlich den Mitarbeiter:innen von A. M. Heath.

Ein besonderes Dankeschön an Martyn Eagles, dem ich dieses Buch widmen möchte. Er hat sich an der Wohltätigkeitsauktion Book Aid for Ukraine beteiligt und war der Höchstbietende bei meinem Angebot, einer Auswahl signierter Bücher und dieser Widmung. Das hier ist also für Sie, Martyn. Vielen Dank für Ihren wertvollen Beitrag zu einer wirklich guten Sache.

Außerdem vielen Dank an all die Blogger:innen, Rezensent:innen und Buchliebhaber:innen auf der Welt, die sich die Zeit genommen haben, meine Bücher zu lesen, zu bewerten und anderen nahezubringen. Das weiß ich wirklich zu schätzen – und ich lese gern all eure Kommentare und schaue mir eure kreativen Instagram-Posts an.

Zu guter Letzt noch alles Liebe an meine geliebte Familie: Ben, Polly und Lucy, Avril und Paul, Graham und Marina und Joe.

Sam xx